# LO QUE LA NIEVE SUSURRA AL CAER

# María Martínez

# LO QUE LA NIEVE SUSURRA AL CAER

CROSS BOOKS

Obra editada en colaboración con Editorial Planeta – España

© del texto: María Martínez, 2023

© 2023, Editorial Planeta, S. A. – Barcelona, España

Derechos reservados

© 2023, Editorial Planeta Mexicana, S.A. de C.V.
Bajo el sello editorial CROSSBOOKS M.R.
Avenida Presidente Masarik núm. 111,
Piso 2, Polanco V Sección, Miguel Hidalgo
C.P. 11560, Ciudad de México
www.planetadelibros.com.mx

Primera edición impresa en España: noviembre de 2023
ISBN: 978-84-08-27878-8

Primera edición impresa en México: noviembre de 2023
Primera reimpresión en México: abril de 2024
ISBN: 978-607-39-0767-5

Impreso en los talleres de Litográfica Ingramex, S.A. de C.V.
Centeno núm. 162-1, colonia Granjas Esmeralda, Ciudad de México
Impreso en México –*Printed in Mexico*

*Para todos los que abrazan y cierran
los ojos cuando aprietan un poquito más.*

He dibujado mil mapas y sigo sin encontrar el norte.
Trazo líneas y ninguna me conduce a casa.
Otra puesta de sol.
Otro ayer.
Y sigo perdiéndome.

# Prólogo

Nadie llega a este mundo por propia voluntad. Sin embargo, una vez que nos escupen a él, toda la responsabilidad de nuestra existencia recae en nosotros mismos. Y no es justo, sobre todo cuando creces y te vas dando cuenta de que esa existencia no tiene ningún sentido. Cuando todo indica que la razón de tu vida no se debe al afecto o el anhelo de las dos personas que te crearon al mezclar sus ADN, sino más bien a un deber moral impuesto. La consecuencia de un error, que debieron asumir sí o sí: falta de precaución, inmadurez, la idealización de una paternidad que no resultó como imaginaban...

Quién sabe, mis padres nunca fueron sinceros conmigo en ese aspecto.

Siempre me consideré un intruso entre ellos, al que aceptaron criar. Cubrían mis necesidades, pero sin cariño. Nunca tenían tiempo para mí, ni nada que decir, y, con el paso de los años, mi presencia les resultaba cada vez más incómoda. Una distancia emocional que fue dejando huellas en mi carácter. Tantas como las críticas que recibía constantemente, porque para ellos nunca hacía nada bien.

En especial, para mi madre.

Ella siempre fue la más dura. A sus ojos, no era más que un inútil que no sabía ni coger un cubierto de forma correcta. Le molestaban mi pelo, mi ropa, mi voz... hasta el sonido de mis pulmones al llenarse. Lo peor de todo era su modo de demostrármelo, ya que nunca me gritó ni me insultó. Jamás me levantó una mano o perdió los nervios conmigo. Y... no sé... creo que lo hubiera preferido, porque al menos habría manifestado sentimientos.

Mi madre era fría y elegante como una escultura de hielo. Palabras correctas que convertían su evidente rechazo en pequeñas reprimendas con el fin de educarme. Gestos de claro desagrado que disfrazaba de mohínes graciosos cargados de condescendencia. Una actitud que mi padre nunca le corrigió, prefería mirar hacia otro lado y fingir que no pasaba nada. Que éramos la familia perfecta.

Nada más lejos de la realidad.

Cuando llegué a la adolescencia, la situación empeoró. Dejé de ser un niño callado e inseguro, que evitaba los problemas y prefería esconderse, para transformarme en un chico conflictivo que oscilaba entre la soberbia y una autoestima inexistente. Al que le costaba un mundo necesitar a alguien o sentirse necesitado. Incapaz de intimar o querer.

Escapar de casa se convirtió en un deseo recurrente, que logré cumplir cuando me gradué en el instituto y me marché a la universidad. Nada mejoró. La distancia solo hizo que los escasos momentos en los que nos volvíamos a reunir fuesen mucho más incómodos y estresantes. Nuestras carencias y reproches, más evidentes. Nada de lo que hacía era suficiente para ellos.

Aun así, nunca dejé de preguntarme el porqué de esa falta de amor. Me obsesioné. Necesitaba una respuesta que me ayudara a entender cuál era el problema. Qué tenía yo de malo. Qué había en mí que detestaban tanto. Por qué demonios me tuvieron, si evitarlo habría sido muy sencillo.

Todos queremos sentir que pertenecemos a ese lugar que nos ha visto crecer, notar que somos parte del núcleo en el que hemos nacido. Que nuestra existencia se debe a un deseo y tiene una razón de ser. Yo no lo conseguí; y cuando mi padre falleció una mañana de enero por un enfisema pulmonar, entre mi madre y yo, más que distancia, se abrió un abismo.

No volvimos a vernos tras el funeral. Yo regresé a Nashville, donde había construido una vida con la que me sentía bien, y ella permaneció en Florence, la ciudad que la vio nacer, crecer y formar un hogar, y en la que ahora envejecía pese a todos sus esfuerzos para evitarlo.

Las tensas conversaciones telefónicas que manteníamos cada pocos días acabaron transformándose en escuetos mensajes de texto que guardaban las apariencias, silenciaban las conciencias y nos liberaron a ambos.

El verano dio paso al otoño y llegó Acción de Gracias.

Ni me planteé la posibilidad de viajar ese día a Florence y mi madre tampoco se puso en contacto conmigo para que lo hiciera. Sin embargo, el destino es caprichoso y malintencionado cuando se lo propone, y qué mejor momento para destapar secretos que nunca deberían haber visto la luz que una celebración en la que las familias se reúnen para dar gracias por todas las bendiciones recibidas.

¡Qué ironía!

Me desperté con un dolor agudo taladrándome las sienes.

La noche anterior había acudido con mi agente y unos amigos a un club, donde solía reunirse lo mejor de la industria musical de Nashville, para celebrar que uno de mis temas llevaba treinta semanas en los primeros puestos del Billboard Hot 100 y sería nominado a un Grammy.

Mi agente insistía en que era bueno asistir a ese tipo de eventos, aunque para mí eran una tortura. No me gustaban las fiestas y acababa bebiendo más de la cuenta para poder abrirme un poco y no parecer el tipo frío y distante que la gente decía que era. Estoy harto de los que confunden un carácter introvertido con ser un capullo, y yo era las dos cosas, así que conocía la diferencia.

Aparté las sábanas y me estremecí al pisar el suelo con los pies descalzos. Me puse una sudadera sobre el pijama y después me dirigí a la cocina. Encendí la cafetera y calenté en el microondas un trozo de pizza del día anterior, mientras buscaba un analgésico en los cajones. No lo encontré y fui al salón: recordaba haber visto una caja de aspirinas en algún mueble.

Al abrir un armario, el correo que había ido almacenando durante las últimas semanas cayó al suelo en cascada: facturas, invitaciones y propuestas que nunca aceptaba. Pensé que era absurdo guardarlo, cuando nunca me molestaba en revisarlo y acababa tirándolo todo. Lo aparté con el pie y un sobre azul llamó mi atención. Me agaché y le eché un vistazo. No tenía remitente, y mi nombre y dirección estaban escritos a mano con una caligrafía perfecta y delicada.

Lo abrí y saqué un papel de color crema que olía a galletas. Me encontré con una carta manuscrita con la misma letra del sobre. Intrigado, empecé a leer. Mientras mis ojos recorrían los trazos de tinta, mi corazón comenzó a acelerarse. Tragué saliva y un sudor frío apareció bajo mi ropa.

«Pero ¿qué demonios?»

Noté un ligero mareo y dejé de leer. Las náuseas me obligaron a tomar una bocanada de aire. Me senté sobre mis talones y me reí sin ganas.

¿Qué clase de broma surrealista era aquella?

¿Cómo alguien era capaz de escribir algo así y esperar que la tomaran en serio?

Arrugué la carta y la lancé lejos. El mundo estaba lleno de psicópatas.

Me levanté del suelo y rebusqué en el armario hasta encontrar las aspirinas. Me tragué dos con una taza de café y luego me di una ducha. Al salir, estaba mucho más cabreado que al entrar. No me quitaba la carta de la cabeza, porque en ella había un detalle que me costaba ignorar. Por más que lo intentaba, no podía. Demasiado explícito para ser una coincidencia. Tan exacto que resultaba ridículo creer que alguien pudiera habérselo inventado con la esperanza de acertar por casualidad.

Volví al salón y recuperé la carta. Con dedos temblorosos, estiré el papel y la leí de nuevo. Y al llegar al final, regresé al principio. Lo hice tantas veces que habría podido recitarla de memoria sin equivocarme. Debía de tratarse de una broma de mal gusto, no podía ser cierto.

Sin embargo...

El estómago me dio un vuelco y el miedo ascendió en forma de náuseas hacia mi garganta. Mis pensamientos se convirtieron en un torbellino. Giraban a mil por hora y no lograba frenarlos. De repente, nada tenía sentido y, al mismo tiempo, lo cobraba con más claridad que nunca.

Tragué saliva. Sentía la bilis en la boca y las lágrimas me quemaban los ojos.

¿Y si allí estaba la respuesta que durante tanto tiempo había perseguido?

Si lo era, no tenía la menor idea de qué hacer con ella. Solo estaba seguro de una cosa: necesitaba conocer la verdad.

Me guardé el papel en el bolsillo de los pantalones. Cogí las llaves de mi todoterreno y la cartera y me dirigí al garaje como una exhalación. Puse el motor en marcha y pisé el acelerador con rabia. Una vez. Dos. En cuanto la puerta se abrió, apreté el pedal hasta el fondo y me alejé sin preocuparme por nada que no fuese la razón de ese impulso que me nublaba la vista y la razón.

Dos horas más tarde cruzaba el puente O'Neal, sobre el río Tennessee, en dirección al barrio donde había pasado gran parte de mi vida. Aparqué en el camino de entrada y me dirigí a la casa con el corazón latiendo como un loco contra el pecho. Me temblaban las manos cuando giré la llave en la cerradura y empujé la puerta.

La casa olía a salsa de arándanos, boniatos asados y panecillos tiernos. Todo estaba en silencio, salvo por un leve frufrú que provenía de la cocina. Crucé el vestíbulo y pasé junto a la escalera que conducía al piso de arriba. Vi a mi madre sacando unos panecillos del horno. Me detuve en la puerta y ella levantó la vista. Nuestros ojos se encontraron y los suyos se abrieron con sorpresa. Por un momento, me sentí como el niño pequeño e inseguro que durante tantos años se desvivió buscando su aprobación.

—¡Hunter!

Tragué saliva y me obligué a respirar.

Moví la cabeza con un leve saludo.

—¿Qué haces aquí? —me preguntó inmóvil, y añadió al ver que yo guardaba silencio—: No te esperaba y estoy a punto de salir. Tu tía me ha invitado a pasar Acción de Gracias en su casa.

Paseé la vista por la mesa, repleta de táperes, y ella se removió molesta.

—Deberías haber llamado, en lugar de presentarte sin más. Para mi hermana será un trastorno reorganizar la mesa y hacerte un sitio —comentó sin mirarme a la cara.

Comenzó a arderme la garganta, lo había dicho como si poner una silla y un plato más fuese un esfuerzo imposible. Aunque yo sabía que el problema real no era ese. Mi presencia la incomodaba, siempre lo había hecho.

Me armé de valor.

—No voy a quedarme, solo he venido a hacerte una pregunta.

Mi madre alzó la mirada y me observó confundida.

—¿Has conducido hasta aquí por una pregunta? Podrías haber usado el teléfono. —Frunció el ceño y empezó a apilar los táperes—. Me cuesta comprenderte, Hunter. No sé por qué actúas siempre como un...

—¿Soy adoptado?

Sus ojos se abrieron de par en par y el color abandonó su rostro.

—¿Disculpa?

—Ya me has oído. ¿Papá y tú me adoptasteis?

Mi madre sacudió la cabeza y se pasó la mano por el cuello con nerviosismo.

—¿De dónde has sacado ese disparate?

Alcancé la carta en mi bolsillo y se la entregué con el brazo estirado. Ella contempló el papel y luego me miró sin entender. La insté a tomarla con un gesto. Al principio dudó, pero acabó cogiéndola. Comenzó a leer, y conforme sus ojos se deslizaban sobre las líneas, los dedos le temblaban cada vez más.

Cuando terminó, la dobló y me la devolvió con la mirada esquiva.

—Es una broma de mal gusto, deberías haberla roto nada más recibirla. Es evidente que esta mujer pretende aprovecharse de ti.

—No me pide nada.

—Lo hará si la crees. Solo es alguien que busca dinero.

Me pasé la lengua por los labios. Conocía a mi madre lo suficiente para percibir el desasosiego que intentaba disimular, y esa emoción acrecentó mi propio miedo. Mi corazón latía más y más deprisa, con un pálpito que empezaba a transformarse en certeza.

—A mí solo me parece una persona enferma que trata de aliviar su conciencia.

Mi madre hizo una mueca de desagrado y apretó los labios. Después levantó la barbilla y me miró a los ojos. Yo recorrí su rostro. Me fijé en la forma de sus párpados, en la línea de su nariz. Cómo sus labios finos se curvaban hacia abajo, incluso cuando sonreía. El color de su piel. De sus iris. Lo peculiares que eran sus orejas. No compartíamos ni el más mínimo rasgo.

—¿Me cuestionas por un trozo de papel que podría haber escrito cualquiera? —replicó.

—Solo quiero saber la verdad.

—¿Por qué? Ya pareces bastante seguro de cuál es. Diga lo que diga, creerás lo que quieras.

—¡¿Lo que quiera?! —exclamé molesto—. Me remito a los hechos. Esa mujer conoce el lugar, día y hora exactos en que nací. Sabe que llovía y que los Dallas Cowboys se enfrentaban a los Denver Broncos. Menciona mi jodida marca de nacimiento. ¿Cómo cojones puede saberlo...?

—Vigila esos modales, Hunter —me interrumpió, recuperando su talante autoritario—. No olvides con quién estás hablando.

Alcé las manos con un gesto de exasperación.

—Y con quién hablo, ¿eh? Porque en este momento dudo hasta de mí mismo.

—No entiendo qué esperas conseguir.

Sus palabras me sacudieron.

—Que me digas la verdad. Sobre mí. Sobre ti. ¡Sobre nosotros! ¿Soy tu hijo?

—Hay cientos de fotos tuyas en internet, cualquiera puede haber visto esa marca.

—Sabes que la cubrí con un tatuaje a los catorce. Me enviaste a un campamento militar como castigo y entonces mis fotos no circulaban por internet.

—No puedes estar seguro.

—Dime la verdad.

—¡Por Dios!

—¿Lo soy?

—Hunter...

—¿Lo soy? —la presioné con más ahínco.

—¡Basta!

—¡Contesta! —grité.

—¡No! ¡No lo eres! —estalló en un tono cargado de rencor—. Durante años hice todo lo posible para quedarme embarazada. Tras muchos tratamientos y cinco abortos, los médicos me dijeron que debía rendirme o acabaría poniendo mi vida en peligro.

Tragué saliva, mientras mi mente registraba su confesión y trataba de asimilarla.

—Y entonces me adoptasteis.

—Sí.

—¿Por qué?

—Pensé que llenarías el vacío que había en mí y dejaría de sentirme defectuosa.

—Pero no lo hice.

—Yo no he dicho eso.

Me reí sin ganas y parpadeé para alejar la humedad que empañaba mis ojos.

—No hace falta, me lo has demostrado desde que puedo recordar. Siempre me has odiado y una parte de mí pretendía comprenderlo. Pensaba que tal vez te quedaste embarazada por accidente y que las circunstancias te obligaron a tenerme. Imaginaba todas las situaciones que pudieron empujarte a ser como eres conmigo. A culparme por una responsabilidad que no pediste o que, simplemente, te superó. —Llené mis pulmones con una inspiración entrecortada, que no logró aliviar ni una pequeña parte de la ansiedad que me estrujaba el pecho—. Sin embargo, esto lo cambia todo. Tú elegiste traerme a tu vida, me convertiste en tu hijo por decisión propia, ¿por qué lo hiciste?

Ella sacudió la cabeza y se abrazó los codos como si tuviera frío. Continué:

—Siempre he sido una molestia, una presencia que soportabas a duras penas. Has hecho que me sienta un estorbo durante toda mi vida, culpable por no estar a la altura de tus expectativas, por no ser lo que esperabas y no poder compensar el sacrificio que hiciste al tenerme. Pero resulta que yo no soy la consecuencia de un error, ni una equivocación. ¡Tú me elegiste! ¡Tú me obligaste a formar parte de esta familia! Al menos me merecía que lo intentaras.

—¿Y crees que no lo hice? —se lamentó—. Lo intenté. Lo hice con todas mis fuerzas, pero...

Hizo un gesto de dolor.

—Pero ¿qué?

—Nada. Sencillamente, no funcionó.

—Debisteis decirme desde el principio que no era hijo vuestro.

—Decidimos que era mejor mantenerlo en secreto.

—¿Mejor para quién? —pregunté con ironía.

—Para todos.

—Os equivocabais.

—Que lo supieras no habría cambiado nada.

—Me habría rendido mucho antes, créeme. Y sin ningún remordimiento.

Respiré hondo y reuní el escaso coraje que me quedaba. Frente a ella, siempre me sentía demasiado débil y pequeño. Apreté la carta entre mis dedos y añadí:

—¿Sabes quién es esta mujer?

—Nunca me interesó saberlo y se firmó un acuerdo de anonimato para evitar que esto sucediera. Debería denunciarla por incumplirlo —respondió con frialdad. Luego regresó a la tarea de apilar los táperes. Los guardó en una bolsa y se apresuró a ponerse el abrigo que colgaba de una de las sillas—. Tu tía me espera, debo marcharme.

Abrí la boca, perplejo por un momento. Me estaba dando puerta sin ningún pudor, como si hubiéramos hablado del tiempo en lugar del terremoto que acababa de devastar lo poco que quedaba de nuestra familia. Respiré hondo, una y otra vez, y sonreí para mí mismo, tan frustrado y dolido que no lograba frenar el temblor que me sacudía el cuerpo.

Me encogí de hombros. Podía percibir el dolor de cabeza que se avecinaba y cerré los párpados con fuerza.

—Claro, adelante. Siento haberte entretenido. —Me di la vuelta y me encaminé a la puerta principal—. Gracias por nada..., mamá.

Estaba a punto de subir al coche cuando mi nombre me frenó.

—¿Hunter? —Giré la cabeza y vi a mi madre detenerse en el porche—. ¿Piensas...? Quiero decir... Tú... ¿Vas a buscar a esa mujer? —preguntó con cautela.

Fruncí el ceño. Ni siquiera tuve que pensar la respuesta. Jamás movería un dedo para buscarla, aunque me estuviera muriendo y necesitara una parte de ella para sobrevivir. Tenía mi orgullo. De hecho, era lo único que poseía. Lo único que me mantenía en pie. Un fuerte orgullo, bajo capas y capas de ira y rencor.

También miedo.

Mucho miedo.

—¿Y por qué iba a hacerlo? No es mejor que tú. Me abandonó, y me importa una mierda saber los motivos.

Y entonces me marché.

Con la intención de no volver nunca.

De sacarla de mi vida para siempre.

Después de todo, no era nada mío.

En cuanto a esa otra mujer, no me interesaba conocer su historia.

Me bastaba con la mía y no había espacio en ella para otro capítulo.

Quién se creía que era para aparecer veintiséis años después y querer conocerme.

Por mí, podía seguir esperando otros veintiséis.

Y lo creía de verdad.

Sin embargo, a veces suceden cosas inevitables que cambian la vida sin avisar, y esa fue una de ellas.

«Los secretos son poderosos. Ese poder disminuye cuando se comparten, así que lo mejor es guardarlos... bien guardados. Compartir secretos, secretos de verdad, de los importantes, aunque sea solo con una persona, significa alterarlos. Pero aún es peor escribirlos, porque uno no sabe cuántos ojos van a verlos grabados en el papel, aunque se tenga mucho cuidado. Así que, si uno tiene secretos, lo mejor es que se los guarde: por su propio bien y por el de los secretos.»

*El circo de la noche*, ERIN MORGENSTERN

# 1
# Hunter

*Octubre*

Había perdido la cuenta de los días que llevaba sin salir de casa. Cajas de pizza, latas de refrescos y botellas de cerveza se acumulaban sobre los muebles y el suelo. Olía a comida estropeada y puede que hubiera algo muerto bajo el sofá. O quizá ese tufillo a descomposición emanaba de mí y la había palmado de un coma etílico sin darme cuenta. Sin embargo, dudaba de que a un muerto le doliera la cabeza como si alguien se la estuviera taladrando con un martillo percutor.

Sentado en el suelo del salón, repasé la última estrofa que había añadido. Me pasé la mano por el pelo sucio y, enrabietado, tiré de algunos mechones hasta hacerme daño. Últimamente, se me daba de fábula enfadarme conmigo mismo y el resultado era destructivo.

La leí otra vez. Menuda mierda. Ni con unos buenos arreglos podría lograr que fuese algo mejor que vomitiva. Arranqué la hoja del cuaderno y la arrugué con rabia. Después la lancé al aire y cayó sobre el manto de bolas de papel que cubría hasta el último rincón. Una cerilla y aquel sitio ardería en segundos.

Tentador.

Llevaba casi un año sin componer nada decente, algo de lo que pudiera sentirme orgulloso, y esa sensación de fracaso me estaba matando. No tenía ni idea de adónde había ido a parar mi inspiración. Ese impulso que me hacía escribir sin parar y crear canciones, por las que las discográficas estaban dispuestas a pagar mucha pasta para incluirlas en los discos de sus artistas.

Ese era mi trabajo desde hacía varios años, cuando firmé un contrato de compositor con una agencia que me colocó en primera línea en apenas un año. Me había costado mucho llegar hasta allí. Construirme un nombre y que las grandes empresas quisieran trabajar conmigo. Mis temas habían llegado a la Hot Country Songs y a los premios de la CMA y de la ACM. Para alguien que no había logrado terminar sus estudios, aquella vida era un sueño cumplido. El puto paraíso.

Ahora, ese paraíso estaba a punto de desmoronarse y no sabía por qué.

La música que antes me hacía feliz ahora era una pesadilla. Quizá fuese por la presión de los contratos, las compañías que querían meter las narices en un proceso que solo era mío o los artistas tocapelotas que no sabían hacer nada más allá de entonar y que pretendían darme lecciones de composición. Aunque nada de eso había sido un problema antes.

Sonó el teléfono y le eché un vistazo. Era Scarlett, mi agente.

Descolgué, porque ella era la única persona en el mundo a la que respetaba lo suficiente como para no comportarme como un capullo.

—¿Por qué has desconectado el timbre? —preguntó.

Me encogí de hombros.

—¿No es evidente?

—Abre la maldita puerta, Hunter, o buscaré a alguien que la eche abajo.

Vivía en la planta superior de un viejo almacén reformado en Gulch, Nashville. La cuna del *country*. Si eras alguien dentro de ese mundo, tu lugar estaba allí. Si querías serlo, esa ciudad era la única en la que podías conseguirlo.

Me puse en pie a regañadientes y me dirigí a la escalera. Troté hasta la planta baja, que usaba como garaje y entrada principal, y empujé el portón de metal. Scarlett me esperaba al otro lado con su aspecto más profesional: vestido entallado negro y tacones de aguja, gafas de sol y maletín. Labios del color del vino tinto y la melena caoba recogida en un moño. Un recipiente precioso, que ocultaba un tiburón.

Scarlett era muy buena en su trabajo y no se dejaba intimidar por nada ni por nadie. Sabía lo que quería y no cedía un ápice cuando se trataba de negociar. Conocía el valor de lo que representaba y lo defendía con uñas y dientes. Gracias a ella, podía permitirme una vida cómoda y sin preocupaciones económicas haciendo lo que más me gustaba.

Se quitó las gafas y me miró de arriba abajo.

—¿Cuánto hace que no te duchas? Apestas. ¿Y desde cuándo no duermes? Menuda cara.

Estiré los labios en una mueca.

—Yo también me alegro de verte. —Ella puso los ojos en blanco y pasó a mi lado—. Es mejor que no entres ahí —me apresuré a detenerla.

No me hizo caso. Soltó un gruñido y subió la escalera.

La seguí.

—¡Por el amor de Dios! —exclamó nada más cruzar la puerta—. Este sitio es una pocilga.

—No recuerdo que te haya invitado a subir.

—Oh, cierra el pico. —Apartó un par de cajas de pizza y se sentó en el sofá—. ¿Cuánto hace que no limpias?

—No tengo tiempo.

—Pues contrata a alguien.

—No me gusta que toquen mis cosas.

Me miró fijamente hasta ponerme nervioso. Se le daba bien.

—¡¿Qué?! —salté.

—Iba a preguntarte si ya tenías algo nuevo, pero intuyo que no es así.

Resoplé en respuesta.

Ella paseó la vista por todas las bolitas de papel y pescó una al azar. La abrió con las puntas de los dedos y la leyó en silencio. Sus ojos se clavaron en mí muy abiertos.

—Hunter, esto... esto es bueno, ¿por qué lo has desechado?

Se la arrebaté de la mano y la tiré de nuevo.

—Es basura. Hay miles de canciones como esa. No tiene nada de especial —repliqué.

—Eres demasiado exigente contigo mismo.

—Ese no es el problema —bufé.

—Entonces, explícame cuál es.

—No es buena, ninguna de esas canciones lo es.

—¿Y qué crees que les falta?

—Todo, están muertas.

—Muertas... —repitió paciente.

—Tan muertas como yo, Scarlett, porque no siento nada. No hay nada dentro de mí, solo silencio. —Señalé el suelo con un gesto de rabia—. Todas esas palabras están vacías. Me convertiría en un fraude si dejara que alguien las cantara. Sabes que yo no soy así.

—Sé que no eres así, y también sé que esas estrofas son buenas.

—No lo suficiente.

—Lo son, aunque tú no consigas verlo, y me pregunto por qué.

Negué con un gesto de burla.

Scarlett sacudió la cabeza y suspiró frustrada. Tenía motivos para sentirse molesta conmigo, no se lo estaba poniendo nada fácil con mi actitud.

—Hunter, llevas casi un año tirando a la basura todo lo que compones.

—Soy muy consciente, gracias.

—¡Casi un año!

—Sé contar —repliqué con la mandíbula tensa.

—No te hagas el tonto conmigo, sabes a qué me refiero.

Por supuesto que lo sabía y por nada del mundo quería hablar del tema.

—Lo que pasó no tiene nada que ver con esto.

—Y un cuerno, Hunter, desde que esa carta llegó, no has vuelto a ser el mismo. No es que hasta entonces fueses un tipo adorable, pero eras soportable y tu talento compensaba la falta de encanto y habilidad social.

Esbocé una leve sonrisa. Me gustaba Scarlett porque era la única persona que se atrevía a decirme lo que pensaba y me obligaba a poner los pies en la tierra. No me hacía la pelota ni me adulaba para tenerme contento. No necesitaba ese tipo de gente a mi alrededor. No la soportaba. Ya había caído dentro de esa jaula dorada, donde te hacen creer que eres indispensable y único, hasta que llega alguien mejor que tú y te conviertes en prescindible.

Palpé mis bolsillos en busca del tabaco y un mechero. Antes de encender el pitillo, dudé un instante. Lo dejaba un tiempo y luego volvía a fumar. Siempre en épocas en las que me agobiaba: me calmaba los nervios.

Abrí la ventana y di una profunda calada.

—Eso acabará matándote —me advirtió Scarlett.

Sus ojos se toparon con los míos y levantó las cejas, retándome. No quería discutir con ella, así que lo apagué en la tierra seca de una maceta, cuya planta había muerto hacía semanas. Alcé los brazos en un gesto que quería decir «¿contenta?».

Scarlett se incorporó del sofá y vino hacia mí, tan decidida que me puse en guardia. Conocía esa mirada dura. Lo que venía después. También que no quería oír lo que tenía que decirme.

—Se acabó. No puedes seguir así, es destructivo —me recriminó severa. Abrí la boca para replicar, pero enmudecí cuando me apuntó con el dedo—. Mira, no sé qué demonios te pasa en realidad, pero va siendo hora de que lo averigües. Debes encontrar el problema y buscar una solución. No puedes pasarte la vida encerrado entre estas paredes, lamentándote de tu existencia. ¿Crees que eres el único con una vida de mierda? Pues déjame decirte que no tienes ese privilegio. Así que actúa como hacemos todos cuando las cosas se tuercen: haz deporte, adopta una mascota, sal con amigos...

—¿Qué amigos?

—Si devolvieras las llamadas y sonrieras un poco más, harían cola frente a tu puerta.

Me burlé de sus palabras con una mueca y ella me dio un codazo en las costillas.

—¡Ay!

—En serio, tienes que salir de esta casa. Mejor aún, sal de la ciudad.

—¿Y adónde quieres que vaya?

—¿Qué te parece California?, es una buena época para visitar la costa. Sol, playa, chicas... Quizá encuentres a alguien que te guste.

—Ya tengo a alguien que me gusta.

Hizo un ruidito con la garganta.

—Esa loca no cuenta.

—No hables así de Lissie, por favor —susurré agotado.

No era ningún secreto que Scarlett odiaba a Lissie y que ese sentimiento era mutuo. Scarlett la consideraba una persona tóxica, que me estaba utilizando para abrirse puertas, y no era la única que lo pensaba.

—¿En serio? ¿Has leído las declaraciones que hizo a esa revista sensacionalista? Miente más que habla, y no tiene ningún reparo en echarte a los tiburones para ganar popularidad.

Bajé la mirada al suelo y se me encogió el pecho con un sentimiento de añoranza al pensar en la chica con la que salía. Con el paso del tiempo, Lissie se había ido transformando en una extraña. No dudaba de que la mujer alegre y extrovertida que conocí dos años atrás seguía dentro de ella. Sin embargo, cada vez era más difícil encontrarla. Su carrera como cantante no terminaba de despegar y vivía en un estado constante de frustración del que, en cierto modo, me hacía responsable.

Salir conmigo la acercó a los focos, la prensa especializada se fijó en ella, y su primera oportunidad no tardó en presentarse. No le fue bien. Tiempo después, continuaba siendo más conocida por salir con Hunter Scott que como artista. Lissie Bell, quien soñaba con llegar a ser la próxima Carrie Underwood y copar las listas, solo logró un paso fugaz por la Hot Country Songs con su primer sencillo.

Ahora habían surgido unos rumores que aseguraban que Lissie me había sido infiel y yo me negaba a creérmelos. O no quería creérmelos. Quizá porque nunca había podido tener una relación sana con nadie, y con ella había conseguido algo que se le parecía y me hacía sentir más normal. Menos solo.

—No es la primera vez que un periodista malinterpreta sus palabras —salí en su defensa.

—Y, visto lo visto, tampoco será la última. Por Dios, Hunter, ¿cuándo vas a darte cuenta de que no la necesitas?

Esa mujer no te hace ningún bien. Solo le interesan tu fama y la visibilidad que puedes darle.

Noté una punzada dolorosa bajo el esternón, que me hizo apretar los dientes. ¿Nadie se planteaba que pudiera gustarle por mí mismo, aunque solo fuese un poco, sin que mi cuenta corriente o mi fama tuvieran algo que ver?

—¿Y por qué te molesta? Tú también estás aquí por tu propio interés —salté con malos modos.

—¿Qué acabas de decir?

—Son mis canciones las que pagan tus facturas.

No se inmutó.

Suspiró con una pequeña sonrisa en los labios y se apoyó en la repisa de la ventana.

—¿Y? Mi fe en ti y mi dinero pagaron las tuyas mientras te colocaba en lo más alto y te convertía en el compositor que eres ahora. ¿Quieres que discutamos quién le debe más a quién? Aunque yo preferiría hablar del verdadero motivo por el que me atacas e intentas hacerme daño, y es porque sabes que estoy en lo cierto sobre Lissie. Del mismo modo que sabes que la única razón por la que me preocupo por ti es que me importas mucho. Aunque no te lo merezcas cuando te comportas como un imbécil.

Sus palabras me hicieron sentir la peor persona del mundo. No se merecía que pagara con ella mis problemas. Me froté la cara y dejé que mi espalda resbalara por la pared hasta acabar sentado en el suelo. Mi yo racional sabía que Scarlett tenía razón en todo lo que decía, y si seguía con esa actitud acabaría decepcionándola aún más. Ese pensamiento me angustiaba. Ella era lo único bueno y constante en mi vida. Me protegía e impedía que me derrumbase. Todo lo que había logrado se lo debía a su fe en mí.

Scarlett se arrodilló a mi lado y me peinó con los dedos. Fue un gesto cariñoso, maternal. La miré y en sus ojos percibí la preocupación que sentía por mí. Pasamos unos minutos sin mediar palabra. Me incliné hasta que mi cabeza encontró apoyo en su hombro y el pecho se me encogió con una necesidad.

—Tengo que recuperar mi música o me volveré loco —confesé en un susurro.

—Tu música no ha ido a ninguna parte, Hunter, sigue dentro de ti. Es un órgano más en tu interior, porque esa sensibilidad tan especial que tienes para componer no se gana ni se aprende, se nace con ella.

—¿Y por qué no la oigo si sigue ahí?

—No tengo esa respuesta, pero sí sé cuándo dejó de sonar.

Me aparté de su lado como si algo me hubiera empujado con un golpe seco. Sacudí la cabeza. No quería volver a ese tema, pero ella no parecía pensar lo mismo.

—Hunter, sé que no te gusta hablar de este asunto...

—Pues no lo menciones —la corté.

—Tu inspiración enmudeció después de esa carta. Lo sabes mejor que yo, y no entiendo por qué no quieres afrontarlo.

—Porque no hay nada que afrontar, Scarlett. Quienes creía que eran mis padres no lo son y ya está. Tomaron la decisión de adoptarme, de mentirme, y me hicieron sentir que era un gran error en sus vidas perfectas. Así son las cosas, me gusten o no, y debo vivir con ellas —sostuve convencido. Me froté la nuca y eché la cabeza hacia atrás—. En el fondo, fue un alivio averiguar que no eran mis padres.

Scarlett inspiró hondo y clavó sus ojos oscuros en mí. Me observó con cautela.

—¿Y qué hay de tu madre? La de verdad.

—¿Qué pasa con esa?

—No lo sé, dímelo tú.

—¿Crees que mi bloqueo tiene que ver con ella?

—¿Lo tiene?

—¡No!

—¿Estás seguro? Porque desde que recibiste esa carta...

—¡Y dale con eso! —gruñí al tiempo que me ponía en pie y sacaba otro cigarrillo de la cajetilla—. Esa mujer me importa menos que nada. Se quedó preñada y luego se deshizo de mí. Me da igual si está enferma. Me importan un cuerno su conciencia y saber por qué lo hizo. Allá cada cual con sus remordimientos. Solo busca mi perdón para poder morirse en paz.

El rostro de Scarlett se contrajo en una expresión de horror.

—Eso es muy cruel, Hunter. Y no deberías juzgar a nadie sin conocer su historia. La perspectiva depende de los zapatos que calzas.

—¿La estás defendiendo? —Alcé la voz sin poder evitarlo.

—Yo no defiendo a nadie, pero tampoco acuso sin saber. Es cierto, te abandonó, pero desconoces por qué lo hizo. Quizá haya un motivo, ¿no quieres saberlo?

—No.

—¿Y si averiguar la verdad es lo que necesitas para recuperar tu música?

Sacudí la cabeza con vehemencia. Me negaba a prestarle oídos a esa duda.

—No quiero seguir hablando de esto.

—Hunter...

—Por favor, déjalo ya.

—Está bien —suspiró y se puso de pie.

Arregló la falda de su vestido y luego tomó sus cosas del sofá.

—Llámame si necesitas algo, ¿de acuerdo?

Asentí, sin atreverme a levantar la vista del suelo.

En cuanto oí que la puerta se cerraba, me dejé caer en el sofá. Eché la cabeza hacia atrás y contemplé el techo. Estaba hecho un lío, perdido y roto, y no sabía cómo había llegado a ese punto. Imagino que, una vez que te rompen el alma, nunca vuelves a ser el mismo. Cualquier inseguridad hace que el miedo se apodere de ti y la razón te abandona. El orden desaparece y todo se descontrola. Sin embargo, no te das cuenta de lo que ocurre. Solo sabes que nada va bien y tus pasos, al igual que tus pensamientos, se adentran cada vez más en un laberinto sin luz en el que no hay ninguna señal que te permita alcanzar la puerta de salida.

Acabas creyendo que esa puerta ni siquiera existe.

# 2
# Hunter

Saqué otro cigarrillo. Las manos me temblaban tanto que apenas pude encenderlo. La primera calada me supo a gloria, si bien mi corazón no se calmó. Empezó a latir más rápido, más sofocado y desordenado.

Taquicardia.

Ansiedad.

Me ahogaba.

Ese puto sentimiento que me asfixiaba, como si mi mundo estuviera a punto de terminar, había crecido un poco más cada día desde no sabía cuándo y ahora era insoportable. Un gemido surgió de mi garganta sin que yo pudiera detenerlo. Me senté en el sofá y mis ojos vagaron por la habitación hasta detenerse en el cuaderno que había hecho trizas unos minutos antes.

Moví las manos, nervioso. Durante los últimos meses me había dicho a mí mismo que solo estaba atravesando una mala época. O alcanzando el final de una etapa que ya no me estimulaba y se había vuelto monótona. Tal vez había llegado el momento de probar otro tipo de música. Lo intenté. Traté de crear algo distinto, pero cuando el tiempo pasó y me di cuenta de que todo empeoraba, en lugar de aceptar que me ocurría algo que escapaba a mi control, me obsesioné con llenar ese vacío que sentía en el pecho.

Dejé de comer, de dormir, de salir. Me centré solo en mi trabajo y empecé a fumar y beber demasiado. No quería admitirlo, pero tenía un serio problema y debía hacer algo para solucionarlo y escapar de aquel círculo vicioso.

Puede que Scarlett tuviese razón y la solución pasaba por poner distancia. Estar un tiempo lejos de las discográficas y los estudios de grabación, de aquella ciudad deslumbrante que te absorbía la luz. Quizá por eso brillaba tanto, por los miles de idiotas que volcaban y perdían sus sueños en ella. A mí me estaba devorando.

Puede que hacer un viaje no fuese ninguna locura. Tomarme un par de semanas y conducir hasta Alaska para hacer *snowboard*. Saltar desde un helicóptero en los fiordos de Kenai. Visitar el glaciar Athabasca en las Rocosas de Canadá. Perderme de nuevo en la isla de Vancouver para practicar surf en sus costas. Sí, ese parecía el mejor plan. Además, en Tofino había hecho algunos amigos años atrás y no hacía mucho que había vuelto a tener noticias de Declan.

Exhalé un suspiro de alivio y noté que mis labios se estiraban en una sonrisa sin necesidad de forzarlos. Pensé en la isla, en sus grandes lagos y húmedos bosques, en las infinitas playas desde donde podía observarse el océano Pacífico, como la de Chesterman. Era mi favorita. Cuando bajaba la marea, había decenas de estrellas de mar sobre la fina arena. Y no había nada como sentarse en uno de los troncos que arrastraba el agua hasta la orilla y contemplar el impresionante atardecer.

Me puse de pie y apagué el cigarrillo en el cenicero. Una mezcla de sensaciones recorría mi cuerpo. De repente, me apetecía mucho hacer ese viaje. Empecé a dar vueltas por el salón, tratando de recordar dónde habría guardado el pasaporte. Aunque lo primero que debía hacer era llamar a Lissie.

Como si mis pensamientos la hubieran invocado, la puerta se abrió y Lissie apareció con un montón de bolsas colgando de sus manos.

—¡Hunter! —exclamó mientras las dejaba caer sobre el sofá—. ¿A que no adivinas a quién he conocido esta mañana?

Me encogí de hombros y sonreí al verla tan feliz. Negué con la cabeza y ella corrió a abrazarme. La sostuve por la cintura cuando trastabilló al pisar los trozos del cuaderno y la apreté contra mi pecho.

—¿A quién?

—A Jake Curley, el dueño de The Wave Studios. Me ha reconocido y ha sido tan amable conmigo. Incluso me ha dado su número personal. ¿No es genial?

No conocía a ese tipo lo bastante como para opinar, así que no dije nada. Ella se deshizo de mi abrazo y comenzó a sacar cajas de zapatos de las bolsas y a abrirlas sobre la mesa. Al menos había seis pares, y me pregunté dónde iba a guardarlos. Dudaba de que hubiera más sitio en el vestidor.

Lissie no vivía conmigo, pero pasaba más tiempo en mi casa que en la suya y sus cosas ocupaban la mayor parte de mis armarios.

—Mi tarjeta se ha bloqueado y he cargado todo esto a la tuya. No te importa, ¿verdad?

—Ya sabes que no.

Arrugó la nariz en un mohín.

—Eres un cielo. —Inspiró hondo y se mordió el labio, como si hubiera recordado algo divertido—. Jake se ha interesado en mis proyectos. Se encontraba con un par de productores, ahora no recuerdo sus nombres, pero han trabajado con Shania Twain, Kelly Clarkson y Miranda Lambert. Mi representante cree que puede conseguir que nos reunamos con ellos, y, si tú me acompañaras, las posibilidades de firmar con una discográfica mucho más importante serían mayores...

—¿Que yo te acompañe?

—En realidad, lo ha propuesto Jake. Dice que te admira y lleva mucho tiempo intentando coincidir contigo, pero que Scarlett es un hueso duro de roer. —Me miró por encima del hombro e hizo una mueca de disgusto—. Escucha, Hunter, con esto no quiero decir nada, pero deberías pensar en cambiar de agente. Creo que estás perdiendo grandes oportunidades por fiarte de ella y sus decisiones.

—Scarlett no decide por mí.

—Veta a casi todo el mundo que quiere trabajar contigo.

—Solo es selectiva y se preocupa por mí.

—Si tú lo dices.

—Es como de la familia.

Lissie forzó una sonrisa y continuó hablando sobre el disco que estaba componiendo y todas las cosas maravillosas que esperaba que ocurrieran en el futuro. En ningún momento me preguntó si estaba bien, si había podido dormir o por qué había un cuaderno hecho trizas en el suelo. Tampoco se fijó en el agujero que había en la caja de mi guitarra, ni en la venda que me cubría los nudillos.

Ignoré el pellizco que noté en el corazón y el eco de las palabras de Scarlett dentro de mi cabeza: «No le importa nadie salvo ella misma. Te está utilizando».

—Vámonos de viaje —solté de golpe.

—¿Qué?

—Se me ha ocurrido que podríamos hacer un viaje, tú y yo. Nunca hemos ido de vacaciones juntos. Conozco un lugar precioso en la isla de Vancouver. Allí todo es verde y el aire es puro. Las playas son alucinantes y comeremos el mejor salmón ahumado que hayas probado nunca.

Lissie alzó una ceja y me miró como si no me reconociera.

—Hunter, ¿de qué estás hablando?

—Quiero ir de vacaciones contigo.

—¿Por qué?

—¿Cómo que por qué? Porque será divertido y pasaremos tiempo juntos. ¿No te apetece?

Abrió la boca, estupefacta.

—Estooo... Sí, claro, sería genial, pero... —Inspiró hondo, como si necesitara calmarse—. ¿Cuándo quieres hacerlo?

—Ahora mismo.

—¡¿Ahora?!

—Solo tenemos que guardar algo de ropa en una maleta y subir al coche.

Lissie sacudió la cabeza y dejó escapar una risita incómoda.

—¿Te has vuelto loco?

No era la respuesta que esperaba.

—¿Por qué dices eso?

—¿Has olvidado que este fin de semana es la fiesta de Columbia Records? Llevo semanas preparándome para ese momento.

—Ya te dije que no voy a asistir, Lissie.

Frunció el ceño y empezó a ponerse roja.

—¡Tienes que estar de broma!

—No.

—¡Hunter!

—Sabes que no me siento cómodo en esas cosas.

—Me he comprado un vestido y unos zapatos carísimos solo para esta ocasión —alzó la voz.

—Lo siento, pero fui muy claro sobre la fiesta y no voy a cambiar de opinión —le dije apesadumbrado.

Llevaba meses rechazando todo tipo de eventos. Me costaba rodearme de gente y la atención que recibía me provocaba ansiedad. La mera idea me superaba.

Lissie vino hacia mí y me tomó el rostro entre sus manos. Su mirada suplicante atrapó la mía.

—Hunter, por favor, no puedes hacerme esto.

—Si tanto te importa, puedes ir tú. A mí me parece bien —convine sincero.

Se apartó con malos modos y comenzó a recoger los zapatos que había sacado de las cajas.

—En la invitación no figura mi nombre. Dice bien clarito «Hunter Scott y acompañante». Lo cual, después de dos años saliendo juntos, me parece muy ofensivo. Y tú permites que me ninguneen.

—No te enfades conmigo, no la redacté yo —le rogué.

—Ya sé que tú no lo hiciste, del mismo modo que no haces otras muchas cosas. ¿Alguna vez piensas en mí, Hunter?

Parpadeé sorprendido.

—¿A qué viene esa pregunta? Siempre pienso en ti.

—Pues no lo parece. Si lo hicieras, sabrías lo importante que es esa fiesta para mí. La visibilidad que me daría ante la prensa. Podría hacer muchos contactos y acercarme a gente que, de otro modo, ni siquiera sueño porque tú te niegas a ayudarme.

—¿Cómo puedes decir eso?

—Te pedí que compusieras algunas canciones para mi nuevo disco.

Mis pulmones se aflojaron con una brusca exhalación.

—No puedo hacerlo.

—Sí, ya lo sé, en tu interior solo hay silencio, lo estás pasando mal, nadie te entiende... —resopló de forma exagerada—. Oye, todos lidiamos con algo. No eres el único con problemas, Hunter. ¿Qué hay de mí, de mi carrera y mis sueños? Siempre que te pido algo, dices que no. No a las entrevistas, no a los reportajes, no a las fiestas...

—Porque a toda esa gente no le interesa nuestro trabajo, solo nuestra relación.

—¿Y qué tiene de malo? —inquirió en tono inocente.

—Que es solo nuestra y no me parece bien exponerla.

—Pero al público le encanta saber cosas sobre cómo viven los famosos y ayudaría a mi carrera, Hunter. Para mí es lo más importante.

El estómago me dio un vuelco. La miré y empecé a preguntarme hasta qué punto la conocía de verdad. Qué puesto ocupaba yo entre sus prioridades y por qué estaba conmigo realmente.

—¿Lo más importante? —la cuestioné.

Abrió mucho los ojos al darse cuenta de lo que había dicho.

—No... quiero decir que... Lo nuestro es importante, pero mi carrera también lo es. Quiero ser cantante más que nada.

—Ya lo eres.

—Quiero ser famosa y llegar a lo más alto, Hunter —levantó la voz, frustrada, y me miró como si yo fuera el único culpable de ese sentimiento—. Es mi sueño y no entiendo por qué me está costando tanto. Lo he intentado todo para alcanzarlo. ¡Todo! Y... no sé... solo digo que podrías esforzarte un poco más por mí. Son pequeños sacrificios para conseguir algo mucho más grande para los dos, ¿entiendes?

Asentí, porque comenzaba a comprender muchas cosas, mientras sus ojos brillaban cargados de emociones. Empezaba a ver lo que otros ya habían vislumbrado casi desde el principio y yo me negaba a admitir. Aun así, una parte de mí se empeñaba en rechazar lo evidente y en creer que le importaba.

—Lissie, ¿tú me quieres?

—¿Qué clase de pregunta es esa?

—Una muy sencilla.

Sus labios esbozaron una sonrisa tensa que no llegó a sus ojos. Se acercó de nuevo a mí y me acarició la mejilla con la palma de su mano.

41

—Sí. ¿Contento?

—Entonces, olvídate de la fiesta y ven conmigo de viaje. Necesito hacer esto, no imaginas cuánto.

Dio un paso atrás y comenzó a negar con una mezcla de vehemencia y hastío.

—Hunter, no...

—Nunca te he pedido nada y siempre he confiado en ti. Por favor, haz esto por nosotros. Lo necesito —le supliqué.

Se me quedó mirando durante un largo instante y, por una milésima de segundo, creí ver un asomo de preocupación por mí. Luego desapareció tras un profundo suspiro.

—Te propongo algo: vamos a la fiesta este fin de semana y luego hacemos ese viaje, ¿qué te parece? —Se puso de puntillas y rozó mis labios con los suyos. Después me sonrió y deslizó sus dedos entre mi pelo—. Lo haremos así, ¿de acuerdo? Te prometo que no nos quedaremos mucho. —Bajé la vista al suelo—. Vamos, cariño, no puedo perder la ocasión de ponerme mi vestido exclusivo. Todo el mundo va a fijarse en él. Y he oído que asistirá Thomas Rhett. Tú lo conoces, ¿verdad? Podrías presentármelo. Dicen que está preparando un disco recopilatorio con muchas colaboraciones, y yo grabé una versión preciosa de *What's your country song*. Es una oportunidad increíble para mostrársela.

Y allí estaba de nuevo esa obsesión que le consumía el alma: la fama. La necesidad de atención.

Me costó un mundo levantar la cabeza y mirarla a los ojos. Hacer a un lado mis sentimientos y enfrentarme a la realidad que tenía delante. La ansiedad comenzó a apoderarse de mí y un nudo me oprimió el pecho hasta robarme el aire. ¿Qué demonios pasaba conmigo? ¿Por qué no era lo bastante bueno para nadie solo por mí mismo y no por lo que podía ofrecer? ¿Por qué me resultaba imposible crear un vínculo afectivo normal? ¿Por qué no lograba despertar un poco de amor en otro ser humano? Puro y desinteresado, sin condiciones.

Aparté su mano con mi brazo y me alejé de ella. Lo nuestro no tuvo futuro desde el principio y había tardado dos años en darme cuenta. Dos años en aceptar que estaba cansado de intentarlo. De esa búsqueda constante de sentirme querido. De la sensación permanente de soledad y no encajar en ninguna parte. De mi propia realidad: Lissie me gustaba y me preocupaba por ella, pero esperaba un amor real por su parte que yo no sentía hacia ella, aunque trataba de encontrarlo. Me esforzaba por hallarlo.

Nuestra relación no era justa para ninguno de los dos.

—Hunter, ¿qué ocurre? —me preguntó. Noté su mano en mi espalda y rehusé su roce con más distancia—. ¿Por qué me rehúyes?

—Esto no va a ningún lado.

—¿A qué te refieres?

Me di la vuelta y la enfrenté con más frialdad de la que pretendía, pero así era yo: inestable, volátil y tan orgulloso como arrogante cuando me ponía a la defensiva y necesitaba protegerme del rechazo.

—A ti y a mí, a esta relación que tenemos. No es buena para ninguno de los dos.

Parpadeó confundida.

—No te entiendo.

—No creo que debamos seguir juntos —dije sin más rodeos.

Abrió la boca, perpleja.

—¿Porque no quiero acompañarte a ese viaje?

—El viaje es lo de menos, Lissie.

—¡Y un cuerno! Hunter, ¡quieres romper conmigo porque no hago lo que tú deseas! —exclamó enfadada. Me apuntó con el dedo—. Te comportas como un niño malcriado. ¿Me estás chantajeando para que acceda, se trata de eso?

—¡Joder, no! —masculé mientras sacudía la cabeza.

El chantaje era su especialidad, no la mía.

—Estábamos bien hasta que has mencionado ese estúpido viaje.

No pude reprimir una sonrisa mordaz.

—¿Eso es lo que crees?

—¿Y qué esperas que piense?

—No hay nada que pensar, solo míranos —exploté, más consciente que nunca de todo lo que nos separaba—. No estamos bien ahora y no lo estaremos nunca, porque no coincidimos absolutamente en nada y esa es la verdad. ¡En nada, Lissie! No compartimos intereses ni nos motivan las mismas cosas. Tú quieres un estilo de vida que yo rechazo por completo, y no voy a vivir bajo un foco ni por ti ni por nadie. Si lo quisiera estaría sobre un escenario, y abandoné ese camino hace mucho. —Hice una pausa e inspiré hondo—. Lo siento, pero alargar esta situación solo nos hará más daño.

Vi cómo se le aceleraba la respiración y el color desaparecía de sus mejillas.

—¿Estás cortando conmigo? No puedes hacer eso.

—Es lo mejor.

—¿Para quién? ¡¿Para ti?! —gritó. Se llevó las manos al pecho, como si le costara respirar, y llenó sus pulmones varias veces—. Está bien, vamos a tranquilizarnos y a hablarlo, ¿de acuerdo?

—No hay nada que hablar.

Sus ojos se clavaron en los míos con una expresión suplicante. Me sentí mal y aparté la vista.

—Hunter, por favor, sé que no he sido la mejor novia del mundo, pero puedo hacerlo mejor.

—No se trata de hacerlo mejor.

—Déjame intentarlo —imploró.

—No soy lo que buscas ni lo que necesitas, no pierdas el tiempo.

—Si rompes conmigo, hundirás mi carrera, ¿acaso no lo ves? —gruñó amenazante.

Cambiaba de una emoción a otra tan rápido que apenas podía distinguirlas, pero en aquel instante era más ella que nunca.

—¡¿Yo?! —salté sin dar crédito.

—Piensa en todo lo que perderé por tu culpa. No puedes hacerme esto, Hunter.

—No estoy haciendo nada —gemí agotado y sin paciencia.

—¡No me dejas avanzar! ¿Por qué todo el mundo se empeña en que fracase?

Me tensé como si algo me quemara por dentro. Apreté los dientes y solté el aire muy despacio, en un vano intento por controlar el resentimiento que se estaba apoderando de mí.

—¿Nunca has pensado que la razón por la que no avanzas eres tú y no el resto del mundo?

—¿Qué quieres decir?

—Que el éxito se consigue con trabajo, esfuerzo y talento, Lissie. ¿Quieres ser famosa y triunfar? Pues demuestra quién eres y lo que vales con tu voz, en lugar de contarle a todo el mundo nuestras intimidades, filtrar fotos personales o utilizarme para acercarte a personas que, de otro modo, no sabrían ni que existes. —Alcé la barbilla y le dediqué una sonrisita sarcástica—. Porque hasta ahora lo has intentado todo, menos dejarte la piel cantando.

Ya está, lo había dicho. No había sido mi intención en ningún momento; sin embargo, solía reaccionar como un capullo cuando me veía acorralado o me trataban como si fue-

45

se idiota. Todo tenía un límite y yo lo había alcanzado con Lissie. Mantenerla a mi lado para no sentirme vacío no solo había sido un error, sino que logré el efecto contrario. Acentuó mis carencias y mis inseguridades. Mis miedos.

—Por fin estás mostrando tu verdadero yo —me dijo con desprecio, y sacudió la cabeza como si nada le importara—. Pues que te quede clara una cosa, soy yo la que rompe esta relación. Yo te dejo a ti, y será lo que contaré a todo el mundo. No creas ni por un momento que voy a quedarme de brazos cruzados. No permitiré que esto afecte a mi imagen.

—Cuento con ello —convine sin fuerzas.

Estaba seguro de que Lissie haría todo lo posible por sacarle partido a nuestra ruptura y, siendo sincero, me daba igual. Podía gritarle al mundo lo que le diera la gana, si eso la hacía sentirse mejor y odiarme un poco menos.

—¡Estupendo! Deseo de todo corazón que la maldición del club de los veintisiete no se olvide de ti. —Se inclinó y sacó una cajita con un lazo de una de las bolsas. Me la lanzó a los pies y se abrió al golpear el suelo. Una púa de guitarra rebotó sobre la madera—. ¡Feliz cumpleaños, gilipollas!

Acto seguido, agarró las bolsas que había traído consigo y se marchó, llevándose con ella todo el aire de la habitación.

Me dejé caer en el sofá y contemplé el techo. Era mi cumpleaños y lo había olvidado por completo. Noté que se me encogía la garganta. Veintisiete años y me sentía como si tuviera noventa. Si cerraba los ojos y permanecía allí sentado un poco más, puede que el deseo de Lissie no tardara mucho en cumplirse. Solo debía aguantar la respiración y pedirle a mi cerebro que se rindiera. La nada me resultaba mucho más reconfortante que la secuencia de días que me obligaba a soportar.

Sobre la mesa, la pantalla de mi teléfono se iluminó con la notificación de un mensaje. Le eché un vistazo y parte de la oscuridad que me envolvía se disipó.

Era de Declan, como si el haber pensado en él un rato antes lo hubiera conjurado. Me deseaba feliz cumpleaños, y me mandaba la foto de una tabla de surf que había hecho él mismo. Ahora las diseñaba y, por lo que había podido averiguar, le iba bastante bien.

**Declan:** ¿Te gusta? Pues es tuya.
Solo dime adónde te la envío.

Sonreí, sin saber muy bien por qué sentía esa oleada de consuelo y gratitud recorriéndome el pecho.

**Hunter:** ¿Y si voy yo a buscarla?

**Declan:** Will dice que no tienes huevos.

Me reí con ganas y parte de la tensión que me entumecía los músculos se fue aflojando.

**Hunter:** Dile que llene de cervezas
la nevera.

**Declan:** ¿Va en serio?

**Hunter:** Estaré ahí en unos días.

**Declan:** Aquí te esperamos, y no
se te ocurra echarte atrás.

Dejé el teléfono en la mesa y me froté la cara con las manos. Luego me puse en pie sin pensar mucho en lo que hacía. Si le daba vueltas, estaba seguro de que me arrepentiría y acabaría encerrado entre aquellas paredes hasta volverme loco. Así que saqué dos maletas de uno de los armarios y las llené de ropa y todo aquello que podría necesitar.

Las llevé al coche y regresé arriba mientras llamaba a Scarlett por teléfono y le pedía vernos en su oficina. En una mochila guardé mi portátil, la cartera y el pasaporte. Metí un par de guitarras en sus fundas y me las colgué del hombro. Antes de salir, eché un último vistazo a mi alrededor y la idea de prender una cerilla y dejarla caer me pasó por la cabeza como un susurro tentador. A veces me daban miedo mis pensamientos, no porque me viera capaz de llevarlos a cabo —dudaba de que pudiera intentarlo siquiera—, pero que estuvieran allí, llenando de ruido mi cerebro sin dejarme oír nada más, me asustaba.

Subí al coche y me puse en marcha.

Minutos después, cruzaba el vestíbulo del edificio donde estaba la agencia. Tomé el ascensor hasta el cuarto piso. Cuando se abrieron las puertas, encontré a Scarlett esperándome en el pasillo. Sin previo aviso, saltó sobre mí y me abrazó con fuerza.

—¡Feliz cumpleaños, Hunter! Me alegra tanto verte aquí de nuevo.

—Me estás asfixiando —logré susurrar.

Ella dejó de estrangularme y dio un paso atrás.

—¡Ay, perdona! —Se atusó el pelo y me dedicó una sonrisa enorme—. Pasa, he pedido que nos suban café y tarta de melocotón, tu favorita.

—Esa es la tuya.

—Cierto, me has pillado —admitió con las mejillas rojas—. Es que no soporto la crema de queso, es tan empalagosa.

—Olvida la tarta, tengo un poco de prisa.

Scarlett frunció el ceño y me miró con una mezcla de curiosidad y cautela.

—De acuerdo. ¿Qué es eso de lo que quieres hablarme?

—Voy a hacerte caso y me marcharé unos días, para desconectar. Creo que me vendrá bien alejarme de este ambiente.

Su rostro se iluminó.

—Por supuesto, es una idea estupenda, Hunter. ¿Adónde has pensado ir?

—A Tofino, en la isla de Vancouver. Me apetece hacer surf y allí tengo algunos amigos.

Quiero salir hoy mismo.

—¿Vancouver? Le pediré a Robin que consulte los vuelos disponibles y compre los billetes.

—No. Voy a ir por carretera.

—Hunter, en coche al menos tardarás cuatro días en llegar.

—¿Y qué? Me gusta conducir, me relaja. Veré otros estados, probaré la comida local y así podré sentir que realmente me alejo de todo.

Ella me observó unos segundos y acto seguido me dio un abrazo fugaz.

—Me parece un plan maravilloso, tómate el tiempo que necesites. Yo cuidaré del fuerte.

Saqué del bolsillo las llaves de mi casa y se las puse en la mano.

—He roto con Lissie, e imagino que querrá sacar sus cosas de mi casa lo antes posible, ¿podrías ocuparte de todo?

Scarlett me miró con los ojos muy abiertos. Parpadeó varias veces y luego frunció el ceño.

—¿Has cortado con ella? —Asentí. Vi que apretaba los labios para no sonreír—. ¿Por qué?

—Bueno, en eso también tenías razón.

Dejó de controlarse y rompió a reír. Sus brazos me rodearon de nuevo.

—No te preocupes por nada. Yo misma me encargaré de

ayudarla con la mudanza y trataré de minimizar las consecuencias. Imagino que intentará aprovechar el momento. Y después de lo de ayer...

Alcé las cejas, sin saber a qué se refería.

—¿Qué pasó ayer?

—¿No has visto el vídeo?

—Sabes que evito internet.

—Avisó a un par de periodistas de que estaría en una joyería muy conocida en Midtown, comprándote un regalo de cumpleaños. Ha logrado que el *hashtag* #LissieBellNoviaPerfecta sea *trending topic* durante unas horas.

Cogí aire y lo solté muy despacio. Una sonrisa amarga curvó mis labios al darme cuenta de que el regalo de Lissie no había sido un gesto personal y sincero, sino que era otra de sus estrategias de promoción.

—No debería sorprenderme, ¿verdad?

—Lo siento mucho, Hunter, sé que ella te gusta.

—Sí... bueno... me gustaba la persona que creía que era, pero no lo es. Eso lo simplifica bastante.

Un desengaño duele, pero también ayuda a darte cuenta de que a una persona que no está hecha para ti es mejor dejarla atrás. Que no tiene nada de malo huir, aunque no sepamos con certeza el motivo por el que nos alejamos y culpemos al destino de esas manos invisibles que nos empujan a correr, cuando son nuestros propios pies los que se mueven espoleados por nuestras emociones, aunque no tengamos la menor idea de qué estamos sintiendo realmente. Hacia dónde vamos y por qué.

# 3
# Willow

**Inercia.**

**1.** Propiedad de los cuerpos de mantener su estado de reposo o movimiento si no es por la acción de una fuerza. | **2.** Rutina, desidia. | **3.** Estado mental provocado por los hábitos, ideas y paradigmas impuestos por otros, que condiciona el entendimiento y percepción de nuestra propia vida, y nos empuja a resistirnos a los cambios y pensar en los intereses de los demás antes que en nosotros mismos.

No lograba recordar cuándo ocurrió. En qué momento dejé de ser la Willow inquieta y alocada que actuaba antes de pensar. Que se dejaba llevar por sus impulsos y defendía sus ideas contra viento y marea, aunque estuviera equivocada. La que por puro orgullo nunca daba su brazo a torcer. La que se arriesgaba sin dudar, porque prefería intentarlo a vivir preguntándose si lo habría conseguido.

En algún punto del camino, esa chica se fue diluyendo y tomó forma otra más conformista y complaciente, resignada. Que poco a poco fue cediendo el control de sus acciones y decisiones. Primero a mi familia y más adelante a mi pareja, mis jefes... Casi sin darme cuenta, empecé a vivir en piloto automático. Mis días se transformaron en una secuencia de tareas predecibles y obligaciones sobre las que no reflexionaba en absoluto.

Haz esto. Haz lo otro.

Ve aquí. Ve allí.

Dejé de fijarme en lo que pasaba en mi interior, en la insatisfacción y el malestar que me acostumbré a ignorar. Cuando le tienes más miedo al sufrimiento que a la infelicidad, conformarte con lo conocido, aunque sea malo, siempre parece la opción más sensata y controlable, y acaba siendo un hábito.

Para cambiar a alguien primero debes destruir lo que fue, y de mi verdadero yo ya no quedaba nada.

Odiaba mi trabajo, mi familia me asfixiaba y mi novio me manipulaba a su antojo sin que yo hiciera nada para evitarlo. Mi único acto de rebeldía en muchos años fue adoptar un perro abandonado que encontré un día de lluvia en un callejón. Mi corazón se había aferrado al de ese animal como un cuerpo congelado al calor de una estufa. Nada ni nadie logró separarme de él y ese lazo que nos unía fue lo único que consiguió que me opusiera a la inercia que controlaba todas las facetas de mi vida. ¿Cómo? Había perdido muchas cosas mientras intentaba convertirme en una persona adulta: el orgullo, el amor propio y la autoestima, pero aún guardaba un gran sentido de la justicia, y mi sentimiento por Nuk era el amor más puro y sincero que había experimentado por otro ser vivo. Creer que lo había perdido fue lo que me hizo reaccionar. Bastó ese miedo para que la pared tras la que me escondía se agrietara y el desorden se filtrara.

«El aleteo de las alas de una mariposa se puede sentir al otro lado del mundo», dice un proverbio chino. Lo que significa que pequeñas perturbaciones pueden generar efectos considerables. Si habéis oído hablar sobre la teoría del caos o el efecto mariposa, ya sabéis a qué me refiero. El orden y el caos se encuentran a solo una oscilación de distancia, lo que dura un parpadeo, y ese segundo puede cambiarlo todo.

El día empezó con mis padres y Rosie, mi hermana pequeña, presentándose por sorpresa en el banco donde yo trabajaba. Rosie había soñado desde niña con ser enfermera. Sin embargo, una vez que comenzó sus estudios, pudo comprobar que la realidad de ese trabajo distaba mucho de lo que ella había imaginado tras ver todas las temporadas de *Anatomía de Grey*. Dejó la carrera y se matriculó en Psicología. Solo duró un par de semestres, lo que tardó en darse cuenta de que le importaban un cuerno los problemas de los demás. Ahora todo apuntaba a que había descubierto su verdadera vocación: terapeuta de belleza.

Cerré el folleto informativo y se lo devolví a mi hermana, que estaba sentada entre mis padres, al otro lado de la mesa de mi despacho. Entrelacé las manos sobre mi regazo y me tomé un momento para serenarme.

—A ver si lo he entendido bien, ¿queréis que os conceda un préstamo de veinticinco mil dólares para que Rosie vaya a ese colegio privado en Nuevo Hampshire a estudiar peluquería y maquillaje?

—Terapeuta de belleza —me corrigió Rosie.

—Hay una gran diferencia, Willow —terció mi madre—. Un terapeuta es un profesional mucho más cualificado e importante. Además de la parte estética, Rosie aprenderá a analizar el mercado, planificar servicios y maximizar el beneficio. También gestión empresarial y contabilidad. Imprescindible para crear y dirigir su propio centro terapéutico en un futuro.

—¿Y no hay nada aquí, en Albany, donde pueda aprender lo mismo?

—Ese colegio es el mejor de todo el país.

—Es muy caro.

—Ni que el dinero fuese a salir de tu bolsillo —saltó mi hermana.

Pero ahí residía el problema. Si les concedía ese préstamo, probablemente yo acabaría pagando las letras. Ya ocurrió cuando mi padre decidió abandonar su trabajo en una consultoría jurídica para montar su propio bufete. No salió bien. Al cabo de un año, se declaró en bancarrota y tuve que asumir gran parte del pago de su deuda para no perder la casa familiar. Entonces no era más que una universitaria de segundo año, que se vio obligada a hacer malabares para estudiar y trabajar al mismo tiempo. Tardé tres años en liquidar ese préstamo.

Desde entonces, les había ayudado en incontables ocasiones: reformas, vacaciones y todos los caprichos que a mi hermana se le antojaban y que mis padres nunca le negaban, aunque no pudieran permitírselos. Siempre la habían preferido a ella. No sé si por ser la pequeña o porque era la única hija que ambos compartían biológicamente, ya que mi padre era en realidad mi padrastro.

No importa demasiado cuál fuese el motivo; de algún modo, ellos tres siempre conseguían que me moviera al ritmo que marcaban, lo que había condicionado mis propios planes desde siempre y los había postergado en el tiempo hasta casi olvidarme de que existían.

—Es mucho dinero y los intereses serán altísimos. Dudo que el director os conceda el préstamo con el sueldo de papá como único aval.

—Usaremos la casa como garantía —sugirió mi madre.

Di un respingo en la silla.

—Mamá, ¡no! Podríais perderla si algo sale mal.

—No seas tan negativa, Willow, tu actitud es deprimente, y se trata de tu hermana y su futuro. Además, si hubiera algún contratiempo, lo solucionaríamos entre todos. Para eso están las familias.

—Para eso estoy yo, querrás decir —salté sin poder evitarlo—. Gano lo justo para llegar a fin de mes, no puedo hacer frente a más gastos.

—Tendrás algo ahorrado, si se da el caso —apuntó mi hermana con una sonrisita de suficiencia.

La miré a los ojos y suspiré sin paciencia. Mis padres la habían mimado tanto que nunca tuvo que esforzarse por nada y no conocía el significado de las palabras trabajo y sacrificio. Creció sin obligaciones ni responsabilidades, pero creyéndose digna de merecerlo todo por el simple hecho de respirar. Pasó de ser una niña malcriada a una adolescente insoportable, y ahora era una adulta inmadura, a la que me costaba comprender.

—Lo tendría, si me hubierais devuelto el dinero que os presté para tu coche y tu ortodoncia.

—No hace falta que seas tan borde, te lo devolveré cuando tenga mi centro de belleza.

Puse los ojos en blanco, ya podía esperar sentada a que ese día llegara.

—Chicas, no discutáis —nos pidió mi padre.

Le eché un vistazo al reloj que colgaba de la pared. Inspiré nerviosa y me puse en pie mientras me abotonaba la chaqueta del traje.

—Lo siento, pero tengo una reunión muy importante en cinco minutos —me disculpé.

—¿Y qué pasa con el préstamo? —preguntó mi madre.

—Hablaremos de eso en otro momento.

—Tú solo apruébalo, ¿de acuerdo?

Apreté los labios para evitar decir algo de lo que pudiera arrepentirme más tarde y forcé la sonrisa que ella esperaba como respuesta.

Los dejé en mi oficina y recorrí deprisa el pasillo hacia la sala de reuniones. Para mi sorpresa, cuando abrí la puerta, la reunión había terminado y el director del banco, mi jefe, despedía a los asistentes.

—Willow, ¿ya estás aquí? Pasa, por favor —dijo al percatarse de mi presencia.

Le dediqué una sonrisa y crucé la sala, tan nerviosa que me temblaban las rodillas. Me senté a la mesa y esperé. Poco después, nos quedamos a solas. Mi jefe ocupó su sillón y me miró a los ojos. Forzó una sonrisa. Luego cogió aire y lo soltó a trompicones. Tuve un mal presentimiento, que se hizo más y más pesado conforme el silencio se alargaba entre nosotros.

—Señor Mullins, creía que la reunión estaba programada a las once.

—Así era, pero, dadas las circunstancias, he pensado que sería mejor adelantarla para poder hablar contigo con más calma.

Tragué saliva y escondí las manos bajo la mesa. Comencé a pellizcarme los dedos, inquieta. Hacía semanas que se había notificado la jubilación de mi jefe, su puesto quedaría libre y todo apuntaba a que sería mío. Tras cinco años en esa sucursal, ascendiendo desde el puesto más bajo a fuerza de trabajo y empeño, me lo merecía más que nadie. El anuncio iba a realizarse en esa reunión, a la que finalmente no había sido invitada. No era una buena señal.

—Verás, Willow... —empezó a decir él—, ha habido algunos cambios de última hora y la junta ha decidido darle el puesto de director a Nick Howard.

Los latidos de mi corazón se dispararon.

—¿Qué? —Parpadeé confundida—. ¿Por... por qué? Solo lleva aquí dos años. Yo tengo mucha más experiencia y mi cartera de clientes duplica la suya.

—Lo sé, Willow, y soy muy consciente de que mereces este puesto, pero...

Hizo una pausa para secarse el sudor de la frente con un pañuelo de tela.

—¿Qué? —lo urgí.

—La junta piensa que, de cara a nuestros socios y clientes, es más conveniente que la persona que nos represente reúna ciertos requisitos.

—¿Requisitos? ¿Y cuáles son esos requisitos que Nick cumple y yo no?

—Bueno, explicarlo es un poco complicado.

—Inténtelo, necesito entender los motivos por los que han decidido no ascenderme, pese a merecerlo más que nadie en esta oficina.

—Nadie lo pone en duda, aun así...

—¡Por favor, usted mismo me aseguró que el puesto sería mío! —lo interrumpí.

—Tienes razón, y lo siento, pero la decisión final no ha sido mía. —Carraspeó y alcanzó un vaso de agua para beber un sorbo—. Verás, Willow, Nick es... A ver cómo lo digo. Él es... es... Hay personas que consideran que ese puesto debe ocuparlo... —Se pellizcó el puente de la nariz y apretó los párpados un instante—. Quiero decir...

Sonreí con desdén, al darme cuenta de cuál era la razón y que no tenía nada que ver con méritos, esfuerzo o mi profesionalidad. Se trataba de una cuestión biológica y, sobre todo, social, contra la que no podía hacer nada. A lo largo de mi vida había pasado por situaciones parecidas tantas veces que no debería sorprenderme. Sin embargo, lo hacía. Me sorprendía y me cabreaba.

—Él es hombre y la junta prefiere que sea un hombre el que dirija este banco, ¿no?

—Yo no he dicho eso. Además, nuestra política de igualdad...

—Por favor, señor Mullins, esa política no es más que un

adorno sin ningún valor en los estatutos de la empresa. Van a ascender a Howard porque es hombre y ustedes creen que ofrece una imagen mucho más fiable y segura para inversores y clientes que una mujer —recalqué sin ocultar mi enfado.

—Lo siento mucho, Willow. La decisión no ha sido mía.

Llené mis pulmones de aire y lo solté despacio. Hacer un drama no serviría de nada, así que me resigné.

—No importa, seguiré en mi puesto como hasta ahora.

El señor Mullins apartó la mirada y tragó saliva.

—Ya... Verás, habrá más cambios y tu puesto es uno de ellos.

—¿Qué quiere decir?

—Nuestra entidad en Hudson tiene problemas y han decidido trasladarte a sus oficinas. Necesitan a alguien con tu experiencia y resolución para reflotarla.

—Hudson se encuentra a cincuenta minutos en coche desde aquí. Perderé dos horas todos los días.

—Tienes la opción de mudarte —me sugirió, como si fuese lo más fácil del mundo.

—¿Cubrirían los gastos?

—No creo que sea posible.

Me costó un mundo mantener la compostura y mostrarme disciplinada.

—¿Y qué hay de mis clientes?

—Pasarán a Nick.

Abrí la boca sin dar crédito a lo que oía.

—Eso no es justo —le reproché.

Él ignoró mi comentario y volvió a beber agua. Carraspeó.

—Es importante que te esfuerces al máximo. Si no hay resultados en seis meses, cerrarán la sucursal, y allí trabaja una decena de personas, que perderían su empleo.

Fruncí el ceño, desconfiada.

—Y si no lo consigo, ¿también perderé mi trabajo?

—Saldrá bien, estoy seguro. Eres muy capaz, Willow —sostuvo con una sonrisa.

Eso era un sí. ¿Cómo demonios había pasado de tener un ascenso seguro a verme amenazada por un despido?

Dijo algo más sobre metas e incentivos, y otras cosas que no logré escuchar. Estaba tan enfadada que solo podía pensar en lo injusta que era la situación, y no merecía que me trataran de esa forma. Quería rebelarme y gritar. Reunir el valor para salir de allí dando un portazo y no regresar nunca más.

No obstante, no hice nada.

Me dejé llevar de nuevo por la inercia aprendida y bajé la cabeza, sin entender qué había dentro de mí que me hacía ser así.

# 4
# Willow

—¿Desea que le traiga la carta o prefiere esperar un poco más?

Alcé la vista del mantel y miré al camarero, que me sonreía de pie a mi lado. Noté que me ruborizaba y curvé mis labios a modo de disculpa. Era la segunda vez que me preguntaba.

—Esperaré un poco más.

Su sonrisa se hizo más amplia.

—Por supuesto.

Dio media vuelta y comenzó a alejarse.

—Espere... —Me miró sin que su expresión amable y diligente cambiara—. ¿Podría traerme otro Manhattan, por favor?

—Ahora mismo.

—Gracias.

Apoyé los codos en la mesa y me froté la cara con las manos. Cory siempre llegaba tarde a nuestras citas, pero esa noche parecía dispuesto a batir todos sus récords. Era consciente de que los horarios de trabajo de un médico residente como él estaban sujetos a las urgencias y contratiempos que pudieran surgir durante su turno en el hospital, y lo entendía. Lo que me costaba aceptar era que no tuviera la consideración de tomarse cinco segundos para enviarme un mensaje y no hacerme pasar por la misma situación incómoda una y otra vez.

El camarero apareció a mi lado y dejó una copa sobre la mesa.

—Aquí tiene su cóctel. ¿Desea la carta o seguirá esperando a su acompañante?

Sabía que su insistencia se debía a que yo llevaba una hora ocupando aquella mesa sin apenas consumir nada, mientras que la barra del restaurante se encontraba abarrotada de clientes que aguardaban su turno para cenar.

En ese momento, mi teléfono se iluminó sobre el mantel con un mensaje. Era de Cory y leí de reojo la notificación: «Lo siento, aún sigo en el hospital. Cena tú y ven a buscarme. Tengo una sorpresa...».

La pantalla se apagó y yo me hundí en la silla con una mezcla de agotamiento y decepción. Solo quería irme a casa y meterme en la cama para olvidarme de uno de los peores días de mi vida. Un carraspeo llamó mi atención. Miré al camarero y me di cuenta de que él también había leído el mensaje. Forcé una sonrisa.

—¿Podría traer la cuenta, por favor?

El hombre me observó apenado y su gesto me hizo deprimirme aún más.

—¿Sabe qué? Invita la casa.

Muerta de vergüenza, noté que se me encendían las mejillas. ¿Me invitaba por lástima? Debía de parecer tan patética como me sentía. Acepté su gesto. Rechazarlo nos habría hecho perder tiempo a ambos y yo no veía la hora de marcharme.

Me bebí el Manhattan de un solo trago y abandoné el restaurante con una opresión en las costillas que me impedía respirar. Tomé una bocanada de aire al salir a la calle, pero la sensación de ahogo no mejoró. Ni el escozor en los ojos, que me obligaba a parpadear.

El viento frío me golpeó las mejillas al doblar la esquina y hundí el rostro en el cuello de mi abrigo. Paseé sin prisa en dirección al hospital, con la mirada perdida en el cielo oscuro, salpicado de estrellas pálidas que titilaban con tanta apatía como la que yo sentía. Una desidia que cada día me envolvía un poco más y comenzaba a convertirse en rutina.

Al cabo de un rato, me arrepentí de no haber tomado un taxi. Los tacones me estaban destrozando los pies y el alcohol que calentaba mi estómago vacío empezaba a afectarme. Decidí atajar por el campus universitario y atravesar el parque Washington. Crucé el puente sobre el lago y ascendí la colina hasta la avenida Madison.

Cuando llegué al hospital, encontré a Cory en el vestíbulo, conversando con dos de sus compañeras, también residentes. Al verme, levantó un dedo para indicarme que esperase. Frené mis pasos y aguardé a cierta distancia, mientras él se reía como un adolescente de algo que no alcancé a oír. Pasaron unos minutos hasta que se despidió y vino a buscarme.

—Hola. —Me besó en la frente y pasó su brazo por mis hombros. Luego me guio hacia la puerta—. Estoy muerto de hambre, ¿comemos algo?

—Claro, ¿adónde quieres ir?

—Me apetece pizza.

—¿Otra vez? —protesté.

—Pero si te encanta.

—No es cierto.

—Claro que sí —insistió en un tonito condescendiente.

Me tragué un suspiro. De nada servía llevarle la contraria cuando se negaba a escuchar cualquier opinión distinta a la suya.

Fuimos hasta su coche y nos dirigimos al Villa di Como, un restaurante italiano en Center Square. Cory pasó todo el tiempo hablando de su trabajo y yo escuché paciente, esforzándome para que no se me notaran el cansancio y la tristeza que arrastraba desde esa mañana. Cuando nos sirvieron el postre, él guardó silencio y me observó desde el otro lado de la mesa.

—Estás muy callada.

—He tenido un día difícil.

—El día que salves vidas podrás hablar de días difíciles.

Mi corazón se contrajo con una sacudida y un regusto amargo se instaló en mi boca. No sé qué me sentó peor, si su comentario cargado de superioridad o el tono tan paternalista que había usado. Ya debería estar acostumbrada a que Cory menospreciara mi trabajo «capitalista» y encumbrara el suyo como si fuese el mesías destinado a salvar la humanidad. Sin embargo, me resultaba más y más molesto conforme pasaba el tiempo. Máxime cuando el sueldo que recibía por ese trabajo había cubierto gran parte de sus gastos mientras terminaba la carrera de Medicina. Aun así, me limitaba a guardar silencio, hacer como si nada y evitar todo conflicto.

Apuré el vino de mi copa y forcé una sonrisa.

—No me han dado el ascenso.

—¡¿Era hoy?! —se sorprendió Cory. Asentí con un suspiro—. ¿Y dices que no te lo han dado? —Negué en silencio—. ¿Y a quién han ascendido?

—A Nick Howard, mi archienemigo —bromeé—. Y eso no es lo peor, me trasladan a la sucursal de Hudson, quieren que comience el próximo lunes.

—¡Hudson está a una hora en coche, Willow! Tendrás que ir y volver todos los días, es un disparate.

—Han sugerido que me mude.

Cory se llevó a la boca el último trozo de tiramisú y lo masticó mientras me miraba cavilando. Luego apartó el plato y apoyó los codos en la mesa. Se aclaró la garganta.

—Creo que ha llegado el momento de que renuncies a ese trabajo y avances.

—No deseo renunciar —repliqué resuelta.

—¿Quieres pasar el resto de tu vida en ese lugar? Ni siquiera te gusta.

—Por supuesto que no, quiero dedicarme a algo menos deprimente.

—¿Como qué?

Abrí la boca para responder, pero no se me ocurría nada, y contuve la respiración al darme cuenta de que mi mente se quedaba en blanco cuando pensaba en qué cosas me gustaban o me motivaban, que un futuro distinto era algo que nunca me planteaba.

—Aún no lo sé, tendría que meditarlo...

—Piénsalo mientras dimites.

Puse los ojos en blanco y resoplé.

—No puedo dejar mi trabajo sin tener otro plan, Cory. Además, necesitamos el dinero.

—Terminaré mi residencia en unos meses y me han ofrecido la plaza de cirugía torácica que quedará vacante después de que el doctor Miller se jubile en primavera. ¿Sabes lo que ganaré al año a partir de ahora? Seiscientos mil como mínimo. Olvídate de trabajar.

—¿Qué quieres decir?

—Tienes treinta años, no eres una niña.

—Tengo veintinueve, cumpliré los treinta en noviembre —refunfuñé.

—De acuerdo, veintinueve.

—Y tú eres tres años mayor que yo, tampoco eres un niño.

—Willow... —pronunció mi nombre con un ligero tono de advertencia—. Lo que intento decir es que ha llegado el momento de dar un paso más, ¿no crees?

—Depende del paso —convine mientras me llevaba la copa a los labios.

—Deberíamos casarnos y tener un bebé. Muchos bebés.

Me atraganté y comencé a toser.

Aire.

Necesitaba aire con urgencia.

—¡¿Qué?! —grazné con voz ronca—. Oye, ya lo hemos hablado. No... no estoy preparada para ser madre y no sé si lo estaré algún día. La simple idea me aterra. Es más, creo que ni siquiera me gustan los niños.

—Eso lo dices ahora, pero cambiarás de opinión cuando los tengamos. Ya lo verás —sentenció él.

—Puede que sí o puede que no, y no quiero averiguarlo de ese modo: prueba y error. Porque si resulta que no soy capaz, no podré volver al principio como si nada.

—Cariño, el instinto maternal es algo propio de la mujer, una necesidad impresa en su naturaleza. Solo debes darle espacio para que se desarrolle y abrirte a la experiencia.

—Cory, no todas las mujeres tenemos esa necesidad y...

—Imagínalo por un momento —me interrumpió—. Tú y yo felizmente casados, en un hogar lleno de niños que se parecerán a ti. Con una segunda propiedad en los Hamptons, donde pasaremos los fines de semana y las vacaciones de verano. En la que un día envejeceremos juntos. Es perfecto, no puedes negarlo.

Intenté que sus palabras me parecieran románticas, una demostración de lo que sentía por mí, pero, en su lugar, un profundo malestar se adueñó de mi interior. Las únicas ideas que importaban eran las suyas y nunca se molestaba en considerar o comprender las mías. A sus ojos, siempre insignificantes. El empeño que ponía para convencerme de que su opinión era la más correcta y sensata acababa sobrepasándome y lograba que me rindiera al agotamiento.

—Puedo entender que sea el sueño de muchas personas, pero...

—¡Y el nuestro, Willow! —me silenció de nuevo—. Es el día a día el que no te deja verlo, por eso es buena idea que renuncies al trabajo y empieces a pensar más en nosotros. Te necesito conmigo, apoyándome en esta nueva etapa.

Precisé de toda mi voluntad para dibujar una sonrisa en mis labios que pusiera fin a la conversación, aunque ese gesto le otorgara la razón. Cory nunca me escuchaba y empeñarme en lo contrario era una pérdida de tiempo que solo me desgastaba.

¿Por qué me conformaba? No lo sé. Del mismo modo que no sabía absolutamente nada sobre mí. ¿Comía helado de caramelo salado porque me gustaba o porque era el favorito de Cory y siempre lo pedía para los dos sin preguntarme primero? ¿Me alisaba el pelo cada mañana porque él siempre insistía en lo mucho que le gustaba o porque yo me veía más guapa?

Me puse en pie y me acomodé el bolso en el hombro.

—¿Volvemos a casa? —le propuse—. Es tarde y Nuk debe de sentirse muy solo.

Durante un segundo, la mirada de Cory se oscureció y evitó la mía.

—Aún no, ¿has olvidado la sorpresa?

—¿Qué sorpresa?

—Una con la que te haré cambiar de opinión. —Me tomó de la mano y tiró de mí—. ¡Vamos!

—¿No puede esperar a mañana?

—No. Y necesito que me prometas una cosa.

—¿Qué? —suspiré.

—No dirás nada hasta que lleguemos.

—¿Adónde?

Se llevó un dedo a los labios y negó con la cabeza.

Asentí, porque era lo menos complicado.

Salimos del restaurante y él tomó la dirección contraria al lugar donde habíamos aparcado el coche, rumbo a Downtown. Tras unos minutos caminando, Cory se detuvo frente a la entrada principal de uno de los edificios residenciales más altos de la ciudad. Al ver que abría la puerta sin problema, tuve que romper mi promesa.

—¿Qué hacemos aquí y por qué tienes acceso?

Me dedicó una sonrisita socarrona e hizo el gesto de cerrar sus labios con una llave. Puse los ojos en blanco y lo seguí adentro. Cruzamos un vestíbulo tan grande como nuestro jardín, decorado con espejos, plantas artificiales y una lámpara enorme de cristal, que colgaba del techo. Entramos en el ascensor y subimos hasta el sexto piso. Salimos a un pasillo enmoquetado y Cory giró a la derecha. Yo lo seguía un par de pasos por detrás, fijándome en las puertas oscuras con números dorados que había a ambos lados. Alcé las cejas cuando se detuvo frente a una de ellas y sacó una llave de su bolsillo. La encajó en la cerradura y esta cedió a la primera.

El corazón comenzó a latirme muy deprisa. No entendía nada. Sin embargo, un presentimiento me encogía el estómago de forma dolorosa. Cory cruzó la entrada y encendió las luces. Luego me hizo un gesto para que lo siguiera. Obedecí, espoleada por la necesidad de averiguar de qué iba todo aquello. Crucé un amplio vestíbulo y me adentré en un salón que era más grande que toda nuestra casa, con un ventanal que ocupaba casi toda la pared. No había muebles ni cortinas.

—Como puedes ver, este es el salón —empezó a explicarme Cory—. Por este pasillo se accede a los dormitorios. Hay tres y todos tienen su propio baño. —Lo seguí mientras él me iba mostrando cada estancia—. Aquí hay un vestidor y una cuarta habitación, un poco más pequeña porque está pensada para convertirla en despacho o estudio. ¿A que es genial?

Una sonrisa enorme le ocupaba la cara. Tomó mi mano y la apretó con fuerza.

—Ven, te enseñaré la cocina. Es lo mejor de toda la casa.

Cory tenía razón, la cocina era preciosa. Estaba revestida con armarios de color antracita y frontales de mármol blanco, a juego con las encimeras y una isla central. En una de las paredes habían instalado una vitrina con luces bajo las baldas, que se alzaba hasta el techo.

—¿Te gusta? —me preguntó Cory.

Abrí la boca, aunque no logré articular palabra. Me encantaba, esa era la verdad, pero no dejaba de preguntarme a quién pertenecía el apartamento y qué hacíamos nosotros allí. Asentí con la barbilla y él añadió:

—Pues ahora es nuestra, y lo mejor de todo es que podemos instalarnos este mismo fin de semana. Ya he contratado una empresa de mudanzas, que se encargará de todo.

Parpadeé confundida, mientras sus palabras calaban en mi mente y tomaban forma. Miré con fijeza a Cory, incapaz de moverme o respirar. No podía creer lo que acababa de decir. Él me observaba esperanzado, como si esperara que de un momento a otro yo empezase a bailar de alegría.

—¿Qué quieres decir con que es nuestra?

—Pues eso, que ahora esta es nuestra casa —respondió.

Cory no paraba de sonreír. Sin embargo, yo no podía. Un presentimiento comenzó a latir con fuerza dentro de mi pecho, hasta transformarse en una alarma que lo llenó todo de ruido.

—¿La has alquilado?

—Algo así... Cuando vi el anuncio en el periódico y supe

el precio, no lo dudé. Ese mismo día di la entrada y después solo tuve que...

No lo dejé terminar.

—¿Con qué dinero diste esa entrada?

Cory se mostró inseguro por un instante. Luego, su entusiasmo apareció de nuevo.

—Recurrí a nuestros ahorros. Guardábamos ese dinero para emergencias y esta lo era. No podíamos perder una oportunidad así, cariño.

—¿Has gastado todos mis ahorros en este apartamento sin preguntarme siquiera?

—Querrás decir «nuestros».

Noté que me acaloraba y el pulso se me disparaba.

—No, Cory, has oído bien. ¡«Míos»!, porque cada dólar que había en esa cuenta lo he puesto yo. Solo yo. Hasta hace nada, tú aún estabas pagando los préstamos de tus másteres y posgrados —le recordé casi sin voz. Alcé los brazos, furiosa—. No puedo creer que hayas cogido ese dinero sin decirme nada. Era lo único que teníamos.

—Y a mí me cuesta comprender que te lo estés tomando de este modo. Lo había imaginado mucho más romántico, la verdad.

Parpadeé estupefacta. ¿Romántico? ¿Qué tiene de romántico que alguien traicione tu confianza y tome decisiones vitales en tu nombre sin molestarse en preguntar?

—¿Y qué esperabas? ¿Has visto este apartamento? Al menos debe de costar un millón y medio. Nadie nos dará una hipoteca por esa cifra con nuestros ingresos.

—Ya me la han dado —dijo él como si nada.

—¡¿Qué?!

—La he firmado esta mañana.

La presión en mi pecho no dejaba de aumentar.

—A ver si lo he entendido bien. ¿Has pagado la entrada con mi dinero y después has firmado una hipoteca sin contar conmigo?

—Se trataba de una sorpresa, no podía decírtelo.

—Pero ¡eso significa que el único dueño de la casa eres tú!

—No digas disparates, esta casa la pagaremos entre los dos. Es tan mía como tuya. No importa quién figure en el registro.

—¿Y si rompemos? A efectos legales...

Cory resopló con fuerza.

—¿Por qué lo estás centrando todo en el dinero?

—Porque, al final, todo se reduce al dinero, Cory. Trabajo en un banco, ¿recuerdas? Sin olvidar que soy abogada civil y de familia, sé de lo que hablo. ¿Sabes cuál es el porcentaje de separaciones en este país?

—No me interesa, porque a nosotros nunca nos pasará.

—¿Cómo lo sabes?

Abrió la nevera. Dentro había una botella de champán y unas fresas con chocolate negro. Lo colocó todo en la isla. Después inspiró hondo y me miró a los ojos. Metió una mano en su bolsillo y sacó una cajita de terciopelo azul. Levantó la tapa y pude ver un anillo de oro blanco con una piedra azul engarzada. Luego la dejó sobre el mármol con un gesto brusco.

—Quiero casarme y tener hijos contigo, lo último en lo que pienso es en separarme —respondió molesto.

Me sentí mal al verlo tan enojado y decepcionado por mi reacción, pero es que no basta solo con el propósito, y era lo único que él tenía: voluntad. La vida está llena de buenas intenciones que acaban truncadas, que se corrompen por mil motivos. Las personas cambian, los sentimientos se transforman y desaparecen. Todo puede romperse, y lo que un día amas más que a nada al siguiente deja de importarte y pasa a ser un estorbo que arrancas de tu vida a la menor oportunidad. Siempre hay uno que pierde más que el otro, y suele ser el que más confía y el que más depende.

Y Cory no lo entendía, era como hablar con una pared en la que solo rebotaba mi voz. Veía la vida a su modo y nunca concibió que yo pudiera tener una visión distinta e igual de válida. Según él, yo era la que siempre se equivocaba y su misión en esta vida era salvarme de todos mis errores. Con tanta persistencia que, con el paso del tiempo, logró que ceder y callar se convirtiera en una costumbre para mí.

Y eso hice en aquel momento: cedí, callé y me tragué todas mis emociones. Antepuse las suyas y coloqué ese anillo en mi dedo. Bebí champán y comí fresas. Después hicimos el amor sobre la encimera y regresamos a la casa en la que siempre pensé que viviría. No era tan grande ni lujosa como el apartamento que Cory había elegido. Sin embargo, para mí era perfecta y desprenderme de ella me iba a doler.

Me sorprendió que Nuk no saliera a mi encuentro. Colgué el abrigo y el bolso en el perchero de la entrada y lo llamé mientras lo buscaba por las habitaciones.

—¡Nuk! —grité con más fuerza—. Nuk, ¿dónde estás?

Me dirigí a la cocina. La puerta que daba al patio tenía una gatera que le permitía salir y entrar, y supuse que estaría fuera. La abrí y volví a llamarlo.

—¿Nuk?

Tampoco lo encontré en el patio y empecé a asustarme. Corrí al salón con el corazón en la garganta. Cory había encendido la tele y se quitaba los zapatos junto al sofá.

—¡No encuentro a Nuk!

Me miró como si nada.

—Tranquila.

—Te digo que no encuentro al perro —insistí más nerviosa—. No sé cómo, pero se ha escapado. Hay que salir a buscarlo.

Cory forzó una sonrisa tensa y se acomodó en el sofá.

—Willow, ven y siéntate conmigo. Debo decirte algo.

Resoplé impaciente y sacudí la cabeza. De alguna forma, Nuk había conseguido salir de casa y podía llevar horas en la calle, con el peligro que eso conllevaba. No comprendía que Cory ni siquiera se inmutara.

—No importa, ya voy yo a buscarlo.

Me dirigí al vestíbulo y descolgué mi abrigo. Me palpé los bolsillos, para asegurarme de que llevaba las llaves, y luego cogí la correa de Nuk.

—Mi hermana ha llevado a Nuk con unos amigos de la familia. Tienen una casa en el campo con más perros y mucho espacio para correr. Allí estará muy bien.

Una sensación de mareo asaltó mi estómago. Me volví muy despacio y lo miré a los ojos. Cory me dedicó una sonrisa de disculpa, que me pareció cualquier cosa menos sincera. En realidad, parecía bastante satisfecho y mis emociones comenzaron a precipitarse.

—¿Y por qué ha hecho tu hermana algo así? —pregunté sin apenas voz.

—Yo se lo he pedido.

—Explícate.

Bajó la mirada un momento y tomó aire. Yo no me atrevía a respirar.

—Vamos a mudarnos en pocos días y en el nuevo apartamento no admiten mascotas. Nuk no puede seguir con nosotros.

—¿Te has deshecho de mi perro a mis espaldas?

—Sé lo apegada que estás a ese animal y he pensado que te resultaría más fácil así. Solo quería evitarte un momento difícil.

Parpadeé para alejar las lágrimas que se me acumulaban en las pestañas. No lo logré y un torrente silencioso resbaló por mis mejillas. Me dolía el corazón y un vacío enorme amenazaba con tragárselo.

Quería a Nuk con toda mi alma y perderlo me rompía. Averigüé cuánto en ese mismo instante.

—Pero ¿quién te crees que eres?

—¿Disculpa?

—No tenías ningún derecho.

—Willow...

—Nuk lleva años a mi lado. Sabes lo mucho que me importa.

—Por eso he intentado que sea lo menos traumático posible.

—No seas hipócrita, Cory. Esta vez te has pasado. Te has pasado mucho.

Lo empujé con ambas manos cuando trató de acercarse y reprimí un sollozo.

—Por favor, Willow, no saques las cosas de quicio —protestó indignado—. Vamos a mudarnos y no podemos llevarnos al perro. Así de simple.

Lo contemplé con un resentimiento que no creía que pudiera sentir por él ni por nadie.

«Mentiroso», dije para mis adentros. Nunca quiso a Nuk. Se había limitado a tolerarlo, porque mi compañero peludo ya vivía conmigo antes de que Cory se trasladara a mi casa para estar más cerca del hospital. Sin embargo, demostraba su incomodidad cada vez que tenía ocasión. Yo me limitaba a ignorarlo, porque no había nada que negociar o discutir cuando se trataba de mi perro.

—Dime dónde está —le exigí.

—Willow, por favor, no seas niña.

—¿Niña? Quiero a mi perro de vuelta ya mismo.

—Entiendo cómo te sientes, pero vamos a comenzar una nueva etapa en la que Nuk, por desgracia, no tiene espacio. Le he encontrado el mejor lugar que podrías imaginar, estará bien.

—No me obligues a elegir, Cory.

Dejó escapar una risita condescendiente y colocó sus manos sobre mis hombros.

—Vamos, cariño, no exageres. Sabes que acabarás dándome la razón, porque siempre la tengo.

¿Tan seguro estaba?

Me aparté de él y lo miré como si lo viera por primera vez. Empecé a preguntarme con qué clase de persona estaba compartiendo mi vida. Si siempre había sido un ser egoísta y manipulador y yo no me había percatado. O si mi actitud, complaciente y pasiva, lo había cambiado hasta el punto de convertirse en una persona capaz de mentirme, utilizarme, romperme el corazón y aun así creer que todo lo hacía por mi bien, cuando solo pensaba en sí mismo.

Apreté el puño y sentí el anillo de compromiso clavándose en mi piel. Un dolor punzante y frío que me ayudó a recomponerme y no llorar.

En ese momento, mi teléfono sonó dentro del abrigo con el tono que identificaba a mi madre. Lo saqué para apagarlo y en la pantalla vi un mensaje del señor Mullins, recordándome que debíamos formalizar mi traslado a Hudson a la mañana siguiente sin falta.

Cerré los ojos. Me sentía acorralada, entre la espada y la pared, sin poder avanzar ni volver atrás. Atrapada. Sin saber qué era lo correcto ni qué hacer para sacarme de encima esa sensación de angustia que no me dejaba respirar. En mi mente solo había una idea clara: recuperar a Nuk.

Ese único deseo lo cambió todo.

Un impulso que provocó un punto de inflexión.

Un arrebato que transformó el miedo en coraje.

Y una huida que terminó siendo el viaje que necesitaba para encontrarme a mí misma.

# 5
# Hunter

Con una taza de café acunada entre mis manos para calentarme los dedos, me acerqué a la ventana de la cabaña en la que me alojaba y miré afuera. La luz del día se desvanecía rápidamente, engullida por un espeso manto de nubes negras. Un relámpago iluminó el cielo y a lo lejos su reflejo en el océano hizo centellear las crestas de un oleaje revuelto por el fuerte viento.

Comenzó a llover y el paisaje se desdibujó tras el cristal. Los árboles se convirtieron en sombras sacudidas por el poniente, que arrastraba con él pequeños trozos de hielo. Podía sentir en la piel la electricidad que flotaba en el ambiente y me erizaba el vello, en contraste con el calor que me templaba la espalda desde la chimenea, donde Declan, Will, Cameron y todo su grupo de amigos jugaban al póquer apostando malvaviscos.

Hacía rato que a mí me habían desplumado.

Inspiré hondo y el dolor que notaba en el hombro se intensificó. Aunque no me dolía tanto como el orgullo. Esa misma mañana había salido a surfear con Declan y Will. El pronóstico marcaba un buen swell desde la madrugada, así que nos levantamos al amanecer y nos dirigimos a la playa de Cox Bay. Conocía pocos pueblos tan hermosos como To-fino, un lugar remoto e incomparable. Sus bosques y playas parecían sacadas de un mundo de fantasía donde todo es posible. Allí, la vida es salvaje y nada protege al visitante de la naturaleza y las inclemencias.

Cuando llegamos, la tormenta que se esperaba para la tarde ya se distinguía en el horizonte. Traía consigo una at-mósfera neblinosa y un rugido que competía con el bramido de un mar oscuro y revuelto.

Con la tabla bajo el brazo, me acerqué a la orilla y la espuma me golpeó los pies. Pese a los escarpines, noté lo fría que estaba y tomé aire. Un cosquilleo conocido me hizo sonreír emociona-do. El surf es extremadamente divertido, aunque muy duro, y me creó una adicción inmediata desde la primera vez que me subí a una tabla, cuando era un niño. No había nada como co-ger olas y deslizarme sobre ellas, escuchando solo mi respira-ción y mis latidos. En ese momento, la adrenalina se apoderaba de cada célula de mi cuerpo y todos mis sentidos se concentra-ban en el oleaje con un único objetivo: no caerme.

Y volar.

Volar muy alto.

Sin embargo, en esta ocasión no lo había logrado ni una sola vez. Mi mente no conseguía relajarse. Estaba llena de pensamientos furtivos, que me adentraban una y otra vez en recuerdos y sentimientos que me hacían dudar hasta de mi juicio. Me volvían distraído, y, cuando montas sobre una ola de seis metros, un despiste puede tener serias consecuencias. Por suerte, el mío solo se había cobrado unas cuantas magu-lladuras y una contractura en el hombro.

En el reflejo del cristal, vi a Declan acercándose con dos copas de vino. Se paró a mi lado.

—¿Todo bien? —me preguntó mientras me ofrecía una de las copas.

Dejé el café intacto en la repisa y acepté la bebida.

—Estas tormentas acojonan un poco.

—Las tormentas de otoño son tan impresionantes en esta zona que mucha gente viene solo para observarlas.

—¿En serio?

—Son una atracción local. ¿Quién no querría ver una marea de más de siete metros de altura moviéndose directamente hacia ti como un oso al ataque?

Fruncí el ceño y lo miré de reojo.

—¿Estás siendo sarcástico?

—No, hombre, lo digo en serio. Tú llevas una hora pegado a la ventana —me hizo notar. Sonreí un poco avergonzado y tomé un sorbo de vino. Él añadió—: Nunca nos habías visitado en esta época, ¿verdad?

—Solo en verano, pero la isla me gusta más en esta estación.

—¿Por qué?

—No hay gente. No hay prisas. No hay... nada. —Soné más melancólico y decaído de lo que pretendía.

Declan asintió con la cabeza y me dedicó una pequeña sonrisa. Sus ojos recorrieron mi perfil con una expresión de duda, como si estuviera debatiendo algo consigo mismo y no terminara de decidirse.

—Hunter...

—¿Mmmm?

—Sé que no somos amigos íntimos. En realidad, puede que tú solo me consideres un conocido y sería lógico...

—¿A qué viene eso, tío? Por supuesto que somos amigos.

Declan sonrió y chocó su copa con la mía, agradecido.

—Me alegro de que lo pienses.

—Es la verdad —le aseguré. Fruncí el ceño y me giré para mirarlo de frente—. ¿Qué ibas a decir?

—Verás, no pretendo inmiscuirme en tus cosas, pero...
—Tragó saliva y guardó silencio, como si le costara proseguir. Yo arqueé las cejas, animándolo a que continuara—. Si no estás bien por la razón que sea y necesitas hablar, se me da bien escuchar. También suelo dar unos consejos de mierda, que por algún motivo a veces funcionan, y... Bueno, puedes confiar en mí. Sea lo que sea, quedará entre nosotros.

Se me aceleró el corazón y aparté la mirada, incómodo. ¿Tan evidente era que no me encontraba en mi mejor momento? Visto lo visto, sí. Aunque no debería haberme extrañado. Me veía como un fantasma, una sombra de mí mismo, y ya no tenía fuerzas para disimularlo. Caminaba en círculos y no sabía cómo salir de ese bucle que me absorbía la energía y me quitaba las ganas de respirar.

—¿Piensas que no estoy bien?

—No parece que lo estés. Te miro y es como verme a mí mismo hace unos años; y en aquel entonces estaba muy lejos de ser mi mejor versión. Era un desastre.

En cualquier otro lugar y a otra persona le habría dicho que se metiera en sus asuntos y dejara los míos en paz. Se me daba de lujo alejar a la gente. Ni siquiera necesitaba palabras, me bastaba con un gesto. Una de esas miradas que decían «¡que te jodan, nadie ha pedido tu opinión!». Con Declan no tuve el valor, era un buen tío y su preocupación, genuina. Además, no le había mentido al decirle que lo consideraba un amigo.

No sé qué me hizo meter la mano en el bolsillo y sacar mi billetera. Inspiré hondo y tomé la carta. La llevaba siempre conmigo. Era incapaz de deshacerme de ese trozo de papel que se había convertido en el epicentro de todo, por más que yo tratara de negarlo. Se la entregué a Declan sin levantar la vista. Fuera seguía diluviando y el fragor de la tormenta cobraba fuerza por momentos. Centré mis sentidos en el temblor que sacudía los cristales y fingí que no era mi cuerpo el que se estremecía con otro ataque de ansiedad.

—¿Va en serio? —me preguntó cuando terminó de leer. Asentí y él frunció el ceño con un gesto suspicaz—. ¿Lo has comprobado?

—No lo necesito, es verdad.

—¡No sé qué decir, Hunter! —Me devolvió la carta y sacudió la cabeza—. No logro imaginar cómo debes de sentirte.

—Desde que la recibí, todo gira en torno a esa mujer que no conozco. Es como si mi vida se hubiera detenido y, por más que lo intento, no consigo avanzar. Soy incapaz de centrarme en nada. Todo va de mal en peor y no encuentro el modo de cambiarlo —le confesé.

Declan se giró y apoyó la espalda en la pared para mirarme a los ojos. Me obligué a sostenerle la mirada.

—Hay una cosa que he aprendido con el tiempo, Hunter. Para avanzar, hay que enfrentar lo que te persigue. No importa lo mucho que quieras correr hacia delante; si solo miras a tu espalda, acabarás corriendo en círculos.

Solté una risita y me pellizqué el puente de la nariz.

—No estoy muy seguro de lo que intentas decirme.

—Que los problemas sin resolver terminan siendo un lastre capaz de hundirte en profundidades que no imaginas. Y, créeme, sé de lo que hablo. Odié a mi madre durante años, la culpaba por todo lo malo que ocurría en mi vida, pero, hasta que hablé con ella, no descubrí que sufría y estaba tan perdida como yo. Mi hermano tuvo un accidente del que me sentí responsable mucho tiempo, y no dejé de culparme hasta que pude averiguar la verdad. —Hizo una pausa e inspiró hondo, como si necesitara ese aire más que nada. Continuó—: También tuve que dejar ir a la persona que más quería, por mucho que me aterrara la posibilidad de perderla para siempre, porque en aquel momento yo no era más que una piedra en su camino. A veces, la solución al problema es plantarle cara a lo que nos da miedo.

—¿A ti te funcionó?

—Ya no corro en círculos.

Asentí al captar el mensaje y él sonrió.

—Ni siquiera sé lo que me da miedo realmente —dije más para mí mismo que para él.

—Sí lo sabes, Hunter.

Torcí los labios en una mueca. Tenía razón, lo sabía, pero me resultaba tan difícil lidiar con ciertos pensamientos que ignorarlos se había convertido en un hábito.

Tragué saliva, mientras daba vueltas a la copa entre mis dedos y buscaba el valor para ser sincero.

—Al principio, lo que me asustaba de conocer a esa mujer era la posibilidad de descubrir que sus motivos para abandonarme no fuesen importantes. Ya sabes, que no quisiera ser madre y optara por la solución fácil, sin más, en lugar de tener una razón de peso.

—¿De peso?

—Sí, como que la obligaran a darme en adopción y no pudiera hacer nada para evitarlo.

—Ya... —convino Declan, y añadió—: ¿Y ahora qué te da miedo?

—Que al conocerme no se arrepienta de su decisión —respondí con una honestidad que a mí mismo me sorprendió.

—¿Tan mal concepto tienes de ti mismo?

Me encogí de hombros con desgana. No era una cuestión de percepción, sino de realidad. No había nada en mí que mereciera la pena y me daba perfecta cuenta. Y no porque fuese avispado, me basaba en los hechos y las palabras de aquellos que, de un modo u otro, habían pasado por mi vida.

Declan puso su mano en mi brazo y siguió:

—No lo digo para presumir, pero se me da bastante bien calar a la gente y siento decirte que te equivocas. Hunter, no tengo ni idea de cuál es tu historia ni por qué te sientes tan mal como parece, pero sí sé algo que salta a la vista sin necesidad de fijarse. Eres un buen tío y ella lo verá como yo, si decides buscarla.

Una explosión de luz nos deslumbró desde fuera.

—Ese rayo ha caído cerca —apuntó Declan.

—En mi lugar, ¿tú la buscarías? —le pregunté.

Declan apartó la mirada de la ventana y me observó al tiempo que meditaba su respuesta.

—Lo haría, pero no se trata de mí, sino de ti.

Apuré de un trago mi copa y asentí, dándole la razón. Solo se trataba de mí y ahí residía el problema, en mi incapacidad para afrontar nada.

Cerca de la medianoche, después de que todos se marcharan, avivé el fuego y me senté en una mecedora frente a la chimenea. Permanecí allí durante horas, mientras las llamas siseaban suavemente e iluminaban las paredes, consumiendo los leños que, poco a poco, quedaban reducidos a brasas.

Fuera había dejado de llover. Solo se oía el ulular del viento que agitaba los tablones del techo y bajaba por el conducto de piedra. Calma y silencio si lo comparaba con el caos en el que giraban mis emociones. La conversación que había mantenido con Declan continuaba flotando en mi cabeza. No recordaba haber sido tan franco con nadie en mucho tiempo. Ni siquiera conmigo mismo.

«Lo haría, pero no se trata de mí, sino de ti», había contestado.

«Lo haría...»

Me froté el rostro con las manos y me incliné hacia delante. Había llegado a un punto en el que estaba tan cansado de estar cansado que me sentía capaz de cualquier cosa para acabar con esa desesperación que me carcomía.

Saqué la carta y la sostuve entre los dedos. La tentación de lanzarla al fuego me hormigueaba en la piel. A lo mejor era lo único que necesitaba, deshacerme de ella. Soltar ese lastre. No lo hice. La desdoblé con manos temblorosas y mis ojos recorrieron el papel. Algunas palabras prácticamente habían desaparecido por el roce de mis dedos y costaba distinguirlas.

No importaba, me la sabía de memoria:

*Querido Hunter:*

*Mi nombre es Erin Beilis y soy tu verdadera madre.*

*Siento decirlo de un modo tan directo y que los motivos que me obligan a hacerlo sean egoístas. Llevo semanas pensando en esta carta, en qué palabras usar para expresar todo lo que necesito contarte sin hacerte daño, pero me he dado cuenta de que no importa cuánto intente suavizar o adornar esta historia. Te dolerá igualmente porque va a cambiar tu vida y todo lo que crees saber sobre ti, y me odiarás por ello.*

*Solo era una estudiante de diecinueve años cuando me quedé embarazada. Naciste en el Upstate Community Hospital de Siracusa, un 13 de octubre, a las seis y media de la tarde. Llovía y en la televisión jugaban los Dallas Cowboys contra los Denver Broncos. Lo recuerdo porque en el momento exacto en el que Emmitt Smith marcaba su tercer touchdown del partido, tú viniste al mundo. Siempre fue mi jugador favorito.*

*También recuerdo cada detalle sobre ti. Pesaste poco más de tres kilos, y medías cincuenta y cinco centímetros. En el costado derecho tenías una marca de nacimiento con forma de media luna. Tus ojos eran verdes y el pelo se te arremolinaba en la frente. Eras un bebé precioso y tranquilo. Tan perfecto...*

*Hunter, el motivo por el que te escribo es que estoy muy enferma. Me han detectado cáncer de colon en estadio cuatro y, aunque no lo admiten de forma abierta, sé que los médicos no creen que pueda superarlo.*

*No debería querer contactar contigo, ni siquiera es legal que lo haga, pero desde que conozco mi enfermedad solo puedo pensar en ti, en mi hijo. No quiero irme de este mundo sin conocerte. Sin verte, al menos una vez. Necesito contarte mi historia, que también es la tuya, y espero que después puedas entender por qué no me quedé contigo.*

*Por favor, dame la oportunidad de explicarme. Con tus condiciones. No importa las que sean, las aceptaré.*

*En el reverso de esta carta encontrarás mi dirección y teléfono. Escríbeme o llámame, pero contacta conmigo, te lo suplico.*

*Espero de todo corazón que hayas sido feliz todo este tiempo.*

*Erin Beilis*

Le di la vuelta al papel.

El teléfono lo había tachado en un arrebato mucho tiempo atrás y la tinta estaba emborronada, por lo que solo una parte de la dirección era legible: Hasting. Vermont. Código postal 05... Los últimos dígitos también habían desaparecido.

Estaba harto del peso de ese papel en mi vida. Del poder que ejercía sobre mí.

Declan tenía razón, la única forma de avanzar es plantarle cara a lo que te persigue y frena. Huir te hace creer que ganas un tiempo que, en realidad, estás perdiendo. Y yo no solo había perdido el tiempo, también mi música, y me sentía tan vacío sin ella.

De repente, algo hizo clic dentro de mi cabeza y me puse

en pie como si unas manos invisibles tiraran de mi cuerpo. Entré en el dormitorio y comencé a recoger mis cosas mientras las primeras luces del amanecer se colaban por la ventana y teñían de violeta las paredes. Luego enfrié los rescoldos que quedaban en la chimenea y escondí la llave bajo el felpudo al salir.

Abandonar Nashville había sido un acto reflejo.

Ahora, me iba de Tofino por otro impulso nacido de la necesidad de dejar de sentirme como me sentía.

Y quizá el destino de ese nuevo viaje fuese el peor de los errores que podía cometer.

Sin embargo, a veces lo mejor es no dar demasiadas vueltas a las cosas y hacerlas sin más.

# 6
# Willow

Me hice un ovillo en la cama y tiré de la colcha hacia arriba hasta taparme la cabeza. Hundí el rostro en la almohada y traté de volver a dormirme, pero tenía tanto frío que empezaba a notar los pies entumecidos a pesar de llevar puestos dos pares de calcetines. Me incorporé y miré el despertador sobre la mesita. Vi que las agujas marcaban las siete y veinte.

Suspiré hondo y salí de la cama. Sobre la silla había una manta y me la eché por los hombros mientras me acercaba a la ventana. El sol comenzaba a despuntar sobre las copas de los árboles que rodeaban el lago Cole. El cielo estaba despejado y los últimos jirones de niebla se deshacían arrastrados por una ligera brisa que agitaba el agua. Había olvidado lo increíble que era el paisaje que se extendía en torno a la casa de la abuela Meg. Era tan bonito que parecía irreal. Un lugar idílico, en medio de un bosque de hayas, abedules, arces azucareros y abetos, al norte de Hasting, un pequeño pueblo de poco más de dos mil quinientos habitantes, situado en el corazón de las Green Mountains, una cordillera en el estado de Vermont, que se extiende unos cuatrocientos kilómetros a lo largo de su territorio.

Arrebujada bajo la manta, salí de mi dormitorio y me dirigí a la cocina, donde se oían unos golpes. Encontré a mi abuela frente a la caldera, con la antigua caja de herramientas de mi abuelo abierta en el suelo. La miraba como si fuese un ser peligroso y desconocido al que intentaba diseccionar.

A su lado, Nuk la observaba con la misma fijeza.

—Buenos días —dije aún somnolienta.

Ella se giró al oírme y me dedicó una sonrisa.

—Buenos días, tesoro.

—¿Qué haces?

—La caldera dejó de funcionar durante la noche y no tengo ni idea de cuál es el problema.

Me asomé por encima de su hombro y le eché un vistazo al calentador. Solo vi tuberías y varias llaves de distintos colores, que no sabía para qué servían.

Mi abuela añadió:

—Qué oportuno, ¿no? Es la primera vez que vienes a verme en años y nos quedamos sin calefacción y agua caliente justo cuando comienza a hacer frío.

—No te preocupes, llamaremos a la aseguradora y vendrán a repararla.

—Tesoro, no he podido renovar el seguro de la casa. Con mi sueldo apenas puedo pagar el seguro médico y las facturas de la residencia.

Arrugué los labios en un mohín de tristeza. Hacía un tiempo que mi abuelo había sido diagnosticado de alzhéimer. La enfermedad se desarrolló muy rápido y a mi abuela no le quedó más remedio que separarse de él e ingresarlo en una residencia, donde pudieran darle los cuidados necesarios. La inesperada situación provocó demasiados cambios, como que ella tuviera que retrasar su jubilación y continuara trabajando como bibliotecaria en la biblioteca del pueblo.

—Seguro que conoces a alguien que pueda arreglarla.

Ella cerró la caja de herramientas con un suspiro y se apoyó en la encimera.

—Se lo pediré a Jamie, el hijo de mi amiga Erin. ¿Te acuerdas de él?

—¡Claro! —exclamé—. Por cierto, ¿qué tal está Erin? ¿Aún jugáis a los bolos los viernes por la noche?

Mi abuela bajó la mirada un instante y esbozó una pequeña sonrisa que no llegó a sus ojos.

—Erin falleció el mes pasado. Enfermó y no se pudo hacer nada por ella —respondió afectada.

—Lo siento mucho, abuela, sé que estabais muy unidas.

—Así es la vida, aunque con Erin ha sido muy injusta. Era demasiado joven —dijo más para sí misma que para mí, y añadió—: Jamie siempre ha sido un manitas. Me acercaré al pueblo y le preguntaré si puede echarle un vistazo.

—Yo iré —me ofrecí.

—¿Seguro?

—Sí, hoy es tu día libre, descansa. Además, necesito comprar algunas cosas. Dejé Albany casi con lo puesto.

—Hablando de Albany, Cory ha vuelto a telefonear. Ha dejado un mensaje pidiéndome que lo llame si te pones en contacto conmigo.

Sentí un golpe en el pecho y mi corazón se saltó un latido.

—Si vuelve a llamar, no contestes, por favor. No quiero hablar con él.

—¿Ni siquiera para decirle dónde estás?

—Si se lo digo, acabará presentándose aquí e intentará convencerme de que vuelva. O le pedirá a mi madre que lo haga en su lugar, y no sé qué es peor.

Mi abuela dejó escapar una risita mordaz y elevó una ceja al mirarme.

—Por ese lado, puedes estar tranquila, dudo mucho que tu madre ponga un pie en este pueblo.

En eso tenía razón. La relación entre mi madre y mi abuela siempre había sido complicada y muy tensa. El carácter caprichoso y egoísta de mi madre chocaba con la personalidad firme y honesta de mi abuela, lo que las llevó a discutir mucho en el pasado, hasta el punto de retirarse la palabra y evitar todo contacto.

—Sigue pensando que la odias —apunté.

Meg chasqueó la lengua con disgusto.

—No la odio, pero tampoco la soporto. Se casó con mi único hijo y se empeñó en convertirlo en lo que no podía ser de ninguna manera, como si se dejara de ser autista solo por desearlo. Cuando se dio cuenta de que nunca sería la clase de hombre que ella esperaba, lo dejó como quien tira un papel a la basura y se fue de Hasting, y te llevó con ella sin decirnos nada.

Inspiré hondo y ceñí un poco más la manta sobre mis hombros.

—No es que la justifique —empecé a decir en tono de disculpa—, pero entonces ella no tenía ni idea de lo que significaba ser autista. Creía que el problema de papá era su actitud y que no la amaba lo suficiente para querer cambiar esas manías que a ella le molestaban de él.

Mi abuela alzó la mirada al techo y sonrió sin ganas.

—Lo habría entendido si hubiera escuchado, pero se obcecó en una relación que nunca sería como ella imaginaba y luego se dedicó a abochornarlo y avergonzarse de él. No te lo tomes a mal, Willow, pero tu madre nunca ha pensado en nadie que no sea ella misma.

Noté que se me calentaban las mejillas y asentí, dándole la razón, ya que no tenía nada con lo que rebatir su opinión. Mi madre no tenía reparos en hacer y deshacer a su antojo para salirse con la suya siempre que deseaba algo. Ni siquiera contemplaba las consecuencias de sus actos en los demás, solo le importaban sus propias necesidades y lograr lo que se proponía, como si el mundo estuviera obligado a hacerla feliz por su mera existencia. Y lo peor de todo era que vivía tan convencida de que lo merecía que consideraba un derecho que cumpliéramos sus deseos.

Mi abuela se acercó y me dio un beso en la frente a modo de disculpa. Cuando se trataba de mi madre, siempre se alteraba. Le dediqué una sonrisa y ella cambió de tema.

—¿Quieres desayunar? Puedo preparar unos huevos.

—No te molestes. Iré a ver a Jamie y desayunaré en el pueblo. Después me gustaría visitar a papá.

—Han anunciado tormentas para mañana, es muy probable que haya ido a la zona de los lagos a poner pararrayos y comprobar si hay más fulguritas. No creo que vuelva hasta la noche.

—¿De verdad eso de los pararrayos funciona? ¡Lo vio en una película! —le recordé escéptica.

—Investigó mucho sobre el tema y al parecer es posible. Ya ha conseguido algunas y las está incorporando a sus diseños. Van a ser subastados.

—¿En serio? —Mi abuela asintió con un gesto y sonrió orgullosa. Yo también me sentía muy orgullosa de él—. Me alegro de que le vaya tan bien. Se lo merece.

Desde muy pequeño, a mi padre le había fascinado el oficio artesanal de vidriero. Era lo único por lo que había demostrado un interés genuino, hasta el punto de dedicarle todo su tiempo y esfuerzo. Aprendió por su cuenta las técnicas de trabajo y creó otras nuevas. Con el tiempo, consiguió montar su propio taller y poco a poco se fue abriendo camino en el mundo de ese arte. Ahora era un artista reconocido, cuyas piezas tenían una gran demanda.

Estaba muy orgullosa de él.

Tras pasar por el baño y asearme con agua fría, me abrigué con varias capas de ropa y salí de la casa con Nuk saltando nervioso a mi lado. La brisa húmeda del lago flotaba en el aire frío de la mañana. El sol brillaba sobre mi cabeza y cerré los ojos al sentir su calor en las mejillas. Se me hacía raro estar allí parada, recreándome en algo tan sencillo, cuando cinco días antes en mi vida todo eran prisas y preocupaciones, y mi cuerpo aún sufría por el estrés de vivir pegada a una agenda, un reloj y un teléfono que no dejaba de sonar.

No me podía creer que lo hubiera abandonado todo por un impulso. No era propio de mí. Sin embargo, lo había hecho; y aunque una parte de mí se arrepentía, otra mucho más profunda me decía que había hecho lo correcto y por fin era dueña de mi propia vida. Si bien en esa vida no tenía trabajo, casa ni dinero y mi plan a más largo plazo era desayunar.

Abrí los ojos e inspiré hondo. Me fijé en la casa que se alzaba al otro lado del camino. La propiedad pertenecía a los Beilis, pero hacía años que nadie la ocupaba. Con el paso del tiempo se había ido deteriorando y me apenó verla en ese estado, cuando siempre había sido la casa más grande y bonita de la zona.

Después de convencer a Nuk de que debía quedarse con la abuela, conduje hasta el pueblo.

La carretera era sinuosa y había que tener cuidado en los tramos en los que el sol no lograba abrirse paso entre la umbría, porque las bajas temperaturas convertían la humedad del asfalto en placas de hielo. Por ese motivo, tardé el doble de tiempo en recorrer los catorce kilómetros de distancia que había entre el lago y el pueblo. Cuando por fin crucé el puente cubierto que había a la entrada, mi estómago rugía como el de un oso hambriento tras meses de hibernación.

Aparqué frente a la oficina de correos y desde allí me dirigí a pie hasta el local de Jamie Lambert, una cafetería que servía desayunos y comidas durante el día y que se transformaba en bar de copas y música en directo por la noche. La última vez que estuve allí, el negocio pertenecía a Luke Preiss, un viejo amigo de mi abuelo, pero al jubilarse decidió vendérselo a Jamie, cuando este regresó a Hasting luego de dejar sus estudios en la Universidad de Nuevo Hampshire.

Sabía por mi abuela que Jamie se había esforzado por mantener la esencia de Sadie's —así se llamaba la cafetería, en honor a la mujer de Luke—, y simplemente se había hecho cargo de la gerencia, ya que había mantenido a todos los empleados en sus puestos y respetado la decoración de un lugar que era casi una institución en Hasting.

Al entrar, lo primero que noté fue el aroma de los buñuelos de calabaza rellenos de mascarpone y, durante un instante, fui transportada a antiguos recuerdos de mi niñez. Tiempos pasados en los que comía esos dulces con mi padre y mi abuelo en ese mismo lugar, sentados a la barra en unos taburetes mucho más altos de lo que yo lo era entonces.

—¿Willow? —Me giré hacia la voz que había pronunciado mi nombre y vi a Kathi parada junto a una de las mesas—. ¡Por el amor de Dios, ¿eres tú?!

Levanté una mano a modo de saludo y asentí con una sonrisa.

—¡Hola, Kathi! ¿Cómo estás?

Ella sacudió la cabeza y sus rizos canosos se agitaron bajo la redecilla que los contenía. Vino hacia mí con los brazos abiertos y yo me dejé estrechar, agradecida por el cariño que siempre me demostraba.

—Casi no te reconozco, has cambiado mucho.

—Espero que para bien.

—Por supuesto, cielo, estás preciosa. —Contempló mi rostro y su sonrisa se hizo más amplia. Me dio unas palmaditas en la mejilla—. ¿Te apetece tomar algo? Estos mofletes necesitan un poco de relleno.

—Me muero de hambre. ¿Aún preparas tus famosas tortitas?

—Por supuesto. Vamos, siéntate, te traeré un plato en un santiamén.

—Gracias, Kathi.

Señaló un taburete vacío en la barra y me invitó con un gesto a que me sentara.

—Meg me ha dicho que has venido para quedarte un tiempo —comentó mientras yo me acomodaba.

—Así es.

—Me alegro mucho. Aquí nos encanta tenerte de vuelta. Además, nunca es tarde para hacer cambios, si estos nos ayudan a ser más felices, ¿verdad?

Fruncí el ceño, suspicaz.

—¿Qué te ha contado mi abuela?

—No se lo tengas en cuenta, ya sabes que entre buenas amigas no hay secretos.

Bajé la mirada y sonreí un poco avergonzada. Había olvidado que en Hasting los secretos solo lo eran el tiempo que tardaban en convertirse en noticia, y el motivo de mi vuelta al pueblo pronto sería de dominio público.

—¿Un café?

Alcé la vista y me topé con un rostro masculino muy atractivo, que me observaba a través de unos ojos verdes y sonrientes. Parpadeé confusa y me fijé en la melena de color miel que lo enmarcaba bajo un gorrito de lana y en la barba rojiza que cubría su mandíbula, lo que suavizaba unos rasgos afilados que me resultaban familiares.

—¡¿Jamie?!

—Hola, Willow.

Lo miré sin disimular mi asombro. La última vez que lo vi no era más que un chico desgarbado y tímido tras unas gafas de pasta, que acababa de cumplir los veinte y se sonrojaba por todo. Ahora no había nada retraído ni infantil en su aspecto, al contrario. Se había transformado en un hombre apuesto, con una apariencia corpulenta que no pasaba desapercibida.

—Pero ¿qué te ha pasado? Quiero decir que... ¡te veo bien!

—Gracias. Tú también tienes buen aspecto —dijo mientras llenaba una taza con café y la ponía frente a mí.

—Mentiroso.

Jamie rompió a reír con ganas. Luego tomó un plato con una porción de tarta de la vitrina y lo llevó hasta una de las mesas. Lo seguí con la mirada.

—Por cierto, Jamie...

—¿Sí?

—Hay algo que necesito preguntarte.

Me observó curioso y se acercó. Se apoyó en la barra y alzó las cejas, animándome a proseguir.

—La caldera de casa no funciona y mi abuela ha pensado que podrías echarle un vistazo. Nos hemos quedado sin calefacción y agua caliente.

—¿Desde cuándo?

—Desde anoche.

—¿Anoche? Está haciendo un frío del carajo, Willow, debisteis llamarme de inmediato. —Me encogí de hombros y le dediqué una sonrisa de disculpa—. De acuerdo, intentaré pasarme antes del almuerzo.

—Gracias, Jamie.

—Para eso estamos.

Las campanillas sobre la puerta tintinearon y me volví hacia el sonido. Vi a un tipo que entraba en el local y enseguida supe que no era de la zona. Todo en él gritaba chico de ciudad. Vestía una cazadora negra con la capucha sobre la cabeza, bajo la que se veía una gorra de los Yankees. Gafas de sol, mochila de diseño y unas botas que costaban mi sueldo de dos meses. Lo sabía porque era la clase de cosas que le gustaban a Cory y que yo nunca pude permitirme regalarle.

Se quitó las gafas y algo en su rostro me hizo mirarlo dos veces. Y no porque fuese guapo, que lo era, y mucho. Me fijé en sus ojos, de un verde lima un tanto familiar, y me sobresalté cuando se cruzaron con los míos. Se me quedó mirando y con paso seguro vino hacia mí. No sé qué me hizo enderezar la espalda y contener la respiración.

—Disculpa, ¿puedo hacerte una pregunta?

Tenía una voz suave y profunda, que enfatizaba su acento sureño.

—Por supuesto.

—Estoy buscando a Erin Beilis, ¿sabes dónde podría encontrarla?

—¿Erin Beilis? —le pregunté. Si no recordaba mal, ya no quedaba ningún Beilis en Hasting, se habían mudado muchos años atrás a Williston. Entonces, caí en la cuenta—. Creo que te refieres a Erin Lambert, Beilis era su apellido de...

Jamie apareció a mi lado.

—¿Por qué preguntas por Erin? —intervino.

El recién llegado lo miró de arriba abajo y ladeó la cabeza.

—Es personal.

—¿Y puedo saber tu nombre?

—¿Acaso importa?

Jamie bajó la vista un segundo y tragó saliva.

—Soy su hijo —respondió.

Los ojos del desconocido se abrieron como platos y el color desapareció de su rostro. Vi cómo su pecho se llenaba con una brusca inspiración y contenía el aliento. Observó a Jamie, nervioso, y por un momento pensé que daría media vuelta y se marcharía.

—Me llamo Hunter Scott.

Jamie se tensó de golpe y torció el gesto con una expresión amarga. Yo no podía apartar mis ojos de él. Algo no iba bien. De repente, su puño salió disparado y se estrelló en la cara del visitante. Todo ocurrió muy rápido y lo siguiente que vi fue al tal Hunter Scott caer de espaldas contra el suelo.

—¡Jamie! —exclamé a la vez que saltaba del taburete y me interponía entre ellos.

—Lárgate ahora mismo. ¡Aquí no se te ha perdido nada! —le gritó Jamie.

Masajeándose la mandíbula, Hunter se puso en pie. Recogió su mochila y se la colgó del hombro. Después se pasó el dorso de la mano por la boca e hizo una mueca al comprobar que le sangraba el labio.

—Estoy aquí porque ella me pidió que viniera —replicó.

—Hace un año que te envió esa puta carta. ¿Y te presentas ahora? Pues has venido para nada.

—¿Qué quieres decir?

—Te estuvo esperando todo este tiempo y nunca perdió la esperanza. No dejaba de repetir «vendrá», «veréis como viene», «sé que al final aparecerá».

—Vale, pues ya estoy aquí. ¿Puedo verla?

—Claro. Está en el cementerio de Hasting, parcela treinta y siete. Te escribiré la dirección —replicó con desdén. Y se le quebró la voz al añadir—: Murió el mes pasado.

Los ojos de Hunter se abrieron aún más. Tragó saliva y parpadeó aturdido. La noticia le había afectado y a través de su mirada vi un caleidoscopio de emociones que se sucedían a toda prisa. Esa reacción me intrigó, tanto como la conversación que estaban manteniendo y que yo no lograba entender. Era evidente que Jamie y él no se conocían, pero había un nexo entre ellos, y ese vínculo era Erin.

—¿Ha muerto? —preguntó Hunter con la voz ronca.

—¿Por qué te sorprendes tanto? ¿Acaso no te dijo que estaba enferma y se moría?

—Lo siento mucho.

—Ahórrate las condolencias, no las necesito. No quiero nada de ti —gruñó Jamie.

Hunter sacudió la cabeza y su pecho se elevó con una profunda inspiración. En ese momento, sus ojos apagados brillaron con fuerza. Se llenaron de calor y reflejaron la misma ira que bullía en los de Jamie. Entonces lo vi, el parecido que compartían. Tenían los mismos ojos.

En mi mente apareció una idea que no tenía ningún sentido.

—Oye, no fue fácil para mí...

Jamie no lo dejó terminar.

—Aun en sus últimos momentos solo pensaba en ti. Solo quería verte y decirte que lo sentía. ¿Por qué no pudiste concederle solo eso, eh? Joder, mereces que te parta la cara.

El señor Barns, dueño del taller mecánico del pueblo, se acercó desde su mesa y puso su mano en el hombro de Jamie.

—Vamos, muchacho, tranquilízate.

—¡Sal de aquí! ¡No eres bienvenido! —le gritó Jamie a Hunter.

Inclinó el cuerpo hacia delante y alzó los puños. Pensé que acabaría atizándole. Me giré hacia Hunter y lo sujeté por el codo.

—Será mejor que me acompañes fuera.

Él bajó la vista y me observó. Yo asentí un par de veces y le devolví la mirada con un ruego. Exhaló y la tensión de su brazo bajo mis dedos se aflojó un poco. Si más dilación, tiré de él y lo llevé conmigo hacia la salida. Empujé la puerta y no me detuve hasta alcanzar la esquina del edificio. Hunter se zafó de mí con una sacudida brusca. Gruñó algo que no logré entender y empezó a moverse de un lado a otro como un animal enjaulado.

Vi que el labio volvía a sangrarle y saqué de mi bolso un pañuelo de papel. Se lo ofrecí con el brazo extendido.

—Ten. —Se detuvo y me miró sin comprender. Le señalé la boca y carraspeé para aclararme la garganta—. Estás sangrando. Deberías presionar la herida.

Hunter dejó escapar el aliento y agarró el pañuelo. Luego lo apretó contra sus labios mientras apoyaba la espalda en la pared del edificio. Cerró los ojos y yo lo estudié con más detenimiento. Era imposible ignorar el parecido que había entre Jamie y él, y mi cabeza se llenó de preguntas.

—¿Estás bien? —me interesé.

—¿Crees que necesito puntos?

Apartó el pañuelo y ladeó la cabeza para que pudiera verle el rostro.

—No, bastará con un poco de desinfectante y un par de esas tiras adhesivas que venden en las farmacias para primeros auxilios —respondí, y después añadí—: Creo que llevo algunas en el botiquín del coche.

—No te molestes, iré a una farmacia —replicó con brusquedad. Hizo el ademán de marcharse. Sin embargo, se detuvo y me miró un poco más amable antes de decir—: Pero gracias por preocuparte.

—De nada, cualquiera haría lo mismo.

—Siento lo que ha pasado en la cafetería.

—No sé lo que ha pasado, la verdad.

Se encogió de hombros y su boca se torció con un gesto amargo.

—Yo tampoco lo tengo muy claro —susurró para sí mismo, aunque alcancé a oírlo.

Lo observé mientras él estudiaba la calle como si buscara algo. Su postura era tensa y podía sentir su incomodidad a través de sus gestos y miradas esquivas, y esa actitud defensiva que me empujaba a mantener las distancias. No obstante, también percibí cierta vulnerabilidad en el modo en que trataba de esconder el temblor de sus manos. Pensé en Erin, a la vez que rememoraba la conversación que había tenido lugar entre Jamie y Hunter unos minutos antes.

En lo mucho que se parecían entre ellos.

Y a ella.

La posibilidad era tan disparatada que solo podía ser lo que parecía.

—¡Joder, no sé en qué momento se me ocurrió que era una buena idea venir aquí! Menudo capullo, ¿quién demonios se cree que es? —dijo entre dientes.

Tosí para llamar su atención y forcé una pequeña sonrisa cuando su mirada tropezó con la mía.

—Jamie es un buen chico, ¿sabes? Acaba de perder a su madre. Dale un poco de tiempo y podrás hablar con él.

Hunter me miró de arriba abajo, como si mi comentario lo hubiera irritado, y puso los ojos en blanco.

—Creo que ya sé todo lo que necesitaba saber —replicó muy serio. Se pasó la mano por el pelo y alzó la cabeza al cielo al tiempo que chasqueaba la lengua con disgusto—. La persona a la que busco está muerta. Fin de la historia.

—Siento que no hayas podido conocer a Erin, era una buena persona.

Una sonrisita punzante elevó las comisuras de sus labios.

—Si tú lo dices.

Me sorprendió el resentimiento que impregnaba su voz y me molestó que pusiera en duda la naturaleza de Erin sin conocerla. Esa mujer había sido un ángel. Nadie podía decir nada malo de ella.

—Ignoro qué clase de relación os unía, pero ese comentario está fuera de lugar.

—Exacto, no tienes ni idea, por lo que no deberías opinar sobre cosas que no sabes.

—Oye, conozco a Erin y a su familia desde siempre y puedo asegurarte que son personas...

—¿Acaso te he preguntado? —me cortó en un tonito impertinente.

Lo fulminé con la mirada y crucé los brazos sobre el pecho. El tipo era un completo imbécil.

—¿Siempre eres tan amable?

—Siempre.

—Me alegro de que te vaya tan bien como parece —repliqué con sarcasmo.

—Eso sí que está fuera de lugar, no sabes nada sobre mí. —Su expresión cambió de golpe y algo parecido al miedo asomó a su rostro—. ¿Sabes quién soy?

—¿Y quién se supone que eres? Es la primera vez que te veo y espero que sea la última.

—Lo mismo digo.

Lejos de amedrentarme por su actitud desagradable, le dediqué una sonrisa desafiante y señalé el cielo con la barbilla. Unas nubes oscuras lo habían cubierto en cuestión de minutos y el aire arrastraba un ligero olor a electricidad que anunciaba tormenta. Así era el clima otoñal en las montañas, cambiante e impredecible. Como el chico que tenía frente a mí.

—Por cierto, deberías marcharte antes de que empiece a llover. Si los caminos se inundan, no podrás salir del pueblo hasta mañana y no quiera Dios que eso ocurra —comenté con una insolencia infantil.

Hunter ladeó el rostro y noté que me encogía mientras me atravesaba con la mirada.

—Gracias por el consejo —masculló.

Después dio media vuelta y comenzó a alejarse con paso

airado. Como un niño enfurruñado, dando pisotones para desahogarse, mientras movía la cabeza de un lado a otro buscando algo.

—¡Eh! —grité para llamar su atención. No se detuvo ni se giró. Aun así, añadí—: Vas en dirección contraria, la farmacia está hacia el otro lado.

Hunter frenó en seco y se quedó inmóvil unos segundos. Muy despacio, giró sobre sus talones y me miró. Esbocé una sonrisita presuntuosa y señalé con un dedo el otro extremo de la calle.

Él tomó aire con el semblante crispado y luego apretó los labios mientras tiraba de la visera de su gorra y ocultaba la mitad de su rostro. Desanduvo el camino y pasó por mi lado como si yo fuese invisible. Me lo quedé mirando mientras se alejaba, sin saber que acababa de hallar lo que no sabía que buscaba.

Cuando menos quería encontrarlo.

Cuando más lo necesitaba.

Porque nunca imaginas lo que está por venir cuando conoces a alguien por primera vez.

Como se diluye el ayer y se perfila el mañana.

Aunque tú apenas puedas ver el presente sobre el que caminas.

Ni el universo que ha nacido de ese choque y se expande más allá de la línea de no retorno, donde ya no hay vuelta atrás y es imposible salir ileso sin importar la respuesta que elijas: ¿ahora o nunca?

# 7
# Hunter

Vi el letrero de la farmacia y aceleré el paso. El ruido de mis botas reverberaba en mis oídos, mientras sentía un sudor frío por todo el cuerpo que no tenía nada que ver con las bajas temperaturas. Intenté tranquilizarme y empecé a contar hasta veinte. No sirvió de nada. Me dominaba una rabia profunda que hacía palpitar mi estómago y me negaba a pensar en nada. No podía. Demasiadas cosas que asimilar.

Y luego estaba esa chica que me había acompañado fuera del bar con su mejor intención, no tenía dudas, pero sin saberlo me había sacado de mis casillas con sus comentarios, y acabé pagando con ella todo el malestar que ardía dentro de mi pecho. Me había comportado como un imbécil y me sentía mal por ello. Aun así, fui incapaz de dar la vuelta y disculparme por mi actitud. No sé si por orgullo, cobardía o esa fingida superioridad tras la que me escondía desde que era un adolescente, cuando mis miedos e inseguridades se apoderaban de mí.

Una corriente de aire me azotó al cruzar la calle y noté pequeñas gotas humedeciéndome la piel expuesta. Alcé la vista y vi que las montañas se habían convertido en un borrón detrás de la cortina de lluvia que se aproximaba. Caminé más rápido, con la cabeza gacha y los hombros hundidos para protegerme de la lluvia que comenzaba a calarme.

Cuando empujé la puerta de la farmacia, estaba resollando. Chasqueé la lengua con disgusto al ver a una decena de personas haciendo cola frente al mostrador. ¡Dios, qué equivocación había cometido viniendo a este pueblo! Di media vuelta con intención de marcharme, pero mi reflejo en el espejo de un expositor de cosméticos hizo que me detuviera. Tenía un corte bastante feo en el labio inferior, se me estaba hinchando la cara y la sombra de un moretón se oscurecía bajo mi ojo.

Apreté los dientes y me dispuse a esperar mi turno. Uno de mis temas empezó a sonar a través del hilo musical, lo había escrito para Barns Garrix un par de años atrás y continuaba siendo uno de sus mayores éxitos. La chica que esperaba delante de mí se puso a cantarlo en voz baja, con una emoción que me hizo contener el aliento. Nuestras miradas se cruzaron y ella esbozó una sonrisa.

—Es mi canción favorita, sonaba cuando mi novio se me declaró.

Asentí y aparté la vista, incómodo. Debería haberme sentido halagado. Sin embargo, solo experimenté miedo. Miedo a quedarme en silencio para siempre. Miedo a no superar aquello que me estaba pasando, fuese lo que fuese. Miedo a no volver a componer nunca más.

Mis ojos vagaron hasta la puerta. La lluvia caía como una catarata desde el pequeño toldo que abarcaba la entrada y empecé a preguntarme si lo que había dicho la chica del bar sobre los caminos inundados sería cierto. Si debía permanecer más tiempo allí, acabaría teniendo un ataque.

Tras unos minutos, que se me hicieron eternos, fue mi turno. El hombre mayor que atendía el mostrador se me quedó mirando con los ojos muy abiertos.

—Imagine cómo ha quedado la puerta —bromeé para aliviar la incomodidad del momento.

El hombre sonrió.

—¿En qué puedo ayudarte?

Me señalé la cara.

—¿Podría darme algo para... esto?

—Déjame ver. —Se inclinó hacia delante y estudió mi rostro con el ceño fruncido. Luego su mirada bajó hasta mis manos y se detuvo en mis nudillos. Creo que esperaba verlos machacados y encontrarlos ilesos lo sorprendió—. Esa puerta merecía que te defendieras. —Me encogí de hombros, quitándole importancia, y él añadió—: Necesitas un desinfectante para la herida, tiras adhesivas y una pomada para reducir la inflamación. Aunque si te importa mi humilde opinión, creo que deberías ir a que te viera un médico. Ese golpe en el ojo no tiene buen aspecto. ¿Te duele o te cuesta enfocar la vista?

—Estoy bien, solo deme las medicinas —respondí con impaciencia.

—Como quieras.

Noté un latigazo en la espalda y tuve que encorvarme para aliviarlo. Después de cruzar el país en coche, mi cuerpo no era más que un ovillo de nudos y contracturas.

—También algo para el dolor de espalda, por favor.

—Claro, te recomiendo los parches.

Poco después, salí del establecimiento con una bolsa colgando de la mano y una decena de instrucciones que ya no recordaba. Solo lograba centrarme y prestar atención a cosas que realmente me interesaban o atraían. Si no, mi capacidad de concentración se convertía en algo inexistente más allá de los primeros segundos.

Llovía a cántaros, así que corrí en dirección a la calle donde había aparcado el todoterreno. Cuando lo alcancé,

mi ropa estaba empapada. Lancé la bolsa al asiento del copiloto y me deslicé tras el volante. Al arrancar el motor,
puse la calefacción al máximo y me tomé unos segundos
para recuperar el aliento. Luego observé con más detenimiento mi rostro en el espejo retrovisor. Más que un puño,
parecía que me hubiera golpeado un autobús. Me curé lo
mejor que pude, tratando de no pensar en nada que no fuese poner kilómetros y kilómetros de distancia entre ese maldito pueblo y yo.

Inicié la marcha bajo un aguacero que no daba tregua.
Crucé el último puente cubierto y me adentré en las montañas. Pero el viaje apenas duró unos minutos. Al doblar una
curva, me topé con una señal luminosa y un coche del Servicio Forestal que bloqueaba el camino. Frené y a través del
parabrisas divisé a dos guardas cerrando el paso sobre el río
con una cadena. Al verme, uno de ellos vino a mi encuentro.
Bajé un poco la ventanilla y el tipo se agachó mientras me
mostraba su rostro bajo un chubasquero que no había evitado que se empapara.

—¡Hola! —gritó para hacerse oír por encima del estruendo de la tormenta.

—Hola. ¿Hay algún problema?

—Lo siento, pero tendrá que dar la vuelta. Varios arroyos
se han desbordado y no es seguro cruzar.

—Oiga, me dirijo al oeste, no puedo dar la vuelta.

—No es seguro circular por esta carretera, amigo. No
puedo dejar que continúe.

—Tiene que estar de broma —dije para mí mismo. Inspiré hondo y bajé un poco más la ventanilla—. ¿Y hay algún
otro modo de llegar a la estatal, en dirección a Siracusa?

—Es imposible.

—¿Y al sur, hacia Nueva York?

—No, lo siento, están todas igual. La borrasca ocupa gran

parte del condado y hace días que llueve en el norte. Ahora se dirige al suroeste y todos los cauces se han desbordado en mayor o menor medida. Hacía años que no veía unas inundaciones como estas.

—¿Y cuándo podré continuar?

—Si deja de llover, puede que mañana.

—¡¿Mañana?! No puedo quedarme en Hasting hasta mañana.

—Ojalá pudiera ayudarlo, pero no es posible.

—De acuerdo, gracias.

—Que tenga un buen día.

Subí la ventanilla y me incliné hacia delante hasta apoyar la frente en el volante con un suspiro silencioso. Resignado, di la vuelta y regresé al pueblo. Dadas las circunstancias, necesitaba un lugar donde hospedarme. Encontré un *bed and breakfast* frente a un parque conmemorativo que rendía homenaje a los fundadores de la primera colonia que más tarde dio vida a Hasting. Al menos, eso era lo que decía la placa grabada a los pies de una escultura de bronce rodeada de calabazas, enormes y naranjas, envueltas en telarañas.

Mientras registraba mi entrada, la mujer que atendía la recepción me contó la historia del hotel: un edificio histórico, consagrado con el tiempo, que aún conservaba toda la esencia del pasado. Dejé de prestar atención cuando comenzó a hablarme de las camas con dosel, el número de hilos que tenían las sábanas y la cálida hospitalidad del lugar.

Ya en la habitación, dejé la maleta junto a la puerta y me tumbé de espaldas en la cama. Tenía hambre, pero estaba tan cansado que prefería esa sensación de vacío a mover un solo músculo. Cerré los párpados y, sin pretenderlo, me quedé dormido. Cuando desperté, la penumbra se había adueñado de la habitación, iluminada tan solo por el leve resplandor amarillento de un farol que se colaba entre las cortinas e incidía en el suelo de madera.

La lluvia repiqueteaba en el cristal. Me acerqué a la ventana y miré fuera a través de la tromba de agua que emborronaba las vistas. En ese momento, el estómago me rugió con fuerza. Necesitaba comer. Bajé las escaleras hasta la recepción. Una suave música folk sonaba desde el comedor, decorado con muebles antiguos de color blanco y papel pintado en las paredes.

La cocina del hotel ya había cerrado, pero la mujer que lo regentaba se ofreció a prepararme un bocadillo. Lo comí en silencio, sumido en una vorágine emocional que apenas me dejaba tragar. Mi madre biológica había muerto y una parte de mí se sentía muy culpable, mientras que otra aún mayor temblaba con una emoción de pérdida que me costaba comprender. No había conocido a esa mujer; entonces, ¿por qué me dolía su muerte?

Y si la situación no era ya lo bastante complicada, el chico del bar que me había partido la cara era mi hermano, ¡mi hermano!, y me odiaba. Aún podía ver su rostro en mi mente volcando toda su rabia en mí y acusándome de no haber cumplido el último deseo de su madre.

Comencé a preguntarme qué habría pasado si hubiera reaccionado de otra manera cuando recibí esa carta. Si en lugar de esconderme como un animal débil y temeroso, demasiado orgulloso, hubiera dado un paso valiente al frente para conocer a Erin. Mi cabeza se llenó de opciones. Distintos escenarios tomaron forma, y con cada posibilidad yo me sentía mucho peor. No existe mayor tortura que una pregunta que comienza con un «¿y si...?» y ser consciente de que no hay modo de hallar la respuesta, porque te negaste a subir a ese tren y ya no regresará.

Conté mentalmente e intenté exhalar más despacio de lo que inhalaba.

Me concentré en el murmullo hipnótico de la lluvia sobre el jardín que rodeaba la casa.

No funcionó.

Me puse en pie y salí del comedor como si alguien me espoleara. Necesitaba un cigarrillo, y un trago de algo fuerte que entumeciera mi conciencia.

En la maleta guardaba una botella de *bourbon*, que Will me había regalado en Tofino. La abrí y me senté en el alféizar de la ventana de mi habitación. No me gustaba beber y aun así lo hacía con demasiada regularidad. Por mucho que me resistía, siempre perdía la batalla. Prefería una resaca mortal a una noche de insomnio sin poder controlar el rumbo de mis pensamientos.

Al cabo de un rato, los ojos se me empezaron a cerrar. Dejé la botella en la mesita y me recosté en la cama con la mente envuelta en una densa neblina y el cuerpo pesado.

Misión cumplida.

A la mañana siguiente, me desperté al oír unos golpes insistentes en la puerta. Apreté los párpados cuando la luz que entraba por la ventana atravesó mis pupilas y un dolor agudo me taladró el cerebro hasta provocarme náuseas. Me encontraba tan mal que rogué para desmayarme y no despertarme nunca. Me cubrí la cabeza con la almohada y traté de volver a dormir, pero la persona que llamaba no parecía dispuesta a rendirse, pese a no obtener respuesta.

Salté de la cama y crucé la habitación maldiciendo entre dientes. Giré el picaporte y abrí la puerta de un tirón.

—¿Qué? —gruñí enfadado.

Al otro lado del umbral, en el pasillo, un hombre de mediana edad se quedó inmóvil al verme. Forzó una pequeña sonrisa y bajó el puño, con el que estaba a punto de golpear de nuevo la madera.

—Buenos días, perdona la intromisión, ¿eres Hunter Scott?

Enderecé la espalda y lo miré de arriba abajo con desconfianza. Nadie sabía que me alojaba allí, salvo la dueña del hotel, que había visto mi tarjeta al hacer el registro. Aun así, no me había parecido el tipo de persona que chismea sobre la identidad de sus clientes. Es más, por su actitud, estaba convencido de que no tenía ni la más remota idea de quién era yo.

Sin embargo, ahora la presencia de ese tipo me hacía pensar que me había equivocado.

—¿Quién es usted?

El hombre parpadeó sorprendido y luego asintió con un gesto de disculpa.

—Oh, por supuesto, ¡qué descortés por mi parte! Soy Allan Sanders, abogado. Represento a Erin Lambert, o Beilis, como prefieras, y estoy aquí para cumplir su última voluntad. —Alzó el maletín que llevaba en su mano—. ¿Podemos hablar? Hay algo que debo entregarte.

—¿De qué se trata?

—¿Qué te parece si conversamos frente a una taza de café caliente?

Arrugué la frente. No me apetecía nada tomar un café con él, solo quería largarme de Hasting lo antes posible y eso fue lo que estuve a punto de decirle, pero no lo hice. Ya había perdido la oportunidad de conocer a Erin por culpa de mi orgullo, y una parte de mí se lamentaba por todas las preguntas sin respuesta con las que ahora tendría que vivir.

No quería aumentar esa lista.

—De acuerdo, ¿puede darme unos minutos, por favor?

—Tómate el tiempo que necesites, estaré en el comedor.

Dio media vuelta y se dirigió a las escaleras.

Me pasé la mano por el pelo sucio y despeinado y lo seguí con la mirada.

—Eh, señor... —lo llamé. Se detuvo y me miró por encima del hombro—. ¿Cómo ha sabido dónde encontrarme?

—Jamie me avisó ayer de que estabas en el pueblo. Que aún sigas aquí y haya podido dar contigo solo ha sido cuestión de suerte.

Asentí muy despacio y entré en la habitación.

Me iba a estallar la cabeza.

Rebusqué en mi mochila hasta encontrar un analgésico y después me di una ducha. Minutos más tarde, bajaba las escaleras y me dirigía al comedor. Vi al tipo sentado a una mesa redonda, vestida con un mantel muy cursi, junto a una de las ventanas con vistas al jardín trasero y al río. Por primera vez desde que me había despertado, fui consciente de que ya no llovía y el cielo estaba despejado. Bien, eso significaba que podía marcharme.

Me acerqué a la mesa y carraspeé para llamar la atención del abogado, que disfrutaba de una porción de tarta de manzana y una taza de café humeante.

Levantó la mirada y su boca se curvó en una sonrisa amable al descubrirme.

—Siéntate, por favor —me indicó con un gesto de su mano. Me acomodé frente a él sin apenas respirar, más nervioso de lo que estaba dispuesto a admitir—. ¿Café?

Asentí y Allan, así había dicho que se llamaba, alzó el brazo para llamar a la camarera que servía los desayunos.

—Jennie, ¿podrías traer otro café y un trozo de tarta?

—Por supuesto.

El señor Sanders se llevó su taza a los labios y bebió un sorbo de café sin dejar de observarme. Esa atención y no saber qué se le pasaba por la cabeza me irritaba, porque me hacía sentir inseguro. Le eché un vistazo a su maletín, sobre una de las sillas, y noté que empezaban a sudarme las manos.

—¿Qué quiere entregarme? —pregunté sin rodeos.

En ese momento, la camarera se acercó con mi desayuno.

Allan guardó silencio hasta que la mujer se marchó. Luego inspiró hondo y abrió el maletín. Sacó de su interior una carpeta marrón de cartón, que contenía unos documentos, y un cuaderno amarillo con una cinta separadora de color morado. Lo sostuvo en sus manos, mientras me observaba y su sonrisa se hacía más amplia.

—Es increíble lo mucho que te pareces a ella —musitó como si hablara consigo mismo. Tomó aire y lo dejó escapar muy despacio—. Como te decía antes, mi nombre es Allan Sanders. Erin me contrató hace unos meses para que la ayudara a poner en orden todos sus asuntos antes de... —Se aclaró la voz, como si no supiera muy bien cómo decirlo—. Antes de que su enfermedad la alejara de nosotros.

Bajé la vista al mantel mientras me masajeaba el pecho, como si ese simple gesto pudiera frenar los latidos descontrolados de mi corazón.

—¿Y eso qué tiene que ver conmigo? —pregunté.

—Erin redactó un testamento, en el que dispuso que la casa familiar de sus padres pasase a ser de tu propiedad tras su muerte. Estas son las escrituras actualizadas. Solo necesito que firmes en la línea de puntos y yo mismo formalizaré el registro y el pago de impuestos.

Lo miré pasmado. Me costaba asimilar lo que acababa de decir.

—Oiga, ni siquiera conocí a esa mujer, ¿por qué iba a regalarme su casa?

—Creo que ya conoces la respuesta a esa pregunta.

—¿Y si no la quiero?

—Si renuncias a la herencia, Erin dejó instrucciones para que fuera demolida.

—¿Demolida?

—Así es.

No entendía nada.

—¿Por qué?

—No me corresponde a mí contarte el motivo.

—Erin está muerta, ¿cómo quiere que lo averigüe?

Allan extendió el brazo sobre la mesa y dejó el cuaderno a mi alcance. En la tapa había pegado un pequeño sobre de color crema.

—Es un diario, Erin lo escribió. Ella murió con la esperanza de que pudieras conocer su historia a través de todas las vivencias que relata en estas páginas. También esperaba que pudieran ayudarte a encontrar respuestas y averiguar la clase de persona que era.

Me quedé mirando el cuaderno. Un nudo muy apretado me cerraba la garganta. Casi con miedo, lo rocé con los dedos. La tapa tenía un tacto suave y lo primero que pensé fue que las manos de Erin también lo habían acariciado.

Una sensación extraña se instaló en mi pecho.

Hice el ademán de tomar el sobre, pero me detuve.

—Adelante, es para ti —dijo Allan.

Lo abrí con dedos temblorosos y saqué una nota escrita a mano. Comencé a leer.

*Querido Hunter:*

*Hace muchos años que Tessa, mi mejor amiga, me regaló estos diarios. Solo éramos unas niñas cuando nos conocimos y, aunque proveníamos de mundos muy diferentes, nuestra amistad se convirtió en un lazo fuerte e inquebrantable que nadie pudo romper nunca, ni siquiera mis padres.*

*Ella me animó a guardar mis pensamientos y sentimientos más sinceros en estas páginas. Todo aquello que no podía expresar por miedo a contradecir y decepcionar a mi familia y sus creencias. Un lugar privado donde poder ser simplemente yo, libre de prejuicios y reproches.*

*Dicen que en esta vida todo tiene un porqué, y ahora lo creo. Lo que en un principio consideramos una acción simple y sin ninguna importancia en nuestro día a día, puede que en realidad se trate de uno de los actos más significativos y determinantes de nuestra vida. Fueron tantas las veces que pensé que escribir estos diarios era una pérdida de tiempo y un riesgo innecesario. Sin embargo, ahora doy gracias por haberlo hecho. Su finalidad era esta, Hunter, convertirse en mi voz para ti cuando ya no esté. Contarte mi historia, que también es la tuya.*

*Con todo mi amor,*

*Erin*

Doblé la nota y la guardé de nuevo en el sobre.

Tragué para deshacer el nudo que tenía en la garganta, tan apretado que me costaba respirar. Las ganas de abrir ese cuaderno y comenzar a leer se convirtieron en un molesto hormigueo en mis dedos. Quité las manos de la mesa y me froté los muslos. Me aterrorizaba abrir la puerta que escondían sus páginas. Entrar en su mundo y no ser capaz de asimilarlo. Que me hiciera más mal que bien, y destrozara lo poco que permanecía entero de mí. Si es que aún quedaba algo escondido en las ruinas de mi existencia.

—Hay más —dijo Allan.

Lo miré sin comprender.

—¿Qué?

—Hay más diarios.

—¿Y dónde están? —inquirí ansioso.

De repente los quería todos, con un anhelo que no tenía sentido, como si ya fuesen míos y él me los hubiera quitado.

—En mi despacho —respondió.

—¿Y por qué no los ha traído?

—Erin impuso ciertas normas que debo seguir. Puedo entregarte el primero ahora. En cuanto a los restantes, solo podré darte uno por cada semana que pases en Hasting.

Parpadeé confuso, mientras trataba de buscarle sentido a sus palabras. «¿Un nuevo cuaderno por cada semana que me quede en este pueblo?» Cuando caí en la cuenta de lo que significaba, cerré los puños y golpeé la mesa.

—¿Me está diciendo que si quiero respuestas debo vivir en este maldito lugar?

—Este lugar formaba parte de Erin, así que conocerlo te ayudará a conocerla más a ella.

—¡No es justo! Tengo una vida que no puedo abandonar así como así. No puede pedirme que lo deje todo. Hasta es posible que no merezca la pena lo que encuentre en esos diarios —protesté enfadado.

—Yo solo me limito a cumplir sus deseos, el resto depende de ti, Hunter. —Se limpió la boca con la servilleta y se puso en pie. Después sacó del bolsillo de su chaqueta unas llaves y las colocó sobre la mesa—. Son las llaves de la casa, la dirección está dentro de la carpeta. También mis datos de contacto. Si decides quedarte, estaré encantado de ayudarte en todo aquello que puedas necesitar. Si finalmente te marchas, ¿te importaría dejar estas cosas en recepción? Yo pasaré a buscarlas más tarde.

Lo dijo de tal modo que solo pude apretar los dientes y asentir en respuesta. Quejarme o rebelarme solo me haría parecer un idiota.

Allan cogió su maletín y me tendió su mano libre.

Se la estreché.

115

—Ha sido un placer conocerte, Hunter.

—Lo mismo digo.

Acto seguido, se encaminó a la puerta y desapareció de mi vista. Mi desayuno estaba intacto y lo aparté a un lado. Era incapaz de comer nada. La sensación de mi pecho se intensificó y no se fue ni siquiera cuando subí a la habitación y vomité lo poco que tenía en el estómago.

Sentado en el suelo del baño, contemplé el cuaderno. Lo había lanzado sobre la cama al entrar. Palpé mis bolsillos hasta encontrar la cajetilla de tabaco. Encendí un pitillo y le di una profunda calada. Luego eché la cabeza hacia atrás y cerré los ojos. Tenía el pulso disparado y me concentré con todas mis fuerzas en no respirar demasiado deprisa.

En mi cabeza comencé a enumerar las razones por las que lo más sensato que podía hacer era olvidarme de todo lo que había ocurrido en los últimos dos días y volver a casa de inmediato.

Una hora más tarde, continuaba tirado en aquel suelo. Porque una cosa era lo que me decía la cabeza y otra muy distinta lo que me pedía el corazón, y no lograba ponerlos de acuerdo.

Harto de la situación, tiré la colilla al váter y regresé al cuarto.

¿A quién quería engañar? No era capaz de marcharme, seguir como si nada y fingir que esos diarios no existían. Porque eran reales, y leerlos sería lo más cerca que estaría nunca de mi madre.

Mi madre.

Pensar por primera vez en Erin como algo mío me descolocó. Y lo que noté bajo las costillas me hizo querer ahogarlo bebiendo. Agarré la botella y me la llevé a los labios, pero el desprecio que sentí hacia mí mismo en ese momento me detuvo. Un patético intento por recuperar un control que nunca había tenido.

Cansado de esa lucha constante contra el universo, me senté en la cama y cogí el diario.

Lo abrí por la primera página.

—Está bien, ya tienes toda mi atención.

# 8
# Erin

**10 de junio**

*Querido diario:*

Solo ha pasado una semana desde que comenzaron las vacaciones de verano y ya no puedo más. Echo de menos las clases y, sobre todo, echo de menos a Tessa.

Desde que mamá me prohibió que me relacionara con ella, solo podíamos pasar tiempo juntas en el instituto. Ahora, ni siquiera eso.

Me siento muy sola sin ella. Es mi mejor amiga y la única persona con la que puedo ser yo sin avergonzarme o sentirme diferente. Desde que Tessa llegó a mi vida el verano pasado, ya nadie se mete conmigo. Cuida de mí y compartimos nuestros secretos más profundos.

He intentado razonar con mamá, pero sigue pensando que Tessa no es una buena influencia y que debo buscar amigos dentro de nuestra congregación. No entiendo cómo puede creer que la madre de Tessa es peligrosa para mí, por ser agnóstica y haberse graduado en Biología Evolutiva, y que el pastor Simons, un hombre que asegura que el mundo se está degradando *y descomponiendo porque la mujer ha olvidado su papel como madre y esposa, sea alguien a quien admirar y seguir.*

*Ojalá mis padres fuesen como los de Tessa, amables, cariñosos y divertidos, en lugar de ser tan serios y estrictos. No recuerdo haberlos visto nunca abrazados, paseando de la mano o riendo juntos. Tampoco conversando. En casa, quien habla es siempre papá. Aunque solo lo justo para decirnos siempre qué hacer, cómo y cuándo. Qué debemos pensar y cómo comportarnos para no ofender a Dios.*

*Llevo un tiempo que pienso mucho en Dios y me hago preguntas. Me cuesta entender su forma de amarnos. No comprendo por qué debemos avergonzarnos por ser quienes somos, por ser humanos con defectos que él mismo nos dio. Por qué sufrir y sacrificarnos, vivir con miedo y someternos para merecer algún día el paraíso. Por qué debo aceptar sus designios sin más, aunque estos sean injustos y causen dolor. Papá dice que son pruebas que debemos superar para demostrarle nuestro amor, que es su voluntad y dudar nos condena, pero cuando lo oigo repetir eso, una y otra vez, solo puedo pensar en Clare Wiggs y en su muerte. ¿Fue voluntad de Dios que enfermara de leucemia y pasara por todo lo que tuvo que pasar, que muriera con solo doce años? Si nos ama y nos creó a su imagen, ¿por qué es su voluntad torturarnos con una vida miserable?*

*Tessa dice que Dios no existe y todo es un invento. Que el hombre siempre ha tenido miedo de su propia existencia, y ese miedo y la necesidad de respuestas para sentirse a salvo y protegido hicieron que otros hombres más astutos se aprovecharan de sus inseguridades, para crear un dogma con el que someterlos y controlarlos. Por ese motivo hay tantas religiones y son tan distintas entre sí, cada «hombre astuto» creó una fe de acuerdo a sus propias ambiciones.*

*«Vamos, Erin, piénsalo. ¿Qué tienen todas en común? Poseen la misma estructura: un pastor, muchos perros y millones*

*de ovejas asustadas. Mi padre ha escrito un libro muy intere-*
*sante sobre este tema. Deberías leerlo, incluso lo recomiendan*
*como lectura a los estudiantes de Antropología de muchas uni-*
*versidades del país», me explicó un día Tessa, mientras comía-*
*mos en la cafetería.*

*Mi familia piensa que las personas como el padre de Tessa*
*son herejes que intentan alejar a los buenos cristianos de Dios.*
*Me da miedo que puedan tener razón y que todas estas pregun-*
*tas que me hago no sean más que blasfemias. Una prueba de fe*
*que no estoy superando.*

*O, quizá, quien realmente me da miedo es mi propia familia*
*y nuestra congregación.*

## 29 de junio

Querido diario:

Hoy hace calor.

Más calor que en el infierno, posiblemente.

Esta mañana, mientras esperaba a papá en el aparcamiento de la ferretería, estaba segura de que me derretiría. Los edificios parecían tambalearse tras esas ondas sofocantes que emanaban del asfalto, desdibujándose como si fuesen espejismos. Aun así, las calles se encontraban repletas de gente, sobre todo, turistas.

Papá dice que son una plaga que no deja de multiplicarse y que solo traen consigo la indecencia y el exhibicionismo inmoral de las grandes ciudades. A mí no me lo parece, la verdad. Me gusta ver a las familias paseando, comprando souvenirs y disfrutando de nuestro pequeño pueblo. Mientras, trato de imaginar de dónde vendrán y qué clase de vida tendrán allí. Sé que es un pecado, pero siento envidia cuando los observo. Nunca he ido de vacaciones con mi familia. En realidad, nunca he salido de Hasting y no conozco el mundo que hay al otro lado de las montañas, salvo por lo que he podido ver en la televisión.

Cuando sea mayor de edad, lo primero que haré será viajar. Tessa me ha prometido que me llevará a San Francisco para enseñarme el barrio donde creció y vivió hasta que sus padres se mudaron por trabajo. Me encanta cerrar los ojos e imaginarme la ciudad a través de las historias que me cuenta: los colores, los olores y sabores.

Tengo dos años para convencer a papá y mamá de que me permitan ir.

Espero lograrlo, aunque no debería hacerme ilusiones.

Cuando hemos vuelto a casa, la señora Mayfield, nuestra

vecina, estaba descargando unas cajas de su camioneta. Sé que a mamá no le gusta que hable con ella, piensa que sus ideas son una amenaza para la familia tradicional y que, por ese motivo, Dios la castigó con un hijo enfermo.

Yo no creo que las ideas de la señora Mayfield sean una amenaza para nadie, porque ¿qué tiene de malo pensar que hombres y mujeres deberían ser iguales y tener los mismos derechos? A ver, me parece bastante injusto que yo deba limpiar la casa, aprender a coser, cocinar y hacer toda la colada, y que mi hermano, por ser un chico, no haga absolutamente nada. Y lo más indigno es que, por ese mismo motivo, se crea con el derecho a darme órdenes y que mis padres se lo permitan. ¡Solo es un año mayor que yo!

Además, mamá también se equivoca sobre el hijo de la señora Mayfield. No está enfermo, solo es autista, ella misma me lo ha dicho, lo que hace que Martin sea un poco especial y diferente, pero eso no tiene nada de malo. Solo hay que entender cómo funciona su mente, y la de Martin es maravillosa. Lo sé porque cuando era más pequeña solía escaparme hasta el muelle cuando él se sentaba allí a leer. Podía pasar horas hablando sobre una misma cosa, enumerando datos y todo tipo de detalles. Era como una enciclopedia y me encantaba escucharlo.

Mi hermano lo llama retrasado, pero aquí el único retrasado es él. Jason Retrasado, así debería llamarse. ¡Qué ganas tengo de que se marche a la universidad!

En fin, el caso es que, aprovechando que mamá quería darse un baño al volver del pueblo, he corrido hasta la señora Mayfield y me he ofrecido a ayudarla con las cajas, que contenían un montón de libros que alguien había donado a la biblioteca.

Al terminar, el sudor me empapaba la ropa y la señora Mayfield ha insistido en invitarme a un té helado. No he podido *negarme, a pesar de que me preocupaba la reacción de mamá si se enteraba.*

*Al principio, nos hemos puesto a conversar sobre cosas sin importancia, pero, al cabo de un rato, sin apenas darme cuenta, estaba hablándole sobre Tessa y lo incomprendida que me siento en casa. Me ha escuchado en silencio y, cuando he terminado, se ha acercado y me ha dado un fuerte abrazo. Sin soltarme, me ha susurrado al oído que soy una buena persona y que nunca debo dudar de mí; siempre que necesite una amiga o un poco de té helado, ella estará ahí. Jamás me he sentido tan reconfortada por nadie. Creo que ella realmente me comprende.*

*En ese momento, Martin ha entrado en la cocina con la chica con la que se casó hace unos meses. Se llama Sally y está embarazada. Por lo que he podido escuchar, su bebé es una niña y nacerá en noviembre. Tengo la impresión de que a la señora Scott no le agrada mucho que Martin se haya casado y vaya a ser padre, o quizá sea Sally la que no le gusta. Sé que juzgar está mal, pero creo que a mí tampoco me cae bien.*

*Después de que se marcharan, he reunido el valor para preguntarle a la señora Mayfield algo que me intriga desde siempre: por qué Martin nunca mira a los ojos cuando habla, a no ser que se lo pidas. Ella me ha explicado que Martin tiene un trastorno del espectro autista, que hace que su manera de relacionarse con los demás sea algo distinta a lo que estamos acostumbrados y consideramos normal. También su manera de entender los sentimientos y cómo expresarlos. Aunque no lo parezca, Martin siente mucho más que otras personas, es solo que esas emociones se le quedan atascadas y las demuestra de otras formas, que no todo el mundo entiende o percibe.*

*Debe de ser duro para él.*

*Mientras la escuchaba hablar sobre Martin, he sentido*

mucha vergüenza por la opinión injustificada que mi familia tiene de ellos. Un buen cristiano no criticaría ni se burlaría como ellos lo hacen.

Diga lo que diga mamá, seguiré viendo a la señora Mayfield. Me cae bien.

## 4 de julio

¡No es justo! No es nada justo que Jason tenga permiso para ir a la feria con sus amigos y yo no. Ni siquiera podré ver los fuegos artificiales, porque desde este asqueroso agujero en la montaña es imposible.

Ya tengo dieciséis años. Soy responsable y me porto bien. ¿Qué creen, que voy a acostarme con cada chico que encuentre en el camino?

No es justo, nunca me dejan hacer nada.

Solo quiero ser una chica normal, que hace cosas normales. Tener amigos, ir al cine y tomar un helado en el centro comercial. Comer una hamburguesa en Sadie's un sábado por la tarde. Sin embargo, para mis padres, mi lugar está en casa. Como si los cimientos de nuestra familia dependieran de mis valores y mi inocencia, y ponerme a salvo de cualquier actitud que ellos consideren pecaminosa fuese su única misión en esta vida. Estoy harta de escuchar esas palabras. Harta de rezar por mi alma y pedir perdón por unos pecados que ni siquiera he cometido.

¿Por qué tienen tanto miedo a que crezca?

A este paso, acabarán encerrándome en un convento.

## 28 de julio

*Querido diario:*

Soy feliz. Muy feliz.

Hoy ha sido un día maravilloso y todo se lo debo a la señora Mayfield. Bueno, a Meg. Me ha pedido que la tutee y, aunque me da un poco de vergüenza, me encanta tener esa confianza con ella. ¡Es estupendo!

Meg se ha presentado por sorpresa esta mañana en casa y le ha pedido a mamá que me dejara acompañarla al pueblo para echarle una mano en el almacén de la biblioteca. Le ha explicado que Sydney, su ayudante, estaba de vacaciones y necesitaba otro par de manos para ordenar las estanterías. Así que había pensado en mí.

Al principio, mamá se ha negado y la ha tratado con bastante frialdad y desconfianza. Sin embargo, Meg no es de las que se rinden y tampoco se deja intimidar.

«Es una niña responsable y, por lo que sé, sus notas en Literatura son excelentes. Ha sido la primera persona en la que he pensado. Marjorie, por favor, cuidaré de ella. Te prometo que no le pasará nada y a mí me harás un gran favor, de vecina a vecina. Dios recompensará tu buen corazón», le ha dicho sin pestañear.

Por un momento, me he olvidado de respirar mientras veía a mamá ponerse roja como un tomate. Tras unos segundos, su rostro serio ha esbozado una sonrisa tensa y me ha dado permiso para acompañarla.

Casi no me lo podía creer. He subido a la camioneta a toda prisa, para no darle tiempo a arrepentirse. Meg ha encendido la radio y ha comenzado a sonar una canción preciosa y muy pegadiza.

«Vaya, es genial. ¿De quién es?», he preguntado.

Meg me ha mirado sorprendida.

«¿No la conoces? Pero si lleva semanas sonando en todas partes.»

«En casa solo está permitida la música que Dios aprueba.»

«Ya veo... ¿Sigues tocando el piano?»

«Sí, aunque me aburre un poco. Solo me dejan tocar la...»

«¿La música que Dios aprueba?», me ha cortado entre risas.

«Sí», he respondido un poco avergonzada, y he añadido a modo de confesión: «Me gustaría estudiar música, en un conservatorio o en la universidad, pero mis padres quieren que estudie enfermería y me han prohibido que insista sobre el tema».

«Ya sé que no es lo mismo, pero puedes estudiar música por tu cuenta. Tienes mucho talento y no te resultará difícil. En la biblioteca hay libros que pueden ayudarte.»

«Pero, si lo hiciera, estaría desobedeciendo y...»

«¿Sabes? Yo no creo que Dios tenga problemas con que aprendas o escuches música pop, rock, country o de cualquier otro estilo, aunque sus letras no lo alaben.»

«En realidad, yo tampoco lo creo», le he confesado antes de decirle: «No sabía que creías en Dios, mamá piensa que eres atea».

«Por supuesto que creo en Dios y también en Jesús. No creo en las personas que hablan en su nombre y tergiversan su mensaje. A veces tengo serias dudas sobre si realmente han leído su Biblia o se la inventan para que se adapte a sus propósitos e ideales.»

No he sabido qué contestar, porque una parte de mí le da la razón, pero otra me hace sentir culpable por dudar de las enseñanzas de nuestra Iglesia y el pastor Simons.

Al llegar al pueblo, en lugar de dirigirse a la biblioteca, Meg ha girado en dirección contraria. Cuando le he preguntado al respecto, me ha respondido que la biblioteca solo era una excusa para poder llevarme a un lugar mucho más divertido, donde me esperaba una sorpresa.

*Después de lo que me ha parecido una eternidad, se ha detenido frente a la casa de Tessa.*

*«¿Qué hacemos aquí?», le he preguntado.*

*Ella me ha mirado con ternura.*

*«Me dijiste que echabas de menos a tu mejor amiga, y las mejores amigas no deberían pasar tanto tiempo separadas, ¿no crees?»*

*«¿Y si mi madre se entera?»*

*«No lo hará, será nuestro secreto», ha respondido mientras tocaba el claxon un par de veces.*

*De repente, Tessa ha aparecido en su puerta dando saltitos y gritando mi nombre. No lo pretendía, pero me he echado a llorar como una tonta.*

*«¿A qué esperas?, ve con ella», me ha animado Meg al ver que yo continuaba paralizada, y luego ha añadido: «Vendré a buscarte sobre las cinco, ¿de acuerdo?».*

*«Gracias.»*

*Acto seguido, he saltado de la camioneta y he corrido hasta Tessa. Nos hemos fundido en un abrazo, sin dejar de repetir cuánto nos hemos echado de menos.*

*No sé explicar lo mucho que ha significado para mí este día. Volver a sentirme viva durante unas horas, como cualquier chica de mi edad. Lo he pasado tan bien y me he reído tanto que tengo agujetas en la tripa y me duelen las mejillas. Meg me ha prometido que volveremos a intentarlo la próxima semana y ya estoy nerviosa. Espero que llegue pronto ese día.*

*Sé que no estoy obrando bien al desobedecer y mentir a mis padres por mi propio interés, pero estoy segura de que Dios lo entiende. Él sabe lo que hay dentro de mi corazón, ¿verdad? Porque Él lo sabe todo.*

*Si no hago daño a nadie, no puede ser malo que quiera ser feliz.*

# 9
# Hunter

Tumbado de espaldas en la cama, cerré el diario y lo dejé a un lado. Me ardían los ojos después de tantas horas leyendo y tenía la boca seca. Tragué el nudo que me estrangulaba e intenté controlar mis sentimientos, que trataban de abrirse paso tras una risa irónica. Contemplé el techo. Al otro lado de la ventana, el sol se había puesto hacía un rato y la luz de la lámpara dibujaba sombras y siluetas en las paredes.

Parpadeé varias veces, confundido. Una parte de mí mantenía una calma demasiado serena mientras que otra, más consciente de todo lo que había encontrado en ese diario, empezaba a moverse como un tornado en mi interior que no sabía muy bien cómo controlar. Incredulidad, lástima, enojo, simpatía, rabia, impotencia... ¡Tantas emociones y no entendía ninguna!

Pensaba que mi familia era de lo peor, pero los Beilis no se quedaban atrás. Esa gente representaba todo lo que siempre he detestado: la crueldad, la hipocresía y el narcisismo disfrazados de buenos cristianos. Los padres de Erin eran la perfecta definición de lo estricto, encorsetado y sectario. Más leales a su Iglesia que a su propia hija. A los que no les importaba nada más que su imagen ante los demás y su reputación, que parecía depender exclusivamente de cada acción y gesto de mi madre.

Erin había crecido en un ambiente autoritario y extremadamente religioso, que habría vuelto loco a cualquiera. Cuando hacía algo bueno, la sermoneaban recordándole que no se esperaba menos de ella. Si se equivocaba, la juzgaban y condenaban, infectando su mente con unas creencias y valores tergiversados. Quizá, por esos motivos, me habían parecido tan valientes sus pequeños actos de rebeldía.

Con esa edad, también era lo único que yo tenía: rebeldía.

Nunca he creído en nada, pero también rezaba para escapar de la cárcel en la que vivía. Ansiando sentirme querido. Buscando de forma desesperada una aceptación que jamás estuvo a mi alcance. Así que comprendía a la Erin de dieciséis años perfectamente.

Sin darme cuenta, página a página, me había colado bajo su piel y eso me descolocaba.

Demasiados sentimientos contradictorios en mi interior.

Salté de la cama.

Necesitaba moverme y tomar el aire. Además, era la noche de Halloween, una de las pocas fiestas que me gustaban desde niño.

Me puse la cazadora y la gorra, y salí de la habitación. Ya en la calle, estuve a punto de ser atropellado por la Bruja Escarlata y un pequeño Jack Skellington, al que le faltaban un par de dientes de leche.

—¿Truco o trato, *zeñor*? —me preguntó el «terrorífico» Jack con un ceceo muy gracioso.

Lo miré desde arriba y fruncí el ceño.

—¿Tengo pinta de llevar dulces en los bolsillos?

El niño me observó unos instantes y arrugó la nariz con un mohín. De repente, la Bruja Escarlata dio un paso adelante y alzó la barbilla con una actitud de suficiencia.

—También aceptamos dinero.

—¿Disculpa? —repliqué sorprendido. Tuve que morderme el labio para no reírme.

—No eres de por aquí, ¿verdad?

—No.

—Lo imaginaba, un turista —suspiró de forma exagerada—. Si no tienes dulces, no pasa nada. Puedes darnos un dólar.

—¿Un dólar?

—Aquí es la tradición. Uno para cada uno —dijo mientras sus pestañas se movían como las alas de una mariposa.

—Zí, uno para cada uno —repitió el pequeño.

Me agaché para quedar a su altura y les sonreí. No tendrían más de seis o siete años y, por el enorme parecido que se podía apreciar bajo todo el maquillaje que les cubría la piel, estaba seguro de que eran hermanos. Saqué mi billetera del bolsillo y la abrí. El billete más pequeño que tenía era de cinco pavos. Lo cogí entre los dedos y se lo mostré.

—¿Tenéis cambio?

—No, pero...

—¡Ava, ¿qué te he dicho sobre pedir dinero a desconocidos?!

Giré la cabeza y vi a una mujer corriendo en mi dirección, mientras empujaba una sillita con un bebé disfrazado de fresa. Se detuvo a solo unos pocos pasos, jadeando sin aliento.

—¡Ava! ¡Kevin! ¡Eso está mal! —Me puse en pie y ella me miró avergonzada—. ¡Jesús, qué vergüenza! Lo siento muchísimo, no sé de dónde sacan estas ideas.

Sonreí, quitándole importancia a la travesura. No era para tanto, y a mí el encuentro me había alegrado la noche.

—No te preocupes, solo estábamos haciendo un trato.

—Son muy traviesos, y, desde que el bebé nació, me cuesta más controlarlos. —En su rostro apareció una sonrisa cansada—. Pequeños demonios.

Puse mi mano sobre la cabeza del niño y le revolví el pelo.

—A mí me parecen buenos chicos.

—Sí, lo son. Aunque si vuelven a hacer algo así, se quedarán sin televisión una semana —los amenazó. Apartó la mirada de ellos y me observó. Vi el momento exacto en que un brillo de reconocimiento dilató sus pupilas. Ladeó la cabeza y sentí que me estudiaba con más interés del que podría considerarse educado.

—¿Nos conocemos? —me preguntó.

—No lo creo.

—¿Estás seguro? Tengo la sensación de haberte visto antes.

Negué con un gesto y forcé una sonrisa despreocupada. Desde que mi relación con Lissie se hizo pública, había fotos nuestras por todo internet y pasé de ser solo conocido en medios musicales especializados a formar parte del circo mediático de otro tipo de publicaciones, que no me gustaban nada.

—Suele pasarme, tengo uno de esos rostros comunes que se parecen a otros muchos.

A ella se le escapó una risita azorada y se atusó el pelo.

—Yo no diría que tu rostro es común.

Noté que se me encendían las mejillas. Me costaba recibir halagos sin sentirme incómodo.

Ella volvió a prestar atención a los pequeños.

—Niños, es hora de regresar a casa. Decidle adiós al señor.

—Adiós, señor —corearon al unísono.

—Que pases una buena noche —se despidió la mujer.

—Gracias. Tú también.

Dio media vuelta y comenzó a alejarse con sus hijos arrastrando los pies detrás de ella. De repente, la niña se giró y me birló el billete que aún colgaba de mi mano, tan rápido que apenas me di cuenta de que lo hacía. Me guiñó un ojo, traviesa, y se llevó un dedo a los labios, pidiéndome que guardara silencio. Luego echó a correr tras su madre sin mirar atrás.

Rompí a reír. Esa niña era todo un personaje y estaba seguro de que acabaría logrando cualquier cosa que se propusiera en la vida si conservaba esa actitud. Inspiré hondo y continué andando. Un par de personas se me quedaron mirando. Algo paranoico, tiré hacia abajo de la visera de mi gorra para ocultar un poco más mi rostro.

Me dirigí al centro del pueblo, paseando sin prisa a lo largo de sus calles adoquinadas, bordeadas por casas de arquitectura victoriana y otras con un estilo más colonial que me recordaban a las grandes mansiones del sur. Las fachadas estaban decoradas con guirnaldas de luces de colores y, desde los jardines, las calabazas sonreían de un modo macabro.

Mi primera impresión sobre Hasting no había sido muy buena, pero debía reconocer que empezaba a gustarme. Era como uno de esos pueblecitos que aparecen en las revistas de viajes, postales de ensueño de las que uno no puede apartar la vista. Lo bastante grande como para vivir de forma cómoda con todos los servicios necesarios y tan pequeño como para poder cruzarlo a pie en treinta minutos sin perderte.

Conforme me acercaba a la avenida principal, en las calles aledañas el número de turistas y lugareños se multiplicaba. La música salía de los bares y cafeterías, donde anunciaban fiestas con premios al mejor disfraz. En la plaza habían instalado un tiovivo y algunas casetas de madera en las que vendían bocadillos, manzanas de caramelo y palomitas dulces.

Solo el olor podía provocar una sobredosis de azúcar.

Me fijé en un tipo vestido de pirata, que trataba de poner orden entre una docena de niños que saltaban a su alrededor para recibir un puñado de caramelos. Me quedé mirando la escena durante unos instantes. Luego alcé la cabeza y contemplé el cielo.

No dejaba de pensar en los diarios de Erin. Quería continuar leyendo, averiguar más cosas sobre ella. Todo lo que pasó en su vida hasta llegar a mí. No obstante, las condiciones para poder hacerlo eran un problema. Me entregarían un diario por cada semana que pasara en Hasting y no tenía ni idea de cuántos podría haber.

No podía interrumpir mi vida de ese modo y dejarlo todo atrás.

Abandonar mi casa. Mi trabajo.

Aunque ¿qué me lo impedía?

Si era sincero conmigo mismo, mi vida estaba en pausa desde hacía casi un año. No había hecho absolutamente nada durante todo ese tiempo, salvo arder y consumirme como los cigarrillos que fumaba. Envenenarme. Y hablando de veneno. Palpé mis bolsillos y saqué la cajetilla de tabaco. Encendí otro pitillo y di una profunda calada. ¿Qué podía perder si lo intentaba y me instalaba allí un tiempo? Mis guitarras, que eran lo más importante para mí, las había traído conmigo. ¿El resto? Improvisaría.

Apagué la colilla y me la guardé en el bolsillo. Al levantar la vista, noté que el «pirata» que repartía caramelos me observaba fijamente. Noté un tirón en el estómago al reconocer al hijo de Erin. Le sostuve la mirada, hasta que me dio la espalda y desapareció dentro de su negocio.

Noté culpa, rabia y tantas cosas que solo pude apretar los dientes y aguantar la respiración.

Continué caminando y pasé de largo.

Mi atención había estado tan centrada en Erin, que apenas había pensado en su hijo. Mi decisión de quedarme comenzó a flaquear. Ese tipo me odiaba y no me quería cerca.

«Ese tipo es tu hermano», dijo una voz en mi cabeza, golpeándome en el estómago como una bola de demolición. Tenía un hermano, puede que más. ¿Abuelos, tíos, primos...? Una familia a la que no conocía. De la que no sabía absolutamente nada.

¡Era una locura!

Se me aceleró la respiración y mi corazón perdió el control. Cerré los ojos cuando la cabeza empezó a darme vueltas. Extendí la mano y me apoyé en lo primero que encontré: una farola rodeada de polillas que revoloteaban bajo su luz. Me concentré en respirar. En el movimiento de mis pulmones al expandirse y después relajarse.

Me puse a contar como me había enseñado la psicóloga que contrató Scarlett y a la que solo aguanté durante un par de semanas.

Uno. Dos. Tres. Cuatro...

Algo me rozó la pierna. Un leve golpe. Luego, otro. Abrí los ojos y vi un perro de color dorado frente a mí. Era enorme, peludo y movía la cola mientras me miraba sin parpadear. Joder, hasta parecía sonreír y mis labios se curvaron en respuesta.

—¿Y tú qué haces aquí? —le pregunté.

Soltó un pequeño gemido y me empujó de nuevo. Mi sonrisa se hizo más amplia. Me agaché frente a él y lo miré a los ojos al tiempo que le acariciaba la cabeza y las orejas. Trató de lamerme la cara y tuve la impresión de que ese perro percibía cómo me sentía y buscaba un modo de reconfortarme.

Inspiré hondo y le eché un vistazo a la chapa que colgaba de su collar.

Se llamaba Nuk. Un nombre curioso.

—¿Por qué estás solo?

Ladró en respuesta.

—¿Te has perdido?

—¿Nuk? Nuk, ¿dónde estás?

Alcé la barbilla, en busca de esa voz que llamaba agitada al perro, y vi a una mujer que corría en mi dirección.

—¡Nuk! —exclamó aliviada al verlo. Se detuvo a mi lado y se arrodilló para abrazarlo—. ¡Menos mal, aquí estás! No puedes desaparecer de este modo, me has dado un susto de muerte —lo reprendió un tono tan mimoso, que me hizo sonreír.

Sin embargo, la sonrisa se borró de mi cara cuando nuestras miradas tropezaron y la reconocí. La expresión de alivio de su rostro desapareció de golpe y una más distante la hizo palidecer. Me estudió de arriba abajo con rapidez, mientras nos poníamos en pie al mismo tiempo. Tenía los labios fruncidos en una línea fina de disgusto.

Recuerdos del día anterior acudieron a mi mente e inspiré hondo. Me había comportado como un idiota con ella. Pensé a toda prisa en una manera decente de disculparme, que no sonara a excusa facilona, pero me costaba encontrar las palabras. Sobre todo, porque toda mi atención quedó atrapada en su rostro serio. Era guapísima, pero no de un modo clásico ni convencional. No sé cómo explicarlo. Cada uno de sus rasgos destacaba por sí mismo de una forma única y el conjunto parecía de otro mundo. Siempre me ha gustado todo lo que es diferente y no encaja en ningún molde, y su cara era ambas cosas. No entendía cómo no me había fijado el día anterior.

—Siento si te ha molestado, normalmente no suele acercarse a los extraños —dijo en un tono seco.

—No me ha molestado, es demasiado listo.

Ella frunció el ceño, pero no dijo nada. Lo que me obligó a pensar en algo que decir:

—Es un retriever, ¿verdad?

—Sí, un labrador.

—Es muy bonito.

Nos miramos y un silencio incómodo se alargó entre nosotros. Cambié mi peso de una pierna a otra y me recoloqué la gorra. Me ponía nervioso su forma de mirarme, tan enojada como indiferente, y lo entendía. No la había tratado bien, porque era un imbécil que no sabía controlarse.

«Discúlpate con ella», pensé.

—Oye, sobre lo de ayer, yo...

—¡Willow!

La chica dio un respingo y se giró. Saludó con la mano a una mujer mayor, que se encontraba parada al otro lado de la calle con un par de bolsas de compra entre sus brazos.

—¡Ya voy! —gritó en respuesta y, sin mirarme, añadió—: Gracias.

Se alejó tan rápido, que no tuve tiempo de contestar. Solo quedó de ella un rastro de perfume muy sutil y la visión de su melena desordenada ondeando a su espalda.

Me froté la mandíbula y vacié mis pulmones con una profunda exhalación. Ahora eran dos las personas que me odiaban en Hasting. Si me quedaba por allí más tiempo, probablemente batiría algún récord. Casi me apetecía averiguarlo. Incluso apostar. ¿Una persona más cada día? ¿Dos? ¿Cuánto se puede tardar en que te deteste todo un pueblo?

Sacudí la cabeza para deshacerme de esa sensación desagradable que me aceleraba el pulso y regresé sobre mis pasos al hotel. Salir de Nashville había sido un error y cada nueva decisión que tomaba se convertía en otro despropósito aún peor.

Conocer la historia de Erin no cambiaría nada.
No borraría el pasado.
No me arreglaría.
Puede que la verdad me destrozara.
Y yo lo único que quería era recuperar mi música.

# 10
# Willow

Desde hacía casi una década, la casa de mi abuela era el lugar habitual donde ella y sus amigas se reunían cada jueves por la tarde para pasar un tiempo juntas. Todo comenzó cuando unas reformas en la biblioteca impidieron que su club de lectura pudiera celebrarse en ese edificio, por lo que mi abuela, como bibliotecaria y directora del club, les ofreció su casa. Desde entonces, el club de lectura había pasado a ser de alfarería, *patchwork*, acuarela, origami, arreglos florales de papel y otros muchos que no lograba recordar.

Ahora, simplemente, se reunían para tomar una copa de vino, jugar a las cartas y conversar.

Ese jueves, todas ellas se arremolinaban tras las cortinas de una de las ventanas del salón, al acecho de nuestro nuevo vecino. El club de las cotillas, así deberían llamarse.

Las contemplé aburrida, mientras me servía una segunda copa de vino y masticaba un trozo de tarta de calabaza.

—¿Seguro que está ahí? —preguntó Nicole, la esposa del alcalde Evans.

—Dejó mi hotel ayer por la mañana y me pidió que le marcara la ruta hasta aquí en un mapa de carreteras. No hay más casas en la zona —respondió Maisie, que regentaba el *bed and breakfast* más bonito del condado.

—Puede que tu huésped solo sea un turista más que ha venido a acampar y pescar, y se trate de otra persona —repuso Anna, matrona del pueblo.

—Anna, querida, no tiene pinta de pescador, te lo aseguro. Además, Allan Sanders vino al hotel y estuvo hablando con ese chico durante un buen rato. Allan ayudó a Erin a poner sus cosas en orden, todas lo sabemos.

Isabella, la dueña de la floristería, se puso de puntillas para ver por encima del hombro de Nicole.

—Pero la casa sigue tan cerrada como siempre, y no se ve nada. Antes has dicho que viste un coche, ¿no es así, Meg? —preguntó.

—Ayer, a la hora del almuerzo, un todoterreno de color oscuro. Aunque, si lo ha aparcado junto al cobertizo, es imposible verlo desde aquí —respondió mi abuela.

—¿Será cierto que es hijo de Erin? —susurró Nicole.

—Es imposible asegurarlo. Nadie se atreve a preguntarles directamente a Grant y Jamie. La muerte de Erin es tan reciente que no sería muy considerado indagar sobre algo tan delicado —indicó Isabella.

Me levanté y me uní a ellas en la ventana.

—Es su hijo, no tengo dudas —intervine.

Anna ladeó la cabeza y me miró con los ojos muy abiertos.

—¿Qué te hace estar tan segura?

—Ya os lo he contado dos veces. Estaba en el bar cuando llegó y escuché la conversación que Jamie y él mantuvieron. No encuentro otra explicación. Además, el parecido de ese chico con Erin y Jamie es increíble.

—Es cierto, no entiendo cómo no me di cuenta nada más verlo —aseveró Maisie.

Suspiramos al mismo tiempo y bebimos un trago de vino

sin apartar la vista de la casa al otro lado del camino. Llevaba muchos años deshabitada, desde que el señor Beilis falleció y su esposa se mudó a Maine para vivir con su hijo mayor, donde era pastor de una iglesia. Grant, el marido de Erin, se había ocupado de cuidarla a lo largo de todo ese tiempo. Cortaba el césped y controlaba las malas hierbas, talaba los árboles e iba arreglando los desperfectos que aparecían. Aun así, la propiedad necesitaba un buen repaso y dudaba de que Hunter supiera distinguir entre una llave inglesa y un destornillador.

La idea de que pudiera haberse instalado en esa casa me molestaba. Su actitud cuando traté de ser amable con él y ayudarlo me hizo sentir tan mal que al día siguiente aún continuaba disgustada y me hervía la sangre con solo recordarlo. Mi cuerpo había reaccionado del mismo modo cuando me topé con él la noche de Halloween, pese a que en ese momento parecía un hombre distinto. Más agradable.

De repente, la puerta de nuestra casa se abrió de golpe y todas gritamos a la vez. Tessa entró con la respiración agitada y el pelo revuelto, como si hubiera llegado hasta allí corriendo.

—Jesús, ¡qué susto! —masculló Anna.

—Casi nos matas de un infarto —protestó mi abuela.

Tessa se inclinó hacia delante con las manos es los muslos, resollando.

—¿Es... cierto? ¿Es cierto que el hijo de Erin está en Hasting? ¿Ese niño ha venido? —preguntó sin apenas voz.

Se hizo un silencio pesado mientras todas observábamos a Tessa con la boca abierta. Nicole se acercó a ella y la apuntó con el dedo de forma acusadora.

—¿Tú lo sabías?

—¿Qué?

—¿Erin tenía otro hijo y tú lo sabías?

Tessa inspiró hondo y se dejó caer en la silla. Sin prisa, tomó una copa limpia de la mesa y se sirvió vino de la botella. Lo bebió de un trago.

—Supongo que ahora que Erin ya no está, la promesa que le hice no sirve de nada —comentó en voz baja. Se atusó el pelo y después apoyó los codos en la mesa. Nos devolvió la mirada y añadió—: Erin se quedó embarazada poco antes de cumplir los diecinueve. Fui la primera persona a la que se lo dijo. Decidió tenerlo y esperó a que el embarazo estuviera más avanzado para decírselo a sus padres. Le daba miedo que la obligaran a abortar.

—¡¿Abortar?! Eran las personas más religiosas que he conocido nunca —exclamó Anna.

Tessa dio un repullo.

—No sé de qué te sorprendes, los padres de Erin no eran más que unos hipócritas. Tenían de buenos cristianos lo que yo de monja.

—¿Y qué pasó? —quiso saber mi abuela.

—Sus padres la obligaron a dejar los estudios y la llevaron a casa de una hermana de su madre en Siracusa. La escondieron allí durante el resto del embarazo. Tuvo un niño y lo dio en adopción. Es lo único que me contó, y me hizo prometer que nunca más mencionaría el tema. Para ella era muy doloroso.

—¿Quién es el padre? —preguntó Maisie.

Tessa se encogió de hombros.

—Nunca me lo dijo.

—¿Y Grant?

—Erin se lo contó todo a su familia cuando supo que estaba enferma y tomó la decisión de buscar a su hijo. Antes de eso, jamás les dijo nada, era su secreto —contestó.

—Increíble, nunca lo habría imaginado —susurró Isabella.

—Era nuestra amiga y en todo este tiempo nunca nos dijo nada —señaló Nicole con un leve atisbo de reproche.

Tessa la fulminó con la mirada.

—Ponte en su lugar y dime qué habrías hecho tú. La que ha tardado diez años en contarnos que su marido le pone los cuernos con su asistente desde Dios sabe cuándo. ¿De verdad piensas seguir con él?

—Tessa, mi matrimonio no es asunto tuyo.

Tessa soltó una risotada.

—¡Pues ahí tienes la respuesta!

—Chicas, por favor —intervino mi abuela.

Tessa y Nicole eran como la noche y el día, completamente opuestas, y discutían con facilidad casi por todo. Pequeños enfrentamientos que nunca iban más allá porque no eran más que un reflejo de preocupación. En el fondo, se querían la una a la otra, aunque les costara la vida admitirlo.

Anna regresó a la ventana y apartó un palmo la cortina para mirar fuera.

—Entonces, ese chico es casi con seguridad hijo de nuestra amiga. Hace un año que ella le escribió, pidiéndole que viniera a conocerla, y él aparece cuando la pobrecita ya no está con nosotros. ¿Acaso no tiene sentimientos? Pobre Erin, se fue con esa pena en su corazón.

—¡Anna, ¿cómo puedes decir algo así?! —saltó mi abuela—. No conocemos a ese chico ni cuáles son sus circunstancias. No sabemos nada de nada como para hacer ese tipo de juicios. Si las cosas son lo que parecen, es posible que esa carta fuese la primera noticia que recibía de Erin.

Anna se puso roja y asintió con la cabeza.

—Lo siento, tienes razón. Es que esta situación me causa mucha tristeza.

Durante unos instantes, nos quedamos en silencio. Cada una perdida en sus propios pensamientos. Hasting era un pueblo pequeño, en el que nunca pasaba nada. Todo el mundo se conocía y los secretos no duraban mucho ocultos. Salvo el de Erin, y estábamos conmocionadas.

—Debo marcharme, he dejado a Robert solo con los niños y ya ha anochecido —anunció Tessa mientras se levantaba.

—¿Has venido a pie? —me preocupé.

—Ajá. Cuando Rebecca me ha llamado para contarme los rumores sobre Erin, me he puesto tan nerviosa que no encontraba las llaves del coche. He atajado por el bosque.

—Yo te llevo —le dije.

—Willow, cielo, no es necesario.

—Me vendrá bien salir.

—Está bien —convino Tessa con una sonrisa—. Gracias.

Cogí mi abrigo del perchero y me lo puse mientras me encaminaba a mi coche, un pequeño Ford azul de segunda mano que había comprado dos años atrás. No estaba nada mal, aunque el motor sonara como el de una excavadora resfriada.

Conocía el camino de memoria, por lo que arranqué y salí marcha atrás casi sin pensar ni mirar.

De repente, a mi espalda sonó un claxon. Asustada, pisé el freno a fondo.

El corazón se me subió a la garganta cuando golpeé algo y mi cuerpo se sacudió. Miré por el espejo retrovisor y vi una sombra oscura y un piloto rojo. Había chocado contra otro coche.

—¿Estás bien? —le pregunté a Tessa.

—Sí, no ha sido nada.

Bajé a toda prisa y rodeé el coche para ver los daños, incapaz de fijarme en nada más. Oí un portazo y unos pasos fuertes sobre la gravilla.

—Pero ¿a ti qué te pasa? ¿Cómo se te ocurre circular marcha atrás de esa manera? —gruñó una voz conocida a mi espalda.

Gemí al ver mi luz trasera rota y una abolladura en la puerta del maletero. Mi seguro solo cubría a terceros.

—¿Acaso no me has visto? Yo ya estaba en el camino. ¡Joder! Me has fastidiado el parachoques —prosiguió alterado—. Espero que tengas seguro. ¿Lo tienes?

Me cubrí la cara con las manos y volví a gemir.

—¿No vas a decir nada? —me gruñó en el cogote.

Me di la vuelta. Sabía a quién me iba a encontrar y se me puso la piel de gallina. Me quité de la cabeza la capucha del abrigo y alcé la barbilla. Hunter continuaba despotricando. Aunque al verme, cerró la boca de golpe y dio un paso atrás.

Inspiré hondo. Sabía que había sido culpa mía, por confiarme y no prestar atención. Pero, en lugar de disculparme, algo dentro de mí cobró vida mientras contemplaba su rostro y perdí los nervios. No sé si porque él, por algún extraño motivo, lograba sacarme de quicio como nadie lo había hecho antes o porque estaba especialmente susceptible y sensible, más consciente que nunca del desastre que era mi vida a solo un par de semanas de mi cumpleaños.

¡Los malditos treinta me respiraban en la nuca! Y en mi afán por descubrir cuán patética podía llegar a ser, parecía que me había propuesto retroceder a los quince, cuando el orgullo y las hormonas controlaban cada célula de mi cuerpo y atontaban mi coherencia.

—¿Quién te crees que eres para hablarme de ese modo? —estallé.

—¡Willow! —exclamó Tessa, atónita.

—¿Sueles ir por ahí avasallando a la gente con esa arrogancia? No solo eres maleducado y un desagradecido, también tratas sin ninguna empatía a las personas —le solté enrabietada.

Tessa me dio un codazo.

—Willow, ¿qué mosca te ha picado?

Era muy consciente de que estaba siendo injusta con él y no merecía mis palabras, pero no sabía cómo detenerme. Tampoco de dónde afloraba esa parte de mí tan desagradable.

—¡Me ha gritado!

—Y tú le estás gritando ahora.

—Lo siento, es que te me has echado encima y casi me da un ataque —se justificó él. Lanzó una mirada fugaz a mi casa—. ¿Vives ahí?

—¿Acaso te importa? —repliqué.

—Sí, justo ahí. Sois vecinos —medió Tessa, y luego añadió—: Por cierto, me llamo Tessa. ¡Bienvenido!

Pese a la penumbra que nos rodeaba, habría jurado que Hunter palideció.

—¿Tessa? —repitió él sorprendido. Tragó saliva y le tendió su mano—. Encantado de conocerte. Mi nombre es Hunter.

Le dedicó una sonrisa, que dibujó las sombras de unos pequeños hoyuelos en su cara. Me molestó ese detalle, y también que se mostrase amable sin ningún esfuerzo cuando yo conocía la verdad. Era un soberbio con muchos humos.

—Me haré cargo de la reparación —dije.

—No es necesario. Solo es un arañazo y lo cubrirá el seguro —repuso él. Su enojo había desaparecido de un plumazo.

—Ha sido culpa mía, asumiré la responsabilidad.

—Ni siquiera se nota, olvida lo que ha pasado.

Alcé las cejas y esbocé una sonrisa sarcástica con una tranquilidad que no sentía.

—¿Crees que no puedo pagarlo?

—No puedes pagarlo —me susurró Tessa.

—Sssh...

—Acepta y no seas cabezota.

—No te metas —masculló.

Hunter se mordió la sonrisa y yo lo fulminé con la mirada. No se alteró ni un poquito, al contrario. Sus hombros se relajaron cuando pasó por mi lado para echarle un vistazo a mi coche. Al ver la abolladura, arrugó los labios con un gesto de dolor que me encogió el estómago.

—Mi seguro es a todo riesgo, diremos que la culpa ha sido mía y problema solucionado.

—Yo también tengo un seguro.

—Nos ahorraremos mucho lío y papeleo si permites que yo lo arregle.

—No necesito tu ayuda —respondí a la defensiva.

—Sí la necesitas, sube al coche —me susurró Tessa mientras tiraba de mi brazo a toda prisa—. Gracias, Hunter, eres muy amable y Willow te lo agradece, ¿verdad, cielo? Si un día de estos te apetece...

—¿Qué haces? —le gruñí.

—... tomar una taza de té o café, ven a visitarme. Encontrarás mi casa en la orilla oeste del lago.

—Deja de empujarme —gemí.

Tessa me ignoró y continuó hablándole a Hunter.

—Es amarilla, con las contraventanas blancas. No tiene pérdida.

—Me encantaría. Gracias —dijo él.

—Pregunta por Tessa Grey.

—Vas a arrancarme el brazo —bufé.

—Y la lengua, como no te calles —me susurró en tanto que me empujaba dentro del coche y cerraba la puerta.

La seguí con la vista mientras entraba por el lado del copiloto y se abrochaba el cinturón.

—¿Cómo has podido tratarme así? —protesté.

—Hace unas noches, llorabas en mi cocina como un bebé porque tu cuenta está en números rojos.

149

Puse los ojos en blanco y arranqué el motor.

—Tu aguardiente de moras me hizo exagerar un poco. No es para tanto.

—De acuerdo, si así lo quieres, hablaré con el señor Barns y le pediré que te haga una rebaja si lo llevas a su taller. No creo que te cobre más de mil o mil doscientos por esa reparación.

—¡¿Dólares?!

—No, guisantes —se burló mientras agitaba la mano para despedirse de Hunter.

Yo fingí que él no estaba allí y pisé a fondo el acelerador.

—No tengo ese dinero.

—Pues acepta la oferta del chico.

—¡No!

—Muy bien, deja el coche como está, las multas son más baratas —repuso con la mayor indiferencia. Luego subió la calefacción y colocó las manos en la salida de aire—. Ya os conocíais de antes, ¿verdad?

—¿Cómo lo sabes? A ti no te he contado nada.

—Intuición.

Sacudí la cabeza sin apartar la mirada de la carretera.

—Yo estaba en la cafetería de Jamie cuando Hunter llegó buscando a Erin. La situación se puso muy tensa entre los dos y quise echarle un cable. Pero él, en lugar de agradecérmelo, se comportó como un idiota pedante, con esa imagen rebelde de estrella de cine que presume.

Noté que Tessa sonreía.

—Sí que parece una estrella de cine. Es muy guapo y sexi. Me recuerda a James Dean.

La imagen de Hunter apareció en mi mente y resoplé molesta. Hunter tenía el cabello del color de la cerveza tostada, lo llevaba muy corto y tieso, con varios remolinos que le daban un aspecto travieso. Su piel era muy blanca, como si no le hubiera dado el sol en meses, salpicada por un manto de pecas tenues que se oscurecían ligeramente sobre su nariz y mejillas. Pestañas densas y labios llenos, en un rostro de facciones duras que, al mismo tiempo, ofrecía un talante infantil y tierno.

Parpadeé para deshacerme de su imagen en mi cabeza. ¿Cuándo me había fijado tanto en su aspecto?

—Vale, es guapo, pero eso no cambia el hecho de que sea una persona odiosa. Ya lo has visto, se ha puesto como loco.

—A mí me ha parecido bastante agradable y, si alguien chocara contra mi coche por conducir sin mirar, también me enfadaría —argumentó Tessa.

La miré de reojo y volví a clavar la vista en el asfalto que iluminaban los faros del coche. Sentí remordimientos. Un aleteo en el estómago que se extendió por mi cuerpo como un hormigueo. No lograba entender qué había detrás de mi comportamiento. No me reconocía a mí misma.

—Puede que tengas algo de razón —convine.

—Dicen que Jamie le pegó bastante fuerte y delante de todo el mundo.

—Es cierto, volcó todo su dolor en él y lo hizo con mucho resentimiento.

—Quizá ese fuese el motivo por el que después Hunter se comportó como un idiota pedante, ¿no crees?

El aleteo en mi estómago se transformó en un nudo muy apretado. Sentí que las mejillas me ardían.

—¿Pretendes darle la vuelta a lo que pasó para que me dé pena y lo disculpe?

—Solo digo que, si alguien me golpeara y humillara ante un montón de personas, creo que no podría evitar perder los nervios. ¿A quién le gusta eso?

Sus palabras calaron en mi conciencia. Mientras me mordisqueaba el labio, arrugué la frente y busqué algo con lo que poder rebatirlas, pero no encontraba nada que no sonara a una obstinada pataleta. Tessa tenía razón, no era capaz de imaginar cómo me habría sentido de haber estado ese día en el pellejo de Hunter.

—Willow, si ese chico es hijo de Erin, no puede ser una mala persona. Deberías darle una oportunidad. Todos deberíamos hacerlo —susurró Tessa al tiempo que se frotaba las manos para calentarlas.

Noté un sabor amargo en la boca.

—Se parece a ella, ¿verdad?

—Tiene sus ojos y su sonrisa —respondió.

Intenté recordar la sonrisa de Erin y mis labios se curvaron en respuesta. Era una de las mejores personas que había conocido nunca. Un alma pura sin ninguna maldad, y no había nadie en Hasting que pudiera decir una sola palabra en su contra. ¡Qué pena que él no hubiera podido conocerla!

—Tessa...

—¿Sí?

—Antes has dicho que Erin quería quedarse con el bebé; entonces, ¿por qué acabó dándolo en adopción?

Tessa giró la cabeza y contempló el paisaje a través de la ventanilla. Tardó unos instantes en responder.

—No lo sé. Era su mejor amiga y ni siquiera a mí quiso contarme qué pasó entonces, pero dudo mucho de que lo entregara por propia voluntad. Ella lo quería, y no por sus creencias ni nada parecido. Lo quería de verdad.

# 11
# Hunter

Me serví una taza de café y la sostuve con firmeza entre las manos para calentarlas. Mientras daba pequeños sorbos, me moví por la casa mirándolo todo con una suave sensación de orgullo en el pecho. Había tardado dos largos días en adecentarla lo suficiente como para poder vivir en ella con cierta comodidad. Aún quedaba mucho por hacer, pero pensaba tomármelo con calma. Aunque había decidido quedarme, la única razón que me impulsaba eran los diarios, y no estaba seguro de cuánto tiempo duraría mi interés.

Aparté la cortina y me asomé a la ventana. Comenzaba a amanecer y el lago brillaba envuelto en una renuente neblina anaranjada. Estábamos a principios de noviembre, pero el frío ya se aferraba a las paredes y se colaba por las rendijas. Agregué a la lista de tareas revisar la caldera y el sistema de calefacción. Era bastante antiguo y probablemente nadie lo había puesto en marcha en mucho tiempo. También podía cortar leña para la chimenea, me gustaba la idea de encender un fuego frente al que sentarme.

Apuré el café y dejé la taza sobre la mesa. Me puse una chaqueta sobre la sudadera y salí al porche. Cerré los ojos e inspiré el aire, espeso por la humedad que flotaba en el ambiente. Al abrirlos, me topé con el paisaje que se extendía bajo el cielo azul. Tan bonito que parecía irreal. Se apoderó de mí la misma paz que había sentido cada vez que lo contemplaba desde que lo vi por primera vez.

Con las manos en los bolsillos, bajé hasta el embarcadero que pertenecía a la propiedad, distraído con detalles que nunca antes había encontrado tan fascinantes. Hojas doradas y rojizas revoloteaban a mi alrededor. La madera crujía bajo mis botas mientras me acercaba al extremo. El agua tintineaba al chocar contra los postes que lo sostenían. Sobre mi cabeza, decenas de pajaritos levantaban el vuelo. Infinidad de sonidos que calmaban mis sentidos. Me detuve en el borde y admiré el lago en calma, de un azul tenue, en contraste con el verde de los árboles y el tono oscuro de la tierra cubierta de musgo bajo sus ramas. Las montañas rodeaban aquel enclave, como un muro protector y seguro. En algunos picos se atisbaba nieve y traté de imaginarme qué aspecto tendría todo tras una copiosa nevada.

Contemplé el agua y descubrí mi reflejo en la superficie. Me di cuenta de que estaba sonriendo.

Escuché ladridos y me giré. Vi a Nuk corriendo hacia mí. Siempre que me veía fuera, venía a mi encuentro. Luego se dedicaba a seguirme de un lado a otro sin más pretensión que recibir alguna que otra caricia de mi parte. Lo observé con curiosidad mientras se acercaba con un palo colgando entre los dientes. Para mi sorpresa, cuando llegó a mi lado, lo dejó caer a mis pies.

—¿Y esto? —le pregunté. Nuk comenzó a menear la cola y a gimotear. Recogí el palo—. ¿Quieres que te lo lance? ¿Es eso, quieres jugar?

Ladró nervioso y giró sobre sí mismo como una peonza. Me arrancó una breve carcajada.

—De acuerdo, ¡ve a buscarlo!

Lancé el palo con fuerza y Nuk corrió tras él. Saltó y lo atrapó en el aire. Me reí con ganas. Era un perro alucinante y yo parecía caerle bien. Jugamos durante un buen rato, bajo un sol que ascendía sin prisa sobre las copas de los árboles. Noté su calor en la cara y cerré los ojos un momento. Al abrirlos, encontré a la señora que vivía en la casa al otro lado del camino mirándome desde su jardín. Levantó la mano a modo de saludo. Imité su gesto y percibí su sonrisa en la distancia.

De pronto, dejó en el suelo el cesto que sujetaba y echó a andar hacia la orilla. Contuve la respiración al darme cuenta de que venía hacia mí. Nervioso, caminé a su encuentro. Habían transcurrido cuatro días desde que me instalé y aún no había hecho el más mínimo intento por conocerla y presentarme.

Habría sido lo correcto, éramos vecinos.

Sin embargo, me había esforzado justo en lo contrario, en poner distancia y mantenerme alejado. No por ella, sino por Willow. La noche que chocó contra mi todoterreno, me quedó muy claro que yo no le gustaba nada. No me soportaba. Por ello había tomado la decisión de desaparecer de su radar un tiempo para no incomodarla. Mientras, trataba de reunir el coraje para disculparme.

—¡Buenos días! —exclamó.

—¡Buenos días!

—Soy Meg. Vivo en la casa de al lado.

«¿Meg?», pensé. Así que esta era la mujer de la que Erin hablaba en el diario.

—Yo soy Hunter.

Se detuvo frente a mí y me tendió su mano. La estreché.

—Es un placer conocerte, Hunter.

—Lo mismo digo.

Sus ojos recorrieron mi rostro como si buscara algo en él.

Por su expresión, creo que lo encontró, aunque no me atreví a preguntarle qué era. Tampoco si sabía quién era yo y qué hacía allí.

Cogió aire y lo soltó despacio.

—Es precioso, ¿verdad? —me preguntó, refiriéndose al paisaje.

—Casi parece de otro mundo.

—Espera a verlo todo cubierto de nieve. Es algo mágico. —Alzó la barbilla y me dedicó una sonrisa—. Por cierto, ¿ya has desayunado?

—Sí, he tomado un café hace nada.

Meg frunció el ceño y sacudió la cabeza. De pronto, enlazó su brazo con el mío como si fuese algo habitual entre nosotros y tiró de mí.

—¿A eso lo llamas desayuno? Anda, ven conmigo, mi nieta está haciendo tortitas.

¿Su nieta? Supuse que se refería a Willow, no había visto a nadie más salvo a ella. Me puse tenso y traté de detenerla.

—No es necesario. No... no tengo hambre, de verdad. Mejor otro día.

—¡Oh, vamos, no te hagas de rogar! Las tortitas se comen sin hambre y así podremos charlar. Considéralo mi bienvenida.

Su sonrisa se hizo tan amplia que no fui capaz de borrarla. Asentí, como si no me afectara en absoluto la idea de ver de nuevo a Willow. Dentro de mi pecho, mi corazón latía frenético. Nunca me había considerado un tipo cobarde, hasta ahora.

Contemplé su casa mientras nos aproximábamos y Nuk saltaba a nuestro alrededor. Era una construcción de dos plantas, con amplias ventanas, revestida de madera oscura y piedra. La entrada principal tenía vistas al lago, bajo un estrecho porche decorado con jardineras, en las que crecían hierbas aromáticas.

El interior era bonito y acogedor. Había libros y fotografías por todas partes, y reinaba el orden. Meg me indicó que colgara mi chaqueta en un perchero junto a la puerta y la siguiera hasta la cocina, de la que provenía un fuerte olor a café y otro más suave y dulce. Sirope, puede que caramelo. Nunca lograba distinguirlos.

La vi antes de entrar. De pie frente a una cocina de gas, con el pelo sin cepillar recogido en un moño alto. Vestía una sudadera blanca, demasiado grande para ella, y un pantalón de pijama corto, a cuadros rosas y azules. Unos calcetines gruesos de lana se le arrugaban entre las rodillas y los tobillos.

En una radio sobre la encimera, sonaba un programa de música, y, en ese momento, reproducían una de las primeras canciones que compuse. Willow la tarareaba, sacudiendo la cabeza sin dejar de sonreír. Le gustaba, y el estómago me dio un vuelco. Al menos, había algo de mí que no detestaba, aunque ella no lo supiera.

—Willow, ¡tenemos un invitado para desayunar!

Inspiré hondo.

—¿Quién?

Nuestros ojos se encontraron y su mirada, azul y brillante, me atrapó. Tenía algo cautivador. Impactante. Mis pulsaciones se dispararon y tragué saliva con dificultad. Willow se tensó y permaneció callada sin dejar de observarme, como si le costara creer que yo fuese real y no una aparición.

—Hola —saludé.

Ella no respondió.

—Ya os conocéis, ¿verdad? —intervino Meg, y no me pasó desapercibido el tono travieso con el que pronunció esas palabras.

—Sí, nos conocemos —respondió Willow con la voz áspera—. Hola.

Se pasó el dorso de la mano por ambas mejillas, rojas y sudorosas, y me dio la espalda para centrarse en las tortitas que humeaban en la sartén.

—Vamos, Hunter, siéntate. Te serviré un café.

—Gracias.

—¿Cómo te gusta, solo, con leche, azúcar...?

—Solo y con azúcar, por favor.

Me senté a la mesa, nervioso como nunca lo había estado, y acepté con una sonrisa la taza de café. Suspiré sin darme cuenta y Willow se giró al oírme. Me miró de un modo extraño.

—Debo tomar mis medicinas, enseguida vuelvo —dijo Meg.

Willow y yo nos quedamos a solas en la cocina, sumidos en un silencio incómodo. No tenía ni idea de qué hacer ni adónde mirar, así que me limité a beber sorbos de café sin apartar la vista de la mesa. Ella comenzó a abrir las puertas de los armarios y a remover el interior de los cajones. Murmuró algo incomprensible y se detuvo un momento para apartar de su cara unos mechones sueltos.

Alcé la mirada y me tropecé con la suya. Se enredaron un instante y ella fue la primera en apartarla. Yo no pude, me perdí otra vez en sus facciones, en la línea fruncida que formaban sus labios. En su expresión enigmática y en la necesidad que yo tenía de descifrarla. Por qué de repente me sentía como me sentía, ansioso e impaciente por culpa de una persona a quien apenas conocía. Por qué me preocupaba tanto. Era muy consciente de mi carácter de mierda y no era la primera vez que metía la pata hasta el fondo y, sin pretenderlo, acababa hiriendo los sentimientos de otra persona. Cuando vives rodeado de gente que devoraría tu corazón a la más mínima oportunidad, te proteges tanto que acabas perdiendo la capacidad de reconocer a las buenas personas. No importa si destacan como una brillante lágrima de cristal en medio de una playa de arena bajo el sol. Simplemente, no las ves porque tu primer impulso es dudar de su existencia y lo asumes sin remordimientos.

Sin embargo, me resultaba imposible no ver a Willow. Lo mucho que destacaba y brillaba.

Quizá, por ese motivo, el ambiente entre nosotros se me estaba haciendo insoportable.

Me levanté de la silla y fui a su encuentro. Me paré junto a la encimera. Lo bastante cerca de ella para que se viera obligada a prestarme atención y lo suficientemente lejos para no invadir su espacio. Willow me miró de soslayo y tiró del borde de su sudadera hacia las rodillas con disimulo. Un gesto tímido y pudoroso, que provocó un tirón en mi estómago.

—Lo siento —me disculpé con sinceridad—. Siento mucho cómo me comporté contigo el otro día y te pido disculpas por ello. —Hice una pausa para tomar aliento y continué—: Sin conocerme de nada, te preocupaste por mí y quisiste ayudarme. No tenías por qué hacerlo, pero lo hiciste. Fuiste amable y considerada conmigo, y yo te traté mal. Fui grosero y desagradecido. Un. Completo. Gilipollas. Y me avergüenzo por mi comportamiento.

Ella me miró sorprendida y parpadeó con rapidez. Tragó saliva y sus ojos me abandonaron para perderse en el plato de tortitas que se enfriaba sobre la encimera. Proseguí:

—No te pido que me perdones, ni que seamos amigos. Tampoco voy a justificarme. No importa cómo pudiera sentirme ese día, no es excusa. Solo quiero que sepas que me arrepiento de todo, no te lo merecías y espero que puedas sentirte un poco mejor con lo que pasó a partir de hoy. Por mi parte, voy a vivir aquí un tiempo, no tengo otro lugar en el que alojarme y no queda más remedio que ser vecinos.

Pero no te preocupes, sé que no te caigo bien y me mantendré lejos para no incomodarte. Te lo prometo.

Willow inspiró de forma entrecortada. Giró la cabeza y me miró. Noté un tirón bajo la piel cuando nuestros ojos se enredaron. Se mordisqueó el labio, más insegura que enfadada, y volví a percibir esa tirantez extendiéndose por mi estómago.

—Gracias por decírmelo —convino en voz baja.

Tomó el plato con las tortitas y lo llevó a la mesa. Luego sirvió más café en mi taza. No quería observarla, pero mi mirada se veía atraída por cada uno de sus movimientos sin que pudiera evitarlo.

«Gracias por decírmelo», repetí en mi mente decepcionado. A pesar de todo el discurso que le había soltado y la sinceridad de cada palabra, algo dentro de mí se rebelaba. No quería conformarse. En realidad, quería que ella borrara de su cabeza nuestro primer encuentro. Empezar de cero. Caerle bien. Una sonrisa como las que le dedicaba a Nuk.

¿Podía ser más patético?

Ni yo mismo me entendía.

Menos aún qué demonios me pasaba con ella para que me afectara de ese modo.

Le habían bastado tres palabras para desordenar mis pensamientos y sacudir mis emociones, y no tenía la menor idea de cómo lidiar con la situación.

«Gracias por decírmelo.»

¿Y ya está? ¿Eso era todo? Podía contar con los dedos de una mano las veces que me había disculpado de forma sincera con alguien, y no usé ni una tercera parte de las palabras que le había dirigido a ella. No esperaba una muestra efusiva de gratitud, pero, al menos, podría apreciar ese esfuerzo con una actitud menos fría y distante hacia mí.

Me froté la nuca, sintiéndome la persona más ridícula del

planeta. Sobre todo, por seguir aún allí, a la espera de... yo qué sé.

—No puedo quedarme más tiempo. Por favor, dile a tu abuela que le agradezco que me haya invitado a desayunar. Ha sido muy amable.

Después, salí de la cocina sin más.

Descolgué mi abrigo del perchero y abandoné la casa mientras me repetía que todo estaba bien, que no era yo el que tenía un problema, sino ella. En el fondo, me daba igual lo que pensara de mí. Esa mujer no era importante, solo otra persona más de las muchas que habían pasado y pasarían por mi vida sin dejar huella. Un nombre y un rostro que acabaría olvidando más pronto que tarde.

Y me convencí de ello como un idiota, sin saber lo mucho que me estaba mintiendo a mí mismo. Porque esa amalgama de frustración, ira y anhelo que se retorcía en mi pecho nunca la había sentido antes por nadie.

Y alguien que te remueve, te provoca y se adueña de tus latidos con solo existir es imposible de olvidar. Ni la distancia ni el tiempo lo borran. Se convierte en una marca. Un tatuaje invisible que escuece y pica. Quema. Yo aún no sabía cuánto.

# 12
# Willow

Pausé la película que estaba viendo y me levanté del sofá despacio, estirando todos los huesos y músculos. Los notaba entumecidos después de un par de horas hecha un ovillo bajo la manta. Fui a la cocina. Me bebí un vaso de agua casi sin respirar y volví a llenarlo. Las palomitas saladas me habían dado mucha sed.

Regresé al salón, pero en lugar de sentarme y continuar con la película, caminé de puntillas hasta la ventana y me asomé con disimulo, prometiéndome a mí misma que esa sería la última vez que lo espiaría. No me consideraba una persona cotilla y tampoco había acosado nunca a nadie. No obstante, si era sincera conmigo misma, había desarrollado una pequeñísima obsesión por Hunter en los últimos días.

¿La razón? Me sentía terriblemente mal y culpable.

Aún no podía creer que me hubiera quedado callada, después de que él se disculpara conmigo de esa forma tan dulce y sincera. Pero lo hice. Me pilló por sorpresa y me quedé bloqueada, incapaz de reaccionar. No sé si fue por la manera de expresarse o por el tono suave de su voz. Por el arrepentimiento que demostraban sus palabras o por cómo había respetado mi espacio y mis sentimientos en todo momento.

Quizá fue porque, mientras él se lamentaba una y otra vez por su comportamiento, yo me iba dando cuenta de que había exagerado mi reacción. Comparada con las broncas que solía tener con mi hermana, la discusión con Hunter no había sido para tanto. Incluso llamarlo discusión me parecía ahora excesivo.

Quizá lo que me dejó pasmada fue el simple hecho de que se disculpara de verdad. Por más que lo intentaba, no lograba recordar cuándo fue la última vez que alguien me pidió perdón de un modo sincero por tratarme mal o hacerme daño. Cory nunca lo había hecho. Siempre le daba la vuelta a la situación, de tal manera que era yo la que acababa sintiendo que había hecho algo malo y rogándole que me perdonara.

Fuese lo que fuese, me arrepentía de no haber reaccionado en ese momento y haberle hecho creer que era una persona rencorosa que lo menospreciaba. Desde entonces, había pasado los días buscando la ocasión para acercarme a él y romper el hielo. Sin embargo, en el último instante, me vencían la vergüenza y mis inseguridades y siempre me echaba atrás como un ratoncito asustado.

Aparté la cortina con un dedo y eché un vistazo. Hunter seguía leyendo en su porche. Llevaba horas allí sentado, desde que había regresado del pueblo a primera hora de la mañana con un montón de bolsas y varias cajas. Me quedé observándolo, preguntándome qué libro habría atrapado de ese modo su atención. Apoyé la frente en el cristal y suspiré. Cerré los ojos y traté de recordar qué día era. Me costó, porque había dejado de distinguirlos. Todos comenzaban y terminaban de la misma manera.

Necesitaba un trabajo y ocupar mi tiempo antes de que mi cuenta corriente se quedara en números rojos, mi mente se transformara en un campo vacío y mi trasero se fundiera con el sofá.

Abrí los ojos y vi que el sol casi se había puesto. Hunter ya no estaba en el porche, iluminado de forma tenue por la luz del interior que se colaba a través de las ventanas. Regresé al sofá y me tapé con la manta. En el televisor, Mark permanecía parado frente a la puerta de Juliet, sosteniendo un cartel escrito a mano en el que podía leerse «Para mí, tú eres perfecta». Sonreí con un regusto amargo en la boca y pulsé de nuevo el botón de pausa. La escena continuó:

«Y mi desgastado corazón te amará hasta que te veas así.»

Ojalá Cory hubiera pensado que era perfecta para él por ser simplemente yo y no la mujer en la que él me convirtió. Esa persona no me gustaba y aun así no lograba deshacerme de ella. Sus raíces eran demasiado profundas y estaban cubiertas de espinas. Habían creado una jaula alrededor de mi verdadero yo y, por más que lo intentaba, no conseguía liberarlo.

A la mañana siguiente, me despertaron unos golpes insistentes y repetitivos. Parpadeé varias veces para aclarar mi vista y estiré el brazo, palpando la mesita hasta encontrar mi teléfono. Entorné los ojos para enfocar mejor la pantalla. Resoplé al ver que eran poco más de las siete. Me cubrí la cabeza con la almohada, mientras murmuraba una retahíla de maldiciones, porque ¿a quién demonios se le ocurría ponerse a dar golpes a esas horas?

Intenté dormirme de nuevo.

Toc, toc, toc, toc.

Salté de la cama como un resorte y crucé el dormitorio hasta la ventana. El día amanecía envuelto en una ligera bruma anaranjada y violeta, y el aire se sentía quebradizo como la capa de escarcha que cubría el suelo. La bajada de temperaturas que habían anunciado empezaba a notarse.

El ruido provenía del jardín de los Beilis. Entre los jirones de niebla que comenzaban a disiparse, distinguí a Hunter frente a lo que parecía un improvisado banco de trabajo. No podía verlo con claridad, pero parecía que serraba un tablón. Agarró uno de los trozos y lo cargó hasta los peldaños del porche. Luego se arrodilló y comenzó a clavarlo como si su intención fuese asesinarlo a martillazos.

Toc, toc, toc, toc.

Me resigné a permanecer despierta.

Tras ducharme y desayunar, salí con Nuk a dar un paseo. Tomé la dirección contraria a la casa de los Beilis y recorrí sin prisa la orilla del lago. Las ramas de los árboles crujían sobre mi cabeza y, al levantar la vista al cielo, divisé una bandada de gansos que volaba hacia el sur.

Los seguí hasta que desaparecieron en el horizonte, entonces me fijé en las pequeñas nubes blancas que se enredaban en las cumbres más altas. Llovería por la tarde, incluso podría haber tormenta. Eso me hizo pensar en mi padre, había pasado una semana desde la última vez que lo visité y llevaba un par de días que no contestaba y dejaba en visto mis mensajes. Estaba acostumbrada, lo cual no evitaba que me preocupara.

—Volvamos, Nuk, iremos a ver qué hace papá.

De camino al coche, encontré a Hunter pintando el exterior de su casa. Había elegido un color blanco arena para sustituir el beis desvaído que cubría el revestimiento de madera. Sonreí, era un color bonito y quedaba bastante bien. Una pena que no fuese a durar y se echara a perder por la lluvia. Pensé que alguien debería decírselo para que no malgastara tiempo y esfuerzo. Aunque no sería yo, la simple idea de hablarle me provocaba taquicardia.

Al abrir la puerta del coche, me di cuenta de que Nuk ya no estaba a mi lado.

Apreté los párpados muy fuerte.

«¡No, por favor!», rogué en silencio.

Me giré y allí estaba Nuk, saltando como un canguro alrededor de Hunter. No entendía qué le pasaba a mi perro con ese tipo. Nuk guardaba las distancias con todo el mundo y solía ser bastante desconfiado, pero su comportamiento era muy distinto con Hunter. Buscaba su compañía, lo perseguía como una sombra y no era la primera vez que lo veía gimoteando tras las ventanas cuando lo descubría en la calle.

¿Acaso escondía beicon en los bolsillos?

Empezaba a estar celosa.

—¡Nuk, sube al coche! —le ordené. Me ignoró por completo—. Nuk, nos vamos. Sube al coche.

Ni caso. Al igual que Hunter, concentrado en evitarme.

Se me pasó por la cabeza abandonar allí a ese peludo traidor. No, mejor matarlo y luego resucitarlo para poder asesinarlo de nuevo. Puse los ojos en blanco y me dije a mí misma que había llegado el momento de enfrentarme a lo inevitable. Después de todo, solo era cuestión de tiempo que ocurriera.

Con más seguridad de la que sentía, acorté la distancia que nos separaba. El corazón me iba a mil cuando me detuve a unos pocos pasos de ellos. Subido a la escalera, Hunter continuó pintando como si no se hubiera percatado de mi presencia. Lo observé. Vestía unos tejanos descoloridos y una camiseta térmica blanca, que se le subía cada vez que se estiraba y dejaba a la vista la parte baja de su espalda. Abrí los ojos al descubrir un par de hoyuelos en esa zona y noté un calor sofocante que inundaba mis mejillas.

Carraspeé para llamar su atención. Nada.

De acuerdo, me lo merecía.

Probé suerte de nuevo.

—No deberías seguir pintando.

Dejó suspendida la mano que sujetaba la brocha y se quedó inmóvil. Solo su espalda subía y bajaba al ritmo de su respiración.

—¿Por qué? —preguntó, y mi corazón se precipitó en barrena.

—Hay mucha humedad y la pintura no se secará antes de que llueva esta tarde.

Hunter alzó la vista al cielo y después giró su torso para mirarme.

—Está completamente despejado y en el teléfono tengo una aplicación meteorológica que nunca falla. No va a llover —respondió con un ligero tono mordaz.

—En las montañas el tiempo cambia continuamente, no puedes fiarte de una aplicación, solo de lo que ven tus ojos. Se están formando nubes de tormenta al otro lado de esas montañas. Lloverá.

—No me lo creo.

—¿Por qué me cuestionas si no tienes ni idea?

—¿Y quién dice que no la tengo?

—Yo lo digo, chico de ciudad —repliqué al tiempo que arrugaba la nariz con un gesto burlón.

Una pequeña sonrisa se insinuó en los labios de Hunter, que desapareció tan fugaz como había aparecido. Frunció el ceño sin dejar de observarme y negó con la cabeza despacio. A continuación, descendió de la escalera. Soltó la brocha dentro del cubo de pintura y se limpió las manos en los pantalones.

Tragué saliva. Era la primera vez que estaba tan cerca de mí, que lo observaba sin esconderme y podía fijarme en los detalles. Como el brillo que iluminaba su mirada y la forma de sus cejas. Lo perfecta que era su nariz y la curva de su labio inferior. Las pecas que también cubrían sus orejas. La amplitud de sus hombros y la firmeza que definía su camiseta ajustada. Era guapo de un modo innegable; sería imposible que alguien como él pasase desapercibido. Sin embargo, no eran su rostro y su cuerpo lo que estrictamente llamaban mi atención. Había algo en él que me resultaba fascinante y aflojaba pequeñas partes de esa jaula que me contenía.

Se me atascó el aliento cuando sentí su mirada estudiándome con la misma atención.

—¿Ahora me hablas?

—Eso parece —contesté mientras escondía el temblor de manos en los bolsillos.

—¿Por alguna razón en especial?

—Sip.

Levantó las cejas con un gesto de sorpresa y su sonrisa se hizo más amplia.

—¿Y vas a compartirla conmigo?

El calor de mis mejillas se extendió al resto de mi cuerpo.

—La razón es que quiero agradecerte tus disculpas y pedirte que aceptes las mías. Lo que pasó entre nosotros cuando nos conocimos no fue para tanto. Quiero decir que tú estabas disgustado y yo demasiado susceptible, e hicimos una montaña de un grano de arena. Si lo piensas, no pasó nada en realidad.

—Ah, ¿no?

—Es cierto que fuiste un poco desagradable y yo no debí juzgarte sin conocerte. —Asentí varias veces e inspiré hondo—. Vamos a olvidarlo, ¿te parece bien?

Hizo un leve gesto afirmativo y me preguntó:

—¿Por qué no me dijiste todo esto el otro día?

—No me diste tiempo, te marchaste cuando aún intentaba recuperarme de la impresión.

Se le escapó una breve carcajada, espontánea y rota. Sacudió la cabeza mientras me miraba con los ojos entornados y una sonrisa divertida en los labios.

—Lo siento, Willow.

—Yo también, Hunter. —Mi voz sonó un poco ronca. Dentro del pecho notaba un aleteo que no me dejaba respirar con normalidad. Di un paso atrás, y después otro—. Tengo que irme.

—Vale.

Di media vuelta y me dirigí al coche. Esta vez, Nuk me siguió sin que tuviera que pedírselo. Saltó dentro en cuanto le abrí la puerta y se tumbó en el asiento trasero. Sostuve la manija con fuerza y permanecí inmóvil unos segundos. Notaba algo diferente. Una emoción desconocida se estremecía bajo mis costillas. No creo en los flechazos. Ni en el amor a primera vista. Pero sí creo en el instinto y en los impulsos. En la atracción y el deseo. No se me ocurría otro modo de ponerle nombre a ese cosquilleo.

—Eh, Willow.

Me giré de golpe y casi me llevé la mano al pecho, como si ese gesto pudiera frenar el ataque que estaba sufriendo.

—¡¿Sí?!

—Sobre la abolladura...

—Fue culpa tuya. Deberías hacerte cargo de la reparación —respondí con fingida indiferencia.

Sonrió de oreja a oreja y su rostro se transformó por completo. Se iluminó y tuve la sensación de que rejuvenecía hasta parecer un adolescente. Me pregunté cuántos años tendría. No lograba calcularlos.

Hunter alzó las manos con un exagerado gesto de rendición.

—Por supuesto, me haré cargo —aceptó. Luego escudriñó el cielo—. No decías en serio lo de la lluvia, ¿verdad?

Me reí al notar la desconfianza con la que pronunció esa frase.

—¿Quieres apostar? —lo reté.

Me sostuvo la mirada un largo instante. Luego hizo un ruidito de resignación y embutió las manos en los bolsillos de su pantalón. Señaló el coche con la barbilla.

—Ten cuidado.

—Lo tendré.

Entré en el vehículo. Lo puse en marcha y me alejé, obligándome a no mirar atrás. No lo conseguí. En el último segundo, mis ojos se clavaron en el retrovisor. Hunter continuaba allí, erguido en medio del camino, mirándome.

No sé por qué eso me hizo feliz.

Y hacía mucho tiempo que nada lo lograba.

# 13
# Willow

Mucha gente cree que es el ADN el que define no solo nuestros rasgos físicos, sino también nuestro carácter y personalidad. Nuestra manera de ser. Esa minúscula proteína dentro del núcleo de cada célula es la responsable de que tú seas una persona extrovertida o tímida, tranquila o impaciente, persistente, callada, solitaria.

Hay otros con una mentalidad más mística, que responsabilizan al momento exacto en el que nacemos de todo ese conjunto de características y aspectos cognitivos que nos hacen ser como somos. El tránsito del sol, las fases lunares, la posición de los planetas y las estrellas. Cartas astrales. Signos ascendentes. Elementos capaces de influir en las personas y hasta en los acontecimientos del mundo. Pura energía.

Por último, están aquellos que piensan que venimos al mundo como un lienzo en blanco y lo que da forma a nuestra naturaleza y valores son las personas y las circunstancias con las que hemos crecido. Que es el entorno familiar, social y cultural, el contexto en el que nos desarrollamos. Trazos y colores que nos dibujan y perfilan, para bien o para mal.

Yo creo que somos un conjunto de todo ello. Algo así como un treinta por ciento de raíces biológicas, otro treinta de energías cósmicas y un cuarenta por ciento de traumas familiares, más o menos.

Por ese motivo, cuando pasaba tiempo con mi padre y lo observaba, siempre acababa preguntándome cómo habría sido yo si hubiera crecido con él en lugar de con mamá. Cómo sería mi vida ahora.

Tumbada de espaldas sobre la batea de la camioneta de mi padre, cerré los ojos y disfruté durante un rato de los tímidos rayos de sol que me calentaban la piel. Bajo mis párpados, diminutos puntos de luz centelleaban, cambiando de forma y color. Permanecí quieta y absorta en los sonidos y aromas a menta y madera del bosque.

Nuk dormitaba a mi lado.

De repente, el sol se ocultó y un frío súbito tensó mis mejillas. Abrí los ojos y vi un manto de nubes amenazadoras que oscurecían el cielo. El viento comenzó a levantarse y noté un ligero olor a humedad, como el que precede a la lluvia.

Me moví hasta quedar sentada en el borde de la batea y busqué a mi padre con la mirada. Estaba a una decena de metros, clavando los pararrayos en la franja de arena que separaba el agua de la vegetación del bosque.

—¿Seguro que no quieres que te ayude? —le pregunté.

—No, lo haces mal —respondió muy serio.

—¿Por qué?

—No los clavas a la profundidad correcta y la fulgurita será defectuosa.

—¿Y cuál es la profundidad correcta?

—Depende de la dureza del terreno, del grosor de la arena y otros factores que necesitaría explicarte de forma detallada, pero no puedo perder el tiempo ahora.

Sonreí y sacudí la cabeza con resignación.

Mi padre tenía un autismo leve o autismo de alto funcionamiento. En su caso, él podía hacer una vida completamente normal, era autosuficiente y, gracias a la ayuda profesional que recibió desde que lo diagnosticaron, había aprendido a manejar con bastante soltura la comunicación e interacción con otras personas. Pese a su comprensión literal del lenguaje y su incapacidad para mentir o captar un doble sentido, podía comprender el punto de vista del otro y mantener conversaciones recíprocas. Entendía las emociones, aunque a veces le costaba interpretarlas y mucho más expresarlas.

—De acuerdo, me quedaré aquí sentada.

Me estremecí cuando una ráfaga de viento frío se coló bajo mi abrigo. Alcé la vista a los árboles; sus ramas cubiertas de verde, carmesí y caramelo se agitaban con fuerza. A lo lejos, un relámpago iluminó las nubes. Empezaría a llover en cualquier momento.

Aburrida, levanté una esquina de la lona que cubría un par de cajas. Estaban llenas de trastos, ninguno interesante. Vi un ejemplar del *Hasting Daily News*, el periódico local, y lo cogí. La publicación era de ese mismo día. Sin nada mejor que hacer, comencé a hojearlo. Llegué a las páginas de entretenimiento y encontré la sección del horóscopo. Busqué el mío.

**Escorpio:** Tu buen carácter te hace parecer débil y sumiso, es por eso que todos se creen con derecho a controlar tu vida. Sabes muy bien lo que quieres, establece límites. No te dejes arrastrar por la nostalgia de cosas pasadas, por algo son pasadas. En el amor, la influencia de la luna propiciará un acercamiento inesperado. Tendrás que enfrentarte a un momento complicado, no rechaces la ayuda que recibirás. Presta atención a las señales que el universo pone en tu camino.

«¿Momento complicado?», pensé con un pequeño nudo de angustia. Hice un gesto vago con la mano para deshacerme de la sugestión. Era ridículo que le diera la más mínima credibilidad. Leí el de papá.

**Cáncer:** Vas a vivir a tu aire, sin importarte lo que opinen los demás. Lleva a cabo ese proyecto que te apasiona y fíate de tu intuición, será un éxito. Sal más y queda con amigos, te centras demasiado en el trabajo. No te frustres con la persona que te interesa, piensa que la inseguridad puede provocar que la gente actúe de forma extraña. Tal vez no se atreve a ser sincera. Sé positivo e inténtalo.

Dejé el diario a un lado y observé a papá. Había vivido solo desde que mamá se marchó y nada indicaba que hubiera salido con alguien más desde entonces. Aún era un hombre joven y muy atractivo. Inteligente. Un artista. Y con una solvencia económica que muchos querrían. A simple vista, salvo por su «peculiaridad», no encontraba motivos para que continuara soltero.

—Eh, papá, acabo de leer tu horóscopo en el periódico, ¿y sabes qué dice? «Sal más y queda con amigos, te centras demasiado en el trabajo. No te frustres con la persona que te interesa, piensa que la inseguridad puede provocar que la gente actúe de forma extraña. Sé positivo e inténtalo.»

—No hay ningún estudio científico que apoye la validez de este tipo de predicciones. La astrología no es más que una seudociencia sin ningún fundamento.

—Aun así, deberías hacerle caso y salir más. ¿No te sientes mal estando solo?

—Estoy contigo.

—No me refiero a este momento, sino a todos los días. ¿No has pensado en salir con alguien y tener citas románticas?

—No.

—A mí me parece bien la idea de que pueda gustarte una mujer y vuelvas a casarte.

Mi padre se agachó para coger del suelo el último pararrayos y lo clavó en el agujero que había excavado. Se limpió las manos en el pantalón y después se apartó de la cara unos mechones castaños que se le habían escapado del moño en el que se había recogido su melena rizada. Las ondas de mi cabello se las debía a él.

—Me gusta una mujer.

Se me atascó la respiración y comencé a toser tan fuerte que tuve que saltar de la camioneta.

—¿Qué? ¿Quién, cómo? ¡¿Desde cuándo?!

—Desde hace un año, tres meses y veinte días.

Si hubiera especificado las horas, minutos y segundos, me habría asustado.

—¡¿Un año?! —grité sin poder controlarme. Acorté la distancia que nos separaba y me planté frente a él—. Papá, mírame, por favor. —Sus ojos revolotearon de un lado a otro hasta que finalmente se detuvieron en los míos—. ¿Quién es ella y a qué se dedica?

—Hope Stewart. Trabaja en el asador que hay junto al río.

—¿Y aún no le has pedido una cita?

—Solo me pondría en evidencia. No le gusto.

—¿Cómo lo sabes, se lo has preguntado?

—Se pone roja cuando le hablo, le tiemblan las manos y se acalora. A veces, hasta tartamudea y siempre me sirve muy rápido para pasar el menor tiempo posible a mi lado. También usa un tono raro cuando habla conmigo. No suena de ese modo con los otros clientes.

—Veo que te has fijado mucho.

—Sigo comiendo allí los viernes porque me gustan las costillas y no puedo comer en otro lugar si no conozco los ingredientes.

—Lo sé, no te gustan los cambios.

El cielo volvió a iluminarse con un relámpago, seguido de otro mucho más brillante. A continuación, el estallido de un trueno retumbó en mis oídos.

Cayeron las primeras gotas sobre mi rostro. Un instante después, comenzó a llover.

Deprisa, recogimos todos los bártulos y corrimos a la camioneta. Papá puso el motor en marcha y nos alejamos bajo una cortina de agua tras la que se desdibujaba el paisaje.

Mientras él conducía, yo no podía dejar de observarlo. Aún trataba de asimilar la existencia de esa tal Hope.

—Oye, papá, sabes que una persona puede sonreír y estar triste, ¿verdad? O llorar y sentirse feliz, ¿no es así?

—Sí.

—Pues estoy bastante segura de que le gustas a Hope.

—¿Por qué lo crees?

—¿Recuerdas lo que te he leído antes sobre tu horóscopo?

—No hay ninguna base científica...

—Lo sé, lo sé... —lo interrumpí sin mucha paciencia, y añadí—: «La inseguridad puede provocar que la gente actúe de forma extraña. Tal vez no se atreve a ser sincera». Papá, cuando alguien me gusta, también me pongo nerviosa, me tiemblan las manos, sudo como si me hubiera zampado un kilo de chile picante y olvido hasta cómo se habla. Sin embargo, me comporto como si el tipo me diera alergia.

—¿Por qué?

—Porque es más fácil fingir que él no me gusta que fingir que no me duele no gustarle. ¿Entiendes lo que intento decir?

Frunció el ceño sin apartar los ojos de la carretera. Costaba distinguirla, ahora que la lluvia caía con más intensidad y los limpiaparabrisas no daban abasto. Sabía que él estaba pensando en mi pregunta. Me mantuve callada, con la vista clavada en la ventanilla. Me gustaba estar con papá, a su lado sentía una calma que no encontraba en nadie más.

Quizá porque él nunca me miraba como si mi mera existencia ya fuese una decepción. Su manera de tratarme no variaba según el número de logros conseguidos y expectativas cumplidas, porque nunca esperó una obediencia ciega ni proyectó en mí sus desilusiones.

Nunca quiso que fuese otra persona.

Y sabía que me quería. A su modo, siempre me lo demostraba.

—Creo que entiendo lo que quieres decir —susurró cuando paró el motor frente a la casa.

—Entonces deberías pedirle una cita.

Saltamos de la camioneta y entramos a toda prisa. Hacía frío y me recorrió un escalofrío mientras me quitaba las botas junto a la puerta. Papá se dio cuenta. Cogió la manta que colgaba de uno de los sillones y me la puso sobre los hombros.

—Gracias.

—Haré chocolate.

Sonreí encantada. Preparar chocolate caliente para mí era su forma de cuidarme. La medicina que todo lo arreglaba, desde un resfriado a un corazón roto. O, simplemente, para ayudarme a entrar en calor.

Nuk se tumbó junto a la estufa y yo me asomé a la ventana. Lo único que alcanzaba a ver era una cortina grisácea de agua torrencial, que golpeaba las paredes y el tejado. Los truenos se sucedían continuamente y su sonido hacía vibrar los cristales como si un terremoto los sacudiera.

Papá apareció a mi lado y me ofreció una taza rebosante de chocolate.

—Gracias.

—De nada.

Luego agarró algunos leños de un cesto y los echó a la estufa. Lo observé mientras se acomodaba en su sillón y encendía el televisor. En la pantalla apareció una de esas series de hospitales. Pensé en Cory. No le había contado a papá nuestra ruptura. De hecho, no le había contado nada que fuese cierto y me sentí mal.

—Papá, ¿recuerdas que te dije que había venido a pasar unas semanas de vacaciones que había ido acumulando y que el banco me obligaba a tomar?

—Sí.

—Pues no cierto. —Me senté en el alféizar de la ventana. Bebí un sorbo de chocolate y proseguí—: En realidad, he dejado mi trabajo y ni siquiera tengo derecho a una indemnización, porque me largué sin avisar ni presentar una renuncia formal.

—¿Por qué me has mentido?

—No lo sé —respondí con sinceridad—. Creo que me daba vergüenza decepcionarte.

—No estoy decepcionado. ¿Tú lo estás?

—Un poco.

—Encontrarás otro trabajo —dijo sin apartar la vista del televisor.

Sonreí. Ojalá yo pudiera ver las cosas y afrontarlas de una forma tan sencilla.

—Hay algo más que no te he dicho. Me he separado de Cory, ya no somos pareja.

—Lo siento mucho.

—¡¿De verdad?! —exclamé sorprendida.

—No, Cory no me cae bien, pero es lo que se debe decir en estos casos. Es una expresión que puede usarse para lamentar cualquier pérdida y demuestra empatía.

Me reí y sacudí la cabeza.

—¿Y qué dirías si perdiera a Nuk?

—Lo siento mucho. Aunque en ese caso sería una emoción sincera. Me gusta Nuk. ¿Por qué te has separado? —se interesó.

—No encajo en la vida que Cory desea. Lo he intentado durante mucho tiempo, pero me estaba perdiendo a mí misma al empeñarme en cambiar para que me quisiera. También trató de deshacerse de mi perro a escondidas. Nunca le ha gustado. —Papá frunció el ceño y observó a Nuk, que dormía profundamente junto al calor de la estufa. Como no decía nada, me giré hacia la ventana y continué hablando—: En fin, como ya no tengo trabajo ni novio, y mamá se empeña en hacerme la vida imposible, he decidido que me quedaré en Hasting por el momento.

—Es una buena decisión.

—Sí, yo también lo creo.

—¿Tu madre te hace la vida imposible? —me preguntó con la nariz arrugada.

—Ahora solo finge que no existo. Desde que dejé a Cory y se dio cuenta de que no iba a volver a casa, me aplica la ley del hielo. No pasa nada, es su manera de conseguir las cosas. Ya estoy acostumbrada.

Apoyé la sien en el cristal. El viento ya no soplaba con tanta intensidad y la lluvia repiqueteaba más suave sobre las tejas. El manto de nubes oscuras se tornaba más blanco y fino, filtrando la luz del atardecer. Subí las piernas al alféizar y me abracé las rodillas. Dejé que mi mirada vagara por la habitación, decorada con las piezas de vidrio que mi padre creaba. Daba forma a peces y estrellas de mar de distintos tamaños y colores. Aves y flores. Lámparas, jarrones y esculturas que desafiaban la imaginación. Piezas únicas que firmaba con un sello: W&M. Las iniciales de Willow y Martin.

Inspiré hondo y parpadeé para alejar la humedad que enturbiaba mis ojos. Si hubiera crecido con papá, con su carácter especial y sensibilidad, su sinceridad sin un ápice de maldad, yo sería una persona muy diferente. Mi vida también lo sería. Estaba convencida.

Mi hogar, mi lugar seguro, siempre había estado entre aquellas paredes. Porque papá era ese lugar.

Terminé de beberme el chocolate, ya frío, y miré a mi padre.

—Oye, ya que voy a quedarme en el pueblo, podría mudarme aquí y vivir contigo. No estarías solo y te ayudaría con la casa.

—No.

Su respuesta, tan escueta y directa, me hizo reír.

—Vaya, yo también te quiero.

—No es eso lo que he dicho —replicó confundido.

—Lo sé, papá, pero lo haces. Me quieres mucho, aunque no me dejes vivir contigo, y por eso no me enfado.

Se levantó del sillón y vino a sentarse a mi lado en el alféizar. Posó su mano en mi rodilla y me dio un ligero apretón, en tanto movía los dedos de la otra mano como si los contara. Era su modo de tranquilizarse.

—Willow, estoy acostumbrado a vivir solo. Tengo mis rutinas. Un orden muy metódico y un lugar para cada cosa. Sería difícil para mí convivir con otra persona. —Hizo una pausa, mientras sus ojos se movían por la habitación sin fijarse en nada concreto—. Pero podría intentarlo y aprender nuevas rutinas. Si de verdad quieres...

Salté sobre él y lo abracé tan fuerte que no pudo continuar.

—Seguiré en casa de la abuela, no te preocupes. Pero prométeme que le pedirás una cita a esa mujer, Hope.

—Lo intentaré.

Lo solté, me quité la manta de los hombros y me puse en pie.

—La lluvia está amainando, será mejor que me vaya antes de que anochezca.

—Espera un momento, quiero darte algo.

—¿Qué es?

No me respondió. Subió la escalera que conducía a los dormitorios y bajó poco después. Me entregó una caja amarilla con un lazo azul. La abrí muerta de curiosidad y con el corazón a mil. Dentro había un carillón de viento hecho de vidrio y metal. La parte superior tenía forma de luna creciente y estaba hecha con trocitos de cristal de colores fundidos en plata. Del borde colgaba una decena de estrellas a distintas alturas, colocadas de manera que tintineaban con la más mínima sacudida. El sonido era hipnótico.

—Feliz cumpleaños, Willow.

Se me escapó una risita cargada de emoción.

—Mi cumpleaños no es hasta mañana.

—Naciste a las doce y diez de la madrugada, apenas faltan unas horas.

—Gracias, papá, es precioso. —Miré el carillón, embelesada. Era perfecto hasta en el detalle más pequeño—. Debe de haberte llevado mucho tiempo hacerlo.

—Cinco meses, dos semanas y tres días —respondió.

Me eché a reír y volví a abrazarlo.

—Lo siento mucho, papá —susurré con el rostro escondido en su cuello.

—¿Qué sientes?

—No haberte visitado más a menudo estos años.

No respondió, solo me dio unas palmaditas en la espalda y se apartó con timidez.

Cuando llegué a casa, apenas caía una ligera llovizna y

las nubes comenzaban a deshacerse. Abrí la puerta del coche y Nuk pasó por encima de mí como un rayo. Echó a correr hacia la casa de los Beilis. Resoplé por la nariz y fui tras él. No tardé en ver el desastre.

Las paredes de la casa que Hunter había pintado lucían llenas de chorretones blancos y manchas beis. La lluvia había arrastrado gran parte de la pintura, y la que no logró disolverse formaba pequeños regueros pegajosos sobre la hierba. Me cubrí la cara con las manos y ahogué una carcajada.

—¿Sueles burlarte de las desgracias de tus vecinos?

Alcé la vista, sobresaltada, y vi a Hunter observándome desde su porche con las manos en los bolsillos de una sudadera que le quedaba muy ancha.

—Te lo dije —me reí.

—Cierto, me lo dijiste. Y dejé de pintar en ese momento, pero ya era tarde. —Se pasó una mano por el pelo y miró alrededor—. ¿Todo bien? ¿Te has divertido?

—Sí. Bueno, solo he ido a ver a mi padre. Vive a unos nueve kilómetros de aquí, pasado el puente cubierto Middle.

—¿Ese es el que se encuentra en la entrada oeste?

—No, al norte. El que tiene un paso lateral para peatones.

—Aún no he visitado esa zona.

—Deberías, es muy bonita.

Nos miramos en silencio. No había rastro de la tensión incómoda que habíamos arrastrado y contuve el aliento, de repente nerviosa. Él me dedicó una sonrisa suave y cálida, en la que me quedé atascada. Pensé que era muy atractivo, con esos hoyuelos que parecían sacados de un cliché de novela y el remolino sobre su frente. Me dieron ganas de peinárselo con los dedos.

Mi teléfono sonó dentro de mi bolsillo. Lo saqué y vi la notificación de un mensaje. Era de mi madre y el estómago me dio un vuelco. Pensé en no abrirlo, pero hay reflejos que cuesta controlar. Como la mascota que se encoge cuando su dueño levanta la mano. No ignorar a mi madre era uno de esos reflejos.

Abrí el mensaje y el mundo se me vino encima.

**Mamá:** Acabo de llegar a Hasting.
Me alojo en el B&B. Te espero mañana
en el comedor, almorzaremos juntas.

Noté que me ahogaba y vacié mis pulmones de golpe, al darme cuenta de que había estado conteniendo el aliento demasiado tiempo. Guardé el teléfono, preocupada. Mamá había roto su silencio de las últimas semanas con una invitación para almorzar, como si nada hubiera ocurrido. No tenía ningún sentido que apareciera de la noche a la mañana en Hasting, cuando llevaba más de dos décadas evitando aquel lugar.

—¿Va todo bien? —me preguntó Hunter.

Por unos segundos, me había olvidado de su presencia.

—Sí, solo es algo que no esperaba.

Forcé una risita, que sonó más a un gemido de frustración. «Tendrás que enfrentarte a un momento complicado», recordé.

—Al final, mi horóscopo tenía razón —dije en voz baja.

—¿Tu horóscopo? —Sonrió despacio y ladeó la cabeza al observarme—. ¿Crees en esas cosas?

Me encogí de hombros.

—Ahora sí —respondí en un tono críptico.

El último vestigio del sol desapareció tras las montañas y solo quedó un leve resplandor morado en el cielo, perfilando las cumbres. Una racha de aire frío sopló desde el lago. Me estremecí. A mi alrededor comenzaba a formarse una ligera neblina y noté que mi pelo se humedecía por momentos.

—Hace frío, será mejor que entre en casa.

—Claro —dijo él.

—Buenas noches, Hunter.

—Buenas noches, Willow.

Me encaminé al porche y entré en casa mientras me quitaba el abrigo. Vi a mi abuela dormitando en el sofá, con un libro abierto sobre el regazo. Lo aparté a un lado con cuidado de no despertarla y la tapé con la manta. Luego subí a mi habitación. Por costumbre, me asomé a la ventana y vi que Hunter continuaba en el porche. Sacó algo de su bolsillo. Un instante después, prendió una llama frente a su rostro. Al apagarla, un pequeño punto luminoso cobró intensidad.

El chico de ciudad fumaba.

Suspiré, algún defecto debía tener.

Me tumbé en la cama y volví a leer el mensaje de mi madre.

Esa noche fui incapaz de dormir.

# 14
# Hunter

—¡¿Qué quieres decir con que vas a quedarte en ese pueblucho?! —vociferó Scarlett al otro lado del teléfono.

Lo aparté de mi oreja con un gesto de dolor. Solo gritaba con ese tonito agudo cuando estaba enfadada. Muy enfadada.

—Te dije que iba a quedarme...

—Unos días, dijiste unos días —me cortó. La oí inspirar y exhalar—. Han pasado semanas desde que te marchaste. ¿No crees que va siendo hora de que regreses?

—Aún no puedo.

—Hunter...

—Este viaje fue idea tuya.

—Lo sé, pero...

—Necesito saber qué le pasó a mi madre y el único modo son esos diarios.

—Si ese es el problema, podría contratar a alguien para que los consiga. No sería difícil.

Arrugué la frente.

—¿Estás hablando de robarlos? Por favor, deja de ver *Los Soprano*. No te hace ningún bien.

Scarlett rompió a reír, tan fuerte que acabé contagiándome de su risa. Tardó unos segundos en recuperarse y, cuando volvió a hablar, su voz sonó mucho más calmada y animada.

—De acuerdo, tómate el tiempo que necesites. Ya veré qué hago con los rumores.

—No te preocupes por eso. Solo es cuestión de tiempo que la gente los ignore.

—Algunos medios están difundiendo que tu desaparición durante todos estos meses se debe a que has ingresado en un centro de rehabilitación. Por suerte, Lissie está cumpliendo su palabra y no ha dicho nada al respecto tras el acuerdo. Aunque en círculos privados asegura que estás pasando por una gran depresión después de que ella te dejara por tus celos enfermizos.

—¿En serio? Debería dejar la música y dedicarse a escribir guiones para Netflix —bromeé.

—No tiene gracia, Hunter. Te guste o no, vivimos en una época en la que el trabajo y el talento no son lo único que interesa de un artista. No importa lo bueno que seas si tu reputación se va a la mierda.

Lo sabía. Era muy consciente de esa realidad, pero no la hacía más fácil. Premios, eventos, fotos, entrevistas... eran parte del precio a pagar para que tu nombre ocupara el primer puesto en la lista de preferencias de cualquier artista o discográfica importante. Mi nombre había generado millones entre contratos y derechos de autor, y de él vivían las decenas de personas que trabajaban para Scarlett en la agencia, desde el personal de limpieza y seguridad hasta los abogados, pasando por administración. La única razón por la que cedía a esa exposición.

—Hunter.

—¿Sí?

—¿Estás trabajando en algo?

Noté un pinchazo en el pecho. Una hoja afilada hecha de

culpabilidad abriéndose paso entre mis costillas. Mi mirada voló hasta mis guitarras, en una esquina del salón. Las había dejado allí el mismo día que llegué y no había vuelto a cogerlas.

—He estado ocupado.

—Ya... —susurró con una mezcla de desilusión y nerviosismo—. Hunter, somos un equipo, no puedes dejarme sola en este barco. Y si es lo que estás sopesando y quieres abandonar, no hace falta que huyas al fin del mundo. Solo sé sincero conmigo, soy la primera que sabe lo que esta industria maltrata y desgasta.

—Eh, no voy a dejarte sola y no me planteo abandonar nada. Componer y ver hasta dónde llegan mis canciones es lo único que tiene sentido para mí y me mantiene vivo.

—¿De verdad?

—De verdad. Voy a recuperar mi música y regresaré a Nashville, te lo prometo.

Nos despedimos y dejé el teléfono sobre la mesa.

Decidido por la promesa que le había hecho a Scarlett, crucé el salón, tomé una de las guitarras y la sostuve por el mástil durante unos segundos en los que mis latidos se dispararon. Aspiré una bocanada de aire. Luego me senté y la acomodé en mis piernas. Hice sonar las cuerdas para comprobar si estaba afinada. Otra inspiración más profunda que la anterior y cerré los ojos. Empecé a tocar algunas notas. Unos acordes básicos, una simple progresión para calentar las yemas de los dedos.

Continué improvisando, marcando el compás con el pie y una sencilla base rítmica en mi cabeza. Acordes lentos y lineales tan rígidos como mis dedos, que acabaron transformándose en una melodía sombría y aguda que rebosaba melancolía.

Me detuve en seco y las notas quedaron suspendidas en

el aire hasta que las silencié con la mano. Me aferré con más fuerza a la promesa que acababa de hacerle a Scarlett. Ella había cumplido todas y cada una de las que me había hecho a lo largo de los años.

Ahora me tocaba a mí no defraudarla.

Recuperaría mi toque. Mi magia. Mi música.

Haría que la jodida industria temblara con más fuerza que nunca.

Comprobé la hora en mi reloj. El abogado me había citado a mediodía para que firmara unos documentos. Ya que debía ir al pueblo, pensé en aprovechar el viaje y comprar más pintura, cosas para la casa y ropa de abrigo. Las temperaturas bajaban un poco más cada día y, salvo por un par de camisetas térmicas y unas sudaderas, no estaba preparado para el frío.

Me guardé las llaves y la cartera en los bolsillos y fui a por el coche, pero me detuve a medio camino al ver algo que sobresalía del buzón. Lo abrí y saqué un montón de publicidad, entre la que encontré un par de facturas dirigidas a Margaret Mayfield.

—¿Margaret? —releí pensativo.

Eché un vistazo a la casa de al lado. Probablemente Meg fuese la forma corta de Margaret. Si se trataba de otra persona, ya buscaría el modo de localizarla. Metí los folletos publicitarios de nuevo en el buzón y me encaminé a la casa de mis vecinas.

Toqué el timbre y esperé, de pronto nervioso.

La puerta se abrió y Willow apareció al otro lado. En el instante en que sus ojos tropezaron con los míos, sentí un tirón en el estómago.

—¡Hola! —Sonreí y alcé las cartas entre mis dedos—. Esto estaba en mi buzón.

—Gracias.

Me percaté de las sombras oscuras que se habían instalado bajo sus ojos y de cómo sus labios fruncidos no se curvaban con naturalidad pese a sus esfuerzos por sonreír.

—¿Te encuentras bien? Pareces enferma.

—Estoy bien. Es que no he podido dormir en toda la noche.

—¿Por qué?

—Willow, ¿quién es?

—Es Hunter, abuela. Han dejado nuestra correspondencia en su buzón.

Sonaron unos pasos apresurados y Meg apareció tras Willow. Sonrió nada más verme.

—Vamos, pasa. Llegas justo a tiempo para desayunar.

—Gracias, pero ya he desayunado.

—Estás muy delgado, te vendrá bien un trozo de bizcocho casero.

Alargó el brazo, me sujetó por la muñeca y me arrastró con ella a la cocina. Eché la vista atrás y vi que Willow apretaba los labios para guardarse una sonrisa.

—Siempre es así —me susurró.

Meg puso las manos en mis hombros y me obligó a sentarme a la mesa. En cuestión de segundos, la llenó de comida. Me sirvió un trozo de bizcocho recién hecho y me aconsejó que lo untara con mantequilla y mermelada. Seguí su recomendación. Después le di un mordisco bajo su atenta mirada. Casi gemí cuando el sabor dulce se pegó a mi lengua.

—Está buenísimo.

—Todos los ingredientes proceden de los comercios y granjas locales. Nada que ver con los que venden en esos grandes hipermercados —señaló Meg. Le di la razón con un gruñido y continué devorando el bizcocho—. ¿Cómo llevas los arreglos de la casa?

—Solo he cambiado algunas maderas rotas y trato de pintarla sin morir en el intento —contesté.

Noté que Willow escondía una sonrisa tras su taza de café. Alcé una ceja y la miré divertido.

—Kiran Patel tiene un negocio de construcción y reformas. La dejaría como nueva y no costaría mucho. Puedo hablar con él, si tú quieres —se ofreció Meg.

—Lo pensaré.

—Por cierto, ¿de dónde has dicho que eras?

—No lo he dicho —respondí. Coloqué los cubiertos sobre el plato y lo aparté—. Soy de Tennessee. Crecí en Florence, pero vivo en Nashville desde hace unos años.

—¿También naciste allí?

—No, en Siracusa, en el estado de Nueva York —contesté.

La expresión de Meg cambió durante un instante, en el que su mirada y la de Willow se buscaron de un modo tan significativo que me fue imposible no fijarme.

—¿Y a qué te dedicas? —se interesó.

—Soy músico y compositor.

—¡¿En serio?! ¿Tocas el piano?

—Sí. También toco la guitarra, el bajo y lo intento con la batería.

—A ella también... —la voz de Meg se apagó de golpe y tragó saliva mientras su rostro enrojecía.

Todo mi cuerpo reaccionó a esa frase incompleta. Inspiré hondo y la miré, vi todo lo que trataba de disimular y reprimir, tras una prudencia que le costaba mantener. Me sentí incómodo, aunque sabía que esa no era la intención de Meg. Hasta cierto punto, entendía su curiosidad y por qué había conducido la conversación en esa dirección.

—Adelante, puedes decirlo. Soy muy consciente de los rumores que se han extendido por el pueblo. No es necesario que finjas que no sabéis quién soy y que no es raro que esté arreglando esa casa, si solo soy un turista.

—Lo siento.

—No lo hagas. Erin era mi madre biológica.

Meg exhaló de forma brusca y posó su mano sobre la mía. Me dio un ligero apretón antes de retirarla y colocarla en su regazo.

—Ella tocaba el piano como un ángel. Tenía un talento natural. También cantaba, aunque solo en el coro de la iglesia a la que asistía con su familia.

Me pasé la mano por la garganta. La notaba cerrada y el pulso me latía frenético. Tomé mi taza, pero al llevármela a los labios me di cuenta de que estaba vacía. Willow se apresuró a llenarla de nuevo. Su mano se entretuvo sobre la mía y no fue un gesto accidental, aunque sí tan suave que tuve que subir la vista a su rostro y asegurarme de que no lo estaba imaginando. Su mirada azul me traspasó sin esfuerzo y en ese preciso instante fui consciente de lo mucho que ella me atraía. Lo mucho que su piel contra mi piel me tranquilizaba.

Willow dejó la cafetera a un lado y volvió a sentarse.

Me obligué a apartar los ojos de sus mejillas sonrojadas y presté atención a Meg. Tenía la esperanza de que ella pudiera darme más información sobre Erin.

—La conocías —constaté.

—Por supuesto, la vi crecer y convertirse en una mujer preciosa. Te pareces muchísimo a ella.

Negué.

—Me refiero a si la conocías bien. ¿Sabes por qué me dio en adopción?

—No, lo siento. Puede que te cueste creerlo, pero hasta hace unos días nadie sabía que Erin estuvo embarazada antes de casarse con Grant. Por esa razón hay tantos rumores, ha sido una sorpresa para todos. Creo que tú sabes mucho más que nosotros.

No era la respuesta que esperaba. Me hundí en la silla, decepcionado.

—¿Estás segura de que no hay nadie que pueda saber lo que pasó? —insistí.

—Solo se me ocurre su familia. Es muy posible que Grant y Jamie lo sepan.

No me sentía capaz de ver a esas personas. Cada vez que consideraba la posibilidad, mi mente buscaba mil excusas para no dar el paso. Evasivas tras las que escondía unas inseguridades que pesaban más que nunca. Podía parecer un comportamiento cobarde o infantil, pero había partes de mí con las que no sabía lidiar. Mi cabeza podía llegar a ser un castigo.

—¿Y qué hay de Tessa? Era su mejor amiga —pregunté.

—¿Cómo sabes eso? —intervino Willow.

La miré y me encogí de hombros.

—Hay un tipo, un abogado...

—Allan Sanders —dijo Meg.

—Sí, Sanders. Vino a verme al hotel. Erin había dejado varias cosas en su testamento para mí: la casa de sus padres, algunas pertenencias y unos diarios que ella escribió. Ahí menciona a Tessa y también a ti.

—¿A mí? ¿Qué... qué escribió sobre mí? —me preguntó Meg emocionada.

—Todas esas veces que la cubriste para que pudiera ver a Tessa y estar con sus amigas. Los consejos que le dabas y cómo cambió su visión del mundo gracias a ti.

—Ojalá fuera cierto, pero no logré cambiar nada —suspiró y sus arrugas se pronunciaron.

—¿Y no has encontrado nada en esos diarios sobre ti? —se interesó Willow.

Negué con un gesto.

—Erin dejó indicaciones, solo recibiré uno por cada semana que me quede en Hasting.

—Entonces, te marcharás cuando recibas todos los diarios —afirmó con lentitud.

—Ese es el plan.

—¿Sabes cuántos hay?

Volví a negar y noté una presión extraña que me robaba el aire. Su mirada parecía haberse enredado con la mía y casi pude sentir algo vivo golpeando las paredes de mi estómago. La sombra de incertidumbre que oscureció su rostro. Vi cerrarse una puerta que ni siquiera sabía que estaba abierta. Puede que ni ella lo supiera, y ese clic nos pillara por sorpresa a ambos.

—Uno, dos, diez... No lo sé —respondí.

—Cuantos menos haya, mejor, ¿no? Antes obtendrás respuestas y podrás volver a casa.

Tragué saliva y no supe decidir si esa idea me encantaba o de repente la odiaba. Terminé asintiendo.

—Habla con Tessa, quizá recuerde algo —me sugirió Meg.

—Eso haré —respondí mientras me ponía en pie—. Gracias por el desayuno.

—¿Ya te marchas?

—El señor Sanders quiere verme hoy y debo comprar algunas cosas —le expliqué con una sonrisa—. De verdad, gracias por todo.

—De nada, es agradable tenerte por aquí, ¿verdad, Willow?

Willow dijo que sí con aire ausente, como si sus pensamientos estuvieran en otra parte. Pensamientos que oscilaban en los pequeños gestos de su rostro. Que brillaban y se oscurecían en sus ojos, fijos en los míos. Intensos. Tormentosos.

Nunca me había cruzado con nadie tan transparente como ella, tan expresiva y enmarañada.

Tan evidente y, al mismo tiempo, tan invisible.

Sin embargo, yo no había sido tan consciente de nadie en toda mi vida.

# 15
# Willow

Durante un rato, fui tan ingenua y confiada que llegué a creer que mi madre había usado mi cumpleaños como excusa para verme y poner fin a tantas semanas de frialdad y distanciamiento entre nosotras. De verdad pensé que me echaba de menos y quería arreglar las cosas.

Me equivocaba.

Apenas nos habían servido el postre, cuando se quitó la máscara y puso sobre la mesa sus verdaderas intenciones.

—Por favor, Willow, estar aquí ni siquiera te sienta bien. Mírate. Tu pelo es un desastre.

—Mi pelo siempre ha sido ondulado, mamá.

—Al menos podrías maquillarte un poco y arreglarte con algo más de elegancia. ¿De dónde has sacado esa ropa? Parece que te has vestido en uno de esos centros de caridad.

Miré mi ropa, un tejano ancho de pinzas y un jersey de punto gris con grecas rojas en el cuello. A mí me gustaba, pero preferí guardar silencio. Estaba acostumbrada a que mamá me criticara por todo, hasta por cosas que era imposible cambiar, porque formaban parte de mi ADN.

Sin embargo, habituarse no significaba que no me doliera que me tratara de ese modo. Solo había aprendido a sobrellevarlo, hasta que el vaso se colmaba y mis inseguridades se derramaban como el agua sobre un mantel, empapándolo todo. Hasta que todo lo que callaba se enquistaba un poco más, como una infección que se va extendiendo y te consume hasta agotar tus fuerzas.

—He venido para llevarte de vuelta a Albany.

—Creía que habías venido para estar conmigo en mi cumpleaños —repliqué.

Puso los ojos en blanco e ignoró mi comentario.

—Siéntate derecha o te saldrá una joroba —masculló. Obedecí y pegué la espalda al respaldo. Ella continuó—: Mi amiga Clare me ha dicho que hay una plaza vacante de administrativo en el instituto en el que estudian sus hijos. Su hermano es el director y estará encantado de darte el trabajo. Podrías empezar el próximo lunes y te pagarían treinta y siete mil dólares al año. Es una gran oportunidad, Willow, mientras no encuentres algo mejor.

—No estoy interesada en trabajar en un instituto, y menos como administrativa —dije en voz baja, sin apartar la vista del plato.

—No estás en disposición de elegir.

Tragué saliva y la miré. Me fijé en su melena teñida, perfectamente lisa y recta. En el maquillaje que se acumulaba como arena en las líneas de expresión de su rostro, lo que hacía que pareciera mucho mayor. El mohín enojado que fruncía sus labios hasta cuando dormía. Mi madre se había pasado la vida diciéndome qué hacer, cómo y cuándo. Desoyendo todo cuanto yo pudiera pensar o sentir. Imponiéndome su voluntad desde que podía recordar. Y dudaba de que pudiera cambiar algún día, incluso ahora que yo era una mujer adulta.

Reuní el poco coraje que tenía e inspiré hondo antes de responder:

—Ya lo he hecho, mamá. He elegido quedarme en Hasting.

—¿Y qué pasa con Cory? ¿No crees que ya va siendo hora de que acabes con esta tontería de la separación? —Apretó los párpados un momento, al darse cuenta de que estaba alzando la voz, y prosiguió en un tono más bajo—: El pobre está destrozado. Lo abandonaste con la boda en marcha, una casa recién comprada y un futuro maravilloso. No lo entiendo, Willow. Casarte con un médico, vivir en una propiedad de lujo y no preocuparte por el dinero ni de volver a trabajar, hijos que podrán ir a los mejores colegios y universidades. ¿Qué tiene de malo todo eso?

—Que no es lo que yo quiero.

—¿Por qué?

Pensé en responderle con sinceridad. Que yo nunca quise ni le pedí ninguna de esas cosas. Al contrario, le dejé muy claro que ese tipo de vida no encajaba conmigo. No quería un hombre que me mantuviera ni me exhibiera como un trofeo, reflejo de su propio éxito. Yo solo deseaba un amante, amigo y compañero que me quisiera por ser yo misma y disfrutara estando conmigo. Que me escuchara y respetara mis ideas. Que pensara que mis ocurrencias eran divertidas y acariciara mi cuerpo sin depilar sin que se le bajara. Cory no hacía nada de eso.

—Porque no estamos hechos el uno para el otro, mamá. Nunca seré la mujer que él quiere que sea —dije sin más.

—Quizá no te esfuerzas lo suficiente —masticó cada palabra con desdén.

Algo en mi interior dio un desagradable brinco y me puse tensa.

—No, mamá, te aseguro que me he esforzado mucho. También me he sacrificado hasta el punto de casi desaparecer y no saber quién soy yo. Cory me trata como si fuese un trozo de arcilla, que intenta modelar según sus necesidades. ¿Y qué hay de las mías? ¿Por qué importan menos que las suyas? Él sabía que no entraba en mis planes casarme ni tener hijos, ¿y qué hizo? Empezar a planear una boda y decirme que ya me acostumbraría a ser madre.

—¡¿Qué clase de mujer no quiere ser madre?! —exclamó turbada.

—Yo.

—¡Jesús! Empiezo a pensar que eres como tu padre, eso lo explicaría.

La miré sin disimular el desprecio que me causaban sus palabras, mientras un silbido agudo, como el de una tetera en ebullición, iba aumentando de volumen dentro de mis oídos.

—Cory no es el hombre de mis sueños y jamás volveré con él. Acéptalo, mamá.

—Willow, baja de esa nube de la que cuelgas y piensa con la cabeza. Cory es una apuesta segura. Un buen partido. No importa si no es el hombre que habías imaginado, importa que es el hombre de tu realidad. Deja de soñar y sé más práctica. Cásate con Cory, no encontrarás nada mejor —volvió a insistir.

—¿Y qué hay del amor, la atracción y el deseo? —estallé.

—¿Qué tiene eso que ver?

—Un matrimonio necesita tener esas cosas, mamá, pero tú lo muestras como si fuese una fórmula pragmática.

Mi madre se inclinó sobre la mesa y me contempló con esa expresión de decepción y cansancio que había ido perfeccionando con el paso de los años y que solo me mostraba a mí.

—No seas ingenua, Willow. Una pareja no se sustenta ni perdura solo por la atracción, la química y el sexo. Y mucho menos por el amor. Los pilares del matrimonio son un buen entendimiento y un compromiso firme. Una mujer no necesita un hombre que le haga sentir mariposas en el estómago. Necesita un hombre maduro y responsable, educado y trabajador, que pueda proporcionarle a su familia un futuro estable. ¡El amor de las películas no existe!

—Que tú no lo hayas encontrado no significa que no exista —dije con un nudo en la garganta. ¿Acaso ella nunca había amado a mi padrastro?

—Lo hice —aseveró entre dientes—. Encontré esa clase de amor que te vuelve loca y te hace delirar. Que apenas te deja comer o dormir. ¿Y sabes qué? No es más que una ilusión que te sacia y te hace sentir maravillosamente bien un tiempo, como esa tarta que no deberías haberte comido si no quieres parecer una ballena —apuntó mientras miraba mi plato vacío con asco—. Esa sensación de felicidad, de magia, se desvanece más pronto que tarde, porque ese tipo de amor no existe. Es una quimera, un cuento para niñas ingenuas.

Soltó una especie de gemido de desesperación y se atusó la melena. Su mal semblante se acentuó. Entonces, de repente, su expresión cambió y una sonrisa enorme apareció en su rostro. Seguí la dirección de su mirada y, si no llego a estar sentada, me hubiera caído de culo. Parpadeé sin dar crédito a lo que veía. Cory cruzaba el comedor con un ramo de rosas rojas en los brazos. Me quedé paralizada y perpleja.

—No puedo creer que hayáis urdido una treta tan mezquina —dije casi sin voz.

Mi madre me lanzó una mirada amenazante.

—Willow, no se te ocurra estropearlo. No imaginas lo mucho que me ha costado convencerlo de que viniera. Estaba muy dolido y ofendido, y su intención era esperar a que recapacitaras y volvieras.

—Mamá, ¿cómo has podido?

—¡Hola! —saludó Cory parándose junto a la mesa.

Alcé la barbilla. No fui capaz de decir nada, solo deseaba

que un milagro abriera un agujero a otra dimensión para escapar de allí.

—Cory, querido, ¿qué tal el viaje? —le preguntó mi madre.

—Había algo de tráfico, pero por lo demás muy bien.

—¡Cuánto me alegro! —Me lanzó una mirada punzante—. Willow, Cory ha venido a verte, ¿no vas a saludarlo?

Inspiré hondo y tragué saliva.

—Hola, Cory —dije sin ninguna emoción.

—¡Hola, preciosa, feliz cumpleaños!

Me entregó el ramo de rosas con una sonrisa y sus ojos me recorrieron de arriba abajo y de abajo arriba hasta detenerse en mi pelo. Durante un segundo pude ver un atisbo de molestia. A él siempre le había gustado que lo llevara liso, decía que me daba un aspecto más elegante. Levanté la mano y me lo alboroté por pura rebeldía.

—Os dejo para que habléis. Yo subiré a mi habitación a refrescarme un poco.

—Mamá —susurré cuando pasó por mi lado.

Me ignoró y siguió su camino sin mirar atrás.

Cory se sentó en la silla que ella había dejado libre y me observó. Dejé el ramo sobre la mesa.

—Te veo bien...

—No deberías haber dejado que mi madre te arrastrara hasta aquí —lo corté.

—Willow.

—Sigo opinando lo mismo sobre nosotros y no cambiaré de parecer.

—Con esa actitud, es bastante difícil que lo hagas. Por suerte, yo vengo dispuesto a convencerte. —Puse los ojos en blanco y estuve a punto de resoplar. Abrí la boca para responder, pero volví a cerrarla cuando él alzó la mano con un gesto autoritario. No sé por qué obedecí—. Cariño, estas semanas he pensado mucho en nosotros. He reflexionado sobre las cosas que pasaron y me he dado cuenta de que enfoqué mal las formas.

—¿Que enfocaste mal las formas? Cory, no debiste dar un solo paso sin consultarme primero.

—Una sorpresa no se puede consultar, porque deja de ser una sorpresa. Debería haber sido más creativo, más entusiasta al mostrarte mis planes para nuestro futuro. No esperaba que le dieras más importancia a los medios que al fin.

Me llevé la mano a la frente e inspiré sin paciencia. Cory no se arrepentía lo más mínimo de nada de lo que había hecho, solo lamentaba no haber encontrado una forma en la que yo no me hubiera enojado.

—¿De verdad aún sigues creyendo que actuaste bien?

—Todo lo que hice fue pensando en ti y, sinceramente, esperaba que hubieras tenido tiempo de reflexionar y darte cuenta de lo injusta que fuiste.

—¡Que yo fui injusta!

Cory suspiró.

—De lo que sí me arrepiento es de no haberme dado cuenta de lo mucho que habías cambiado.

—¿Qué quieres decir?

—Antes eras diferente. Nunca te enfadabas y mucho menos por tonterías. Eras divertida.

—¿Divertida?

—Sí, divertida y alegre. Has cambiado y echo de menos esa parte de ti.

Apreté tanto los dientes que me rechinaron. En mi mente aparecieron escenas del pasado y no pude contenerme. Porque hasta yo tenía un límite.

—¿Sabes qué? Yo también la echo de menos. Echo de menos a la persona que era antes de conocerte, porque desde que entraste en mi vida he ido olvidando quién soy, qué hay de verdad en mí o qué he inventado para hacerte feliz y gustarte. En este momento no tengo ni idea de quién soy. No sé una sola cosa sobre mí de la que esté cien por cien segura que sea genuina y no algo que mi madre o tú hayáis implantado en mi cerebro.

—Vale, tranquila. Cálmate, por favor. No imaginaba que estuvieras tan mal —dijo en un susurro. Luego carraspeó—. Está bien, sea lo que sea lo que te ocurre, lo solucionaremos. Yo te ayudaré. Te quiero y tú me quieres, lo superaremos. Podemos arreglarlo.

—No, no podemos, porque estoy tan resentida que solo verte me destroza —dije con sinceridad.

—¿Estás resentida conmigo?

—Sí, pero lo estoy mucho más conmigo misma por haberte permitido que me hicieras sentir tan pequeña e insignificante, tan dependiente de ti que creyeras que podías gastarte mi dinero, pisotear mi dignidad y regalar a mi perro, y que lo aceptaría sin cuestionarte. Y no quiero volver a vivir algo así nunca más, Cory. Jamás en la vida. Porque no es justo y no está bien seguir fingiendo que no pasa nada cuando lo único que habéis hecho todo este tiempo es aprovecharos de mí, porque sí pasa.

Cory inclinó la cabeza y miró con disimulo a las otras mesas.

—Willow, baja la voz y contrólate. La gente nos está observando.

—¿Y qué? Me da igual. No pienso seguir preocupándome por lo que piensen los demás.

—De acuerdo —convino él con la cara roja y sudorosa.

—Entonces, dejémoslo aquí, por favor. Acabemos de una vez con esto —le rogué.

Me contempló con los ojos muy abiertos y su boca dibujó una o de sorpresa.

—¿Hablas de romper? Entonces, ¿lo estás haciendo de verdad?

—Ya lo hice, ¡pero no me escuchabas!

—¿Cómo? ¡Saliste huyendo!

—Te pedí que no me obligaras a elegir e hiciste justo eso —le recordé, más alterada a cada segundo que pasaba.

—¿Hablas del perro? Dios, solo es un perro, Willow.

«Solo», Cory había logrado que odiara esa palabra.

—También hablaba de mí aquella noche, pero no me escuchabas. ¡Tú nunca escuchas!

Agarré mi bolso y mi abrigo, que había dejado en la silla contigua, y me puse en pie dispuesta a marcharme. Me di la vuelta y se me cortó la respiración. No estaba preparada para encontrarme allí con él, en absoluto. Ni tampoco para el estremecimiento de vergüenza que me recorrió el cuerpo al darme cuenta de que había estado sentado a mi espalda todo el tiempo y, probablemente, había escuchado todas las conversaciones.

Hunter hizo el ademán de levantarse de la silla, mientras sus ojos preocupados pasaban de los míos a Cory y regresaban de nuevo a mí. El pulso me latía desbocado en la garganta y lo único en lo que podía pensar era en salir de allí. Alejarme. Dejar de sentirme como me sentía. Desaparecer.

Salí a toda prisa, con la voz de Cory gritando mi nombre a mi espalda.

Las lágrimas caían por mis mejillas y no podía hacer nada por contenerlas. Los latidos acelerados de mi corazón se mezclaban con el golpeteo de mis botas contra la acera. Notaba algo frío y espeso en mi interior. Tan doloroso que me costaba respirar.

Y continué caminando como si mi vida dependiera de ello.

Huyendo.

No sé si de Cory o de mi propia existencia.

Noté que alguien me tocaba el hombro y me giré como un resorte al creer que se trataba de Cory.

—Por favor, ¡déjame tranquila!

# 16
# Hunter

—Por favor, ¡déjame tranquila!

Alcé las manos y di un paso atrás.

—Eh, soy yo. No pretendía asustarte.

Sus hombros se relajaron.

—Lo siento, creía que eras otra persona —dijo mientras sorbía por la nariz.

Me fijé en que tenía las mejillas húmedas y los ojos rojos y acuosos. Estaba llorando. Tuve el impulso de secarle las lágrimas, pero detuve mi mano a medio camino y la dejé caer de nuevo. Me mataba verla en ese estado y no tener la confianza suficiente para hacer algo.

Eché un vistazo sobre mi hombro y vi al tipo que perseguía a Willow acercándose entre la gente. Lo había adelantado en el último cruce y no tardaría nada en alcanzarnos. Sin pensar en las consecuencias, tomé la mano de Willow y la insté a caminar conmigo.

—¿Qué haces? —me preguntó alarmada.

No respondí, porque no tenía ni idea. Ni siquiera sabía por qué había dejado plantado a Allan a mitad de nuestro almuerzo para salir corriendo tras ella.

Vi un estrecho pasaje entre dos edificios. Sin soltar su

mano, aceleré el paso y me colé en el callejón. Willow me miró sin entender nada cuando, con un suave tirón, la hice girar y pegar la espalda contra la pared de ladrillo. Apoyé la otra mano por encima de su hombro y me incliné hacia delante para ocultarla con mi cuerpo. Luego, me llevé un dedo a los labios y le pedí que guardara silencio.

En ese momento, el tipo que la seguía pasó por la acera sin fijarse en nosotros.

—Creo que no nos ha visto —susurré mientras vigilaba la entrada al callejón.

Ladeé la cabeza y me encontré con el rostro de Willow a solo unos centímetros de mi barbilla. Sus ojos estaban tan abiertos que pude distinguir en sus iris pequeñas motitas de un azul mucho más claro. Tenía las pestañas largas y oscuras. Vi sus mejillas enrojecer a cámara lenta.

En lugar de apartarme, me incliné un poco más. Olía tan bien, como a lavanda y dulce de calabaza. Notaba su aliento caliente en la piel y bajé la mirada a sus labios enrojecidos por el frío. Ella tragó saliva. Observé ese gesto en silencio y mi garganta se movió en respuesta.

No tenía ni idea de lo que estaba haciendo ni por qué lo hacía, pero esa fue la primera vez que quise besar a Willow.

—Tienes razón, creo que ha pasado de largo —dijo en un susurro.

Tomé una bocanada de aire y di un paso atrás.

Nervioso, me pasé la mano por la nuca, sin saber muy bien qué hacer o decir.

—¿Estás bien? —me preguntó ella al verme guardar silencio.

—Ahora me siento un poco idiota.

—¿Por qué?

—No pretendía meter las narices en tus asuntos, pero... No sé, a veces actúo sin pensar. Perdona.

Negó con la cabeza, como si le quitara importancia a lo que había sucedido, y contempló el cielo. Yo no podía dejar de mirarla a ella. Ni respirar con normalidad, porque sentía cosas a las que no estaba acostumbrado cada vez que la tenía tan cerca. Cosas como curiosidad. Calidez. Ternura. Impaciencia. Cosquilleos en el estómago. Palpitaciones. Pensamientos que no podía controlar.

—¿Te apetece dar un paseo conmigo? —me preguntó de repente.

Noté que mis labios se curvaban en una sonrisa.

—Sí, me apetece.

Con las puntas de los dedos, agarró la manga de mi abrigo y tiró de mí con una timidez que me pareció adorable. Caminamos durante un rato en silencio. Sin rumbo. Sin un destino en particular. Cuando el frío se manifestó más punzante, compramos unos batidos calientes en una cafetería, que también acogía exposiciones de artistas de la zona. Curioseamos un rato entre cuadros y fotografías, y luego retomamos el paseo.

Fijé la vista en el suelo cubierto de hojas mientras nos aproximábamos al río. Apenas era consciente de que estaba avanzando, porque solo podía prestar atención al roce de nuestros brazos, la manera en la que nuestros cuerpos chocaban y se separaban al caminar tan juntos. Cruzamos el puente y nos adentramos en una pequeña extensión de bosque, que con el tiempo habían ido transformando en un parque con bancos, senderos señalizados y zonas para hacer ejercicio.

Un manto fino de nubes grises había comenzado a cubrir el cielo. Miré arriba y contemplé los árboles, asombrosamente altos, vestidos de rojo y dorado. La brisa arrancaba algunas hojas y estas caían al suelo como si fuesen plumas, columpiándose sin prisa hasta posarse en el suelo.

—Tendrás que enfrentarte a un momento complicado, no rechaces la ayuda que recibirás. Presta atención a las señales que el universo pone en tu camino —dijo Willow entre sorbos de batido. La miré sin entender. Ella me dedicó una leve sonrisa y sopló la bebida caliente antes de añadir—: Eso era lo que decía ayer mi horóscopo.

Tardé unos segundos en darme cuenta de qué estaba hablando.

—¿Soy el momento complicado o la ayuda? —bromeé, aunque una parte de mí lo preguntaba en serio.

—¿Y por qué no una señal del universo?

Me eché a reír y negué con la cabeza.

—Ya te digo yo que no.

Se mordió el labio, indecisa.

—Lo has oído todo, ¿verdad?

—He llegado cuando os estaban sirviendo la comida.

—Eso es un sí. E imagino que no has sido el único.

Me entretuve en sus ojos, que bajo esa luz eran del color del humo.

—¿Y qué importa? Probablemente hayan llegado a la misma conclusión que yo.

—¿Y cuál es?

—Ninguno de los dos te merece. —Apretó los labios para no reírse, pero fue un esfuerzo inútil—. Lo digo en serio. Tu madre me recuerda mucho a la mía. No a Erin, sino a mi otra madre. Ella también es difícil de complacer. Es como un vampiro emocional, capaz de drenarte las ganas de vivir hasta dejarte seco.

—Yo no la habría descrito mejor.

—En cuanto a tu novio.

—Ex.

—Exnovio —me corregí. Me temblaban las mejillas de tanto sonreír—. ¿Cómo acabaste saliendo con tremendo capullo?

Se echó a reír, parecía más animada.

—No solo salíamos, también vivíamos juntos —respondió. Fingí una arcada y ella me dio un empujón que me hizo trastabillar—. Sí, a mí también me cuesta entenderlo, pero hay personas que tienen esa capacidad. Logran convertirse en el centro de tu mundo sin que te des cuenta, mientras lo consumen y lo transforman en un desierto árido en el que no crece nada. Yo ni siquiera soy un desierto ahora, soy Marte.

Clavé la mirada en la hojarasca que cubría el sendero que recorríamos sin prisa e inspiré hondo. Yo no la veía como un planeta seco y sin vida. De haber existido, ella sería como Pandora, exuberante, luminiscente y llena de vida.

—¿Es cierto que regaló a tu perro?

—Sí, eso fue lo que me hizo despertar. Nuk es muy importante para mí, que Cory pusiera sus manos sobre él fue la gota que colmó el vaso.

Ahora ese perro me caía mucho mejor. ¡Y cómo me alegraba de gustarle!

Continuamos hablando, y caminando, y hablando aún más. Como si fuésemos dos viejos amigos que llevan mucho tiempo sin verse y tratan de ponerse al día. Aunque, para ser sincero, ella era la que hablaba y yo solo escuchaba. Por algún motivo que me costaba entender, Willow se sentía cómoda en mi compañía. Segura como para contarme cosas muy personales sobre su relación con su familia y con el «secuestraperros». Darme cuenta hizo que una sensación cálida se extendiera por mi estómago.

Para mí era algo completamente nuevo que alguien se abriera de esa manera conmigo. Yo era del tipo de personas que nunca dicen lo que realmente piensan o sienten porque les cuesta confiar. Ni siquiera con Declan y Scarlett, las únicas personas que consideraba mis amigos, era capaz de abrirme del todo.

—Y esa es toda la historia, ahora vivo con mi abuela, no tengo trabajo y mi cuenta corriente está en números rojos. Ah, y choqué mi coche. Mi vida no podría ser más penosa.

—Tu vida no es penosa, solo has tenido mala suerte —dije en voz baja. Ella frunció el ceño de un modo muy mono e hizo un puchero. Sonreí y noté que me acaloraba—. No puedes poner esa cara, hoy es tu cumpleaños.

Tomó un sorbo de batido, que debía de estar frío, y se lamió los labios. Asintió un par de veces.

—Eso también lo has oído. Si te soy sincera, mi cumpleaños es una de esas cosas que no me gusta celebrar y que solo quiero que pase muy rápido —me confesó con una sonrisa triste.

—¿Por qué?

—Porque siempre me hacía ilusiones y siempre acababa decepcionada. Envidiaba las fiestas que mis padres le organizaban a mi hermana y cada año deseaba que la mía fuese igual, pero en mi caso nunca tenían tiempo. Cory jamás se ha acordado de ningún aniversario y este año imagino que ha sido mamá la que se lo ha recordado. —Lanzó el vaso de cartón a una papelera y yo la imité—. Hace años que me rendí y dejé de esperar que ocurriera algo especial.

—Eso es un poco triste.

—¿Y tú?

—¿Te refieres a mis cumpleaños? —pregunté. Ella asintió. Llené mis pulmones de aire y exhalé un suspiro—. Cumplo años el mismo día que mi primo y, desde el principio, nuestra familia tuvo la maravillosa idea de que los celebráramos juntos. Pero él era mucho más mono y simpático. Hacía cosas guais y yo...

Me encogí de hombros y no acabé la frase.

Willow me dio un empujoncito con el codo.

—Oh, vaya, tú también eras el niño que se quedaba sentado en la esquina.

Me hizo reír.

—Sí, ese era yo. A los doce me rebelé y me negué a más celebraciones estúpidas. Hasta hace unos años que Scarlett empezó a organizarme fiestas, con decenas de personas que me importan un cuerno, a las que prácticamente me lleva a la fuerza. No, a mí tampoco me gustan.

—¿Scarlett es tu novia?

—¿Qué? ¡No! Es mi amiga y trabajamos juntos. —La miré de reojo y tragué saliva antes de añadir—: No estoy saliendo con nadie.

De vuelta a la calle principal, Willow adoptó el papel de guía y comenzó a explicarme la historia de Hasting, cómo llegaron los primeros colonos y qué edificios de aquella época aún se conservaban en perfectas condiciones. No era un tema que a mí me interesara, la verdad, pero en aquel momento me habría tragado una charla de tres horas sobre el desove de los salmones, solo por escuchar su voz y pasar más tiempo con ella.

Algo en Willow me atraía. Me enredaba y no me soltaba.

En la esquina de un edificio, vi una de esas tiendas en las que venden todo tipo de artículos: comida, ropa, regalos. utensilios. De pronto, una idea apareció en mi mente como un chispazo. Un pensamiento irreflexivo. Un impulso visceral. El deseo de arreglar lo que otros habían roto.

—Espérame aquí un segundo —le pedí.

—¿Qué?

—No te muevas. No tardaré.

—Pero...

Eché a correr y crucé la calle entre el tráfico, con la esperanza de encontrar en esa tienda lo que necesitaba. Empujé la puerta y sobre mi cabeza sonaron unas campanillas. Saludé con un gesto al dependiente. Luego me moví entre los estantes y descubrí una vitrina repleta de dónuts decorados.

Me decidí por los que tenían una cobertura de chocolate blanco y perlas doradas, y elegí el más grande, del tamaño de un plato de postre.

—¿Tienes velas de cumpleaños? —le pregunté al dependiente.

—No, pero sobraron algunas del 4 de julio. Las tienes ahí mismo —respondió mientras colocaba el dulce en una caja.

Busqué en el cesto que señaló y vi las velas, decoradas con purpurina y los colores de la bandera. Servirían. Estaba a punto de pagar, cuando reparé en una bola de nieve en el estante superior de un mueble tras el mostrador.

—¿Puedo verla? —pregunté.

El dependiente hizo un gesto afirmativo. La alcanzó con un poco de dificultad y la sacó de la caja. Era tan grande que tuve que tomarla con las dos manos. En apariencia, no tenía nada de especial, era igual a otras muchas, con una casita rodeada de abetos nevados en el interior. Sin embargo, al agitarla me llevé una sorpresa. En lugar de esas típicas bolitas blancas que flotan, dentro había copos de nieve diminutos, tallados con todo detalle y cuando la luz incidía en ellos, el interior se llenaba de brillos.

El efecto era una pasada.

Eché un vistazo a través del escaparate y vi a Willow al otro lado de la calle. Enfundada en su abrigo, daba pequeños saltitos. Estudié de nuevo la bola y tuve el pálpito de que a ella le gustaría.

—¿Cuánto cuesta? —pregunté.

—Es *vintage*, tío.

Mi boca se curvó en una sonrisa irónica, porque esa es la típica respuesta que se suele dar cuando algo cuesta un riñón.

—¿Cuánto? —insistí.

—Antes esta era la tienda de antigüedades de mi abuela y esa es una de las piezas que...

—¿Cuánto?

—Cuatrocientos noventa y nueve dólares.

—¡Hostia! —exclamé. Tras la sorpresa inicial, me encogí de hombros y asentí con vehemencia—. De acuerdo, la compro. ¿Aceptas tarjetas?

Salí de la tienda con la bolsa de papel abrazada contra mi pecho, por miedo a que se desfondara con el peso. Mientras cruzaba la calle, el corazón comenzó a latirme muy rápido. De repente, mi idea impulsiva ya no me parecía tan buena. Yo no solía hacer ese tipo de cosas y me sentía ridículo.

—¿Qué llevas ahí? —me preguntó Willow.

Miré a mi alrededor y vi que estábamos muy cerca del parque conmemorativo. La tomé por la muñeca.

—Ven.

Ella se puso un poco tensa, pero me siguió sin oponerse. Cruzamos el arco de la entrada y me dirigí al primer banco que encontré desocupado, bajo un arce de azúcar.

Le pedí a Willow que se sentara.

—No entiendo nada —dijo entre risas.

—Cierra los ojos.

—¿Por qué?

—Cierra los ojos y no los abras hasta que yo te lo diga. Confía en mí.

—Está bien, pero todo esto es muy raro.

Bajó los párpados y una sonrisa tiró de las comisuras de sus labios. Mi mirada cayó en ese punto y vi una pequeña mancha de batido, justo en el borde. Por unos instantes, me la quedé mirando con el fuerte deseo de averiguar a qué sabía.

Inspiré hondo y me obligué a deshacerme de la imagen

que había tomado forma dentro de mi cabeza, sin dejar de preguntarme por qué estaba actuando sin ningún sentido. Abrí la caja del dónut y la coloqué sobre el banco. A continuación, clavé la vela en la parte más gruesa de la rosquilla y la encendí. Me agaché frente a Willow.

—Ya puedes mirar.

Ella abrió los párpados y me observó. Después bajó la vista al banco y descubrió mi tarta improvisada. Se quedó mirándola sin decir una sola palabra, mientras sus mejillas y orejas se teñían de púrpura.

—Ya sé que no es gran cosa. Tampoco encaja muy bien en ese algo especial que podrías esperar que ocurra en tu cumpleaños, pero creo que hoy te mereces soplar esa vela y pedir un deseo —le expliqué nervioso, al ver que ella no decía nada.

Willow parpadeó repetidamente. Hizo un ruidito ahogado, como si no supiera si romper a reír o echarse a llorar.

—Encaja perfectamente en ese algo especial —susurró temblorosa.

—¿De verdad? Porque ahora creo que es una tontería.

Se inclinó y me dio un abrazo. Asintió con la barbilla en mi hombro.

—Es perfecta. Gracias, Hunter.

—Vale, entonces sopla esa vela antes de que se derrita.

Willow tomó aire por la nariz y sopló la vela. Luego se echó a reír como si estuviera muy avergonzada.

Saqué de la bolsa la caja con la bola, envuelta en papel brillante.

—Y no puede haber un cumpleaños sin regalo —dije con dramatismo.

Willow me miró como si hubiera perdido el juicio.

—Tienes que estar de broma. Esto... esto es demasiado y pesa mucho.

—Solo es una tontería. Una de esas cajas sorpresa de cinco pavos —apunté como si nada—: Vamos, ábrela.

Willow asintió, más conforme, y, con una sonrisa radiante que le ocupaba toda la cara, arrancó el papel sin ningún cuidado. Sostuvo la bola con ambas manos y me miró perpleja.

—Hunter, es muy bonita.

—Agítala.

La sacudió con fuerza y los copos de nieve comenzaron a girar. Una espiral blanca, que se fue deteniendo poco a poco y quedó suspendida durante unos segundos. En ese momento, viendo la emoción que temblaba en su rostro y en sus labios, supe que había acertado.

—No sé qué decir —susurró.

—No tienes que decir nada, basta con que me invites a desayunar tortitas las próximas dos semanas —bromeé.

Willow rompió a reír con ganas y me empujó con el pie. Caí de culo sobre el suelo y sus carcajadas resonaron en mis oídos. Pensé que tenía la risa más bonita y contagiosa que había oído nunca.

Sin dejar de bromear, compartimos el dónut, sentados en el banco. El tiempo pasó sin que nos diéramos cuenta, hasta que Willow se quejó de que se le estaban congelando los pies. La acompañé a la biblioteca pública, donde trabajaba su abuela. Habían quedado en verse allí y regresar juntas a casa. Nos detuvimos en la acera y contemplé el edificio, construido con piedra y arenisca roja. Tejados inclinados y aleros estrechos, más típico de la arquitectura de Nueva Inglaterra.

—Y aquí está nuestra biblioteca —anunció Willow mientras la señalaba con los brazos extendidos—. Con mucha diferencia, el lugar más mágico de todo Hasting y gran parte del estado. ¿Y sabes por qué?

Me mordí el labio y negué con la cabeza.

A los ojos de Willow asomó un brillo pícaro.

—Es la única biblioteca con una ventana de bruja.

—¿Una qué?

Me tomó por la muñeca, como yo había hecho antes con ella, y me llevó al lateral del edificio. Yo era incapaz de apartar la vista del punto donde sus dedos entraban en contacto con mi piel.

—Mira ahí arriba, ¿puedes verla?

Hice lo que me pedía. Seguí la dirección que señalaba su mano. Al principio no vi nada, pero, tras unos instantes, noté la anomalía: una ventana encajada en diagonal en la pared estrecha entre dos tramos de tejado adyacentes. Ladeé la cabeza, como si una nueva perspectiva pudiera cambiar el hecho de que estaba torcida.

—¿Qué demonios es eso? ¿La pusieron así a propósito?

—Se decía que las brujas no pueden volar en ángulo, por lo que encajaban las ventanas de este modo para evitar que pudieran entrar en las casas.

—Pero eso es absurdo, porque el resto están colocadas en horizontal. Hay como una docena por las que podrían entrar sin problema.

Willow me soltó y se cruzó de brazos. Me observó con una expresión divertida.

—Lo sé, chico de ciudad, solo es una superstición. Por aquí hay muchas.

—¿Por qué me llamas así?

—No sé, es lo que me vino a la mente la primera vez que te vi. La gente de por aquí no tiene tu aspecto.

—¿Mi aspecto? —pregunté confundido.

—Tessa cree que eres tan guapo como James Dean.

Rompí a reír con ganas.

Sus mejillas enrojecieron, y no por el frío. Se ruborizaba continuamente y, no sé, a mí me parecía adorable. Me perdí en sus ojos, grandes y brillantes; y en ese mohín tímido con el que arrugaba la nariz. La forma en la que se apartaba del rostro los mechones de cabello y los colocaba detrás de las orejas.

—Tessa me cae bastante bien —dije.

Se mordió el labio inferior sin dejar de mirarme. Bajé la vista a su boca y exhalé el aire que estaba conteniendo. Dio un paso atrás, y después otro, en dirección a una puerta bajo un arco de piedra en la que no me había fijado.

—Será mejor que entre.

—Claro.

Levantó la mano a modo de despedida y yo hice lo mismo. De repente, me acordé de algo que quería preguntarle desde hacía rato.

—Eh, Willow...

—¿Sí?

—No me has dicho cuántos años cumples.

—Treinta —dijo con un ligero tono decaído.

Arqueé las cejas, sorprendido.

Desde el principio había asumido que Willow era más joven que yo.

Ella frunció el ceño.

—¿Y esa cara?

—¿Qué cara?

—La que has puesto. ¿Te parezco mayor?

—¡No! —Intenté disimular lo divertido que me parecía todo aquello, su cara de disgusto, y añadí muy serio—: Al contrario.

—¿Cuántos años tienes tú? —me preguntó como si estuviera buscando pruebas de un delito.

—Veintisiete.

—¿Desde cuándo?

No sé por qué esa pregunta me hizo reír. Ella me fulminó

con la mirada y tuve que hacer un gran esfuerzo para volver a ponerme serio.

—Desde el 13 de octubre —respondí.

Willow se desinfló como un globo y yo no podía ignorar que el corazón me latía a mil, como un diapasón marcando el ritmo de una melodía vibrante. En mi cabeza oí las notas y temblé, porque, durante un instante, el silencio desapareció. El primer atisbo de inspiración en mucho tiempo.

—Soy mayor que él —dijo como si hablara consigo misma.

—Dos años, diez meses y veinte días para ser exactos —la corregí con intención de provocarla.

—¿Sabes una cosa? Eres insufrible y no entiendo por qué le caes bien a mi perro.

—Aun así, lo de invitarme a desayunar tortitas sigue en pie, ¿no?

Puso los ojos en blanco y dio media vuelta para entrar en la biblioteca, aunque no a tiempo de esconder una sonrisa que le iluminó el rostro entero.

Notaba las manos heladas y las metí en los bolsillos del abrigo. Sin prisa, caminé hasta donde había aparcado el coche. Comenzaba a anochecer y los comercios encendían sus luces. Me estremecí cuando una corriente de aire gélido y punzante me sacudió al cruzar una calle. Tenía la sensación de que cada día hacía más frío, o quizá era yo el que no estaba acostumbrado a unas temperaturas tan bajas para esa época del año.

Encendí la calefacción en cuanto puse el coche en marcha y conduje de regreso a casa con una idea dando vueltas en mi cabeza. Por un instante, frente a Willow, había vuelto a percibir esa chispa que precedía al momento exacto en el que mi mente y mi corazón se fundían, formando una nueva conciencia. Mi inspiración. Había visualizado las notas, el inicio de una melodía. Apenas unos acordes, pero que sonaban bien.

Sentí otra chispa, la de una llama diminuta que pugnaba por revivir.

«¿Qué es la inspiración?», me habían preguntado infinidad de veces en las entrevistas. Nunca supe qué responder. Porque ¿cómo explicas algo que nace por sí mismo y sin pedirte permiso, de la nada y cuando menos lo esperas, sin ninguna premeditación? ¿Cómo explicas con palabras algo que ni tú mismo entiendes, que aparece revoloteando en tu mente como una mariposa y la llena de emociones que necesitas expresar de algún modo para no ahogarte en ellas?

«¿Qué es la inspiración?»

Ahora lo sé: la inspiración es la mirada, la sonrisa de la persona apropiada, en el momento más inesperado.

La inspiración era ella, aunque aún no lo sabía.

Iba tan sumido en mis pensamientos que no me di cuenta de que había un coche aparcado junto al camino hasta que me detuve a su lado. Bajé y le eché un vistazo. No me sonaba de nada. Me encaminé a la casa y, al subir los peldaños del porche, reparé en un hombre sentado en el banco bajo la ventana. Se puso en pie al verme y vino a mi encuentro con una leve sonrisa, que no se reflejaba en su mirada. En sus ojos había otra cosa, una mezcla de sorpresa, cautela y ansiedad.

—Hola —me saludó—. Eres Hunter, ¿verdad?

—Sí, soy yo.

—Soy Grant Lambert, el marido de Erin. Es un placer conocerte.

Mi corazón se saltó un latido. No estaba preparado para algo así y me bloqueé.

Él me ofreció su mano extendida y me la quedé mirando, incapaz de mover un solo músculo. Le temblaba. Poco a poco, moví la mía y se la estreché.

—Lo mismo digo.

—Lamento mucho no haber venido antes a saludarte.

—Bueno, yo siento no haber sido el que diera el paso.

Me observó y su sonrisa se transformó en un gesto más natural.

—No es fácil, ¿verdad?

—No lo es.

Carraspeó al tiempo que su mirada vagaba por el porche y el jardín. Si estaba tan incómodo como yo, aquel encuentro no duraría mucho. Aun así, intenté acelerarlo.

—¿Hay algo en lo que pueda ayudarte?

Asintió y yo contuve el aliento.

—Me gustaría invitarte a cenar mañana. En mi casa, sobre las siete.

—¿Por qué?

—Porque eres su hijo y me gustaría conocerte. Después de todo, somos familia.

La respuesta me pilló desprevenido y me dolió. Familia. Odiaba esa palabra. Lo ajeno que me resultaba su significado y la facilidad con la que la gente la usaba como si esas tres sílabas lo justificaran todo.

—No sé si es buena idea.

—Si lo dices por lo que ocurrió con Jamie, te aseguro que lo lamenta. Por favor, acepta mi invitación. Creo que sería bueno para todos y es lo que Erin querría. Por favor —me rogó.

Cogí aire, pero la molestia punzante que tenía dentro del pecho no se aflojó. Negarme me convertiría en un imbécil insensible.

—De acuerdo.

—Toma, te he anotado la dirección —dijo mientras sacaba de su bolsillo un papel y me lo entregaba.

—Gracias.

Me dedicó una pequeña sonrisa y al pasar por mi lado se detuvo un segundo.

—Te pareces tanto a ella —susurró.

Hay frases que retuercen nuestra vida. Palabras que dejan de ser anodinas para transformarse en un poder capaz de rescatar o condenar un corazón. Desde que había llegado a Hasting, había escuchado esa frase muchas veces y me aterraba descubrir hasta qué punto era cierta, porque yo nunca me había parecido a nadie.

No había visto mis ojos en otra persona.

No había reconocido mis gestos en otros ademanes.

No sabía qué se sentía.

Y lo que más me angustiaba, que nunca lo sabría.

Ya era tarde.

# 17
# Hunter

Supe que había sido una mala idea en cuanto aparqué el coche en la calle y eché un vistazo a través de la ventanilla a la casa que indicaba la dirección que ese hombre me había dado.

No era capaz de enfrentarme a esas personas ni a lo que allí pudiera encontrar.

Bajé un poco el cristal y encendí otro cigarrillo. El tercero en los veinte minutos que llevaba allí parado, dando vueltas y más vueltas a la misma idea. Cuando pensaba que me había decidido, el miedo me asaltaba de nuevo y me hacía retroceder.

Apoyé la frente en el volante y cerré los ojos.

Mi actitud era un asco. En lugar de enfrentar las cosas, las rehuía, como si ignorarlas pudiera cambiarlas o hacerlas desaparecer. A esas alturas ya debería saber que esa no era la solución. Evitarlo no disipó el desgaste que me causaron mis padres mientras crecía con ellos, ni la telaraña de inseguridades que mi madre tejió a mi alrededor y en la que aún continuaba atrapado. Silenciar mi instinto cuando me decía que mi relación con Lissie no tenía ningún futuro solo nos hizo daño a ambos. Del mismo modo que fingir que no tenía una madre que me había abandonado me hizo perder la oportunidad de conocerla.

Cerrar los ojos no terminó con los problemas, solo les dio libertad para crecer y extenderse como las malas raíces.

¿Acaso no era ya suficiente para haber aprendido la lección?

¿De qué acabaría arrepintiéndome en el futuro si ahora decidía ignorar a la familia de Erin? No quería averiguarlo.

Con más determinación de la que sentía, salí del coche y crucé la calle mientras me fijaba en la casa. Parecía sacada de una de esas series familiares en las que todo es perfecto. Tenía una valla blanca, un porche con columnas talladas y las contraventanas del mismo color que el tejado, grises. Ventanas con jardineras repletas de camelias y prímulas. Un garaje en el lado derecho y un jardín, en el lado izquierdo, que rodeaba la casa.

A simple vista, no distaba mucho de la casa en la que yo había crecido, pero si te fijabas en los detalles había diferencias que convertían a esta en un hogar. Lo percibí en la piel en cuanto empujé la puerta de la valla y vi las mecedoras con cómodos cojines y mantas. Un cesto con leña seca junto a la puerta. Unas botas olvidadas en uno de los peldaños.

Llamé al timbre y esperé con un nudo en el estómago.

Escuché unos pasos, un pestillo que giraba y la puerta se abrió.

Grant Lambert apareció frente a mí, vestido con un pantalón de pana azul y una camisa de franela a cuadros grises. Me dedicó una sonrisa mucho más relajada que las de la noche anterior y se hizo a un lado.

—Bienvenido, Hunter. Adelante, pasa.

—Gracias —susurré.

Crucé el umbral y di unos cuantos pasos hasta detenerme en medio del vestíbulo, frente a una escalera enmoquetada que conducía a la segunda planta. A un lado del recibidor vi un comedor con una gran mesa de madera y un aparador. Al otro lado, una sala con un sofá y varios sillones. Alfombras de lana y un televisor colgado sobre la chimenea. Nada ostentoso, y eso me gustó.

—Ven, acompáñame —me pidió.

Lo seguí por un pasillo junto a la escalera, que llevaba hasta la cocina. Algo chisporroteaba en el fuego y olía muy bien. Grant entró en la cocina, pero yo me detuve en el umbral, manteniendo las distancias. Vi a Jamie frente a los fogones vertiendo lo que parecía una salsa sobre unos filetes enormes.

—Jamie, Hunter está aquí.

Él se dio la vuelta y nuestras miradas se encontraron. Me dio la impresión de que llevaba el pelo más corto que la primera vez que lo vi, al igual que la barba. Vestía unos tejanos negros y un jersey verde oscuro de lana, con una J amarilla bordada en el pecho. Se notaba de lejos que lo habían tejido a mano e imaginé que se lo habría hecho ella.

Jamie fue el primero en saludar:

—Hola.

—Hola —respondí.

La incomodidad podía palparse en medio de aquel silencio tan embarazoso. Mis pensamientos comenzaron a desordenarse de nuevo. Pensamientos intrusivos que serpenteaban dentro de mi cabeza como lombrices.

Estaba a punto de dar la vuelta y largarme, cuando Grant habló:

—Jamie, había algo que querías decirle a Hunter. Creo que este es un buen momento.

Jamie bajó la mirada al suelo y sus hombros se tensaron. Después su pecho se elevó con una profunda inspiración.

—Lamento mucho haberte pegado el otro día, perdí los

nervios. Estuvo mal y me excedí. También te pido perdón por las cosas que dije, porque lo cierto es que tú no tienes la culpa de nada, pero si hubieras...

—Jamie —lo cortó Grant—. Sin «peros», ya lo hemos hablado. Y en esta casa no se juzga a nadie.

—Lo siento, papá —se disculpó. Luego volvió a mirarme—. Lo lamento de verdad.

—Yo tampoco fui muy amable, disculpa.

—¡Pues todo arreglado! —exclamó Grant con una sonrisa, y me ofreció una cerveza que acepté.

Necesitaba ese trago más que cualquier otra cosa.

Me acompañó al salón, pero enseguida se excusó para ir a buscar más leña. El fuego casi se había consumido. Me moví por la estancia, observándolo todo con una emoción extraña que me encogía el estómago, pero sin detenerme en nada concreto. Me sentía un intruso, como si estuviera haciendo algo malo por desear fijarme con más atención en los detalles. Sobre todo, en las fotografías. Había muchas, colgadas de las paredes y expuestas en los muebles.

Junto a una ventana, había un piano vertical con muchas más fotos sobre la repisa de su caja. Me acerqué y por primera vez vi el rostro de Erin. No sé qué esperaba sentir en ese instante, pero no la conmoción que sacudió mis huesos. Contemplar esa fotografía tuvo el mismo efecto que si me viera reflejado en un espejo. Eran mis ojos, el mismo color y la misma forma. Mis labios. Mis hoyuelos en la cara al sonreír. El modo en el que inclinaba la cabeza hacia un lado al posar.

—Era muy guapa —dijo Grant a mi lado.

—Sí.

Paseé la vista por las otras fotos. La mayoría reflejaba momentos familiares. Navidades, cumpleaños, vacaciones. Días de playa. Pescando en un barco. Festivales de verano. Muñecos de nieve en el jardín. Jamie de bebé. Mostrando su primer diente de leche caído. Sentado en un charco. Abrazando un gatito.

Tragué saliva con un dolor agudo taladrándome el pecho. Envidia, celos, abandono... No estaba seguro de qué era eso tan viscoso que sentía.

Las únicas fotos de mi infancia y adolescencia que yo conservaba eran las que se habían tomado en el colegio y en el instituto para los anuarios y durante las excursiones. Mis padres nunca me hicieron fotos, tampoco se las hacían entre ellos. Salvo una instantánea de su boda, en casa no había ningún recuerdo. Tampoco estaban en mi mente, porque jamás hice ninguna de esas cosas con ellos. Nunca puse un diente bajo la almohada. Ni horneé galletas con mi madre. Tampoco fui a un partido con mi padre. No me ayudaron a comprar un traje para mi primer baile.

Mis recuerdos eran bien distintos.

Algunos se parecían más a una pesadilla.

—¿Por qué me dio en adopción? —le pregunté sin poder contenerme.

—Ella quería quedarse contigo, pero su familia no se lo permitió.

—¿Por qué?

—Para ellos, ese embarazo era algo sucio y pecaminoso, una deshonra. Hicieron todo lo posible para que pareciera que no había sucedido —me explicó en voz baja, mientras yo contemplaba fijamente el rostro de Erin. Prosiguió—: Creo que sé lo que estás pensando: que, si ella quería tenerte, por qué no dejó a su familia y te eligió a ti. No habría sido la primera ni la última madre soltera, ¿verdad? —Asentí con un gesto en respuesta, porque estaba dándole vueltas justo a eso—. Te arrancaron de sus brazos, eso fue lo que me contó.

Tragué saliva. Tenía mil preguntas atascadas en la garganta.

—¿Y qué hay de mi padre? Erin no lo hizo sola.

—Puede que no me creas, pero no sé nada sobre eso.

—¿Ella nunca te habló de él?

—Jamás me contó nada, Hunter. La primera vez que supe de ti fue un mes después de que los médicos nos dieran la noticia de que su cáncer se había extendido y que sus posibilidades de recuperarse eran muy escasas. Saber que su tiempo se agotaba fue lo que la empujó a sacar a la luz ese secreto que había guardado durante tantos años.

—¿Y no te molestó que te ocultara algo tan importante?

Cerró los ojos un segundo, como si algo le doliera. Al abrirlos, me sonrió con la mirada llena de tristeza.

—Claro que sí, mucho, pero el pasado de Erin antes de conocerme no era algo sobre lo que yo tuviera derecho a opinar. Cuando por fin me habló de ti, ella ya te había encontrado y también había tomado la decisión de contactarte. Desde el primer instante, me di cuenta de que Erin cargaba con el trauma de esa experiencia como si acabara de suceder. Le costaba hablar sobre lo que le pasó y cómo pasó. Me contó lo justo. —Se encogió de hombros y resopló frustrado—. ¡Y por supuesto que yo tenía preguntas y quería saber los detalles! Sin embargo, cada vez que lo intentaba, ella se apagaba y guardaba silencio durante días, así que lo dejé estar y me conformé con lo que pudo confiarme. —Tomó aliento y meneó la cabeza—. Quizá, si no hubiese estado tan enferma, la habría presionado más.

Lo miré a los ojos y vi en ellos sinceridad y un amor infinito por Erin. Mucho dolor y un cansancio que debía de arrastrar desde hacía mucho. También vi que no me juzgaba ni me culpaba por no haberle dado a mi madre la oportunidad de conocerme. Era un buen hombre que solo trataba de hacer las cosas bien.

—Entiendo —dije en voz baja.

—No sé quién es tu padre, Hunter, pero sí sé que Erin quería que tú conocieras su historia y todo lo que pasó. Quería que tuvieras todas las respuestas y trazó un plan.

—¿Te refieres a los diarios?

—Sí, son una parte, la más importante. Legarte la casa en la que creció es otra. Y este piano también lo es, era su mayor tesoro y me pidió que te lo diera el día que te conociera. Ahora es tuyo —se le quebró la voz.

Yo lo hice por dentro.

—Me esperó hasta el último momento.

—Lo hizo, pero una parte de ella sabía que podría ser demasiado para ti y aceptó en paz que no vendrías a tiempo. Por eso lo arregló todo para poder guiarte después de irse.

—¿Crees que soy una mala persona? —le pregunté con un nudo en la garganta que apenas me dejaba respirar.

—¿Por no venir cuando ella te lo pidió? —Asentí y lo miré de reojo para ver su expresión—. No, no lo creo. Imagino que para ti no fue fácil recibir esa carta y conocer la identidad de Erin de esa forma. A mí me preocupaba que no supieras la verdad sobre tu adopción, le dije a Erin que no era prudente, pero ella estaba dispuesta a todo. ¿Lo sabías? —me preguntó con cautela.

—No, ellos nunca me lo dijeron. Siempre pensé que eran mis verdaderos padres.

Grant soltó el aliento de golpe y posó su mano en mi hombro. Me sorprendió su contacto y me tensé de pies a cabeza. La retiró sin perder la sonrisa.

—Eso explica un poco más tu actitud.

Arrugué el rostro al notar que mis ojos se humedecían. Me estaba ahogando y ya no podía disimularlo. Necesitaba que ese hombre me entendiera, aunque ni yo mismo lo hacía la mayor parte del tiempo. Que supiera por qué actué del modo en que lo hice.

—Mis padres... Ellos... —No lograba encontrar las palabras.

—¿Qué, Hunter? —me animó Grant.

Inspiré hondo y contemplé el rostro de Erin en las fotografías.

No sé qué me hizo abrirme y responder con el corazón en la mano. Solo lo dejé salir:

—En su carta, ella decía «Espero de todo corazón que hayas sido feliz todo este tiempo». Pero no lo fui, para mis padres siempre he sido una presencia molesta y aprovechaban cualquier ocasión para demostrármelo. Hubiera preferido crecer en una casa de acogida. Allí, al menos no habría esperado nada. Por esa razón no vine cuando me escribió, porque durante todos esos años ella no se molestó en buscarme. Porque no hizo nada hasta que estuvo enferma para querer conocerme, sabiendo que después me abandonaría otra vez. La odié por ser tan egoísta y... porque sin saberlo me quitó lo único que hacía que quisiera levantarme cada día.

Pulsé varias teclas del piano con brusquedad y cerré la tapa de un manotazo.

Me di la vuelta, dispuesto a marcharme. Me ahogaba dentro de aquella habitación y ya sabía todo lo que necesitaba saber. Respiré con avidez, pero la tensión no se iba.

Entonces, mis ojos tropezaron con los de Jamie y me detuve. Me miraba desde el marco de la puerta completamente inmóvil, con el rostro pálido y una expresión consternada. De su mano colgaba un paño de cocina y lo estrujaba con tanta fuerza que los nudillos se le habían puesto blancos. Noté la rabia subiéndome por la columna hasta concentrarse en mi nuca. Él no tenía la culpa de nada. Sin embargo, en ese momento sentí que lo odiaba tanto como a ella, porque él tuvo todo lo que yo no pude.

Arrugó la frente y la tensión de sus hombros se aflojó.

—La cena está lista.

Grant se colocó a mi lado y posó la palma de su mano en mi espalda. Me dio unas palmaditas y luego rodeó mi nuca con afecto.

—Vamos, Hunter, comamos un poco.

No sé si fue su gesto o el tono de su voz. La expresión afable de su rostro o la comprensión con la que me miraba. Pero lo acompañé a la mesa sin ninguna resistencia. No mentiré, fue incómodo y apenas pude probar bocado. Cada minuto se convirtió en una eternidad, mientras Grant intentaba que la conversación fluyera, interesándose por mi vida y mi carrera en Nashville. Algunas de sus preguntas y comentarios me hicieron darme cuenta de que había pasado mucho tiempo investigándome en internet. No sé, pero ese esfuerzo e interés por querer conocerme consiguió que mi coraza se aflojara un poco y me tranquilizase.

Jamie apenas emitió unos pocos monosílabos, cuando no los sustituía por gruñidos.

Cuanto más lo observaba, menos podía ignorar lo mucho que nos parecíamos. Y no solo en el físico. Era tan capullo como yo.

Una hora más tarde, conducía de vuelta al lago bajo un cielo negro como la obsidiana, iluminado por las estrellas y una luna creciente, cuya luz se extendía a lo largo del paisaje y proyectaba sombras sobre la carretera. Puse música y durante un rato casi olvidé la locura en la que vivía y respiré sin más.

Aparqué detrás de la casa y al bajarme me estiré con los brazos por encima de la cabeza. Notaba el cuerpo entumecido y la mente cansada. Aun así, en lugar de entrar, me dirigí al lago mientras buscaba en los bolsillos de mi abrigo la cajetilla de tabaco.

Me detuve en la orilla y sonreí al ver cómo el cielo se reflejaba sobre la superficie del agua. Nunca había estado en un lugar donde se vieran más estrellas y estaba casi seguro de que esa neblina brillante era la Vía Láctea. Inspiré la brisa fría y mis pulmones se llenaron de un aroma dulce y mentolado. Me quité el pitillo de los labios y me lo guardé en el bolsillo. Prefería sufrir el incómodo tirón de la ansiedad que viciar aquel aire. Mi conciencia no me lo permitía.

Di la espalda al lago y contemplé la casa vecina. Había luz en las ventanas y una columna de humo ascendía desde el tejado. Pensé en Willow, otra vez. No la había visto desde que la dejé en la biblioteca el día anterior. Poco más de veinticuatro horas y la echaba mucho de menos.

Sin tener muy claro qué haría después, me encaminé a su casa bordeando la orilla. Alcancé el muelle y ascendí por el sendero que conducía a la entrada principal. Me encontraba a una decena de metros del porche, cuando los faros de un coche aparecieron en el camino y me cegaron por unos instantes. El vehículo se detuvo junto a la casa de los Mayfield y un hombre bajó a toda prisa. Llamó al timbre con insistencia y tras unos segundos las luces del porche se encendieron. Me tensé al reconocer al exnovio de Willow.

Entonces, ella abrió.

—Cory, ¿qué haces aquí?

—Tengo que hablar contigo.

Willow salió de la casa y cerró la puerta a su espalda. Luego agarró a Cory por el codo y lo arrastró con ella hasta el jardín. A solo unos pocos pasos de donde yo me hallaba. Rodeado de sombras, no se percataron de mi presencia, y tampoco hice nada para que la notaran.

—Deberías haber vuelto a Albany —dijo ella.

—Cariño, ya está bien.

—¿Qué quieres decir con que ya está bien?

—Que termines con esto y vuelvas a casa. He aprendido

la lección, ¿de acuerdo? Estaré más pendiente de ti. Seré más atento y comunicativo y haré las cosas mejor a partir de ahora, te lo prometo. Así que, por favor, vuelve conmigo a casa ahora. Han pasado semanas y esta situación ya no tiene ningún sentido —le rogó él con tono hastiado y una actitud paternalista que contradecía sus palabras.

Willow puso distancia entre ellos.

—Cory, esto no es un castigo ni una llamada de atención para hacerte reaccionar. Rompí contigo y no tengo ninguna intención de volver.

—Sé que no hablas en serio, así que puedes dejar todo esto.

—El que debe dejarlo eres tú.

—Lo he entendido, a partir de ahora las cosas serán como tú quieras.

—Por Dios, Cory, ¿qué parte de ya no estamos juntos y nunca más lo estaremos es la que no entiendes?

—No me creo que quieras tirar todos estos años a la basura por una tontería.

Puse los ojos en blanco y me tragué un bufido. Pero ¿de qué iba ese tío? ¿Era tonto o se lo hacía?

—Márchate, por favor —le pidió ella.

—Vamos, cariño, ¿quieres que te suplique, es eso?

—Vete.

—Willow... —insistió él; y a mí se me agotó la paciencia.

Dejándome llevar por un impulso irracional, eché a andar hacia ellos sin considerar los resultados, porque ser reflexivo nunca ha sido mi fuerte a la hora de distinguir entre lo que está bien o está mal. Tenía tendencia a pensar solo en mí y en lo que yo quería de una forma egoísta y actuaba en consecuencia.

—Willow, ¿qué haces aquí fuera tan tarde? Pescarás un resfriado —alcé la voz.

Ella me miró boquiabierta cuando aparecí de entre los árboles.

—¿Hunter? ¿De dónde sales?

—Acabo de llegar del pueblo y quería verte —respondí con una sonrisa. Sin pensármelo dos veces, le pasé el brazo por los hombros y la pegué a mi costado—. Vamos dentro, estás helada.

—¡Willow, ¿quién es este?!

—¿Y quién eres tú? —le espeté a Cory.

—Soy su novio.

Me reí sin gracia.

—Eso no es posible, porque su novio...

Willow vio mis intenciones y me dio un codazo tan fuerte que todo se llenó de estrellas. Apreté los dientes y me tragué un «¡ay!», mientras fingía no estar muriéndome.

—¡Hunter, ¿puedo hablar contigo un momento?! —me preguntó. A continuación, plantó la mano en mi pecho y me empujó hacia atrás para alejarme—. ¿Qué estás haciendo? —musitó.

—Ayudarte.

—No necesito que me ayudes.

—A mí me parece que sí. Le has pedido que se vaya y sigue ahí. ¡Qué tío más pesado!

Willow me agarró por el abrigo y tiró de mí hacia abajo. Mis ojos quedaron a la altura de los suyos, echaban chispas, y me di cuenta de que su aparente serenidad pendía de un hilo.

—Nada de esto te concierne.

—Me incumbe, si tú no eres capaz de imponerte. A este paso, en cinco minutos estarás haciendo las maletas para irte con él —le reproché en susurros. Sabía que la estaba poniendo en evidencia y que no tenía ningún derecho, pero es que me cabreaba que ella aún intentara ser correcta con ese idiota—. ¿Quieres que lo eche? Puedo hacerlo por ti. Seguro que a mí me escucha.

—Hunter, te estás pasando —me amenazó.

—¿Yo? Él sí que se está pasando —gruñí ofendido.

Ahora resultaba que el malo era yo. No era justo, y sí muy frustrante ver una situación de forma clara y no poder hacer nada. Exhalé con fuerza. Sentía una opresión en el pecho y mi corazón palpitaba cada vez más deprisa, justo en ese punto donde los nervios y las emociones contradictorias de las últimas horas se acumulaban como un mejunje viscoso que no me permitía respirar.

—Este comportamiento tuyo es inadecuado e innecesario —alegó ella.

Y allí estaba de nuevo, ese clic dentro de mi cabeza que desconectaba mi yo racional y ponía en marcha el impulsivo. El que actuaba sin reflexionar y descarrilaba llevándose por delante todo lo que encontraba. Y todo porque estaba... ¿celoso?

—¿Quieres ver algo inadecuado y muy necesario? —le pregunté; y sin más preámbulos, enmarqué su cara con mis manos y la besé.

Mis labios presionaron los suyos con fuerza, hasta que ella colocó sus manos en mi estómago y me apartó de un empujón. Me contempló con una mezcla de sorpresa y enfado.

—Vete a casa, Hunter —me ordenó.

—No es necesario, el que se va soy yo. Ahora entiendo perfectamente qué pasa aquí —dijo su ex en un tono punzante y altanero.

Me dirigió una mirada de desprecio y se alejó.

No lo perdí de vista hasta que llegó a su coche, lo puso en marcha y desapareció. Solo en ese momento pude volver a respirar. Bajé la vista y un escalofrío me atravesó al toparme con la expresión de Willow. Era todo tensión y rigidez, y me observaba como si esperase algún tipo de explicación.

—¿Por qué has hecho eso? Y dime la verdad o no volveré a hablarte jamás.

Intenté fingir que no me dolía el ultimátum.

Asentí y me armé de valor.

—Vale. Lo he hecho porque no quiero que vuelvas con él. No te merece.

—No tenías ningún derecho, Hunter. Y ahora Cory tiene una idea equivocada sobre mí.

—¿Y qué importa eso?

—Importa, si él piensa que lo dejé por ti. Importa porque mis motivos para romper esa relación pierden todo su valor. Importa porque se trata de mi dignidad y eso a ti parece darte igual. ¿Querías ayudarme? Genial, porque has conseguido todo lo contrario. Así que, a partir de ahora, ocúpate solo de tus asuntos.

Vi la tormenta que tenía lugar tras sus ojos y me sentí fatal. Había actuado de una manera irracional y, si era sincero conmigo mismo, lo hice solo por mí. Porque había temido que ese tipo la convenciera y volviera con él, y esa posibilidad hacía que mi corazón doliera de un modo extraño.

—Perdóname, Willow. Entiendo que estés enfadada.

—Enfadada no alcanza a reflejar cómo me siento.

Me planté frente a ella cuando trató de marcharse.

—Dime qué hago para arreglarlo.

—Vete a casa, Hunter.

Pasó por mi lado y se alejó, llevándose con ella todo el aire de mis pulmones.

—Willow, espera. Por favor.

No se detuvo. Subió los peldaños del porche y entró en casa. A continuación, se oyó un portazo.

Tragué saliva y tomé aliento. Sentía algo muy intenso

abriéndose paso en mi pecho, una amalgama de frustración, enfado y anhelo. Una impaciencia molesta que me impedía irme y dejar las cosas así.

Quería explicarle que me había dado un vuelco el corazón al verla con su exnovio, aunque no sabía a ciencia cierta el porqué. Que la idea de que pudieran volver juntos me enfadaba. Un tipo como él, que no la valoraba, tampoco la merecía.

Quería decirle que yo no la consideraba aburrida ni caprichosa, al contrario. Me parecía divertida, inteligente y me encantaba escucharla. Decirle que nunca había conocido a nadie que me hiciese sonreír tanto. Que jamás había sentido una complicidad así con otra persona. Y le agradecía que quisiera ser mi amiga. Sin prejuicios ni expectativas.

Pero una cosa es querer decir algo y otra muy distinta, saber cómo decirlo.

Y me preocupaba tanto volver a equivocarme que, simplemente, no hice nada.

# 18
# Willow

Siempre me gustó el Día de Acción de Gracias.

Quizá porque era la única fecha señalada que, invariablemente, año tras año, podía celebrar con mi padre. Una de las pocas concesiones que mi madre le había dado tras la separación, junto con el Día de la Independencia y una semana de las vacaciones de verano, hasta que me hice mayor y pude decidir por mí misma que quería pasar mucho más tiempo con él.

No obstante, cuando Cory apareció en mi vida, poco a poco y sin darme cuenta, dejé de ver tan a menudo a mi familia. Siempre ocurría algo que me obligaba a permanecer en Albany. Las visitas se fueron espaciando hasta desaparecer y durante dos años el único contacto que tuve con mi padre y mi abuela fue telefónico.

Mientras tanto, con los padres de Cory lo hacíamos todo.

¡Cómo me arrepentía de haberlo permitido!

Salté de la cama en cuanto las primeras luces del día entraron por la ventana. Me aseé y me vestí con ropa cómoda. Después bajé a la cocina y encontré a mi abuela inflando un pavo enorme con su famoso relleno de manzana y melocotón con frutos secos.

—¡Buenos días! —la saludé contenta.

—Hola, Willow. ¿Has dormido bien?

—Ajá. Te has levantado muy temprano —apunté mientras sacaba una taza del armario y me servía café.

—Este pavo tardará al menos cuatro horas en cocinarse y hay muchas más cosas que preparar.

—Dará tiempo, tú solo dime qué quieres que haga.

La puerta que daba al jardín se abrió y mi padre entró cargado con varias bolsas de compra, que dejó sobre la mesa. Se había arreglado más de lo habitual, con un abrigo de pana, un bonito jersey de lana beis y unos pantalones de tela azules. Además, se había cortado el pelo y ahora lo llevaba suelto a la altura de los hombros. Estaba guapísimo.

Crucé la cocina y me colgué de su cuello con un abrazo.

—Papá, me alegro tanto de verte.

Se quedó quieto durante unos segundos. Luego, sus brazos también me rodearon y me dio unas palmaditas en la espalda.

—Pareces feliz.

—Porque estoy feliz, papá. Es Acción de Gracias, la abuela horneará pan de maíz y la casa se llenará de familia y amigos. ¿A que es genial? Lo echaba de menos. —Suspiré mientras me obligaba a soltarlo—. ¿Quieres un café?

Asintió con la cabeza y se quitó el abrigo antes de sentarse a la mesa.

—Por cierto, hablando de familia y amigos, ¿cuántos seremos al final? —quise saber.

Mi abuela dejó de picar ciruelas pasas y se quedó pensativa.

—Mi hermana con su hija y sus dos nietos. Sam, el sobrino de tu abuelo, con su esposa y su hija. Mi prima Constance y ese apicultor con el que sale desde el año pasado. Isabella y Stuart. —Una sonrisa curvó sus labios—. Ah, también vendrá Hunter.

El corazón me dio un vuelco y a punto estuve de atragantarme con el café.

—¿Has invitado al vecino? —tosí.

—Sí, por supuesto. Es un chico encantador y no permitiré que pase solo un día como hoy.

Frunció el ceño y me observó con curiosidad.

Aparté la vista y fingí interés por la botella de salvia, porque mi abuela tenía un sexto sentido al que no se le escapaba nada y, cuando se empeñaba en averiguar algo, siempre lo conseguía.

—¿Te parece mal que haya invitado a Hunter? Creía que te caía bien.

—¡Y me cae bien!

Bebí otro sorbo de café e intenté disimular que la idea de que Hunter viniera ese día a comer a casa me ponía nerviosa. Durante los últimos dos días, había evitado encontrarme con él a propósito. Habían pasado demasiadas cosas en muy poco tiempo y no lograba asimilar ninguna. Mi mente era un caos.

Desde el primer instante en que lo conocí, Hunter había despertado algo muy intenso en mi interior. Provocaba emociones que me confundían y hacían temblar el caparazón en el que me escondía. Cada día era más consciente de su encanto y esa complicidad que parecía fluir entre nosotros. De la intimidad que rodeaba nuestras conversaciones. De las mariposas en mi estómago y ese sentimiento cálido y tímido en el pecho, que prendía cada vez que nuestras miradas se enredaban.

Y por todas esas razones, la forma en la que actuó esa noche me alteró tanto. No porque me abrazara frente a Cory haciendo ver que teníamos una relación, o que después se pasara de la raya besándome por los motivos equivocados. Cory había rebasado tantos límites que ya no me importaba lo que pudiera opinar. Fue todo lo que sentí con ese beso lo que me perturbó, porque no se parecía a nada que hubiera vivido antes con nadie; y descubrir esas emociones, frente al hombre con el que casi me comprometo a pasar juntos el resto de nuestras vidas, provocó un punto de inflexión. En ese instante en el que sus labios entraron en contacto con los míos, mi corazón se saltó un latido y esa leve alteración cambió mi rumbo.

¿Hacia dónde? No lo sabía.

Mi abuela encendió la radio, en la que hablaban sobre la ola de frío que se aproximaba desde el norte y que entraría en contacto con una borrasca procedente del este en las horas siguientes.

Me puse en pie y llevé mi taza al fregadero. Miré por la ventana. El cielo estaba cubierto por una capa compacta de nubes grises que el sol trataba de atravesar sin conseguirlo. La escarcha cristalizaba el suelo y, por el brillo irisado que bordeaba el lago, supe que el frío de la noche había congelado la orilla.

—¿Creéis que nevará? —pregunté.

—Sí —respondió mi padre.

—Este año el invierno se ha adelantado mucho, casi no hemos tenido otoño —comentó mi abuela. Luego se encogió de hombros y añadió—: Es bueno para el turismo de la zona, las estaciones de esquí tendrán una temporada mucho más larga.

Sonreí animada. Durante el invierno, Hasting se transformaba en un paraíso blanco y mágico. Mucha gente asocia la estación con algo oscuro y hostil. Para mí era sinónimo de calor junto a la gente que quería. De aromas que me recordaban a mi niñez, como la canela, el pan de jengibre y el olor de los abetos en las casas durante la Navidad. Me gustaban los besitos de nieve, así llamaba mi abuelo a ese cosquilleo que sientes cuando un copo toca tu piel y se derrite sobre ella.

La comida estaba casi terminada y la gente ya había comenzado a llegar. Aproveché un momento de tranquilidad para subir a mi habitación, coger ropa limpia y darme una ducha que borrara el olor a frito que se me había pegado a la piel.

Cuando bajé, la mesa estaba lista y todo el mundo se acomodaba a su alrededor.

Saludé a Sam y su esposa, que acababan de llegar junto a su hija. Me agaché para dar un abrazo a la niña y, al alzar la vista, me encontré de frente con Hunter. Sus ojos se clavaron en mí como si fuese la única persona allí. Su mirada era reservada y me siguió mientras yo me sentaba en un extremo de la mesa. Él ocupó un sitio libre junto a mi padre en el otro extremo y lo saludó como si fuesen amigos de toda la vida. Después de eso, no dejaron de conversar en ningún momento.

Mi abuela trinchó el pavo, sin poder contener la agridulce emoción que le causaba ocupar el lugar que tradicionalmente había pertenecido a mi abuelo hasta que enfermó. A continuación, los platos fueron pasando de unos a otros mientras se servían puré de patatas con salsa de arándanos, judías verdes y boniatos, pan de maíz y panecillos de mantequilla.

Isabella me ofreció más boniatos y le di las gracias con una sonrisa. Me llevé un trozo a la boca y lo mastiqué sin mucho apetito. Con disimulo, volví a observar a mi padre. De una forma que me costaba comprender, había conectado con Hunter y en ese momento le mostraba en su teléfono fotografías de algunos de sus trabajos, en tanto que le detallaba las técnicas que empleaba para lograr las distintas texturas y colores.

Hunter lo escuchaba con interés y sus comentarios hacían sonreír a papá.

Una emoción de agradecimiento me calentó el pecho.

Al llegar la hora del postre, me ofrecí a servir la tarta de nueces pecanas y manzana.

Fui a la cocina y abrí la nevera. Saqué la tarta y la coloqué en la encimera. Me detuve un instante para recordar qué había ido a hacer allí, porque mi mente no dejaba de quedarse en blanco. Suspiré y abrí el cajón donde se guardaban los cubiertos. Al darme la vuelta para buscar los platos, tropecé con Hunter, que había aparecido de la nada a mi espalda.

Me llevé la mano al pecho con un susto de muerte.

—¿Podemos hablar? —me preguntó sin ningún preámbulo.

—¿Sobre qué?

—No sé, podrías explicarme por qué me estás evitando.

—Yo no te evito —salté a la defensiva.

Me dio un toquecito con su pie.

—¿De verdad? Entonces, ¿por qué no me miras?

—Ya lo hago.

—Ese es mi estómago, Willow. Mi cara está más arriba —me susurró en un tono tierno.

Inspiré y levanté la cabeza. Miré sus ojos.

—¿Mejor así?

Sus labios insinuaron una leve sonrisa y asintió.

—Mucho mejor —musitó.

Levantó la mano con intención de retirarme un mechón que se me había enganchado en las pestañas. Me aparté sin pensar y su semblante se oscureció.

—Willow, lamento mucho cómo me comporté, sé que no estuvo bien. Me equivoqué y traté de arreglarlo en cuanto me di cuenta. Puede que no me creas, pero esa misma noche volví al pueblo y hablé con tu... Ya sabes, con él. Cory o como se llame. Lo encontré en el hotel y le conté la verdad, que todo era un malentendido que provoqué a propósito. No me largué hasta que lo convencí de que entre tú y yo no había nada.

—Lo sé, Cory me llamó a la mañana siguiente —le confesé.

—¿De verdad? —preguntó sorprendido. Asentí—. ¿Y qué te dijo?

—No mucho, solo que yo tenía razón y lo mejor que podíamos hacer era terminar nuestra relación sin ningún rencor. Ha decidido vender el apartamento e intentará devolverme lo antes posible el dinero que me tomó prestado.

—Eso es bueno.

—Sí. También se ha ofrecido a empaquetar mis cosas y enviármelas desde Albany. Todo se ha resuelto. Se acabó.

Hunter giró el rostro y capté una sonrisa. Fue un gesto pequeño, casi imperceptible, pero que me provocó un cosquilleo en el estómago.

—¿Y por qué sigues enfadada conmigo? —me preguntó mientras acortaba la distancia entre nuestros pies—. Llevas dos días escondiéndote de mí y me has ignorado durante toda la comida.

—No es verdad —mentí.

Hunter tomó aire y sus ojos revolotearon por mi rostro. De pronto, una sonrisa enorme iluminó su cara y se inclinó hacia mí para mirar por la ventana que había a mi espalda.

—¡Está nevando! —exclamó.

Yo dejé de respirar.

Estábamos muy cerca. Tanto, que apenas nos separaban unos centímetros. Olía a algo fresco y delicioso. Como a naranja con un toque de canela y bergamota. Inspiré hondo y contemplé sus labios. Pensé en el beso. En su roce suave. En el vértigo que se apoderó de mí. Ladeé la cabeza, solo un poco, y sentí su respiración en mi mejilla al susurrarme:

—¿Qué estás mirando?

—Nada.

—¿Nada?

Me obligué a apartar la vista de su boca.

Hunter apoyó las manos en la encimera, de modo que mi cuerpo quedó entre sus brazos y toda distancia entre nosotros desapareció. Sus ojos me atravesaron y por un instante vi algo muy intenso en ellos, que acabó convirtiéndose en diversión.

—No puede ser verdad. ¡Me has estado evitando porque te besé!

—No es cierto —mentí de nuevo.

Rio por lo bajo y luego respiró hondo.

—No es para tanto, Willow. ¡Solo fue un beso!

«Solo.» Esa primera palabra se me clavó. Dolió. Se hundió muy adentro.

Cuatro letras que transformaban lo bonito en feo.

Cuatro letras que reducían un todo a nada.

Lo taladré con la mirada.

Cory las usaba constantemente, anulando con ellas cada pequeño resquicio de ilusión que nacía en mí. Cada asomo de interés. Con esas cuatro letras justificaba sus desplantes. Me ninguneaba.

«Solo es un consejo. Solo es un comentario. Solo es mi opinión. Solo es un perro.»

«Solo fue un beso.»

—No tenías ningún derecho a besarme —le recriminé con una crispación contenida que me quemaba en la garganta—. Para mí, un beso nunca será solo un beso, ¿entiendes? Un beso es algo en lo que piensas cuando una persona te gusta. Lo imaginas. Lo deseas. Hasta sueñas con él. No es algo que vas por ahí dándole a cualquiera como si no tuviera ningún valor. Yo no beso a cualquiera, Hunter.

Hunter me observaba cabizbajo y su sonrisa se había desvanecido. Como por acto reflejo, dio un paso atrás.

—He vuelto a equivocarme. Aunque no debería sorprenderme, porque es lo que siempre hago. Antes o después acabo jodiéndolo todo. ¿Y sabes por qué? Porque soy un desastre y tengo un montón de problemas que no consigo resolver. Me resulta difícil confiar en la gente. También me cuesta ser sincero y decir lo que pienso. Suelo ignorar lo que va mal y, si eso no funciona, simplemente huyo. He sido así desde siempre —dijo con pesar.

Sus palabras fueron como un jarro de agua fría que detuvo mi respiración.

Hunter inspiró hondo y luego exhaló con fuerza.

—Pero no quiero ser así contigo, Willow. Así que te diré lo que no me atreví a decirte la otra noche y asumiré las consecuencias, porque tú no eres cualquiera.

Lanzó una mirada fugaz al pasillo.

Las voces que provenían del salón eran el recuerdo de que no estábamos solos y quise decirle que no era el momento. Entonces, Hunter me tomó de la mano, abrió la puerta que daba al jardín y me hizo salir. Apretó mis dedos con fuerza mientras caminaba en dirección al lago, serio y en silencio.

La nieve caía en gruesos copos y comenzaba a cubrirlo todo de blanco, acumulándose en las ramas. No había viento, y era tan bonito verlos flotar que un sentimiento de felicidad fue relajando la opresión que me aplastaba el pecho.

En lugar de adentrarse en el muelle, Hunter giró hacia los árboles. A unos pocos metros de la orilla, se detuvo y se dio la vuelta para mirarme. Tragó saliva y se pasó la mano por el pelo húmedo. Era la primera vez que lo veía tan nervioso. Tan inseguro. Nunca me había parecido tan niño como en ese momento.

Miró arriba. Pequeños copos caían sobre su piel y se derretían. Besos de nieve diminutos, que se enredaban en sus pestañas y humedecían sus labios.

Inspiró y sus ojos revolotearon por mi rostro hasta detenerse en los míos.

—No sé por dónde comenzar, así que lo haré por lo más evidente y de la forma más concisa. Sé mejor que nadie la importancia de las palabras, pero también lo vacías que pueden volverse, y ahora lo único que quiero es ser sincero. La otra noche me comporté como un idiota porque, por un instante, creí que volverías con él y la simple idea me puso enfermo. Siento algo por ti, Willow. No sé desde cuándo ni qué es exactamente, pero sí sé que nunca he sentido esto por nadie más. Me gusta tanto estar contigo que paso el día buscando excusas para intentar verte, aunque al final nunca reúna el valor para moverme de la ventana. Eres la persona más especial que he conocido en toda mi vida y no sé qué hacer ni qué decir. No sé cómo gustarte, porque nunca he conseguido gustarle a nadie. No de verdad. Y quiero lograrlo, Willow, porque lo de la otra noche no fue solo un beso. Quería besarte, deseaba hacerlo desde que nos escondimos en ese callejón, y aún quiero. No puedo quitármelo de la cabeza —susurró con la mirada fija en mis labios.

Levantó la mano y enmarcó mi rostro. Acarició mi piel con el pulgar, muy despacio y con delicadeza. Entonces, algo oscureció su rostro y frunció el ceño antes de añadir:

—Pero no sería justo para ti que lo consiguiera...

—¿Por qué? —pregunté casi sin voz.

Deslizó la mano hasta mi cuello y noté que se me aflojaban todos los huesos. Nadie jamás me había hablado como él lo estaba haciendo. Sin pensar, sin medir las palabras ni adornarlas. Tan vulnerable y expuesto. El miedo palpable y el ruego velado en su voz. Nadie se había abierto a mí de una manera tan cruda y real.

Lo noté temblar.

—No se me dan bien las relaciones, todas las que he tenido han acabado mal y me cuesta confiar. Aunque lo intente, lo más probable es que no funcione.

Lo contemplé sin vacilar. Tenía el pelo y la sudadera llenos de nieve e imaginé que yo debía de verme igual. Suspiré hondo.

—¿Y si te dijera que es tarde para todo eso, porque ya me gustas?

Hunter tragó saliva y sus pupilas se dilataron.

—Respondería que cometes un error y no merece la pena que te arriesgues.

—Eso debería decidirlo yo.

Una leve y triste sonrisa se insinuó en sus labios.

—Te estoy ofreciendo un atajo a la realidad. Al final, acabaré decepcionándote.

Me acerqué a él y apoyé mis manos en su estómago.

—La decepción aparece cuando esperas algo, y yo no espero nada, Hunter. No quiero una relación, ni ponerle nombre ni etiqueta a esto que sentimos. No quiero hacer planes ni promesas. —Rodeé su cintura con los brazos y alcé mi rostro—. Solo quiero dejar que fluya y ver hasta dónde nos lleva, mientras dure. Lo peor que puede pasar es que me rompas el corazón o que yo te lo rompa a ti. No conozco a nadie que haya muerto por eso.

Hunter me observaba sin parpadear. Deslizó sus manos por mis brazos y me estrechó contra él. Hacía frío y el calor de ese abrazo hizo que nos fundiéramos aún más.

—Dejar que fluya —dijo en voz baja.

—Y ver hasta dónde nos lleva.

Me acarició la mejilla con las puntas de los dedos, despacio. Luego trazó el contorno de mi boca. El labio superior. El labio inferior. Apenas un roce, pero que noté en todo el cuerpo. Se inclinó y me besó en la comisura.

—Mientras dure —susurró contra mi piel.

Cerré los ojos y respiré su aliento.

No podía ofrecerle más y esa era la verdad. Promesas, planes, futuro... Ninguna de esas palabras encajaban entre nosotros. Él se iría antes o después, tenía una vida en otra parte de la que yo no sabía nada. Yo acababa de salir de una relación que me había consumido y las pocas fuerzas que me quedaban las necesitaba para enfrentarme a un mundo que hasta ahora siempre me había dicho qué hacer y cómo, cortando mis alas poco a poco y de manera sutil para impedir que volara.

Necesitaba sacar la cabeza del agua y respirar, mirar arriba y contemplar el cielo, porque una vez que aprendes a leer las estrellas, dicen que es imposible perderse.

Necesitaba perder el miedo a lo desconocido, a lo incierto.

A dejarme llevar.

A sentir demasiado.

Hunter era todas esas cosas.

Y el mejor modo de afrontar un miedo es sumergirte en él.

—Mientras dure —repetí.

Percibí su sonrisa. Luego sus labios presionaron los míos con fuerza, como si se estuviese ahogando y me necesitara para respirar. Envolvió mi nuca con una mano y la otra se aferró a mis caderas. Jadeé, aturdida por una sensación de vértigo que me hizo olvidar el frío. Entreabrí la boca y la suya encajó a la perfección cuando nuestras lenguas se encontraron. De forma lenta. Suave. Suspiros compartidos.

Sus dientes atraparon mis labios con dulzura y gemí en respuesta. Me puse de puntillas y me pegué a su cuerpo. Una sensación indescriptible se extendió bajo mi piel. Electricidad. Un chispazo. Una sacudida. Sus dedos se clavaron en mi cuerpo y temblé. Los dos lo hicimos. Nunca me habían besado de ese modo, con ese sentimiento tan oscuro y cálido a la vez. Tan intenso. Tan nuevo y diferente.

Se apretó más contra mí y yo le mordí con suavidad.

Nos buscamos una y otra vez, despacio. Y también impacientes. Con una dulzura salvaje, hasta notar los labios entumecidos, la piel ardiendo y el corazón latiendo tan deprisa que dudaba de que pudiera aguantar un minuto más.

A nuestro alrededor, la nieve seguía cayendo.

# 19
# Erin

*12 de mayo*

Hoy papá me ha pegado y aún no entiendo por qué. No he hecho nada malo.

Esta mañana, mamá me ha pedido que vaya a casa de la señora Bourne, la costurera, a recoger unas prendas que le está arreglando. Cuando he llegado, a la mujer todavía le faltaba por coser el bajo de una falda y una cremallera, y no he tenido más remedio que esperar. Desde que la hija de la señora Bourne empezó a trabajar en el supermercado, es ella la que se ocupa de cuidar a su bebé y apenas tiene tiempo de cumplir con todos los encargos.

Mientras aguardaba a que terminara el trabajo, ha comenzado a llover. Tan fuerte que no era posible salir, ni siquiera con un paraguas. Al cabo de una hora, aún diluviaba y no parecía que fuese a parar. Como se hacía tarde, la señora Bourne le ha pedido a su hijo mayor, Henry, que me llevara a casa en coche.

Henry es un buen chico, aunque muy tímido y reservado, y no me ha dirigido la palabra en todo el trayecto hasta que hemos llegado y se ha despedido con un simple y breve «adiós».

*Al bajar del coche, he visto a papá en el porche. Ha venido hacia mí bajo la lluvia y sin mediar palabra me ha dado una bofetada, tan fuerte que me he caído al suelo como un saco de patatas. Luego me ha llamado fulana y ha entrado en casa.*

*Durante unos minutos no he podido moverme. No entendía nada.*

*Después mamá ha salido a buscarme y me ha llevado a mi habitación.*

*Mientras me sacaba ropa seca del armario, me ha dicho que estaban muy decepcionados conmigo, que una chica decente no se sube al coche de un hombre y mucho menos deja que la vean paseando con él.*

*Ahora teme que la gente que haya podido vernos piense que soy una descarada a la que no le importa su virtud, y me ha dado una charla sobre lo importante que es para una mujer mantener una imagen decorosa y cuidar de la reputación de su familia. También me ha dicho que, si vuelvo a hacer algo parecido y un chico se propasa conmigo, me lo habré buscado y solo será culpa mía, porque prácticamente los estoy invitando.*

*Intento entenderlo, ver lo que ellos ven, pero no encuentro esa oscuridad en mí y en el mundo que tanto temen.*

*Mañana deberé ir a la iglesia y confesarle mi pecado al pastor Simons.*

*Por el amor de Dios, ¿qué pecado esperan que confiese?*

*No he hecho nada de lo que me avergüence o deba pedir perdón.*

*Bueno, sí hay una cosa.*

*Odio a papá por pegarme.*

## 24 de junio

*Querido diario:*

*Ya es una realidad y no hay vuelta atrás. En agosto me mudaré a Burlington y estudiaré en la Facultad de Enfermería. Si todo va bien, tardaré tres años en conseguir la licenciatura y por fin seré libre.*

*De verdad, no sé cómo voy a hacerlo. ¡Si me mareo con solo ver una aguja! Pero es lo que mis padres quieren y nunca lograré que cambien de opinión. Ojalá pudiera cerrar los ojos y volver a ser pequeña, volver a sentirme segura como entonces, cuando papá aún me daba abrazos y mamá me miraba como si fuese su sol.*

*Esta tarde he podido escaparme al pueblo y pasar un rato con Tessa. Hemos ido a esa cafetería nueva, que han abierto frente al museo histórico, y nos hemos atiborrado de tarta. En menos de un mes, mi mejor amiga se marchará de Hasting y no sé cuándo volveré a verla. La han admitido en la Universidad Cornell, en el estado de Nueva York. Demasiado lejos de Burlington.*

*Sé que voy a echarla mucho de menos.*

*También a Meg, Martin y su pequeña Willow.*

*Intento ser objetiva y ver el lado positivo de las cosas. Así que estoy haciendo listas en las que enumero los motivos por los que ir a la universidad es bueno para mí.*

*En primer lugar, podré dejar esta casa.*

*En segundo lugar, no tendré que sufrir la presión constante de mis padres.*

*En tercer lugar, aunque deberé vivir en una residencia católica para chicas y cumplir sus horarios, no tendré que pedir permiso para salir en mi tiempo libre. Podré hacer lo que quiera y vestir como quiera. Conoceré a gente nueva y haré amigos.*

*Sí, creo que va a ser genial.*

# 20
# Hunter

Hay personas que caminan por la vida como si un foco las iluminara en medio de un escenario a oscuras. Destacan y brillan tanto que no puedes apartar la mirada de ellas. Willow era una de esas personas. Una llama fulgurante. Y yo, una polilla sin miedo a arder.

Terminé de subir la cremallera de mi abrigo y me froté las orejas para asegurarme de que no se me habían congelado. Me hice a un lado cuando el tipo que limpiaba la entrada del taller mecánico con una quitanieves eléctrica realizó otra pasada. El ruido infernal de esas cosas sonaba por todo el pueblo. Tras la copiosa nevada, que había durado toda la noche, Hasting había amanecido cubierto por un grueso manto blanco que se extendía hasta donde alcanzaba la vista y los vecinos se afanaban como un ejército perfectamente organizado para limpiar las calles y las aceras.

Impaciente, lancé otra mirada al interior del taller. Esa misma mañana, había recibido un mensaje de mi compañía de seguros aprobando la reparación del coche de Willow y un vehículo de sustitución.

—¿Y cuánto cree que tardará? —le preguntó Willow al mecánico que la había recibido al llegar.

Giró la cabeza y me pilló observándola. Reprimió una sonrisa, sin apartar los ojos de mí.

Inspiré hondo y me mordí el labio. ¿Puede obsesionarte un rostro? Puede. Yo estaba obsesionado con el suyo. Tan bonito y perfecto.

—La pintura estará aquí en un par de días. Después, la reparación no creo que nos lleve más de una semana. Te llamaré cuando esté listo.

—Eso es estupendo. Gracias, señor Barns.

—De nada, Willow. Saluda a tu abuela de mi parte.

—Lo haré. Que tenga un buen día.

Willow me dirigió una mirada divertida y me perdí unos segundos en ella mientras contenía el aliento. Desde que la había besado el día anterior, tras la declaración más cutre de la historia, no lograba respirar con normalidad.

—¿Todo bien? —le pregunté.

—Sí. Ahora solo tenemos que recoger el coche de sustitución.

—No abren hasta las tres —le recordé.

—Entonces, ¿qué tal si vamos a comer algo? Conozco un sitio con una cocina buenísima.

Asentí y hundí las manos un poco más en los bolsillos.

Muy cerca el uno del otro, caminamos hasta la calle principal. No me cansaba de contemplar la nieve amontonada sobre los tejados de los edificios, las aceras, las farolas, los árboles y todo cuanto abarcaba mi vista. En el horizonte, las cimas de las montañas se fundían con el cielo cubierto de nubes y apenas se podía distinguir dónde comenzaban unas y terminaban las otras.

Pequeños copos empezaron a caer en silencio y alcé el rostro para sentirlos en la cara. Descubrí a Willow observándome con una sonrisa. Bajé la vista a su boca y contuve el aliento. Dejándome llevar por las ganas, me incliné con intención de besarla. Willow se horrorizó cuando me vio sobre ella y me apartó de un empujón.

—No puedes hacer eso aquí —me susurró con la cara roja.

—¿Por qué, te da vergüenza? —me burlé con una risita.

Ella comenzó a hacer cosas raras con los ojos y a mover la cabeza como si señalara algo.

—¿Ves a esa mujer de ahí? La que lleva el gorro azul.

—Sí —respondí cuando la localicé frente al escaparate de la zapatería.

—Es Candy Sue. Si nos ve besarnos, mañana lo sabrá todo el pueblo.

—¿Y qué?

—Pues que lo sabrán.

—¿Y? —insistí.

No entendía el problema. Éramos dos personas adultas, completamente libres para hacer lo que nos diera la gana.

Willow curvó los labios con una sonrisa forzada y siniestra que me recordó al payaso de *It*. Me dio mal rollo.

—Todo el mundo nos mirará de este modo, como diciendo «lo sabemos». Y luego empezarán a suponer, se harán preguntas, se inventarán las respuestas y, dentro de una semana, *Cumbres Borrascosas* será una novelucha sin trama comparada con la historia que habrán creado sobre nosotros. ¿Es eso lo que quieres?

Parpadeé sorprendido por el desarrollo y resolución de su respuesta.

—No —respondí. Aunque lo cierto era que me daba igual.

—Bien —convino mientras me señalaba con el dedo—. Nada de besos.

—¿Y puedo abrazarte?

—No.

—¿Y tomarte de la mano?

Me fulminó con la mirada.

—No.

Me entró la risa y la seguí a un par de pasos de distancia. Suspiré observándola, hasta que se detuvo frente a la puerta de Sadie's. Todo mi cuerpo se tensó como la cuerda de una guitarra que están afinando.

Retrocedí como si tiraran de mí. Willow me miró con cautela y enseguida comprendí que me había llevado allí a propósito.

—Busquemos otro sitio —le pedí.

—¿Por qué?

—Ya sabes por qué.

—Pero me has contado que la cena en su casa fue amistosa.

Hice una mueca.

—Civilizada. Fue civilizada. Nadie salió herido, ¿entiendes?

Willow exhaló un suspiro.

—Jamie es tu hermano, y creo que ambos sois afortunados de teneros. Si yo fuese tú, trataría de arreglar este asunto.

Noté una punzada en el corazón. La idea de tener un hermano me confundía, me hacía sentir raro. Era muy consciente del lazo tan profundo que nos unía, del tirón que notaba cuando nuestras miradas se cruzaban, pero no tenía ni idea de cómo atravesar la barrera que nos separaba.

—Es más fácil decirlo que hacerlo —repliqué. Willow me dedicó una sonrisa. Luego sacó la mano del bolsillo y me la ofreció con la palma hacia arriba. Una clara invitación, que disparó los latidos de mi corazón. Sonreí—. ¿Ya no te preocupa el *remake* de *Cumbres Borrascosas*?

Willow se encogió de hombros.

—Hablarán de todos modos, y siempre he querido saber

qué se siente al ser la protagonista. —Arrugó la nariz y contuvo una sonrisa—. Vamos, prometo no soltarte.

Le sostuve la mirada con el corazón en la garganta. El deseo de huir se abría paso en mi pecho, y estaba tan cansado de optar siempre por lo fácil. Me armé de valor y puse mi mano sobre la suya. Ella la apretó con fuerza y después empujó la puerta de Sadie's.

El olor de la comida me golpeó en el rostro y mi estómago protestó hambriento, mientras seguía a Willow hasta una de las mesas. Era la hora del almuerzo y había bastante gente. Las voces y el sonido de los cubiertos bajaron de repente algunos decibelios y noté que nos observaban.

Nos sentamos cerca de la barra.

Willow me pasó un menú plastificado. Le eché un vistazo y vi varias opciones apetitosas.

—¿Qué me aconsejas? —pregunté.

—La sopa cremosa de almejas es muy buena y el pescado con patatas está delicioso. A mí me encanta el sándwich de ensalada de huevo —respondió.

—Todo suena muy bien, pide lo que quieras.

—¿Qué vais a tomar?

Alcé los ojos y mi mirada se cruzó con la de Jamie. El estómago me dio un vuelco.

—Hola, Jamie, ¿qué tal estás? —le preguntó Willow.

—Bien, aunque bastante liado ahora. Virginie ha tenido que irse a casa y me falta una camarera. ¿Sabéis ya qué vais a tomar?

Willow me dio una patadita por debajo de la mesa para que dijera algo, pero no fui capaz de abrir la boca.

—Tomaremos una ensalada de col rizada para compartir, sopa de almejas y... ¿qué nos recomiendas?

—El tartar está muy bueno y los tacos de camarones son nuevos en el menú y parece que gustan.

—¿Tú que dices, Hunter?

—Los tacos suenan bien —contesté en voz baja.

—¿Los quieres con salsa? Lleva nata agria y mostaza. La hago yo mismo, es una receta familiar —comentó Jamie.

Me obligué a responder.

—Con salsa.

Él asintió mientras lo anotaba todo en un bloc.

—¿De beber?

—Agua, por favor.

Jamie terminó de apuntar la comanda y regresó a la barra.

Miré a mi alrededor y varias cabezas se giraron rápidamente de vuelta a sus platos. Entendía que mi presencia y los rumores que habían surgido llamaran la atención en un pueblo tan pequeño; y haber aparecido con Willow no me ayudaba precisamente a pasar desapercibido. Sin embargo, ninguna de esas cosas me hacía menos incómodo ser el centro de atención.

—¿Qué tal está tu padre? —le pregunté a Willow para entablar conversación.

—Imagino que bien, no he tenido tiempo de hablar con él desde ayer.

—Es un buen tipo.

—Sí que lo es —convino con una sonrisa.

La puerta del restaurante se abrió y entraron dos chicos haciendo mucho ruido. No sé por qué, pero me dieron mala espina y los seguí con la mirada hasta que ocuparon una mesa.

—Me ha invitado a ver su taller y las obras en las que está trabajando —comenté, de nuevo pendiente de nuestra charla.

—¡¿En serio?!

—Sí, hasta me dio una tarjeta con su dirección y teléfono. —Willow abrió mucho los ojos e hizo un ruidito con la garganta—. ¿Por qué pareces tan sorprendida?

—Mi padre no suele invitar a nadie a casa. Es como su santuario, al que solo tienen acceso muy pocas personas. Me sorprende, solo eso. Significa que le caes bien.

Parpadeé, dudando entre ofenderme o reírme. Se me escapó una breve carcajada.

—¿Te sorprende que le caiga bien? Porque yo me considero bastante majo.

Willow sonrió.

—Mi padre es autista, Hunter, y su forma de ser es un tanto peculiar.

—Lo sé, aunque no me di cuenta al principio.

—La gente suele ponerse rara con él, cuando notan que es diferente. Así que te estoy agradecida por haberlo tratado tan bien.

—Bueno, prefiero a la gente peculiar y diferente. Hacen que yo también me sienta menos raro —dije como si nada.

La camarera apareció con nuestros platos y los dejó sobre la mesa.

Un estruendo llamó mi atención. Giré la cabeza y vi que los dos tipos que habían entrado minutos antes se reían tras haber tirado un vaso al suelo. La camarera resopló y le pidió a la mujer que servía las bebidas en la barra que fuese a buscar algo para limpiarlo.

Los vigilé con disimulo. Ya había tropezado con gente así antes. Durante los años que pasé en el instituto y en la universidad, los encontrabas al doblar cualquier esquina. Idiotas que necesitan llamar la atención para sentirse importantes y llenar de ese modo el interior hostil y vacío de sus vidas, metiendo el dedo en las heridas de los demás. Creando otras nuevas, que disfrazan de bromas y tonterías.

—¿Quiénes son? —le pregunté a Willow.

Ella dejó escapar un suspiro de resignación.

—Son los gemelos Fernsby. Su familia tiene una granja a las afueras. Son algo fanfarrones y no muy listos, pero no pensaba que llegarían tan lejos.

Otro vaso cayó al suelo y se hizo añicos, y las risas de

265

esos dos se alzaron por encima del ruido. No fue un accidente, sino algo premeditado. Me removí en la silla, incómodo.

—¿Qué quieres decir con llegar tan lejos?

—No han venido a comer, sino a provocar a Jamie —dijo en voz baja. Noté un pellizco en el estómago y busqué a mi hermano con la mirada. Lo vi revisando las notas de las comandas en la barra, de espaldas al comedor. Willow continuó—: Leah, la hermana pequeña de esos dos, era la novia de Jamie. Empezaron a salir cuando ambos estaban en el instituto y se comprometieron la Navidad pasada. Tenían previsto casarse este otoño, pero hace unos meses Jamie rompió el compromiso. Los Fernsby no están muy contentos con él y se dedican a molestarlo.

Fruncí el ceño y apoyé los codos en la mesa. Lancé otra ojeada a los gemelos. Cuchicheaban algo con las cabezas muy juntas. Uno de ellos echó un vistazo a la barra y entornó los ojos con malicia. Al otro lado del comedor, Jamie tomaba los platos que la cocinera acababa de dejar sobre el mostrador. Eran para ellos y supe lo que iba a pasar. Por mi vida habían pasado muchos «Fernsby» y aprendí por las malas a pararles los pies. En mi cuerpo guardaba recuerdos que lo demostraban, como la cicatriz que tenía sobre la ceja o la vieja fractura de mi nariz.

Algo instintivo me hizo levantarme de la silla.

Me acerqué a Jamie y le quité los platos.

—Yo llevaré eso.

Me miró confundido.

—¿Por qué? Es mi trabajo.

—Sigue haciendo tu trabajo, pero yo serviré «esa» mesa.

La expresión de Jamie cambió de golpe. Apretó los labios y un tic contrajo su mandíbula.

—Te lo ha contado Willow —masculló. Yo arqueé una ceja a modo de respuesta—. No necesito tu ayuda, puedo manejarlo.

—No he dicho que la necesites.

Di media vuelta y crucé el comedor. Dejé los platos sobre la mesa con fuerza y apoyé las manos en la madera. Los gemelos levantaron la vista, sobresaltados, y me miraron con malas pulgas.

—Oye, tú... —empezó a decir uno de ellos.

—Cierra el pico —gruñí mientras pegaba mi cara a la suya—. Conozco a los tipos como vosotros, os gusta hacer ruido y provocar sin pensar en las consecuencias. Os creéis con el derecho a hacer lo que os dé la gana, y me parece bien. Es vuestro problema. Pero si volvéis a entrar por esa puerta o a molestar a Jamie, romperé algo más que un vaso en vuestras cabezas. ¿Queda claro?

—¿Y a ti qué te importa ese tío? —saltó el otro sin mucha confianza. No eran más que dos idiotas sin mucho cerebro, acostumbrados a salirse con la suya porque nadie les plantaba cara.

—Es mi hermano —respondí, y a mí mismo me sorprendió la facilidad con la que salieron esas palabras. Las emociones que las envolvían como papel de burbujas.

—Lambert no tiene hermanos.

—Ahora sí —repliqué en tono amenazante—. Así que no le hagas nada que no quieras que yo le haga al tuyo. —Me enderecé y fingí una sonrisa amable—. Comeos eso y largaos. Yo pago la cuenta.

El más alto se puso en pie de golpe y el chirrido de su silla sonó de forma muy aguda sobre el suelo de linóleo. Abrió la boca como si fuese a decir algo, pero la cerró cuando lo taladré con la mirada. A continuación, le hizo un gesto a su gemelo y ambos se dirigieron a la salida sin decir nada.

# 21
# Willow

Había algo cómico en la escena que se desarrollaba frente a mí que me hacía sonreír. O quizá fuesen los efectos del subidón de adrenalina que aún circulaba por mi cuerpo, tras haber creído que Hunter llegaría a las manos con los gemelos Fernsby y Jamie intervendría con el bate de béisbol, que normalmente guardaba tras la barra y de golpe había aparecido en su mano.

Ahora, ambos se retaban con las miradas, menos distantes y frías.

Algo había cambiado entre los hermanos y podía notarlo. Sin embargo, ellos parecían empeñados en comportarse como niños testarudos, incapaces de dar su brazo a torcer y ceder frente al otro. Su primer encuentro había alzado una muralla que les estaba costando sobrepasar.

Jamie plantó sobre la barra la cuenta de la comida y Hunter pagó en efectivo; después hizo el ademán de marcharse. Le di una patadita de forma disimulada y él me miró. Inspiró hondo y puso los ojos en blanco.

—Gracias y adiós —dijo sin más, y a mí me entraron ganas de sacudirlo.

—Te he descontado la bebida y el postre, así que estamos en paz.

—No tenías que hacerlo.

—Tú tampoco, y me has hecho parecer alguien que se esconde —replicó Jamie entre dientes.

—Ignorarlos nunca funciona.

—Ni buscar pelea con el restaurante lleno de clientes.

—¡No era yo el que buscaba pelea! —exclamó Hunter ofendido.

—Gracias por nada.

—Tranquilo, no volveré a preocuparme la próxima vez que alguien se meta contigo.

—¿Preocuparte tú? —repuso Jamie en un tonito burlón, y yo empecé a tener serias dudas sobre cuál de los dos era más tonto.

Resoplé, molesta y aburrida.

—¡Por el amor de Dios, parecéis niños! —estallé—. ¿Pretendéis recuperar el tiempo perdido peleando como si tuvierais diez años? Vuestra madre se avergonzaría si viera tanto orgullo y obstinación. ¡Yo me avergüenzo!

Me di la vuelta y los dejé allí plantados.

Una vez en la calle, me dirigí a la oficina de vehículos de alquiler, con la que el seguro de Hunter había contactado para proporcionarme un coche mientras reparaban el mío. Caminaba disgustada. No entendía por qué Hunter y Jamie continuaban bloqueados en ese primer encuentro, por qué fingían una indiferencia que los hechos contradecían.

Estaba a punto de cruzar la calle cuando Hunter apareció a mi lado y me detuvo con su mano en mi muñeca.

—¿A qué ha venido eso? —me preguntó.

Hice una mueca con la que pretendía dejar claro que su actitud inocente me molestaba. Él se frotó el mentón.

—Lo intento —se justificó.

—No es verdad.

Lanzó un suspiro.

—Es que él tampoco colabora.

—Hunter, uno de los dos tiene que asumir el papel de adulto y él acaba de perder a su madre. Bueno, no quiero decir que tú no la hayas perdido, es solo que...

—Comprendo lo que quieres decir.

—Conozco a Jamie y, aunque él no lo demuestre, se muere por acercarse a ti.

—No entiendo por qué —susurró sombrío, como si de verdad creyera que ese deseo no merecía la pena.

Vi un sinfín de pensamientos revoloteando tras sus ojos y tuve la necesidad de ahondar en ellos. De descubrir quién era él realmente, porque lo cierto es que no tenía la menor idea. Veía la superficie, pero mi instinto me decía que había muchas más capas debajo.

Logré contener la impaciencia por saber y alcé la barbilla hacia él. Le brillaron los ojos cuando le sonreí y las comisuras de sus labios se elevaron con un gesto travieso. Sentí el deseo doloroso de besarlo, y lo habría hecho si una mujer no me hubiera prácticamente arrollado con un carrito, en el que dormía un bebé.

—¡Hola! ¡Qué coincidencia volver a encontrarnos! —le dijo a Hunter. Él frunció el ceño, confundido—. ¡Oh, por supuesto, ha pasado tanto tiempo! Nos vimos en Halloween, ¿recuerdas? Mis hijos trataron de atracarte en plena calle.

La expresión de Hunter se animó con un recuerdo y asintió un par de veces.

—Claro, «Wanda» y «Jack», ¡cómo olvidarlos!

—Me emociona tanto volver a verte. Sabía que te conocía, ¡lo sabía! ¡Eres Hunter Scott! No imaginas lo mucho que te admiro, desde que te vi por primera vez en los Premios de la Academia de la Música Country hace cuatro años. No sé por qué esa noche me costó reconocerte. ¡Dios mío, es que no me lo creo! ¡Hunter Scott! —repitió entusiasmada. Yo la observaba con la boca abierta, sin comprender una sola palabra, en tanto que intentaba recordar quién era. Ella prosiguió—: Por cierto, siento mucho que Lissie Bell y tú os hayáis separado después de tanto tiempo. Hacíais una pareja increíble, y cuando salió la noticia no daba crédito. Además, la prensa ha publicado tantas cosas escalofriantes. Han dicho que estás en una clínica de rehabilitación para recuperarte de tu adicción al alcohol. Luego han asegurado que te habían ingresado en un centro para tratar una depresión profunda. Sin embargo, ninguna es cierta, porque aquí estás, ¿verdad? Y todos en Hasting sabemos el porqué. Aunque no debes preocuparte lo más mínimo. Nadie de este pueblo dirá que estás aquí ni hablará con la prensa. Todos apreciábamos mucho a Erin y cuidaremos de ti tanto como ella lo habría hecho. —Se llevó una mano al pecho con dramatismo y suspiró afectada—. Fue mi profesora de piano y me habría gustado tanto que también enseñara a mis hijos. ¡Así de injusta es la vida!

Parpadeé mientras trataba de registrar en mi cerebro el discurso que acababa de soltar casi sin respirar. ¿Quién era Hunter para que esa mujer reaccionara como si acabara de tropezarse con Taylor Swift? ¿Y quién era Lissie Bell?

Observé a Hunter como si esa fuese la primera vez que lo veía. Un desconocido.

—Te lo agradezco —dijo Hunter, visiblemente incómodo.

—Lamento tu pérdida.

—Gracias.

De repente, ella soltó una risita, azorada.

—Oh, qué tonta, ni siquiera me he presentado como es debido. Me llamo Mary Kate Miller —dijo mientras extendía su mano. Hunter se la estrechó de un modo fugaz—. Jake, mi esposo, es el fiscal de distrito y ambos estamos encantados de que te hayas convertido en un miembro más de nuestra querida comunidad. Ten por seguro que velaremos por tu privacidad.

Giró su cabeza hacia mí, sorprendida. Frunció el ceño, como si mi presencia allí no tuviera ningún sentido.

—¡Vaya, disculpa, no pretendía ignorarte! Willow, ¿verdad? Hacía mucho que no nos visitabas.

—Sí, bastante.

—Tu abuela hace una labor maravillosa en nuestra biblioteca.

—Le encanta su trabajo —convine.

Mary Kate me sonrió y asintió. El bebé se despertó en ese momento y comenzó a gimotear.

—Bueno, no os entretengo más. Disfrutad de este día tan bonito.

—Gracias —respondimos Hunter y yo al unísono.

—Aunque, antes de marcharme, ¿me firmarías un autógrafo? —le pidió a él con una tímida sonrisa.

—Por supuesto.

Después de que Hunter garabateara una dedicatoria, Mary Kate continuó su camino y nosotros nos dirigimos a la empresa de alquiler de coches. En la oficina firmé toda la documentación y me entregaron las llaves. Siguiendo las indicaciones de la mujer que nos había atendido al llegar, rodeamos el edificio y nos adentramos en un aparcamiento privado.

Tuve que comprobar dos veces que el precioso Honda Vezel que tenía frente a mí era el mío.

—No puedo usar este —le dije a Hunter.

—¿Por qué? —me preguntó confundido.

—Porque lloraré cuando tenga que devolverlo —gimoteé.

Hunter hizo un ruidito extraño. Lo miré y rompió a reír.

—¿Por qué te ríes? Hablo en serio, lloraré. Es tan bonito, y está tan nuevo. Podría vivir ahí dentro.

La risa de Hunter se transformó en carcajadas. Me molesté.

—Oye, que a ti te sobre la pasta no te da derecho a burlarte de los deseos de una simple mortal.

Frunció el ceño y muy despacio se inclinó hasta que sus ojos quedaron a la altura de los míos.

—Eso me ha ofendido. Para tu información, no estoy forrado.

—Ve con ese cuento a otra.

Su mirada descendió a mi boca. Tragó saliva y una pequeña sonrisa lobuna tiró de sus comisuras, un segundo antes de que sus labios atraparan los míos con un beso húmedo y profundo que detuvo mi corazón. Me mordió con suavidad y gemí bajito. Deslizó un brazo alrededor de mi cintura y me pegó a él, mientras con la otra mano me sostenía la nuca.

Pese a las capas de ropa, podía sentir la firmeza de su cuerpo.

El vaivén de sus músculos buscando un modo de que nuestras formas encajaran mejor.

Sus caricias. Su aroma. Me desarmaban, me debilitaban.

Sus labios se hicieron más duros y exigentes, y correspondí con el mismo apremio.

Y seguimos besándonos hasta que respirar se convirtió en una necesidad vital más fuerte que el deseo.

Hunter me abrazó contra su pecho y exhaló despacio. Abrí los párpados y vi el mundo desdibujado tras un velo blanco y frío. Volvía a nevar.

Nos sonreímos con complicidad mientras subíamos al coche. Puse el motor en marcha y conduje de regreso al lago. Sentado en el asiento del copiloto, Hunter miraba por la ventanilla y lo observé de reojo. Era todo lo opuesto a los chicos con los que había salido hasta el momento y que encajaban a la perfección en el cliché de hombre de traje, correcto y elegante. Carismático y dominante, aunque sin matices ni contrastes, pero que te hacían sentir segura. Cory era un buen ejemplo.

Hunter, por el contrario, era el estereotipo de chico malo y muy atractivo, al que le bastaba una mirada melancólica y una sonrisa torcida para aflojarte todos los huesos. El rebelde creativo y contradictorio que parecía pedirte a gritos que lo salvaras. Tierno a veces. Otras, salvaje y pasional. Impredecible e impulsivo.

La clase de hombre que siempre me había atraído.

La clase de hombre que siempre había evitado.

Hasta ahora.

Hunter se giró y me sonrió. Sentí un pellizquito en el corazón y un chispazo de calor en la tripa. Mi pulso acelerándose. Sensaciones conocidas, pero que en realidad no lo eran. Lo que me estremecía bajo la piel era completamente nuevo.

El teléfono de Hunter empezó a sonar. Le echó un vistazo y lo silenció. Poco después, su pantalla volvió a iluminarse al entrar otra llamada.

—Puede que sea importante —comenté.

Hunter negó con un gesto.

—Es Scarlett, me llama cada pocos días para asegurarse de que estoy bien.

—¿Tiene razones para preocuparse?

—Imagino que sí, para ella soy peor que un dolor de muelas.

—Dijiste que trabajáis juntos, ¿ella también es compositora? —me interesé.

—No, Scarlett es mi agente.

Mi curiosidad no dejaba de aumentar.

—¿Un compositor necesita agente? Pensaba que era una

figura más propia de actores, cantantes, escritores... No sé, deportistas.

—En mi caso, necesito a alguien que cuide de mis intereses y sepa negociar con las discográficas que quieren trabajar conmigo. Scarlett es la mejor.

—¿Hace mucho que os conocéis?

—Bastante. Yo acababa de entrar en la universidad y hacía muy poco que ella había montado la agencia. No sé qué vio en mí, pero lo arriesgó todo para convertirme en lo que hoy soy. Dudo de que pueda pagárselo algún día.

Me sorprendieron sus palabras, el afecto y la evidente gratitud que mostraba por esa mujer.

—Es muy importante para ti, ¿verdad?

—Es la primera persona que confió en mí. Nadie lo había hecho antes.

La nieve caía de forma más copiosa y me concentré en la carretera. Guardamos silencio durante el resto del trayecto. Un silencio relativo, ya que dentro de mi mente todo era ruido. Porque así es la curiosidad cuando empieza a obsesionarte: un canto de sirena que solo tú puedes oír y que nada apacigua, salvo las respuestas.

El atardecer, cada vez más oscuro, abría paso poco a poco a una noche demasiado temprana. Aparqué el coche y apagué el motor. Bajamos sin decir una palabra. De repente, mi actitud cambió. Una inquietud molesta me estrujaba la boca del estómago. No quería separarme aún de él. Sin embargo, no era capaz de abrir la boca y alargar un poco más el día con alguna excusa, aunque sonara estúpida. Hay costumbres que son difíciles de olvidar y esa era una. Desear, callar y esperar. Esperar a ser necesitada, para no convertirte en una molestia que exige demasiado.

Era un sentimiento horrible.

—¿Quieres entrar?

—¿Qué? —inquirí, tan sumida en mis pensamientos que no estaba segura de qué me había preguntado.

—Te preguntaba si quieres venir a casa conmigo, pero si tienes algo que hacer...

—¡No! ¡Para nada! Estoy completamente libre.

—Entonces, ¿te apetece un café?

Asentí con una sonrisa y no dudé en tomar su mano cuando me la ofreció.

Hunter abrió la puerta y se adelantó para encender una lámpara. Sin dejar de sonreír, nos quitamos los abrigos y las botas, húmedas por la nieve. Miré a mi alrededor con curiosidad. Había pocos muebles y todos eran muy antiguos. Apenas había elementos decorativos, salvo un par de cuadros y algunas piezas de cerámica y cristal. No vi fotografías ni libros, nada que recordara a un hogar.

Aun así, me sorprendió lo acogedora y cálida que era. Quizá fuese por el olor a madera y humo, o por los cojines y las mantas revueltas sobre el sofá y los sillones, y que parecían nuevos. Puede que fuese la sensación de desorden al ver sus cosas aquí y allá.

—Prepararé café, ponte cómoda.

—Vale.

Hunter desapareció en la cocina. Mientras, yo seguí curioseando. Sobre la mesa vi varios cuadernos, todos iguales, pero de distintos colores. También había algunas revistas, como *Rolling Stone* y otra llamada *Bluegrass*. Me fijé en un par de guitarras apoyadas en la pared. Eran muy bonitas y me incliné para verlas más de cerca.

Poco después, dejé de dar vueltas y me senté en el sofá, incapaz de encontrar una postura cómoda. No entendía por qué estaba tan nerviosa. Ni ese nudo de anticipación que me cerraba el estómago. Saqué mi teléfono del bolsillo y le eché un vistazo. No tenía ni mensajes ni llamadas, y tampoco me sorprendía. Mi vida social era nula y hacía tiempo que había perdido el contacto con las pocas personas a las que en algún momento había considerado mis amigas. Es lo que ocurre cuando dedicas tu vida entera al trabajo y además cometes el error de convertir a tu novio en el eje central sobre el que gira tu mundo.

Pulsé el icono del navegador y se abrió la página.

Tardé tres segundos en teclear su nombre. Decenas de enlaces surgieron en un instante: resúmenes biográficos, canciones, eventos, premios, vídeos, fotografías. En cada página que abría, hallaba un poco más de información con la que iba rellenando huecos. Pinché en la pestaña de imágenes y me atraganté con mi propia respiración. ¿Cómo era posible que conociera a toda esa gente famosa? ¿Esa era Ariana? Lo era.

Deslicé los dedos por la pantalla y vi más fotografías. Sabía que no era buena idea, pero no pude evitar detenerme en las que estaba con Lissie Bell. Esa chica era increíblemente guapa y juntos rozaban la perfección. Me pregunté por qué habrían roto. Leí por encima un breve artículo sobre el tema. La separación era tan reciente que en mi mente asomaron algunos pensamientos intrusivos que hablaban de despecho. Sin embargo, los supuestos motivos no encajaban con la personalidad que yo conocía de Hunter.

—No creas nada de lo que dicen.

Me asusté tanto que se me escurrió el teléfono y golpeó el suelo. Me giré y vi a Hunter tras el sofá, con una taza de café en cada mano. Sonreía divertido. Se sentó a mi lado y me ofreció una de las tazas. Luego recogió mi teléfono y lo colocó sobre la mesita.

—Lo siento —dije con la cara ardiendo.

—No te disculpes, es normal que sientas curiosidad.

—¿Por qué no me has contado nada de esto?

—Te conté a qué me dedicaba.

—¡Qué va! —exclamé estupefacta—. Te faltó un montón de información. —Bebí un sorbo de café caliente. Él no apartaba sus ojos de mí—. ¿De verdad todas esas canciones son tuyas, las has escrito tú? —le pregunté.

—Sí.

—No sé por qué, pero pensaba que todos esos artistas componían sus propios temas. De hecho, estaba segura de que Dan Bishop había escrito *Without You* tras divorciarse de su esposa.

—Pues no, esa canción habla sobre perderse a uno mismo y ni siquiera recuerdo qué tenía en la cabeza cuando se me ocurrió. —Se llevó la taza a los labios y bebió un sorbo. Luego añadió—: Hay artistas que escriben todos sus temas; otros, solo algunos; y hay quienes dependen por completo de gente como yo.

—No puedo creer que *Tears Fall* también sea tuya. Me encanta esa canción.

—Y a mí.

Sonreí y él hizo lo mismo.

—¿Conoces a Colton Moore? Es mi cantante favorito.

—Sí, somos colegas.

—¡Cómo te envidio! ¿Y has trabajado con Keith Urban? Me moriré si dices que sí.

Hunter se echó a reír y negó con un gesto.

—Iba a hacerlo. Quería hacerlo —apuntó con más énfasis—, pero las cosas se complicaron mucho.

—¿Qué pasó?

Me miró de una forma penetrante, como si estuviera tratando de tomar una decisión importante.

—El silencio —respondió, y sonó tan trágico que el corazón me dio un vuelco. Dejó la taza en la mesa y se recostó en el sofá—. Llevo un año sin poder componer nada, estoy bloqueado. Atrapado en un lugar del que no soy capaz de salir. Y para alguien que siempre ha dudado de su talento y no deja de preguntarse si es lo bastante bueno, este silencio es un infierno.

No pude ignorar la conexión temporal que parecía haber entre ese «silencio» del que hablaba y los sucesos que habían sacudido su vida como un terremoto de gran magnitud.

—¿Un año? Ese es el tiempo que ha pasado desde...

Respiró hondó y asintió.

—Todo empezó con Erin y espero que se solucione con ella. La verdadera razón por la que vine aquí es encontrar de nuevo mi inspiración y recuperar mi música. Es lo único que tengo, Willow. Lo único que... soy.

Dejé la taza en la mesita y me giré hacia él. Cerró los párpados cuando enredé mis dedos entre su pelo.

—Eres muchas más cosas, Hunter.

—Es posible, no lo sé —susurró impaciente—. Yo solo quiero volver a escribir canciones, porque son todo lo que no me atrevo a expresar de otro modo. Es imposible vivir sin una válvula de escape, la presión te aplasta.

Escucharlo hablar así me hizo querer abrazarlo y no soltarlo nunca. Protegerlo de cualquier daño, como si fuese de cristal. Hunter abrió los ojos y se giró hacia mí. Estábamos tan cerca que podía verme reflejada en sus pupilas dilatadas. Notar el sabor del café en su aliento.

—No sé por qué te he contado todo esto —dijo muy bajito.

—Me alegro de que lo hayas hecho.

Se acomodó un poco más cerca y mi respiración se convirtió en un movimiento superficial e insuficiente. Me acarició la mejilla con el dorso de la mano y después la enmarcó con un gesto tierno. La manera en la que me sonrió me hizo cosquillas en la tripa. Su otra mano resbaló bajo mi jersey y me acarició la cintura con las yemas de los dedos. Un roce áspero, pero sutil, que me hizo contener el aliento.

—Yo me alegro de que nuestros caminos se cruzaran —dijo con voz ronca.

—Más bien fue un choque accidentado.

Reprimió una sonrisa y sus ojos brillaron mientras acercaba sus labios a los míos. Se detuvo un segundo. Un instante lleno de electricidad, y su boca se posó sobre la mía. Sus brazos me estrecharon con fuerza y me elevaron hasta su regazo. El pulso se me aceleró. Mis rodillas se hundieron en el sofá a ambos lados de sus piernas y dejé de respirar. Me perdí en ese beso, me entregué totalmente. Le rodeé el cuello con los brazos y me apreté tanto contra él que cada centímetro de mi cuerpo estaba en contacto con el suyo.

Temblé cuando me abrió los labios con una ligera presión. Y creí que me disolvía poco a poco mientras nuestras lenguas se enredaban. Se buscaban y se encontraban con urgencia.

No sé cómo lo hicimos, pero la ropa fue desapareciendo de nuestros cuerpos y acabamos tumbados en el sofá. Hunter me contempló desde arriba. Estudió mi rostro como si fuese lo más fascinante que hubiera visto nunca, y la intensidad de esa mirada me hizo sentir segura. Desinhibida. Sin miedo a mi desnudez.

Deslicé las manos por su estómago, el pecho, los hombros, y luego bajé por su espalda hasta las caderas. Las empujé contra mí. Una presión suave que le arrancó un jadeo ronco.

Nos besamos una y otra vez mientras nuestros cuerpos buscaban el modo de encajar.

—Willow... —murmuró sobre mis labios—, no tengo condones.

—¿Qué?

—No tengo condones.

Su boca dibujó un camino por mi cuello. Me obligué a pensar.

—¿Lo dices en serio?

—Ha pasado mucho tiempo desde la última vez que los necesité y no entraba en mis planes estar con nadie.

—Yo... yo tampoco tengo.

Hunter apoyó la frente en mi pecho y sonrió. Su aliento contra la tela de mi sujetador provocó un latido mucho más profundo entre mis piernas.

—No puede estar pasando —susurró.

Alzó la cabeza con la respiración entrecortada y las pupilas tan dilatadas que el verde de sus ojos casi había desaparecido. Acaricié con las puntas de los dedos el arco de su mandíbula y llegué hasta su boca. Tracé su contorno y Hunter gimió al tiempo que sus labios presionaban mi mano.

Tragué saliva.

—Podemos hacer otras cosas —le sugerí sin apenas voz.

Una sonrisa traviesa se dibujó en sus labios.

—Podemos.

Me sujetó la barbilla con los dedos y la sostuvo un instante antes de besarme.

Entonces, la breve calma dio paso a una intensa necesidad. Sus dedos recorrieron mi piel erizada y me acariciaron despacio la clavícula, los pechos y el estómago. Jadeé cuando su mano resbaló por mi ombligo y bajó todavía más hasta perderse entre mis piernas. Se me escapó un gemido ahogado que él atrapó en su boca. Sus labios resbalaron por mi garganta, dibujando el mismo camino que habían trazado sus dedos. Un lento descenso sembrado de besos y caricias que sentía multiplicarse en cada terminación nerviosa.

Me derretía bajo su cuerpo. Me ahogaba en ese beso húmedo que hacía temblar mis muslos. En su lengua llevándome al límite, para regresar de nuevo a mis labios. Y sin dejar de besarnos, lo toqué como él hacía conmigo, guiándome por su respiración cada vez más agitada. Por los gemidos que escapaban de su garganta.

Y así, piel con piel, nos miramos.

Nos sentimos.

Nos dejamos ir.

# 22
# Hunter

Estudié el ancho de la puerta y después el tamaño del abeto que Meg había comprado en el mercadillo navideño. Incliné la cabeza hacia un lado, y luego al otro. Negué con vehemencia y resoplé. No era una cuestión de perspectiva, ni de cómo orientarlo. No importaba como lo mirase, ese árbol no cabía por la puerta.

—¿Qué opinas? —me preguntó Willow mientras daba saltitos en el porche para entrar en calor.

Parecía un gnomo, vestida con un abrigo grueso de borreguito y un gorro de lana con orejeras y una borla enorme. A su lado, Nuk llevaba otro gorrito con una bufanda a juego. Traté de reprimir la risa. Me esforcé mucho, pero me fue imposible.

Rompí a reír mientras me agachaba para levantar el abeto.

—¿Os han contratado para la tercera parte de *Frozen*?

De pronto, algo me golpeó la nuca. Me di la vuelta y una nueva bola de nieve aterrizó en mi frente.

—Eres idiota —masculló Willow al tiempo que preparaba otro proyectil.

Ya nada pudo frenarme y estallé en carcajadas.

—Por favor, déjame que os tome una foto.

—Inténtalo y será lo último que hagas. —Me lanzó otra bola, que logré esquivar.

En ese momento, Meg apareció en la puerta con una caja enorme repleta de adornos navideños.

—¿Por qué sigue este abeto en el porche?

Willow me acusó con el dedo sin ningún remordimiento. Tras varias pruebas, pudimos meter el árbol en el salón.

Aún faltaban un par de semanas hasta Navidad, pero Willow me explicó que a su abuela le gustaba decorar la casa con mucha antelación. Para ella era una época especial. Diciembre lo era porque estaba lleno de fechas significativas.

Tras cuatro horas de intenso trabajo, por fin coloqué sobre la chimenea la última guirnalda de luces. Miré a mi alrededor, orgulloso del resultado.

—Ha quedado precioso, Hunter. Gracias por ayudarnos, a Paul le encantará —dijo Meg mientras se secaba los ojos con un pañuelo.

A continuación, sacó su teléfono del bolsillo y tomó varias fotografías del salón. Después salió de la habitación sin decir nada más.

—Paul es tu abuelo, ¿no? —le pregunté a Willow.

—¿Te he hablado de él?

—Tu padre lo mencionó en Acción de Gracias.

—Sí, es mi abuelo. Tiene alzhéimer y, desde hace unos años, está en una residencia en Hartford, Connecticut, especializada en este tipo de enfermedades. Mi abuela va todos los meses a verlo, pero la visita de diciembre es un poco más especial porque coincide con su aniversario de boda. A lo largo del año, ella hace fotografías de la familia, sus amigos, el pueblo y todas las cosas que a él le gustaban, y se las regala en un álbum. Sabe que es muy difícil que él recuerde algo, pero a veces ocurre y durante unos segundos reconoce un rostro, un lugar, un nombre. Lo suficiente para que ella sepa que él sigue ahí.

—Debe de ser muy difícil querer a alguien, haber compartido tu vida con esa persona y que al final no te recuerde.

—Puede que no la recuerde, pero aún la mira como si fuese su mundo. Yo creo que existen sentimientos que no se borran nunca, como el amor que sienten mis abuelos.

Esbozó una ligera sonrisa y parpadeó para alejar las lágrimas que se arremolinaban en sus pestañas. No lo consiguió. Con mis manos acogí sus mejillas calientes y deslicé los pulgares por su piel húmeda. Luego la besé en la frente y la abracé contra mi pecho. Me dio la impresión de que se estremecía como si tuviera frío.

—¿Estás bien? —le pregunté mientras estudiaba su rostro con atención. Diminutas gotas de sudor le perlaban la frente y la nariz.

—Sí, solo un poco cansada. No he dormido muy bien. —Se puso de puntillas y me dio un beso fugaz en los labios—. Descansaré después de llevar a mi abuela a la estación de autobuses. Ahora voy a ayudarla con las maletas.

—De acuerdo, llámame si más tarde te apetece que hagamos algo.

—¿Cómo? Aún no tengo tu número.

Me rasqué la cabeza, avergonzado al darme cuenta de que tenía razón. Sin embargo, tampoco lo habíamos necesitado. Hasta ahora nos había bastado con caminar unos pocos metros y llamar a la puerta del otro para vernos. Y ese momento tenía algo mágico. La anticipación que acompañaba los pasos. El pulso acelerado al golpear la madera con los nudillos. El tirón bajo las costillas al ver aparecer su rostro.

Aunque los encuentros planeados también tenían su encanto. Así que le entregué mi teléfono para que guardara su número y a continuación le hice una llamada perdida.

Acostumbrado al caos de una ciudad como Nashville, la vida en Hasting se me antojaba lenta. La gente aquí vivía sin prisa. Siempre tenían tiempo para detenerse y saludar. Compartir algunas noticias y hablar de cosas sin importancia. Las despedidas se alargaban en las puertas y las tiendas se convertían en pequeños espacios de reunión, donde los cotilleos y los rumores se compartían. Aposté conmigo mismo el tiempo que las dos señoras que hacían cola en la farmacia tardarían en contar que me habían visto comprando condones. Pese a todo, empezaba a adaptarme y me gustaba cada vez más esa calma que se respiraba.

Cogí la mochila y salí de la farmacia. Mientras caminaba de vuelta al coche, contemplé las hileras de luces doradas que colgaban de los edificios. Los espumillones de infinitos colores que decoraban los escaparates de las tiendas y las coronas de acebo en las puertas. Renos que guardaban los jardines.

Todo gritaba Navidad.

Yo apenas la soportaba.

Mis recuerdos la detestaban.

Necesitaba pilas y me detuve un momento en la ferretería. Al salir, me topé con Grant Lambert. Una expresión alegre curvó sus labios y yo sonreí en respuesta. Grant había demostrado ser un buen hombre y me caía bien.

—¡Hunter, ¿cómo te va, muchacho?!

—Genial, comprando algunas cosas antes de regresar al lago. Parece que va a nevar otra vez.

Grant levantó la vista al cielo. Copos de nieve tan diminutos como granos de arroz caían despacio.

—En el lago suele acumularse mucha nieve; si necesitas ayuda para limpiar el tejado, no dudes en decírmelo.

—¿Debo limpiar el tejado? —le pregunté, no tenía ni idea.

—Si se acumula demasiada, el peso podría romperlo —respondió. Arrugué la frente, preocupado, y él sonrió al ver mi gesto—. Haremos una cosa, me pasaré en cuanto pueda y le echaré un vistazo. A cambio, tú me invitas ahora a una cerveza. ¿Qué me dices?

—De acuerdo.

Grant asintió contento y me palmeó la espalda con afecto. Dejó su mano en mi hombro mientras caminábamos y, como sospechaba, se dirigió a Sadie's. Suspiré, dándome por vencido. De una forma u otra, mis pasos siempre acababan allí, como si el destino reescribiera la misma página una y otra vez hasta salirse con la suya.

Lo mejor que tenía Sadie's era su versatilidad. Cafetería, restaurante, bar de copas. Se iba transformando a lo largo del día. Esa noche se encontraba a rebosar. No me sorprendía. Era viernes y además daban un partido de fútbol en la tele. Al fondo, alguien gritó el nombre de Grant, y él levantó su brazo para saludar.

—Ven —me pidió.

Lo acompañé hasta una mesa donde se reunían unos hombres. Se saludaron como si llevaran bastante tiempo sin verse. A continuación, Grant me presentó. Me senté con ellos, un poco incómodo por un interés que les costaba disimular.

Jamie nos observaba desde la barra y nuestras miradas se cruzaron durante unos segundos.

—Entonces, ¿es tu hijastro? ¿Es así como se dice, hijastro? —preguntó uno de esos tipos a Grant.

—No me gusta esa palabra —replicó él—, prefiero decir que es mi chico. Sí, es mi chico —aseveró con una sonrisa, y levantó su vaso de cerveza hacia mí.

Noté una sensación extraña en el estómago. Nunca había sido el chico de nadie, no en ese sentido, y una parte de mí se negaba a imaginarlo. Sin embargo, había algo en Grant que tiraba de mí. Lo mismo me había ocurrido con Martin. Hacían que me sintiera apreciado, importante.

Me llevé el vaso de cerveza a los labios y bebí otro trago. El tipo que tenía enfrente me dedicó una sonrisa y agarró la jarra que acababan de servirnos para rellenarme el vaso. La conversación giraba en torno a la temporada de fútbol estatal y, por lo que pude entender, Grant llevaba toda su vida trabajando como profesor de gimnasia y entrenador de fútbol americano en el instituto de secundaria de Hasting.

—¿Sabías que Grant estuvo a punto de jugar como profesional en la NFL? Los Patriots le tenían el ojo echado —me dijo uno de sus amigos.

Miré a Grant sorprendido.

—¿En serio? —Él asintió con timidez y se ruborizó—. ¿Y qué pasó?

—Una lesión en la rodilla. Me hice daño en un entrenamiento, pero no dije nada porque quería jugar el partido siguiente. Creía que no era más que una distensión, pero se trataba de una rotura y se acabó complicando.

—¡Joder!

Él sonrió.

—Hay cosas que no deben ser, porque está escrito que otras sucedan. No me arrepiento.

No sé por qué, esa frase me resultó reconfortante, y la guardé para mí.

El tiempo fue pasando y las mesas comenzaron a vaciarse. Al final, solo quedábamos nosotros y esa fue la señal de que ya era hora de regresar a casa. Me puse el abrigo y me dirigí con ellos a la salida. De repente, tuve la necesidad urgente de ir al baño. Demasiada cerveza en mi vejiga.

Tras lavarme las manos y refrescarme la cara, salí del baño. Encontré a Jamie limpiando las últimas mesas. Me debatí entre aparentar que no lo había visto y largarme o despedirme de pasada sin detenerme. Ambas opciones me parecían igual de incómodas.

—¿Piensas quedarte ahí o vas a echarme una mano?

—¿Qué?

Jamie hizo un gesto hacia la barra y luego señaló las mesas.

—Coge ese barreño y mete dentro todos esos platos y cubiertos. Después, llévalos a la cocina —dijo como si nada.

Me lo quedé mirando, sorprendido a la par que molesto, porque me estaba dando órdenes. ¡A mí! Jamie arqueó las cejas y frunció el ceño con lentitud. Me sostuvo la mirada sin vacilar ni un poco. Al final, su descaro y prepotencia me hicieron sonreír. ¿Cómo podíamos parecernos tanto?

Me quité el abrigo y cogí el barreño. Comencé a llenarlo de platos, como me había dicho, y luego lo llevé a la cocina, donde algunos empleados cenaban y otros limpiaban.

Regresé al comedor para recoger más.

Observé a Jamie en silencio, mientras él limpiaba las mesas con agua y jabón.

—Entonces, ¿este sitio es tuyo? —le pregunté para entablar conversación.

—Podría decirse que sí. Aunque en realidad le pertenece al banco hasta que liquide el préstamo.

—¿Desde cuándo lo tienes?

—Un par de años. Estaba en la universidad cuando me enteré de que el antiguo propietario lo vendía y pensé en quedármelo.

—¿Por qué? —me interesé.

—Porque siempre he querido tener un negocio como este. Gano lo suficiente para vivir, mientras cuido y alimento a la gente que me importa. No necesito más.

—Así que dejaste la universidad.

Jamie lanzó la bayeta dentro del cubo. Inspiró hondo y se sentó en la mesa.

—Ya sabía todo lo que necesitaba para dirigir este sitio y no me gusta perder el tiempo. Soy muy nervioso e impaciente. ¿Tú has ido a la universidad?

—Sí, un año. La abandoné el mismo día que vendí mi primera canción.

Jamie abrió mucho los ojos y sonrió.

—¡¿En serio?! ¿Cuánto te pagaron?

—Diez mil por adelantado y un porcentaje en derechos de autor.

—Joder, tío, debes de estar forrado.

Me reí.

—¡Qué va!

Jamie me cuestionó con un gesto burlón.

—Vamos, tienes un montón de canciones acreditadas que venden millones.

—¿Y tú cómo sabes eso?

—Mamá me lo contó.

«Mamá.» No la suya, sino la nuestra, y lo dijo con tanta facilidad, con tanta naturalidad, que el pecho se me encogió con una emoción ardiente que me quemaba tras los párpados.

—¿Cómo era? —susurré.

Él me sostuvo la mirada y pude ver el dolor que le causaba mi pregunta. Tomó aliento.

—Era la mejor. No te haces una idea. Siempre... siempre me apoyaba en todo. No importaba si tenía razón o había metido la pata, ella me protegía por encima de cualquier cosa. ¡Ojalá la hubieras conocido!

Sí, ojalá, pero había perdido la oportunidad y tendría que cargar con ello para siempre.

—¿Qué más te contó sobre mí?

—No mucho, lo que pudo averiguar una vez que tuvo tu nombre. Dónde vivías, a qué te dedicabas... —Se encogió de hombros con una disculpa—. Toda tu vida está en internet.

Ese comentario me hizo sentirme muy incómodo, sobre todo porque no era cierto. Salvo datos muy concretos, casi todo lo publicado sobre mí era información sesgada. Suposiciones, rumores y declaraciones de personas que apenas me conocían. Yo nunca hablaba de mi vida personal, no la compartía con nadie, y la única parte de mí que mostraba era mi trabajo.

—No creas nada de lo que leas —le rogué en voz baja.

Me observó cauteloso y asintió.

—Vale.

Retomé el tema:

—¿Y sabes cómo consiguió mi nombre? Porque mi adopción fue cerrada, había un acuerdo, y ninguna de las dos partes tenía acceso a la documentación.

—Allan Sanders fue quien te localizó. Trabajó durante muchos años en la Corte de Familia y, como conocía los datos de mamá, no creo que le costara mucho obtener tu información.

Sí, eso tenía sentido, pero seguía sin aclararme nada y tampoco me ayudaba a avanzar. Erin se quedó embarazada y me dio en adopción. Nunca nadie lo supo. Nunca hizo nada por encontrarme. Hasta que enfermó y decidió encender la mecha que lo haría estallar todo porque, total, ella no se quedaría para ver quién sobreviviría.

Las únicas respuestas estaban en los diarios, pero las preguntas importantes aún no habían aparecido y nada me aseguraba que estuvieran allí.

—Aquí ya hemos terminado.

Me giré hacia la voz y vi a los empleados de Jamie preparándose para salir.

—Idos a casa, yo cierro —dijo él.

Minutos después, Jamie apagó todas las luces y salimos por la puerta trasera. Nieve recién caída cubría el asfalto y brillaba como si la hubieran rociado con purpurina. Levanté la vista al cielo y pude ver algunas estrellas pálidas y el resplandor de la luna entre las nubes. No había viento. Nada se movía. Como si el tiempo hubiera quedado suspendido.

Jamie se guardó las llaves en los bolsillos y se detuvo a mi lado.

—¿Dónde está tu coche?

—Tres o cuatro calles más abajo. ¿Tú dónde has aparcado?

—Suelo venir andando.

Me giré y lo miré sorprendido. Vivía relativamente lejos como para hacer ese trayecto todos los días a pie. Empezaba a entender el porqué de su buena forma física.

—¿Te llevo?

—Vale.

—Hace frío.

—Sí. Oye, ¿cuánto mides? —me preguntó sin venir a cuento.

—Uno ochenta, ¿y tú?

—Uno ochenta y tres. ¡Soy más alto que tú!

—¡Felicidades!

—¿Sabes jugar al hockey?

—Un poco. ¿Tú juegas?

—Para pasar el rato, pero se me da bastante bien.

—Si tú lo dices.

—Te lo demuestro cuando quieras.

Sonreí para mí y lo observé de reojo. Dos besugos conversando, eso éramos, y me gustaba. Me gustaba su compañía. Tragué saliva y seguí caminando a su lado con un nudo en la garganta. Continuamos hablando sobre tonterías; la mayoría, sin ninguna coherencia, pero era divertido desvariar sin motivo y reírse por nada.

—¡Joder! —masculló Jamie de pronto.

Levanté la vista del suelo y pude ver a uno de los gemelos Fernsby cortándonos el paso a un par de metros. Tuve el pálpito de que aquel encuentro no era una casualidad y sí algo muy premeditado. Si no, ¿por qué esgrimía esa cosa como si quisiera batearnos la cabeza?

—¿Qué lleva en la mano? —pregunté en un susurro.

—Una pata de reno —respondió Jamie.

—¿Qué?

—Una pata de reno, de plástico, de los que han puesto en la entrada del Ayuntamiento.

—¡¿Son tan grandes?! —exclamé.

A Jamie se le escapó una risita.

—Le habrá costado lo suyo arrancarla.

—¡Eh, chupapollas, ¿se puede saber qué te hace tanta gracia?!

Eché un vistazo por encima del hombro y allí estaba el otro.

—No quiero problemas —dijo Jamie.

—Pues haberlo pensado antes de reírte de mi hermana, maricón de mierda —replicó el más alto.

—¡Eso, bujarrón! —gritó el otro.

Estaban muy furiosos y sus miradas de odio y asco hicieron que me tomara muy en serio que eran una amenaza.

—Nunca quise hacerle daño a Leah y fui sincero en todo momento. Jamás la engañé.

—¿Seguro? ¿Cuántas pollas te comiste mientras salías con ella? Los pervertidos como tú van al infierno, Jamie Lambert Marica.

Miré a mi hermano. Era imposible pasar por alto los insultos y mucho menos ignorar el trasfondo de esos ataques. Algo feo y viscoso reptó bajo mi piel cuando empecé a darme cuenta del motivo por el que posiblemente los Fernsby hostigaban con tanta acritud a Jamie. Si esa era la razón, pobre del que intentara tocarlo.

—Eh, ¿qué os dije el otro día? —intervine.

—Cierra el pico, bastardo —gritó el más bajo.

—Ten cuidado con lo que dices —saltó Jamie en tono amenazador.

—¿Y qué pasa si no me da la gana?

De repente, el que sujetaba la pata de reno se lanzó sobre nosotros y golpeó a Jamie en el estómago.

—¡Dale fuerte, Pete! —gritó el otro.

Levantó aquella cosa para sacudirle otra vez y no lo dudé, me abalancé sobre él. Le di un puñetazo. Echó la cabeza hacia atrás y se agarró la mandíbula. Un brillo fiero le iluminó los ojos y arremetió contra mí, acertándome de lleno en el pecho. Lo cogí por el cuello y él trató de golpearme con el codo en el costado.

De soslayo vi que Jamie también había llegado a las manos con el otro gemelo. Mi primer instinto fue ir corriendo hacia él, pero Pete, o como demonios se llamase, se lanzó a mis piernas y caímos al suelo. Un puñetazo en la mejilla me hizo ver las estrellas, y dejé de contenerme. A la mierda, él se lo había buscado, y para algo debían de servir las clases de lucha libre que me obligaron a dar en el instituto.

Lo aplasté contra el suelo y me senté en su espalda mientras le retorcía el brazo. El tipo resoplaba y se estaba quedando sin fuerzas. Jamie había logrado reducir al otro hermano y lo sujetaba contra un coche.

El sabor metálico de la sangre me inundaba la boca y escupí al suelo.

—Esto se termina aquí, ¿de acuerdo? —masculló pegado a su oído. Al ver que no contestaba, hundí un poco más mi rodilla en sus costillas—. ¿De acuerdo?

Asintió con vehemencia y dejó de oponer resistencia.

—Sí. De acuerdo.

—Si hay una próxima vez, alguien acabará en el hospital y no seré yo.

—Entendido.

Lo solté y me puse en pie lo más rápido que pude. Di unos pasos atrás, tomando distancia. Me costaba respirar y me dolía todo el cuerpo.

En cuestión de segundos, los gemelos salieron corriendo y yo me dejé caer contra uno de los coches aparcados. Jamie se acercó cojeando y se apoyó a mi lado. Nos quedamos en silencio, mirándonos el uno al otro. Él estaba hecho una pena y yo no tenía mejor aspecto. Poco a poco, una sonrisa comenzó a tirar de mis labios. Jamie sacudió la cabeza y su boca se curvó.

De golpe, rompimos a reír con ganas.

Nos miramos de nuevo y estallamos en carcajadas.

# 23
# Hunter

Jamie regresó del baño con la cara limpia y una tirita sobre la ceja. Se acercó al sofá, donde me había sentado, y se inclinó para echarle otro vistazo a mi rostro en la penumbra.

—¿Estás seguro de que no tienes ninguna herida? Podrían infectarse si no las limpias —me explicó.

—Ni un rasguño, solo los golpes.

—Esa mejilla se está hinchando.

Salió de la sala y volvió un minuto después con una bolsa de guisantes congelados y un paño.

—Ten, envuélvela y póntela en la cara. Ayudará a que no se inflame más.

—Gracias.

Jamie se acercó a un armario y sacó una botella de *bourbon* y dos vasos. Los llevó hasta la mesa con una ligera cojera en la pierna derecha. Sin decir palabra, se agachó frente a la chimenea y atizó el fuego. La madera crujió y las llamas cobraron vida con un chisporroteo, iluminando la habitación. A continuación, se sentó en el sillón, abrió la botella y llenó los vasos. Apuró el suyo de un trago y lo volvió a llenar.

Me observó fijamente, hasta que no me quedó más remedio que devolverle la mirada.

—¿No me vas a preguntar?

—¿Sobre qué? —contesté sin entender.

—Ya has oído las cosas que han dicho.

—Ah, sobre eso. —Me encogí de hombros y fui directo al grano—. ¿Te gustan los hombres?

—Me gusta uno. ¿Algún problema con eso? —preguntó a la defensiva.

Arrugué la frente y sacudí la cabeza.

—¿Por qué iba a tenerlo?

—Muchos lo tienen. Les parece raro, incluso asqueroso.

Intentó sonar frío e indiferente, pero era como un cristal transparente a través del que podías ver todas sus emociones. Jamie no sabía disimular ni mentir. No sabía fingir y estaba muy avergonzado en ese instante. Cerré los puños, molesto, porque no tenía ningún motivo para sentir vergüenza.

—Pues a mí no. —Me incliné hacia delante y dejé la bolsa de guisantes en la mesa—. Escucha, no tengo prejuicios. Nunca los he tenido. Te gustan los tíos, ¡bien! Lo único que de verdad me importa es una cosa.

—¿Qué?

—¿Ese tío es una buena persona, te trata bien? Si no es así, entonces sí puede que tenga un problema.

Jamie me miró fijamente. Poco a poco, una sonrisa apareció en su rostro y la tensión se aflojó en sus hombros.

—Es bueno conmigo. Soy yo el que no se porta muy bien con él.

—¿Por qué? —me interesé.

Jamie apretó la mandíbula y luego soltó una respiración lenta.

—Aún no me siento cómodo, me preocupan demasiadas cosas. No sé, quizá sea yo el que tiene prejuicios. —Inspiró de forma entrecortada—. ¡Es que todo esto es nuevo para mí y, cada vez que me paro a pensar, acabo hecho un lío! ¿Soy realmente gay o solo me gusta Cameron? Porque antes de él, nunca había mirado de ese modo a otro tío. Pero sé que me gustan las chicas o creo que me gustan. Entonces, ¿soy bisexual?

—Jamie, no necesitas una etiqueta.

—Pero la gente se empeña en ponerlas.

—Que le den a la gente.

Sonreí mientras alcanzaba la botella de *bourbon* y llenaba los vasos.

—¿Se llama Cameron? —pregunté.

—Sí.

Me bebí el *bourbon* de un trago y chasqueé la lengua. Tosí. Me ardía la garganta.

Contemplé a mi hermano, que se había quedado en silencio.

—¿Tengo que golpearte para que me lo cuentes?

Una sonrisita tiró de su boca.

—Como si pudieras.

—Tú sigue retándome —bromeé.

Jamie apuró su vaso y estiró el brazo hacia mí para que lo llenara. Le eché un vistazo a la botella. Nos habíamos bebido la mitad y mi mente lo iba notando. Aun así, colmé otra vez los vasos.

—Conozco a Leah desde siempre —empezó a decir Jamie—. Nos hicimos amigos en el colegio y desde ese instante no nos separamos nunca. Lo hacíamos todo juntos. A los catorce empezamos a salir y, no sé, nos queríamos. Era lo natural. Algo inevitable. Acabamos el instituto y elegimos la misma universidad. En aquel tiempo, ella hablaba mucho del futuro. Hacía planes sobre casarnos y formar una familia aquí, cerca de nuestros padres. Y yo... Bueno... para mí ese futuro aún estaba a años luz, así que no pensaba demasiado en lo que de verdad quería.

Se quedó callado un instante, reflexivo. Las llamas le iluminaban el rostro y se me hizo un nudo en el estómago al ver su expresión. Prosiguió:

—Surgió la posibilidad de comprar Sadie's y no lo dudé. Hablé con Leah y lo comprendió. Incluso creyó que era una buena oportunidad para nosotros. Dejé la universidad, regresé a casa y me puse a trabajar en el restaurante como un loco. Poco después, conocí a Cameron. Se había mudado desde Sherbrooke, Canadá, para trabajar en la estación de esquí como instructor. Venía casi todos los días a cenar con otro chico y era evidente que mantenían una relación. No se escondían, pese a que no todo el mundo se mostraba cómodo. Meses más tarde, comenzó a venir solo. Empezamos a hablar, a conocernos, y un día me di cuenta de que provocaba cosas en mí. Cosas que... nunca había sentido por otra persona y menos aún por un chico.

—No debió de ser fácil.

—Para nada. Al principio me enfadé conmigo mismo y busqué mil motivos que podían justificar lo que me pasaba. Creí que había perdido la cabeza por la noticia de la enfermedad de mamá. Que quizá yo también estaba enfermando —susurró con una sonrisa irónica. Tomó un poco más de licor—. Una noche, Cameron se quedó hasta tarde, había tenido problemas en el trabajo y bebió más de la cuenta. Me ofrecí a llevarlo a casa y... nos besamos. Ese beso acabó con todas las dudas que tenía sobre lo que sentía y esa misma noche hablé con Leah. Se lo conté todo y terminamos. Le hice daño, muchísimo, y lo entiendo. Me dijo que hubiera preferido mil veces que la engañara con una mujer, porque cambiarla por un hombre era demasiado humillante. Herí su orgullo. Por eso también comprendo que sus hermanos estén tan resentidos conmigo.

—Que estén resentidos no les da derecho a humillarte.

—Lo sé.

Me ensimismé durante unos segundos con el fuego y luego paseé la vista por la habitación hasta que me detuve en el piano. En una de las fotografías de Erin, en la que miraba directamente a la cámara. Por un instante creí que me observaba. «¿Querías vernos así?», le pregunté en silencio.

Llené mis pulmones de aire y presté atención a Jamie.

—¿Por qué has dicho que no eres bueno con Cameron?

Él se encogió de hombros, pero ese gesto transmitía de todo menos indiferencia.

—Evito que nos vean juntos y sé que le duele, aunque no diga nada.

—¿Por qué lo haces?

—Porque aún no he sido capaz de contarle nada a nadie y me da miedo hacerlo. No es sencillo. Se lo dije a Leah porque era lo justo, pero ni ella ni sus hermanos han abierto la boca por motivos obvios. La única persona a la que se lo confesé fue a mamá, y porque ella lo supo incluso antes que yo. Y ahora a ti.

—¿Tu padre...?

Alzó la mano para interrumpirme.

—No, y no se te ocurra decírselo.

—No lo haré —le aseguré.

Jamie asintió aliviado. Se inclinó hacia delante y se tapó la cara con las manos. Gimió como si estuviera muy cansado.

—A veces me gustaría ser normal —se lamentó.

Me tensé al oírle decir esas palabras con tal emoción de angustia.

—¡Ya eres normal!

—Tú no eres objetivo.

—Joder, Jamie, eres normal, ¿vale? Eres la persona más normal que conozco. Así que métete esto en la cabeza: no has hecho nada de lo que debas avergonzarte y tus sentimientos por Cameron no tienen nada de malo. Esa persona te gusta, es lo único que importa; y si alguien no lo entiende, que se vaya a la mierda. Es tu vida.

Jamie me miró y una pequeña sonrisa aligeró su ánimo.

—Haces que parezca sencillo.

Negué con un gesto.

—Sé que no lo es y necesito que te quede muy claro que puedes contar conmigo. Y también sé que puedes contar con tu padre, Jamie. Confía en él, estoy seguro de que os aceptará a Cameron y a ti.

—¿De verdad crees que lo hará?

—De verdad. Es un buen hombre y te quiere. No imaginas la suerte que tienes.

Volví a llenar los vasos y alcé el mío a modo de brindis. La sonrisa de Jamie se hizo más amplia y chocó su vaso con el mío.

—Por los hermanos... —empezó a decir, pero se detuvo contrariado—. ¡Joder, no compartimos el mismo apellido! Tenemos que encontrar otro nombre. —Se rascó la ceja, pensativo—. Los hermanos... Los hermanos...

—Déjalo.

—Vamos, será divertido. Un nombre de batalla. Los hermanos... —Abrió mucho los ojos y chasqueó los dedos—. ¡Ya lo tengo! Los hermanos Hell No.

Arrugué la frente como si hubiera mordido un limón.

—¿Como los de la lucha libre?

—Piensa en esta noche —dijo entusiasmado—. Hemos machacado a los gemelos Fernsby como un equipo.

Se puso en pie y comenzó a hacer posturitas para enfatizar sus músculos, gruñendo como un oso. Me hizo reír.

—Abriré otra botella, debe de quedar alguna de la Navidad pasada.

—Creo que ya hemos bebido suficiente por hoy —le hice notar.

—No seas aguafiestas, debemos bautizar nuestra hermandad.

Me guiñó un ojo y experimenté mucho más que empatía. Sentí afecto por ese chico que tenía un rostro tan igual al mío y parecía tan perdido como yo.

Abrí los párpados y tardé unos segundos en recordar dónde estaba. Me pasé la lengua por los labios resecos e hice una mueca cuando giré la cabeza y una punzada aguda me taladró el cerebro. Vi a Jamie dormido sobre la alfombra, con una manta cubriéndole las piernas. Yo tenía otra y supuse que había sido cosa de Grant.

Me moví hasta quedar sentado. Me dolía todo el cuerpo y tenía una resaca descomunal. Aunque no era de extrañar, dada la cantidad de alcohol que habíamos bebido. Era un milagro que continuáramos vivos.

Busqué mi teléfono y traté de enfocar la hora en la pantalla. Eran casi las ocho, más temprano de lo que esperaba. Vi la notificación de un mensaje y parpadeé para aclarar mi visión borrosa. Me espabilé de golpe al leer el nombre de Willow y lo abrí.

**Willow:** Hunter, creo que me he resfriado y no me encuentro muy bien. Cuando leas este mensaje, ¿podrías conseguirme algunas medicinas en la farmacia? Las que hay en casa han caducado.

Todo mi cuerpo reaccionó y un nudo de preocupación me estrujó el estómago. Ya habían pasado unos veinte minutos desde que lo envió. Me puse las botas y salí de la casa a toda prisa. Mis pies se hundieron en la nieve de la entrada, caída durante la noche, y resbalé en una placa de hielo. Inspiré hondó e intenté actuar con más calma. Romperme una pierna no ayudaría.

El vaho escapaba de mis labios mientras buscaba las llaves del coche, dibujando formas en el aire gélido y quebradizo. Conduje de vuelta al centro del pueblo. Aparqué en doble fila frente a la farmacia y corrí a la puerta. La encontré cerrada y resoplé de pura frustración. Pegué la nariz al cristal y eché un vistazo dentro. Vi luz en la habitación tras el mostrador. Había alguien dentro, así que llamé con fuerza.

El farmacéutico me abrió poco después.

—¡Hunter, es muy temprano! ¿Va todo bien?

—Necesito algo para el resfriado.

—¿Estás enfermo?

—No es para mí, es para mi novia. No se encuentra bien.

—¿Sabes qué síntomas tiene Willow? ¿Tos, mocos, fiebre?

—No me lo ha dicho.

Vi que trataba de reprimir una sonrisa y me detuve, de pronto consciente de la conversación que acabábamos de mantener. Noté que me ruborizaba y sonreí. «Mi novia», pensé, y él sabía perfectamente a quién me refería.

Subí al coche y dejé la bolsa con las medicinas en el asiento del copiloto.

Todo el paisaje estaba cubierto de nieve nueva y la luz perlada del amanecer le daba un aspecto brillante e irreal, en contraste con la línea oscura de la carretera, despejada por el paso reciente de una quitanieves.

Aparqué al final del camino y corrí hasta el porche de los Mayfield. Llamé a la puerta con insistencia, demasiado preocupado como para actuar de un modo más tranquilo. Oí pasos y la puerta se abrió. Willow apareció al otro lado, con el pelo revuelto, los ojos llorosos y la nariz roja. Me dedicó una sonrisa cansada.

—¿Has leído mi mensaje? —me preguntó esperanzada.

Dejé de respirar mientras la observaba. Era tan perfecta que dolía. Dolía en el pecho. En el estómago. Me hacía temblar bajo el ombligo. Asentí y le enmarqué el rostro con las manos antes de atraerla y besarla en los labios. Trató de apartarme.

—¿Qué haces, loco? Voy a contagiarte —protestó.

Me encogí de hombros. No era algo que me preocupara.

De repente, sus ojos se abrieron como platos. Alzó la mano y me rozó la mejilla.

—¿Qué te ha pasado?

—Nada, no te preocupes.

—¿Te has peleado con Jamie?

—¡No! —Willow me lanzó una mirada inquisitiva—. En realidad, Jamie y yo nos pegamos anoche con los gemelos Fernsby.

—¡¿Qué?! —Sacudió las manos frente a mi cara—. Mejor no digas nada, no quiero saber los detalles.

Sonreí y le coloqué un mechón de pelo tras la oreja.

—¿Cómo estás?

—Creo que tengo fiebre.

Le toqué la frente con el dorso de la mano y luego las mejillas.

—Estás ardiendo.

—No me encuentro muy bien.

—Vuelve a la cama, ¿de acuerdo? Te prepararé algo de comer y después te tomarás la medicación.

Se apoyó en mi pecho e inspiró hondo con los ojos cerrados.

—Gracias por venir.

—Por ti, lo que sea. —Sonrió un poco y su cuerpo se relajó. La besé en la cabeza—. Vamos, a la cama.

—No puedo moverme —dijo muy bajito.

Sin previo aviso, deslicé un brazo por su espalda y otro bajo sus rodillas. La levanté del suelo y me encaminé a las escaleras.

—¡¿Qué haces?! —exclamó ella.

—Mi trabajo, has contratado el servicio completo.

Se aferró a mi cuello y me miró a los ojos. Los suyos brillaban por culpa de la fiebre.

—¿Y qué incluye ese servicio?

—Todo lo que quieras, solo tienes que pedirlo.

—¿A ti?

—A mí ya me tienes —susurré sobre su frente.

Su sonrisa se hizo más amplia y cerró los ojos. Le costaba mantenerse despierta.

—Es la habitación del fondo.

Entré en el cuarto que me había indicado y la coloqué con mucho cuidado sobre la cama. A continuación, la tapé con las sábanas y un edredón, y le acomodé las almohadas.

—Vuelvo enseguida.

Bajé las escaleras a toda prisa y fui a la cocina. Una vez allí, busqué en los armarios algo que pudiera prepararle para desayunar. Encontré zumo de pomelo, leche y copos de avena. Cuando lo tuve preparado, lo puse todo en una bandeja, junto con las medicinas, y regresé al dormitorio de Willow.

Me senté en el borde de la cama y la llamé en voz baja.

—Willow.

—Mmmm...

—Debes comer algo.

Abrió los ojos y se incorporó sobre las almohadas. Logré que tomara un poco de zumo y los copos de avena. Después, no tardó en quedarse dormida otra vez. Aproveché para acercarme a casa y coger algunas cosas que pudiera necesitar, como ropa cómoda, mi cepillo de dientes y alguna revista para distraerme. Meg no regresaría hasta el día siguiente y no iba a dejar sola a Willow.

Estaba a punto de salir cuando un impulso inesperado me hizo agarrar mi guitarra y la bolsa con mis cuadernos de notas y pentagramas. Lo dejé todo en el salón y subí al dormitorio para ver cómo estaba Willow. Me acerqué a la cama sin hacer ruido. Dormía profundamente, aunque su respiración era algo agitada. Le toqué la frente y suspiré. Esperaba que el antitérmico no tardara mucho en hacer efecto.

Me aproximé a la ventana y contemplé el paisaje. Un manto de nubes espesas se abría paso desde las montañas. No sé cuánto tiempo permanecí allí inmóvil, pensando en todo y a la vez en nada. Distraído con recuerdos y divagaciones.

Inspiré hondo y me masajeé el pecho con una sensación extraña. Volví a inhalar y entonces lo noté. Mis pulmones se expandían por completo y sin esfuerzo. Respirar no me dolía. Mi corazón no se aceleraba por culpa de la ansiedad.

Había pasado de vivir con el miedo y la angustia anudados a mis costillas a notar un espacio inmenso que empezaba a llenarse con cosas buenas que me hacían sentir bien. Me apoyé en el marco de la ventana, con los brazos cruzados sobre el pecho. La nieve había comenzado a caer en gruesos copos de nieve, que se apilaban en el alféizar.

Mirara donde mirara, todo era blanco. Las montañas, los árboles, los tejados, el lago y el suelo. El mundo era blanco. Y me gustaba ese color.

A media tarde, Willow despertó con mejor aspecto. Aunque la fiebre se resistía a desaparecer. Mientras yo preparaba algo para comer, ella se dio una ducha. Vestida con un pijama a cuadros rojos y una sudadera blanca que le cubría las caderas, se asomó a la cocina.

—Huele bien.

—Solo es sopa instantánea y unos huevos revueltos. Cocinar se me da de pena. Sé que es difícil de creer, siendo tan perfecto, pero todos tenemos un talón de Aquiles —bromeé.

La hice reír, y me sentí importante por ello. Mi deseo por complacerla y verla feliz era tan intenso que yo mismo me sorprendía. Nunca me había preocupado tanto por otra persona. Ella se acercó y me rodeó la cintura con sus brazos. Olía a gel de ducha y ropa limpia.

—¿Puedo ayudarte en algo?

—Ya está todo. Siéntate y te serviré.

Los labios de Willow se curvaron despacio y yo le robé la sonrisa con un beso suave.

Después de comer, nos acomodamos en el sofá. Vimos la televisión y a ratos dormitábamos, arropados por una manta y el fuego que ardía en la chimenea.

La noche cayó sin que apenas notáramos el paso del tiempo.

Willow bostezó a mi lado. Era la tercera vez en pocos minutos. Me puse en pie y le tendí la mano.

—Hora de dormir.

—No estoy cansada.

Otro bostezo.

—Mentirosa.

Soltó una risita y colocó su mano sobre la mía.

La conduje por las escaleras hasta su habitación. La ayudé a meterse en la cama y la arropé hasta la barbilla, lo que le arrancó una risa divertida. Le di un besito en la nariz y luego apagué la lámpara. El cuarto quedó a oscuras.

—Descansa —le susurré.

Hice el ademán de levantarme, pero su mano en mi brazo me detuvo.

—Quédate. Duerme conmigo —me pidió.

—¿Estás segura?

—Sí, quiero que te quedes.

—De acuerdo. Voy a buscar mis cosas, las dejé abajo.

—Vale.

Bajé trotando, agarré mi mochila y regresé arriba igual de rápido. Tras pasar por el baño y lavarme los dientes, me quité la ropa en la penumbra de la habitación y me puse el pantalón y la camiseta con los que solía dormir. Me deslicé bajo las sábanas, de repente nervioso por el ambiente tan íntimo. Me tumbé de espaldas y solté el aire muy despacio. Willow estaba tan quieta que creí que se había dormido. Cerré los ojos.

Pasados unos segundos, ella se movió hasta que su cabeza descansó sobre mi pecho. Deslizó el brazo por mi estómago y sus dedos se colaron bajo el borde de mi camiseta.

—Hunter.

—Mmmm...

—Nunca hablas de tus padres, los que te criaron.

Me pilló desprevenido que sacara a relucir ese tema y contuve el aliento.

—No son mis padres.

—Lo sé, me refiero a...

—No hablo de ellos porque nunca asumieron ese papel conmigo.

—Entiendo —susurró. Las yemas de sus dedos se movían sobre mi piel de forma distraída y tomé aire—. La única vez que la mencionaste a ella, dijiste que era como un vampiro emocional.

—Es la verdad. Conmigo siempre ha sido una persona fría y distante. Inflexible e imposible de contentar. No importaba lo mucho que intentara esforzarme, para ella nunca era suficiente. No imaginas lo cruel que podía llegar a ser su indiferencia. Sobre todo, cuando te das cuenta de que eres la única persona a la que trataba de ese modo.

—¿Por qué? No lo entiendo.

Moví la cabeza sobre la almohada, solo sabía lo que ella misma me había dicho aquel día que aparecí en su casa buscando respuestas, y eso fue lo único que pude contarle a Willow.

—Te llevó a su vida porque no podía ser madre y después no pudo quererte. ¿Quién es incapaz de querer a un bebé?

—Ella.

—Alguien así no es una buena persona. Su corazón está podrido, Hunter. Nunca fue culpa tuya.

—Es lo que quiero pensar, pero he pasado muchos años sintiéndome no deseado en su vida, un intruso que ocupaba un espacio en el que no tenía cabida. Esforzándome mientras ella no dejaba de rechazarme, y todos esos años han dejado en mí una profunda huella. Creo que es la razón por la que no he podido desarrollar vínculos de afecto normales.

—¿Por eso dijiste que tus relaciones nunca terminaban bien?

—Ni siquiera empezaban bien —me reí de forma irónica. Incliné la barbilla y le rocé el pelo con los labios. Después no sé por qué añadí—: Siempre he sido muy pasivo y distante con mis sentimientos. No... no sé querer.

Willow se incorporó sobre un codo y me miró desde arriba.

—No es cierto, ¿cómo puedes decir algo así? No eres distante, al contrario. Debes entender que el amor no se aprende, se siente, y cuando es puro y sincero resulta imposible contenerlo. No importa si sabes o no mostrarlo, las personas a tu alrededor lo percibirán. Yo lo veo, Hunter. Veo amor en ti y también veo el que recibes de los demás.

Alcé la mano y le acaricié la mejilla con el pulgar mientras contemplaba en la penumbra el contorno de su rostro. La atraje hacia mi pecho y la abracé con un nudo en la garganta.

—¿Y qué hay de él? —me preguntó.

—Hace casi dos años que murió.

—¿También te trataba mal?

—Simplemente, no me trataba. Creo que me veía como un fantasma al que, si ignoraba, acabaría por desaparecer.

Willow hundió el rostro en mi cuello y me besó en la clavícula. El corazón comenzó a latirme muy rápido. Noté la punta de su nariz recorriendo mi garganta y su aliento en la piel. Depositó otro beso en mi barbilla y yo tragué saliva. Rozó la comisura de mi boca y mis dedos se hundieron en su espalda.

—No eres un fantasma ni un ser defectuoso. No eres un error. Al contrario, tu existencia es un regalo para los que hemos tenido la suerte de conocerte. Mereces que te quieran y te amen —susurró.

No pude contestar porque el nudo que tenía en la garganta se deshizo hasta convertirse en una emoción desconocida que no sabía cómo manejar. Los labios de Willow quedaron suspendidos sobre los míos al igual que sus palabras. Un segundo. Dos. Tres...

Se inclinó y me besó como si necesitara demostrarme a través de ellos que sentía de verdad cada cosa que había dicho. Mi cuerpo reaccionó. Despertó. Y se derritió cuando deslizó la mano bajo mi camiseta y trepó por la piel de mi estómago. Sujeté su muñeca cuando inició el descenso.

—Esto puede esperar, aún tienes fiebre —dije con la voz áspera.

—Estoy bien, y quiero hacerlo.

Apreté los párpados con fuerza. Su boca volvió a posarse sobre la mía. Me mordió y yo gemí en respuesta. Solté su muñeca y contuve el aliento mientras su mano encontraba la cintura de mis pantalones y se colaba debajo. Me estremecí. Su contacto me mareaba. Suave, pero firme. Desinhibido y generoso.

Me abandoné a sus besos y caricias como si fuese mi primera vez y no supiera nada. Porque así era como me sentía. Había estado con más chicas, pero ninguna me había tratado como ella lo estaba haciendo. Ardiente y amorosa, con ese dulce anhelo que me hacía sentir deseado. Me entregué completamente al momento.

La sangre me fluía por las venas cada vez más rápido.

Un poco más y perdería el control. Quería perderlo, dejarme llevar.

Aunque antes quería hacer otras cosas.

Rodeé a Willow con mis brazos y la cama emitió un ligero crujido cuando la hice girar y me coloqué sobre ella. La besé en la frente. En la nariz. En cada comisura. Le acaricié los costados, tracé huellas en sus caderas y el sendero que acababa entre sus piernas. Al tocarla, emitió un sonido que me hizo apretar los dientes. Quería ir despacio, pero ella no me lo estaba poniendo fácil. Su cuerpo bajo el mío no dejaba de moverse. Había llegado al límite de su paciencia, lo sabía por el modo en el que parecía querer fundirse conmigo. Y porque yo me sentía igual.

Bajo las sábanas nos deshicimos de la ropa. Sin dejar de besarnos. Ni de acariciarnos.

Todo en mí latía y ardía. Dolía la piel y debajo de ella. Cada roce. Cada caricia y cada gesto eran una tortura.

—Espera —susurré sin aliento.

Me incliné y saqué un brazo fuera de la cama para abrir mi mochila. La palpé hasta encontrar la cremallera. Hundí la mano dentro y cogí la caja que había comprado el día anterior. Saqué uno y lo rasgué.

Sentí la sonrisa de Willow al ver el condón.

—¡Qué previsor y confiado! —dijo divertida.

Noté que se me calentaban las mejillas.

—Un soñador esperanzado, más bien.

Temblé de anticipación cuando impulsó las caderas hacia mí. Entorné los ojos y respiré entre dientes. A duras penas contuve un gruñido al tiempo que resbalaba dentro de ella. Me quedé quieto e inspiré un par de veces. Apoyado en los brazos, incliné la cabeza y la besé, su boca sabía a pasta de dientes y a algo muy suyo. Algo dulce.

Comencé a moverme. Despacio. Profundamente. Atento a sus movimientos, sus sonidos, los murmullos que escapaban de su garganta y sus manos guiándome. No quería perderme nada. Quería averiguarlo todo. Qué le gustaba. Cómo le gustaba. Descubrirlo mientras contemplaba su rostro entre las sombras.

La forma en la que suspiraba impaciente cada vez que me hundía en ella me volvía loco. La besé apasionadamente y marqué un ritmo más rápido. Piel con piel. Sudor y saliva. Dos cuerpos conectados más allá de lo físico. Un vínculo real dentro de una fantasía. Nuestra fantasía, y supe que no renunciaría a ella por nada ni por nadie. Porque era jodidamente perfecta y se sentía tan bien.

¿Mientras durara? ¿Y por qué no para siempre? No era un disparate y sentía que podía intentarlo. Con ella sí.

Su respiración se volvió más rápida y superficial. Estaba cerca, muy cerca. Tanto como yo. La escuché gemir, el preludio de un placer arrollador. Sentí el momento exacto en el que se abandonaba, se dejaba llevar.

Segundos después, era mi cuerpo el que se derretía.

Willow se quedó dormida entre mis brazos. La observé en la penumbra. Tenía los labios entreabiertos y su respiración era lenta y profunda. El rostro completamente relajado. Era preciosa. Fuerte y vulnerable al mismo tiempo. Era buena. Divertida. Y lo más importante: yo le gustaba. Hunter, el tipo normal que era un desastre. No Hunter Scott.

Bostecé cansado, pero hacía tanto tiempo que no me sen-

315

tía tan bien, tan feliz, que no quise rendirme al sueño por miedo a que desapareciera.

Willow se dio la vuelta y se abrazó a la almohada. Me puse de lado y besé su espalda desnuda. Cerré los ojos y unas notas sonaron dentro de mi cabeza. Imaginé las cuerdas de una guitarra y mis dedos sobre ellas. Un patrón simple. Pequeños cambios. La repetí de nuevo. No tenía ni idea de dónde había salido, pero allí estaba.

—*Sweet night. I never want it to end. I can feel the weight of my heart get lighter. And I know I'll be okay.*

Dejé de respirar.

Me levanté de la cama y me vestí sin hacer ruido. Cerré la puerta del dormitorio al salir y bajé las escaleras a toda prisa. Los latidos acelerados de mi corazón se entremezclaban con los acordes que sonaban en mi cabeza. Con las palabras que tomaban forma y no dejaba de repetir para no olvidarlas.

Localicé mi bolsa. Saqué el bloc de notas, algo para escribir y cogí mi guitarra.

Empecé a tocar. Un acorde tras otro. Añadí unas cuantas notas. Intercalé otras. La mezcla comenzó a sonar dentro de mí.

Eufórico, me llevé una mano a la cabeza y solté un suspiro entrecortado.

La oía. Podía sentirla. Mi música.

—*Sweet night. I never want it to end. I can feel the weight of my heart get lighter. And I know I'll be okay. I'll be okay if you stay with me until the day begins.*

# 24
# Erin

Querido diario:

Han pasado tres semanas desde que me instalé en la residencia y comenzaron las clases, y no puedo sentirme más feliz. Cuando llegué aquí, estaba convencida de que todos me verían como un bicho raro y me convertiría en una marginada, pero no ha sido así.

¡He hecho amigos! Ni yo misma me lo creo.

En la residencia, comparto la habitación con otras dos chicas, Jenn y Susan. Son geniales. Jenn también estudia Enfermería y Susan quiere ser matrona. Como estudiamos en la misma facultad y nuestros horarios son muy similares, pasamos mucho tiempo juntas.

Hace unos días, mientras estudiábamos en la biblioteca, conocimos a un chico. Acaba de matricularse y la verdad es que está tan perdido como lo estábamos nosotras los primeros días, así que hemos decidido acogerlo en nuestro pequeño grupo.

Se llama Tim y es de un pueblecito costero de Maine. Su familia quiere que estudie Medicina y se especialice en Odontología o Cirugía plástica, creen que así podrá ganar mucho dinero algún día. Sin embargo, tengo la impresión de que a Tim no le interesa nada de eso. Se pasa el día hablando de barcos, langostas y nasas. De las mareas y las mejores zonas de pesca de toda la costa Este.

Ha prometido que el próximo verano nos llevará a navegar en el barco de su abuelo.

Nunca he subido a un barco.

El sábado por la noche hay una fiesta y nos han invitado. Una parte de mí se muere por ir, pero otra teme de una forma muy profunda que papá y mamá se enteren. Si hago algo que les parezca inadecuado, sé que me llevarán a casa de inmediato y mi único futuro será casarme con alguien que ellos aprueben y convertirme en esposa y madre.

Jenn dice que es imposible que puedan averiguar nada desde tan lejos, pero yo no estoy tan segura. Quizá sea un miedo irracional, no lo sé, pero arriesgar lo que he encontrado aquí por una fiesta me parece innecesario.

No quiero regresar a Hasting.

No puedo volver a casa.

## 2 de marzo

*Querido diario:*

*Papá y mamá han venido a verme por sorpresa.*

*Cuando he salido de clase, algunos compañeros han propuesto ir a un café cercano. Es algo habitual, que solemos hacer a menudo para compartir apuntes y ayudarnos con las dudas. Sin embargo, hoy me he despertado con un presentimiento extraño que no me ha permitido relajarme en todo el día y, en el último momento, me ha hecho regresar a la residencia sin entretenerme. Creo que ha sido cosa de Dios, que aún sigue velando por mí aunque no siempre lo merezca.*

*Cuando he entrado en la habitación, casi me desmayo de la impresión al encontrarlos sentados en mi cama. Frente a ellos, Jenn y Susan parecían dos estatuas de piedra. Al verme entrar, he podido sentir el alivio en sus caras. Se han marchado de inmediato y no las culpo, aunque hubiera preferido que se quedaran. Sé que mis padres resultan intimidantes.*

*En cuanto nos hemos quedado a solas, mamá se ha puesto a revisar mis cosas como un policía buscando drogas. Ha abierto el armario y lo primero que ha visto es la ropa que Susan me presta cuando me animo a salir con ella y sus amigas.*

*—¿Y esta falda? —me ha preguntado.*

*—No es mía.*

*—¿Y por qué está en tu armario?*

*—A Susan le encanta la ropa, tiene mucha, y yo le dejo algo de espacio. Nada más —he mentido.*

*—¿Y siempre se viste como una prostituta? —ha dicho con desdén. He abierto la boca para defenderla, pero la mirada que me ha lanzado papá ha hecho que guarde silencio—. Erin Josephine Beilis, espero que te estés comportando como una buena cristiana y no te relaciones con chicas como esas. No son*

*una buena influencia para ti. Dedícate a estudiar y obtener buenas notas, para eso estás aquí, ¿entendido?*

*—Sí, mamá.*

*—Si tengo la más mínima sospecha de que te desvías del camino recto, volverás a casa de inmediato.*

*—No lo haré.*

*Después hemos rezado los tres juntos por mi alma.*

*Sueño con el día en que me gradúe y encuentre un trabajo que me permita vivir por mi cuenta, sin depender de nadie y menos de mis padres. Lejos de casa, de la iglesia, incluso de Vermont. Sin embargo, siento en lo más profundo de mi corazón que eso nunca será posible, creo que la sombra de mis padres me seguirá allá donde vaya.*

*Ojalá tuviera más valor para hacer las cosas de otro modo.*

*Ojalá pudiera ser más fuerte, pero no lo soy.*

*A veces siento que no soy nada.*

*Solo huesos y carne, sin ninguna voluntad.*

## 15 de mayo

Querido diario:

Estas últimas semanas están siendo una locura. Imaginaba que los exámenes finales serían estresantes, pero no tanto. Hace días que apenas duermo o como. Mi vida se reduce a estudiar. No puedo permitir que mis notas bajen de sobresaliente, la beca depende de ello y sé a ciencia cierta que no superaré al cien por cien los exámenes prácticos.

Ya no me mareo cuando veo una aguja o un poco de sangre, pero las manos me siguen temblando como si fuesen de gelatina. Estoy tan agobiada que Jenn y Tim se han ofrecido como conejillos de Indias para que practique, pero me da no sé qué «ensartarlos». Esa es la palabra que la profesora Jenkins usa cada vez que me ve empuñar una vía intravenosa o una sonda.

Al menos, se me da bien coser heridas. Bordar con mamá desde los cinco años debía servirme para algo.

En fin, tres semanas más y el curso habrá terminado. ¡Dios, no quiero que termine! Sé que las vacaciones de verano me van a parecer eternas en Hasting. Echaré de menos a mis amigos, y salir con ellos. Ahora que he probado el sabor de la libertad, regresar a la prisión que es mi casa se me hace insoportable.

Si al menos pudiera viajar a Maine con Jenn y Susan el próximo mes de julio. Tim ha cumplido su palabra y nos ha invitado a la tres a pasar unos días con su familia. Ni siquiera me lo planteo, porque sé que mis padres no me dejarán visitar la casa de un chico jamás, aunque el mismísimo cielo me abra sus puertas y me dé su bendición. Susan insiste en que les *pregunte, que lo intente porque quizá me sorprenda. No sé cómo explicarle que una pregunta tan simple como esa papá la interpretaría como una falta de respeto y un acto de rebeldía. Si mi amiga supiera que me ha abofeteado por menos.*

# 25
# Willow

Hay escenas que se quedan grabadas en la retina y permanecen en tu mente como una fotografía, nítidas e inalterables, por mucho que el tiempo pase. Hay días que arreglan y sanan cosas que no sabías que estaban rotas y personas que logran que sientas que no te falta nada. Que colorean tu mundo con tonos que no sabías que podían llegar a existir y que te hacen querer terminar cada frase con un «pero contigo». Como sea, donde sea, pero contigo.

Era el día de Navidad y en la casa de mi abuela se respiraba un ambiente hogareño y familiar como no recordaba. Afuera nevaba de nuevo y en el equipo de música sonaba *White Christmas*, en las voces de Bing Crosby y Frank Sinatra. Nuk dormía sobre la alfombra junto al fuego, después de haber destrozado a mordiscos todos los calcetines que colgaban de la chimenea. No importaba el color o el tamaño, ni de qué estuvieran hechos, odiaba los calcetines.

El pudin de chocolate se acabó en un suspiro y fui a la cocina por más.

De vuelta al comedor, me detuve en el umbral y con un vuelco en el corazón contemplé desde lejos a todas las personas que se sentaban a la mesa, repleta de platos y vasos y las sobras de una comida deliciosa. Gente especial e importante para mí, que no imaginaba que acabarían reunidas como una familia en un día como ese.

Para sorpresa de todos, mi padre había aparecido en casa acompañado de Hope, a la que finalmente había invitado a salir. Aunque olvidó comentarlo con cierta antelación y se creó un pequeño momento de caos, mientras ampliábamos el espacio en la mesa e intentábamos no saltar sobre ellos como hienas curiosas, ávidas de detalles. Una emoción muy intensa me estrujó el pecho al ver a mi padre sonriendo por el simple hecho de estar a su lado.

Junto a ellos, Hunter y Jamie lanzaban picatostes al aire e intentaban atraparlos con la boca en otra de las muchas competiciones absurdas que se les ocurrían. Eran tal para cual. Grant los observaba como un padre orgulloso y a la par resignado a que sus retoños probablemente no maduraran nunca.

Mi mirada se encontró con la de mi abuela y nos sonreímos. Me acerqué a la mesa y coloqué el pudin en el centro. Mientras me sentaba al lado de Hunter y su mano se posaba en mi rodilla, pensé que quizá la vida al final solo se trata de recolectar instantes como aquel y, en lugar de disfrutarlos, nos empeñamos en buscarle un significado más profundo, que solo nos distrae de lo importante.

A última hora de la tarde, le propuse a Hunter ir al pueblo y ver una película. En la plaza habían instalado un cine al aire libre, para los valientes sin miedo al frío y un poco de nieve. Yo no me consideraba nada valiente en ese sentido, pero era un bonito modo de acabar el día de Navidad.

Aparcamos cerca del parque y paseamos sin prisa hasta el centro.

—¡Mira eso, parece un cine de verdad! —exclamó Hunter cuando llegamos.

Tenía razón, la plaza parecía un lugar completamente distinto. Habían colgado una enorme lona blanca en uno de los extremos y frente a ella habían improvisado un patio de butacas con sillas de plástico y pequeños bancos de madera. Guirnaldas de luces dibujaban una carpa sobre nuestras cabezas y creaban un ambiente acogedor. Olía a palomitas y chocolate caliente, y descubrí un puesto ambulante junto a la entrada. Habían pensado en todo.

Nos pusimos en la cola.

—Feliz Navidad, chicos —nos saludó Mary Kate desde la taquilla—. Gracias por venir.

—No podíamos perdernos algo así —dije con una sonrisa.

Ella me devolvió el gesto y centró toda su atención en Hunter.

—Sobre ese pequeño asunto que me consultaste el otro día, creo que he encontrado algo.

—¿De verdad? —le preguntó él.

Ella se inclinó hacia delante, como si fuese a confesarle un secreto.

—Verás, hablé con los chicos de la emisora de radio local, con la corazonada de que alguno de ellos pudiera ayudarte. ¡Y no me equivoqué! —Se rio en voz baja y le puso una mano en el antebrazo. Yo fruncí el ceño, sin entender qué estaban compartiendo—. Da la casualidad de que Larry, el técnico de sonido, es primo de West, el dueño de la tienda de música. ¿Y sabes qué? West heredó la tienda de su padre, Steve Ray. Ese hombre fue músico profesional y productor durante su juventud, y después de retirarse montó un estudio de grabación en el sótano de la tienda. No es muy grande y sí un poco antiguo, pero las cosas que hay dentro funcionan.

—¿Le importará si voy a verlo?

—Estará encantado de enseñártelo.

—Eso es genial, gracias —dijo él con una sonrisa que le ocupaba toda la cara.

—De nada, siempre es un placer ayudarte. —Le dio una palmadita en el brazo y se apresuró a cortar dos entradas. Luego sacó dos bolsitas de una caja en el suelo—. Aquí tenéis, vuestras entradas y una manta para cada uno. No olvidéis devolverlas a la salida y ya sabéis que cualquier donación será bien recibida para nuestro comedor social.

Hunter se apresuró a sacar su cartera del bolsillo y metió varios billetes en una pecera de cristal. Después fuimos en busca de un lugar donde sentarnos. Señalé un banco en la tercera fila y Hunter asintió.

—¿De qué iba eso? —le pregunté a Hunter en cuanto nos sentamos.

Él me miró y se encogió de hombros.

—Sentía curiosidad por si había algún estudio de grabación en la zona y, como ella conoce a todo el mundo, le pregunté. No tenía ni idea, pero se ofreció a ayudarme y parece que ha encontrado uno —me explicó mientras abría una de las bolsas, sacaba una manta de viaje y me la colocaba en las rodillas—. Me pasaré a verlo... Solo por curiosidad.

Lo observé y noté un pellizco en el estómago, mientras recordaba la primera noche que dormimos juntos. Cuando enfermé y él me estuvo cuidando. De madrugada me desperté y descubrí la cama vacía y la puerta de la habitación cerrada. Salí de puntillas y recorrí el pasillo hasta la escalera. Desde el salón ascendía una melodía. Bajé los peldaños muy despacio y vi a Hunter con su guitarra en las manos y un cuaderno abierto sobre la mesa. Me senté y lo observé casi sin respirar mientras él hacía sonar las cuerdas. Nunca lo había visto tan concentrado, ni la expresión que iluminaba su cara mientras sacudía la cabeza, siguiendo el ritmo que él mismo estaba creando. Susurros escapaban de su boca y pude distinguir algunas palabras. De pronto, paraba y anotaba algo en el cuaderno. Volvía a tocar y repetía la misma operación. A los pocos segundos fruncía el ceño, tachaba lo que había anotado y añadía nuevos apuntes, y al rasgar otra vez las cuerdas, notaba pequeños cambios en la melodía.

Me abracé las rodillas y me quedé allí durante horas, observándolo. Escuchando cómo su canturreo apenas audible se mezclaba con la guitarra. Cambiando algo cada vez, hasta que los versos empezaron a tomar forma y su voz sonó mucho más clara. Todo aquel proceso había evolucionado hasta convertirse en una canción preciosa. La cantó completa. Y cuando las últimas notas enmudecieron bajo su mano al detener las cuerdas, vi algo en sus ojos que me hizo comprender lo que él no logró del todo con sus palabras.

Hunter y su música eran un solo ente. Cuerpo y alma. Sin ella, solo era piel y huesos. La necesitaba para vivir como el resto necesitamos un corazón latiendo dentro de nuestro pecho.

Vi un fantasma regresando a la vida.

Los días siguientes, Hunter, su cuaderno y su guitarra se hicieron inseparables.

Ya no había silencio en su interior. Ese vacío que lo atormentaba cada vez era menos profundo y pronto desaparecería. Por fin había encontrado lo que tanto tiempo llevaba buscando. La única razón por la que había acabado en Hasting. Él mismo me lo había confesado.

Ya no le quedaba mucho más que hacer allí y supuse que la cuenta atrás había comenzado. Meses. Semanas. Días... Probablemente ni él lo sabía.

Inspiré hondo y me esforcé por alejar esas ideas y disfrutar de los últimos minutos de la película. *Love Actually*. Nunca me cansaría de verla. Tragué saliva cuando Mark apareció en la puerta de Juliet y llamó al timbre. La miró a los ojos y uno a uno fue pasando los carteles. Una confesión escrita que iba rompiendo su corazón poco a poco y, al mismo tiempo, lo recomponía tirita a tirita. Parpadeé para alejar las lágrimas y vi cómo Juliet salía tras él. Un beso. Un beso amargo como lo son las despedidas.

—Siempre he pensado que debió quedarse con ese tipo —me susurró Hunter.

—Mucha gente piensa que su actitud es la de un acosador.

—Yo solo veo a un hombre enamorado de la novia de su mejor amigo, que intenta pasar página.

—Yo también.

Giramos la cabeza al mismo tiempo y nuestras miradas se enredaron.

—Pero, por ahora, déjame decirte sin esperanza ni programa, y solo porque es Navidad. Y en Navidad se dice la verdad. Para mí, tú eres perfecta. Y mi devastado corazón te querrá, hasta que tengas este aspecto —me dijo en voz baja, recitando el diálogo de la escena.

En ese preciso instante supe que estaba perdida, porque sin darme cuenta me había enamorado de un niño de madera que luchaba por ser real y estaba a punto de conseguirlo. Cuando lo lograra, yo lo perdería para siempre.

# 26
# Hunter

Llevaba un mes componiendo sin parar. Las palabras habían comenzado a fluir y brotaban de mi cabeza hasta el papel. Letras y melodías se derramaban desde mi mente repleta de ideas. No estaba seguro de si eran realmente buenas, pero por primera vez en mucho tiempo había conseguido conectar de nuevo con mis emociones y expresarlas del único modo que sabía.

Le puse voz al dolor, la pena y la rabia que había enterrado en lo más profundo de mi alma y como un bisturí los fui extirpando uno a uno. Le puse voz a la seguridad y la calma que había encontrado. A la felicidad que me inundaba en algunos momentos. Le di voz a todo lo que me golpeaba, a lo que me estaba sanando. A lo que se acumulaba dentro de mí y aún no había logrado ponerle nombre.

Ahora necesitaba hacerlas sonar. Sonar de verdad más allá de mi mente y mis cuerdas.

Steve Ray bostezó desde su silla y se pasó las manos por el pelo. Llevábamos toda la noche grabando nuevas pistas de instrumentos, añadiendo arreglos y cambiando otros.

—¿Qué te parece? —le pregunté

—Ese banjo que suena justo después del segundo estribillo... Yo lo eliminaría. Opaca la voz y en la subida pierde fuerza. Los coros casi desaparecen y no es una cuestión de volumen.

—Tienes razón, la canción queda muy recargada.

—Como se suele decir, menos es más.

Sonreí y me desplomé en el sillón. Estaba tan cansado que si cerraba los ojos solo para pestañear me dormiría.

—Gracias por ayudarme con esto.

Steve se giró hacia mí y me dedicó una sonrisa mientras se quitaba las gafas. Su mirada se perdió durante unos segundos en las paredes repletas de fotos y carteles antiguos, en los que él aparecía. Había conocido y trabajado con músicos a los que yo admiraba tanto que habría vendido mi alma por tener solo la oportunidad de ocupar la misma habitación.

—No, gracias a ti por permitirme ayudarte. Hacía mucho que no me encerraba en un estudio y lo echaba de menos.

—¿No has considerado volver a trabajar? Para mí sería un honor contratarte, tus ideas encajan con las mías.

—Ya estoy mayor para todo esto y mi oído no es el que era. Además, soy de la vieja escuela y no tengo ni idea de cómo funcionan los nuevos equipos. Tampoco tendría paciencia para aprender.

—Tenía que intentarlo —me reí.

Eché hacia atrás la cabeza y contemplé el techo. Sonreí satisfecho.

—He trabajado con muchos compositores y muy pocos tienen tu talento. Posees un don, Hunter Scott. Componer y producir una música tan buena en solo tres semanas es algo que muy pocos pueden hacer.

—Es este lugar —comenté en voz baja al tiempo que apoyaba las manos detrás de la nuca y pensaba en Willow. Ella era la razón, en realidad. El detonante y mi catarsis. ¿Por qué? Me daba miedo analizarlo.

—El mío era mi esposa —dijo Steve, como si me hubiera leído la mente. Lo miré a los ojos. Me sonrió con complicidad—. Deberíamos terminar por hoy, dieciséis horas es mi límite.

Le eché un vistazo al reloj y di un respingo, sorprendido. Había perdido la noción del tiempo. Me despedí de Steve y fui en busca del coche para regresar al lago. Un amanecer gris y brumoso comenzaba a asomarse sobre las montañas. Hacía frío y mi aliento se condensaba alrededor de mi rostro. Subí al coche y encendí la calefacción.

Cuando aparqué junto a la casa, a través del parabrisas vi el primer rayo de sol asomando tras la cresta más alta. No importaba cuántas veces lo hubiera visto ya, el amanecer en aquel lugar me parecía un espectáculo impresionante que no dejaba de sobrecogerme.

Salí del coche y me dirigí hacia la orilla del lago. Mientras caminaba, encendí un cigarrillo. Di una profunda calada y solté el humo muy despacio. Cada vez fumaba menos, pero no conseguía dejarlo. Me detuve junto al borde congelado y observé cómo el cielo, salpicado de nubes blancas, se teñía de tonos naranjas y violetas.

Caminé haciendo crujir el hielo bajo mis botas. Me gustaba ese sonido.

—Buenos días.

Alcé la vista de golpe y vi a Meg sentada en un tocón, un poco más adelante. Tenía una manta sobre los hombros y bebía sorbitos de un vaso térmico.

—Hola —saludé—. ¿También has salido a ver el amanecer?

—Algo así. Me gusta venir hasta aquí y sentarme a pensar.

Fruncí el ceño.

—¿Pensar en qué?

—Pues en el sentido de la vida, por ejemplo —replicó. Mi frente se arrugó un poco más. Ella me miró y alzó las cejas—. ¿Qué pasa, que alguien de mi edad no puede preocuparse por esas cosas? Probablemente viva mucho más tiempo que tú, como continúes fumando ese veneno.

Como un niño al que acababan de descubrir haciendo algo malo, escondí la mano con la que sostenía el cigarrillo. Le dediqué una sonrisa de disculpa, mientras lo apagaba y me guardaba la colilla en el bolsillo.

—Pienso dejarlo.

Meg me observó con ternura y se puso en pie.

—Últimamente no te veo mucho —comentó.

—He vuelto al trabajo, lo echaba de menos.

—Eso está bien, me alegro por ti.

—Sí, yo también.

—¿Y cómo estás, has averiguado algo más en los diarios de Erin?

Negué con la cabeza y asentí casi al mismo tiempo.

—Muchas cosas. Era una persona increíble y demasiado buena para la gente que la rodeaba. Aunque ella creía que no, era bastante divertida. A veces me río a carcajadas cuando leo algunas de las cosas que le pasaban. Dios, ¡era tan inocente! —Hice una pausa y golpeé el suelo con la punta de mi bota—. En el último diario que he leído, habla sobre su primer año en la universidad. Tenía dieciocho años entonces. Imagino que ya no quedan muchos más.

Inspiré de forma entrecortada y contemplé el lago congelado. Brillaba como si hubieran esparcido diamantes sobre la superficie.

—No es malo tener miedo —dijo Meg en voz baja.

—¿Quién dice que lo tengo? —repuse un poco a la defensiva, porque en realidad estaba asustado y enfrentarme a mis inseguridades me hacía sentir débil.

—Todos tenemos miedo, Hunter, y admitirlo no es malo. Al contrario, nos ayuda a ser más humanos y nos hace más fuertes.

Observé su perfil y la paz que iluminaba su expresión.

—Quizá sí tenga un poco —confesé.

Ella se acercó y me estrechó entre sus brazos con afecto.

—Sea lo que sea lo que encuentres, no olvides que no estás solo.

Abrí la boca para contestar, pero no pude. Un nudo apretado me cerraba la garganta. Así que solo la abracé. Lo hice con fuerza y un asomo de desesperación. Agradecido por haberla conocido y formar parte de su vida, y de que ella quisiera estar en la mía.

Meg me había ofrecido su amabilidad y cariño desde el primer día, sin juzgarme.

Hay personas que curan tu vida con sus dosis infinitas de paciencia. Son rayos de sol entre las nubes. Te obligan a abrirte sin que te des cuenta y, una vez que te dan la mano, ya no te sueltan. No importa lo lejos que estés de ellas, siempre las sentirás cerca.

Meg era una de esas personas.

# 27
# Hunter

Los tres estábamos sentados en la sala, con el televisor encendido, pero sin sonido, esperando a que Grant llegara del instituto. Observé a Jamie con disimulo y empecé a preocuparme. Jamás había visto a nadie tan pálido ni que sudara tanto. No dejaba de mover la pierna derecha y el sonido que hacía su zapatilla contra el suelo me estaba poniendo los nervios de punta.

—Estoy nervioso.

Era la tercera vez que repetía lo mismo en menos de un minuto. Entorné los párpados y le lancé una de las patatas fritas que me habían sobrado de una bolsa de aperitivos.

—Dilo otra vez y te sacudo —le gruñí.

Jamie agarró la patata y me la tiró de vuelta. La atrapé con la boca y le dediqué un gesto de burla. Él me enseñó el dedo. A su lado, Cameron bajó la cabeza para esconder una sonrisa.

—¿Y si no lo acepta? —preguntó Jamie, otra vez. Puse los ojos en blanco y fingí que me desmayaba—. Al menos podrías tomarme en serio, estoy preocupado.

Dejé escapar un suspiro.

—Lo hemos hablado un millón de veces, Jamie. Conozco

a tu padre lo suficiente como para saber que lo vuestro le va a parecer bien.

—¿Estás seguro?

Y con esas dos palabras, agotó mi paciencia. Salté sobre él y lo cogí por el cuello.

—Eres peor que un grano en el culo. Me tienes harto. ¿Sabes lo que creo que va a pasar?

—Suéltame y te lo demuestro —gruñó él mientras forcejeaba para que lo soltara.

—Cuando tu padre conozca a Cameron, querrá cambiarte por él. Míralo, es más guapo y listo que tú. Y menos pesado.

Cameron rompió a reír y apartó los pies cuando Jamie y yo caímos al suelo. Se había acostumbrado a ver cómo nos molestábamos el uno al otro y no nos tomaba en serio. Fastidiarnos se había convertido en un hábito divertido entre mi hermano y yo.

—Eres idiota —dijo aferrado a mi cintura.

Le clavé el codo en las costillas.

—Y tú más.

—Pienso ponerte pimiento habanero en los tacos.

—Si vuelves a hacer eso, juro que te mato. Casi me provocas una úlcera.

—Aún espero el autógrafo de Jana Kramer que me prometiste.

—Cuando me lo supliques —me reí, y le di una colleja.

Una voz hizo que me detuviera en seco.

—Bienvenido a casa, papá. ¿Qué tal tu día, papá? Nos alegramos de verte, papá.

Desde el suelo, miré perplejo a Grant. No lo habíamos oído llegar. Nos levantamos a toda prisa, y Cameron también se puso en pie.

—Bienvenido a casa, papá —dijo Jamie.

—¿Qué tal tu día, Grant? —saludé.

Cameron se aclaró la garganta antes de hablar.

—Me alegro de conocerle, señor.

Grant dejó su bolsa de deporte sobre la mesa y paseó la mirada sobre nosotros hasta detenerse en Cameron. Sus labios se curvaron en una ligera sonrisa.

—Hola. Yo también me alegro de conocerte... —Se quedó callado, a la espera de un nombre.

Jamie carraspeó.

—Estoooo, papá, él es... Es Cameron. Se lla-llama Cameron. Él es mi a-amigo. Bueno, no. Quiero decir, sí. Es mi amigo, pe-pero también... Lo que quiero decir...

Apreté los párpados y bajé la cabeza. Jamie no paraba de tartamudear y se había puesto rojo. No quería reírme, de verdad que no, pero me estaba costando un mundo controlarme.

Cameron dejó escapar un suspiro, apenas audible, y dio un paso adelante.

—Señor, mi nombre es Cameron Maeda y estoy saliendo con su hijo. Para Jamie es muy importante su aprobación, así que estoy aquí para que me conozca y poder decirle que... —Hizo una breve pausa—. Que Jamie es un chico increíble y mis sentimientos por él son sinceros. Deseo de todo corazón que esto le parezca bien.

Parpadeé sorprendido. De acuerdo. Creo que los tres lo hicimos. Ninguno esperábamos aquello y me pareció una puta pasada. Cameron acababa de colarse en mi top cinco de personas a las que admirar, por encima de Tim McGraw. Por el rabillo del ojo vi que a Jamie se le aflojaban las rodillas. Le di un codazo para que dijera algo y apoyara a su novio, en lugar de quedarse quieto como un pasmarote. Abrió la boca, pero Grant se le adelantó:

—Bueno, después de esta presentación, sería un idiota si no te aceptara como a un hijo más.

—Te lo dije —le susurré a Jamie en tono de burla.

—¡Que te den!

Grant tragó saliva y añadió:

—Cameron, te agradezco mucho tu sinceridad y este gesto. Si Jamie también siente lo mismo que tú, no tengo nada que objetar. Lo único que quiero es ver a mi hijo feliz.

—Lo siento, papá —intervino Jamie. Hizo un gesto con la mano—. No quiero decir lo siento como arrepentimiento. No me estoy disculpando. Quiero decir que... siento lo mismo. Tengo sentimientos por Cameron, no que sienta lo mismo que él, porque eso significaría que me quiero a mí mismo.

—¡Por Dios! —gemí frustrado—. Lo hemos entendido, Jamie.

Grant apretó los labios para no reírse. Se acercó a Cameron y le puso la mano en el hombro con afecto.

—Deberíamos celebrar que esta familia tiene un nuevo miembro. ¡Os invito a comer fuera! ¿Te gusta el pescado, Cameron?

—Sí, señor.

—Por favor, no me llames señor. Con Grant basta. Y tutéame, hijo.

—Grant —repitió él.

—Por cierto, Maeda es de origen japonés, ¿verdad?

—Sí, mi padre nació en Tokio, pero su familia vino a Estados Unidos cuando él era muy pequeño.

—Me encanta el cine japonés. Sobre todo, las películas de Akira Kurosawa.

—A mí también me gustan —señaló Cameron mientras se dirigían al vestíbulo—. ¿Cuál es tu favorita?

Grant se quedó pensativo un instante.

—*Ran*. Me parece una obra maestra —respondió.

Una vez fuera, Jamie y Cameron se adelantaron hacia el coche y Grant se entretuvo cerrando la puerta con llave. Lo esperé. Al darse la vuelta y verme, comenzó a sonreír. Me rodeó los hombros con su brazo.

—Gracias por apoyar a tu hermano, dudo que solo hubiera podido dar el paso —me dijo en voz baja.

—No he hecho nada fuera de lo normal —respondí. De inmediato, me di cuenta de algo. Lo miré con los ojos muy abiertos—. Un momento, ¡tú ya lo sabías!

Grant asintió.

—Tu madre me lo dijo. He tenido tiempo para prepararme y hacerme a la idea.

—Pero ¿te parece bien que estén juntos?

—Por supuesto, mi mente no es tan cerrada y soy sincero cuando digo que lo único que me importa es la felicidad de Jamie. Quiero que viva una vida sin arrepentimientos ni secretos —respondió en voz baja—. ¿Crees que se ha notado?

—¿Que ya lo sabías? —pregunté. Asintió con la cabeza—. Para nada, tu actuación ha sido de diez. Aunque... igual lo del cine japonés sobraba.

—Pero ¡si todo lo que he dicho es cierto! Me encanta, incluso estoy viendo una serie en la que obligan a un grupo de gente a competir en unos juegos muy peligrosos.

Mientras nos dirigíamos al coche, continuó explicándome el argumento de la serie. Algo sobre unos naipes y unos láseres rojos que caían del cielo. Acabó picándome la curiosidad y le prometí que la vería con él. En realidad, le habría prometido cualquier cosa con tal de pasar algo de tiempo con él.


Ya había anochecido cuando regresé al lago. Nada más bajar del coche, fui en busca de Willow. Últimamente no nos veíamos tanto y la culpa era mía. Había dedicado demasiado tiempo a la grabación y mezcla de mis temas en el estudio. Sin ser consciente de ello, había entrado en un estado obsesivo, alimentado por un exceso de dopamina al recuperar mi capacidad para componer. El resultado eran doce temas que habían dejado mi mente vacía y mi cuerpo exhausto. Mi alma y mi corazón curándose de las heridas.

Llamé al timbre y esperé, ansioso por verla.

Sonó un clic y la puerta se abrió. Willow apareció al otro lado. Llevaba un vestido de punto y medias gruesas, el pelo suelto y alborotado. Estaba preciosa. Le sonreí y ella me contempló de arriba abajo sin ninguna expresión.

—Hola —saludé.

—¿Puedo ayudarte en algo?

—¿Qué?

—Disculpa, ¿te conozco? —me preguntó, fingiendo indiferencia.

Eso me escoció un poquito, pero me lo merecía. Me la quedé mirando y entorné los ojos. Entonces, sin previo aviso, la levanté del suelo por las caderas y me la eché sobre el hombro. Entré en la casa y cerré la puerta con el pie.

—¿Qué haces? Bájame —chilló Willow muerta de risa. Le di una palmada en el trasero y ella gritó más fuerte—. Hunter, eso duele.

La dejé caer de espaldas en el sofá. Me quité el abrigo a la velocidad de la luz y atrapé su cuerpo bajo el mío. Ella me sostuvo la mirada sin dejar de sonreír. Me incliné hasta que mis labios rozaron los suyos. Su aliento me hizo cosquillas. Le acaricié la mejilla con la nariz y besé su comisura. Solo el aroma de su piel ya me ponía a mil.

—¿Empiezas a recordarme?

—No, no me suenas de nada.

Cubrí su boca con la mía y le di un beso húmedo y profundo.

—¿Y ahora?

Ella entornó los ojos, que brillaron con cierta malicia. Su pecho se movía como si le faltara el aire.

—Empiezas a resultarme familiar.

Deslicé la lengua con suavidad entre sus labios y, al abrirlos para mí, sentí que me derretía. Era consciente de sus manos en mi cintura y el calor que emanaba de su cuerpo. De su respiración agitada y la emoción que me asfixiaba. Willow era mi serotonina. Me calmaba. Me daba confianza. Era mi refugio.

Sin previo aviso, la puerta principal se abrió. Me giré de golpe y vi a Meg parada en medio de la sala. Tras ella, había otras cinco mujeres y todas nos observaban con los ojos muy abiertos. Hubo un montón de exclamaciones.

—¡Willow!

—¡Abuela! —gritó mientras me empujaba para que me quitara de encima—. ¿Qué hacéis todas aquí?

—Es jueves, ¿recuerdas? El día que el club se reúne.

Me puse en pie, más sorprendido que avergonzado. A esas alturas, no había nadie en Hasting que no supiera que Willow y yo estábamos juntos. Sonreí y alcé la mano a modo de saludo. Las conocía a todas ellas. Si no recordaba mal, sus nombres eran Anna, Isabella, Maisie, Nicole y Tessa, la más cercana a mí.

—Hola —saludé.

Todas me sonrieron. Salvo una, que había escondido el rostro en la cortina. Tessa le dio un tironcito a la manga de su abrigo.

—Anna, puedes darte la vuelta, aún están vestidos.

Anna se giró con la cara completamente roja y nos sonrió. Apreté los labios para no reír. La escena era demasiado graciosa y surrealista. Willow me dio un codazo para que me comportara, pero logró el efecto contrario y estallé en carcajadas. Por suerte, no fui el único y el ambiente se relajó.

En cuestión de segundos, la casa se llenó de voces y risas, mientras se contaban entre ellas sus pequeños dramas del día a día. Era imposible no darse cuenta de la amistad genuina e incondicional que compartían.

—¿Qué vamos a hacer hoy? —preguntó Nicole.

—Le tocaba elegir a Maisie —les recordó Tessa.

—Así es, y he traído algo que os va a encantar —anunció Maisie mientras sacaba una caja de madera de una bolsa y la llevaba a la mesa. La abrió con un gesto de teatralidad que me arrancó una sonrisa—. ¡Una güija!

—¡Tienes que estar de broma! —exclamó Anna al tiempo que se alejaba de la mesa.

—Será divertido —apuntó Maisie.

Isabella sacudió la cabeza.

—No sé yo... A mí todo lo esotérico y paranormal me da repelús. ¿Habéis visto *Witchboard*?

—¿La película? Yo sí, no pude dormir en semanas —susurró Anna.

—Pero ¿alguien de verdad cree que estas cosas funcionan? —preguntó Nicole con escepticismo.

—La pregunta es ¿a quién queréis invocar? —intervino Meg muerta de risa.

—A mí me encantaría hablar con Virginia Woolf o Frida Kahlo. ¡Arriba el feminismo, chicas! —apuntó Isabella.

—Diana de Gales —propuso Anna—. También era muy feminista.

—Robert Redford —chilló Nicole.

—Aún sigue vivo —replicó Tessa.

—Alan Rickman —se apuntó Willow—. Adoraba su trabajo.

Mientras ellas discutían para ponerse de acuerdo, yo salí de la sala sin llamar la atención y me dirigí a la cocina. Me serví un vaso de agua y lo bebí despacio mientras miraba a través de la ventana. Me moría por un cigarrillo. Palpé mis bolsillos y suspiré de alivio al encontrar la cajetilla de tabaco.

Luego salí por la puerta trasera y caminé unos pasos hacia la oscuridad. La temperatura había bajado bastante, pero era soportable. Encendí un pitillo y aspiré el humo. Desde allí podía oír la fiesta parapsicológica que Meg y sus amigas habían montado en la casa. La risa de Willow llegaba hasta mí, vibrante y divertida. Esa chica me gustaba tanto que me costaba comprenderlo. De forma sigilosa, sin hacer ruido, se fue colando en mi mente, en mis brazos y en mi corazón. Ahora era una pieza importante en mi vida y no imaginaba nada de lo que no quisiera que formara parte, porque nunca me había sentido menos solo que cuando ella estaba conmigo.

Por esa razón, cada vez pensaba más en nuestro acuerdo, en ese «mientras dure» que habíamos pronunciado como algo a corto plazo destinado a terminar, y me ponía nervioso. No quería que acabara. Tampoco veía motivos para que lo hiciera. Mi regreso a Nashville era una sombra que no podía ignorar. Sobre todo, ahora que había vuelto a componer. Tenía un trabajo y una carrera que no podía abandonar. Además, no quería hacerlo.

Sin embargo, nada impedía que Willow pudiera venir conmigo. Mi casa era enorme y tendría su propio espacio. Las oportunidades en una gran ciudad son mucho mayores y podría encontrar sin ningún esfuerzo un trabajo que le gustara. Si no, yo crearía uno a su medida. Haría cualquier cosa que la mantuviera a mi lado.

—¿Qué te tiene tan concentrado?

Di un respingo, sobresaltado, y vi a Tessa a mi lado. No la había oído acercarse.

—Nada, solo pensaba.

Ella asintió y señaló mi mano con la barbilla.

—¿Tienes otro pitillo?

Le di la cajetilla y el mechero, y ella me lo agradeció con

una sonrisa. La observé mientras lo encendía y exhalaba una bocanada de humo.

—Me reconforta ver lo bien que te has adaptado y lo feliz que eres entre nosotros. Ojalá Erin hubiera podido verlo —me dijo.

—Háblame de ella.

—No sabría por dónde empezar. Ella... ella siempre fue, es y será mi mejor amiga. Era buena, era sensible, era el ser más puro que nunca he conocido. No había maldad en ella y por esa razón sufrió tanto.

—¿A ti tampoco te habló de mi padre?

—No, nunca me dio detalles —me aseguró—. Verás, fuimos a universidades distintas y, aunque lo intentábamos, no podíamos hablar muy a menudo. Las clases, los exámenes, horarios diferentes. A veces, era difícil. Solo sé que, a finales del segundo curso, un día me llamó llorando y dijo que estaba embarazada. No quiso hablarme del chico que la había dejado así, le daba vergüenza y me juró que me lo contaría todo más adelante. Tampoco pensaba decirles nada a sus padres, por el momento. Yo me ofrecí a ayudarla, le prometí que estaría con ella y contigo. Que me convertiría en tu segunda madre, si era necesario. Eso la tranquilizó. Semanas después, desapareció. —Hizo una larga pausa, como si estuviera ordenando sus recuerdos—. Lo siguiente que supe de Erin fue que estaba en Hasting con sus padres. No logré hablar con ella, nunca le pasaban las llamadas, y tuve que esperar a las vacaciones de Navidad para colarme a la fuerza en su casa. Cuando por fin la vi, me quedé impactada. No era más que un saco de huesos. No hablaba, no dormía, no comía. Se cerró por completo y no imaginas lo mucho que me costó atravesar ese muro de depresión que la consumía y llegar a ella. Con el paso del tiempo, y muy poco a poco, comenzó a mejorar. Y aun así nunca me habló de ti o tu padre.

Lo único que me dijo fue que tuvo un bebé, pero que ya no estaba. Luego me hizo jurarle sobre nuestra amistad que jamás volvería a mencionar nada al respecto.

—¿Qué demonios le pasó? —inquirí.

—Ojalá lo supiera, porque es algo que nunca he dejado de preguntarme. Sea lo que sea, nunca lo superó.

La observé de reojo.

—¿Lo habrías hecho? —Ella me devolvió la mirada con un interrogante—. ¿Te habrías convertido en mi segunda madre?

—Sí, por supuesto, y esa promesa sigue en pie, Hunter. Puedes contar conmigo siempre que me necesites —me dijo sincera.

Me froté la nuca para aflojar el nudo que me oprimía la garganta.

Casi cuatro meses atrás, me había instalado en aquel lago yo solo, perdido y sin rumbo, sin saber quién era. Ahora, mi mundo estaba lleno de personas a las que importaba y me seguía pareciendo un sueño.

# 28
# Willow

Abrí la puerta de la secadora y el olor a ropa limpia y calentita penetró en mi nariz. Me encantaba el aroma a lavanda del suavizante que compraba mi abuela. Despertaba recuerdos de cuando era pequeña y mi abuelo construía tiendas de campaña en el salón con la ropa de cama.

Saqué las sábanas y enterré el rostro en ellas durante unos instantes. Después las puse en el cesto y cargué con él hasta mi habitación. Era día de limpieza y colada. Lo dejé en el suelo y, al levantar la mirada, vi copos de nieve balanceándose con suavidad al otro lado del cristal.

—No puedo creer que esté nevando otra vez —dije en voz alta.

—Pensaba que te gustaba la nieve —replicó mi abuela desde el pasillo.

Me giré al oírla.

—Y me gusta, pero estamos a finales de febrero. ¿No debería haber pasado ya la temporada de nieve?

—Cariño, recuerdo nevadas en abril que llegaron a dejarnos incomunicados durante días.

Observé cómo la nieve se arremolinaba más allá del cristal de la ventana. Me fijé en la hierba y vi que comenzaba a teñirse de blanco. Los copos no se derretían. Pronto lo cubrirían todo, si continuaba nevando de forma tan copiosa.

—Vamos, te ayudaré a hacer la cama —dijo mi abuela.

Me puse a un lado del colchón. Estiramos la sábana bajera y remetimos los bordes. Luego colocamos la de arriba. Mi abuela agarró el edredón y lo sacudió con fuerza. Por el rabillo del ojo, vi que golpeaba sin querer la bola de nieve, que estaba en un estante sobre el cabecero. Sin dudarlo un segundo, me lancé sobre la cama y la atrapé al vuelo.

Me puse en pie y la abracé contra mi pecho, aliviada.

—Por un momento he temido que se rompiera.

Mi abuela soltó el edredón y se acercó. Contempló la bola con curiosidad y un brillo de reconocimiento apareció en su mirada.

—¿De dónde la has sacado? —me preguntó.

—Hunter me la regaló en mi cumpleaños.

—¿De verdad? —Se rascó la ceja, pensativa, como si intentara recordar algo—. No puede tratarse de la misma.

Arrugué la frente.

—¿De qué estás hablando?

—No estoy segura. Necesito buscar algo.

Salió de mi habitación y se dirigió a la suya, en el otro extremo del pasillo. La seguí y vi que abría el armario. Del altillo sacó una caja de metal con tapa. La abrió y se puso a rebuscar entre los papeles y objetos que contenía.

—Hará unos veinticinco años, tu abuelo y yo hicimos un pequeño viaje a Essex para celebrar nuestro aniversario —empezó a contarme—. Visitamos los edificios más famosos, los museos y, una de esas tardes en las que salimos a pasear, vimos una galería de arte. En la puerta había un cartel que anunciaba una exposición titulada «Magia tras el cristal», de una artista noruega que vivía en la ciudad, llamada Solveig Knudsen. Nos llamó la atención y entramos.

—¿Y qué pasó? —la apresuré intrigada, al ver que se quedaba callada.

—Dame un segundo. ¡Sí, aquí está! —Me mostró un folleto con el nombre de la exposición que acababa de mencionar. Lo abrió y comenzó a pasar las páginas—. La exposición contaba con unas treinta obras y todas las piezas eran bolas de nieve de gran tamaño. Pero lo más sorprenderte, y lo que las hacía realmente especiales, es que dentro no flotaba la típica nieve blanca que ves en otras, sino tallas de copos tan ligeras que quedaban suspendidas como si no pesaran nada. Estrellas, agujas, rosetas, esculpidas al detalle en un tamaño minúsculo.

Agité la bola y contemplé los copos, los destellos que emitían. Era muy fácil quedarse embelesada al mirarlos de lo bonitos que eran.

—¿De qué crees que están hechos? —pregunté.

—No lo sé, pero lo que sí sé es que posees un objeto único. ¿Sabes dónde la encontró?

—Creo que en la tienda de regalos que hay junto a la librería Sewell.

Mi abuela sacudió la cabeza.

—Tiene sentido. Antes ese lugar era una tienda de antigüedades. Hará unos diez años que cerró, cuando su dueña, la señora Friesen, falleció.

Me fijé con más atención en el folleto, abierto por la página con la descripción de la pieza que yo tenía. Había una breve descripción y las dimensiones. Sopesé la bola, intentando calcular su peso.

—A mí me parece que no llega al kilo.

—¿Qué? —me preguntó.

Señalé una de las cifras impresas.

—Pesa menos de mil doscientos gramos.

Mi abuela levantó las cejas y me lanzó una mirada socarrona.

—Cariño, eso no son gramos. Son dólares.

Me quedé tan pasmada que me costó reaccionar. De pronto, algo comenzó a bullir en mi interior. Un calor sofocante se extendió bajo mi piel y se concentró en mi rostro y mis orejas.

«Voy a matarlo», me dije, y miré a mi abuela con una calma que no sentía.

—¿Te importa si salgo? Debo ir a un sitio.

—No, claro que no. Yo puedo terminar la limpieza.

—Gracias.

Di media vuelta y regresé al pasillo. Bajé las escaleras, crucé el salón y salí al porche, sin preocuparme lo más mínimo por no haber cogido el abrigo, ni porque estaba nevando cada vez más y el viento que soplaba con fuerza me dificultaba el caminar.

Me planté en la puerta de Hunter y llamé con los nudillos. No hubo respuesta. Lo intenté con más fuerza. Nada. Su coche estaba aparcado en el camino y a través de la ventana se veía fuego en la chimenea. No podía estar en ninguna otra parte.

No lo pensé dos veces. Metí la mano en la jardinera que colgaba del porche, saqué la llave y entré en la casa. Por mera intuición, fui directa a su habitación y lo encontré dormido. Encendí la lámpara sin ningún remordimiento. Hunter abrió los ojos y parpadeó varias veces. Se incorporó sobre el codo. Una sonrisa cansada se dibujó en sus labios.

Contuve el aliento y pensé que era muy guapo.

«Willow, céntrate», me reprendí.

Taladré a Hunter con la mirada y alcé la bola de nieve.

—¿Qué es esto?

—La bola que te regalé —respondió confundido.

—¿Y por qué?

—¿Porque era tu cumpleaños?

—No te hagas el inocente, acabo de descubrir lo que costaba hace más de dos décadas, cuando la fabricaron.

Hunter se incorporó hasta sentarse y se revolvió el pelo con la mano.

—Escucha, Willow...

—¡¿Mil doscientos dólares?! ¿Qué pagaste tú? ¿Perdiste la cabeza ese día?

Los ojos de Hunter se abrieron como platos.

—¡¿Mil qué?! ¡Hostia puta!

—No finjas que te sorprende. ¡Y no digas tacos! —lo reñí.

—Willow, te aseguro que no pagué eso. Te doy mi palabra.

Lo dijo con tanta vehemencia que lo creí. Aun así, continuaba enfadada.

—Pues dime cuánto.

Esbozó una sonrisita traviesa.

—Ni en broma. Fue un regalo.

—Hunter...

—Solo te diré que pagué menos de la mitad de esa cantidad.

Resoplé frustrada.

—Aun así, no debiste hacerlo.

—¿Por qué?

—Porque no puedes hacer un regalo tan caro a alguien que acabas de conocer. No es normal.

—¿Por qué, si es mi dinero?

Cavilé sobre ello, pero no se me ocurría ninguna respuesta lógica que pudiera rebatirlo.

Hunter tenía razón, era su dinero y podía hacer con él lo que le viniera en gana.

Arrugué la frente, contrariada. Y empecé a preguntarme por qué me había enfadado tanto. Puede que la razón fuese que no estaba acostumbrada a recibir regalos y, menos aún, tan ostentosos. Y cuando recibía algo, por pequeño e insignificante que fuera, sentía que debía agradecerlo por y para siempre. Porque mi madre, mi hermana o Cory siempre encontraban un motivo para recordarme que se habían tomado la molestia de pensar en mí al regalarme esos zapatos, el perfume o los diez dólares que me prestaron para un taxi, un día que no tenía cambio.

Pero Hunter nunca me había hecho sentir de ese modo, al contrario.

—Pues no lo sé, pero no debiste —repliqué sin mucha convicción.

Él hizo un mohín con los labios.

—Willow, no te enfades conmigo. Estoy enfermo —gimoteó.

—¿Qué?

—Creo que he pillado la gripe. Me duele la cabeza, la garganta, y ahora por tu culpa el corazón. ¿No te doy pena?

Crucé la habitación y dejé la bola de nieve en la mesita, antes de sentarme en la cama. Le puse la mano en la frente. Estaba más caliente de lo normal y le brillaban los ojos.

—¿Por qué no me has llamado? —Se encogió de hombros. Negué con un gesto y lo obligué a tumbarse. Luego me puse en pie, pero él me agarró por el jersey y me frenó—. Solo voy a buscar algo para la fiebre —lo tranquilicé.

—Ya he tomado una pastilla. No te vayas.

Me miró de manera suplicante y negó con un gesto.

—Vale, me quedaré.

Me incliné para apagar la lámpara del techo y encender la de la mesita, su luz era mucho más suave.

—Túmbate conmigo —me pidió.

Me recosté despacio hasta apoyar la cabeza en la almohada y me coloqué de lado. Nos contemplamos en silencio. Después inspiró hondo y me envolvió con sus brazos. Respiré el aroma de su cuello y le aparté con los dedos los mechones que le caían por la frente, mucho más largos que cuando lo conocí. Pensé que, si alguien me hubiera dicho ese día lo mucho que él significaría en mi vida, no habría cambiado absolutamente nada. Uno a uno, habría dado los mismos pasos.

—Estás muy guapa cuando te enfadas —susurró.

—Entonces me enfadaré más a menudo.

Sonrió y frotó su nariz contra la mía. Me dio un besito en los labios con los párpados cerrados.

—Me parece bien, si luego nos reconciliamos.

Sus labios buscaron los míos y durante unos segundos me dejé llevar. Con mucho esfuerzo, me separé de él. Era tan evidente que estaba enfermo que la cordura debía imponerse al deseo.

—Hoy no va a pasar nada entre nosotros.

—¿Y quién ha dicho que pasaría? —preguntó en un tonito travieso—. Sobre todo, porque yo no quiero que pase.

—Como si yo fuese a caer rendida a tus pies por esta bonita sonrisa. —Le apreté las mejillas con los dedos.

—¿Me estás retando?

—Ya te gustaría.

Sonrió contra mis labios y me miró fijamente, como si quisiera decirme algo. Esperé, pero al final guardó silencio. Estiró el brazo por encima de mí y agarró la bola de nieve. La levantó con una mano mientras la observaba.

—¿Qué más has averiguado sobre ella? —me preguntó.

—No mucho. Las fabricaba una mujer, una artista noruega que, por lo visto, vivió en Essex. Era famosa y sus piezas se cotizaban muy bien.

—Vaya, tengo buen ojo. ¡Quién lo diría!

Me reí.

—Sí que he descubierto algo.

—¿Qué?

—Hace más de años mis abuelos estuvieron en Essex pasando unos días. Vieron el anuncio de una exposición en una galería de arte y entraron por curiosidad. ¿A que no imaginas qué encontraron allí?

Hunter me observó. Le dediqué una sonrisa enigmática y lancé una mirada fugaz a la bola. Él abrió mucho los ojos, atónito.

—Me tomas el pelo.

—Aún conserva el folleto, ¿dónde crees que he averiguado el valor que tiene?

Hunter estudió la bola y sus labios se curvaron en una sonrisa.

—Vaya, hasta da un poco de miedo.

—Sí, ¿verdad?

—Es una coincidencia alucinante. —Tragó saliva y agitó la bola con fuerza—. O quizá sea cosa del destino.

Los copos empezaron a girar como un remolino dentro del globo de cristal. Los observé embobada.

—¿Oyes eso? —susurró él.

—No oigo nada.

Hunter agitó de nuevo la bola y la colocó entre nosotros. Solo podía ver de él su rostro distorsionado a través del cristal.

—Escucha —dijo casi sin voz.

Contuve el aliento y presté atención. Entonces lo oí, un tintineo y algo más. Como un susurro. La sacudió con fuerza y el sonido vibró más claro a través del silencio de la habitación. Los copos de nieve tintineaban, y en su caída el remolino en el que giraban parecía susurrar.

—Es como si hablaran —musité emocionada.

—Creo que sé lo que están diciendo.

—No seas bobo.

—No, en serio. Dicen... —Apartó un poco la bola y me miró a los ojos—. Nunca me he sentido más vivo que cuando estoy contigo. Eso es lo que susurran mientras caen.

Tragué para deshacer el nudo que tenía en la garganta. Alcé la mano y deslicé la punta de los dedos por su mejilla hasta posarlos en sus labios. Los acaricié muy despacio. Dibujé su contorno sin apenas respirar, mientras me preguntaba en qué momento me había enamorado tanto de él. Hasta el punto de ser capaz de cualquier cosa para lograr que fuese feliz.

Cualquier cosa.

Mantuve la mirada suspendida en sus labios. Un segundo. Dos. Tres.

Y entonces lo besé.

# 29
# Erin

*17 de agosto*

Querido diario:

Solo faltan cuatro días para que regrese a la universidad y cuento cada segundo.

Necesito salir de aquí. Estoy segura de que las cosas entre papá y mamá no van bien desde hace tiempo. Al principio, creía que era producto de mi imaginación, que después de tantos meses sin convivir con ellos, cosas que antes me resultaban normales y cotidianas ya no me lo parecieran tanto.

Sin embargo, a lo largo de estas semanas de vacaciones, he notado que algo ocurre. Si soy sincera, tampoco me sorprende. Siempre han sido muy fríos el uno con el otro. Papá desde su posición autoritaria y dominante, y mamá en su papel de esposa perfecta y sumisa. Nunca he sentido que hubiera amor entre ellos, ni que tuvieran nada en común salvo su devoción por Dios y ese ideal de familia que se han esforzado por perpetuar a toda costa. Es imposible no rendirse al cansancio de los años y ellos llevan toda la vida juntos.

Tessa dice que muchos padres que han centrado toda su

357

*vida en sus hijos, cuando estos se van de casa, entran en crisis. El punto común que los unía desaparece y ya no les queda nada. Puede que ese sea el problema de mis padres, y lo aceptaría como algo inevitable si no fuese porque ese malestar continuo que los envuelve lo han dirigido hacia mí con miradas hostiles y comentarios hirientes.*

*Pensaba que si me mantenía callada y no hacía ruido, si me quedaba quieta y lejos de su vista el mayor tiempo posible, me volvería invisible para ellos y el verano no sería tan malo. No ha sido así. Un pelo en el lavabo era excusa suficiente para sacarme de la cama de madrugada y obligarme a limpiar el baño. O unas rodillas ligeramente separadas al sentarme, un motivo por el que dejarme sin cenar. Responder con amabilidad al saludo de nuestro vecino, un moratón en el brazo.*

*Por favor, que estos cuatro días pasen pronto. Necesito regresar a Burlington para volver a respirar. Además, tengo el pálpito de que este curso van a ocurrir cosas buenas e importantes.*

*No sé cómo explicar esta corazonada que siento.*

*Solo sé que mi vida va a cambiar, lo presiento.*

## 9 de septiembre

*Querido diario:*

*Mamá me ha llamado para decirme que deben reducir el dinero que me dan cada mes para gastos, porque las necesidades de Jason durante este curso serán mayores que las mías. Estaría de acuerdo si la verdadera razón no fuese que Jason ha perdido su beca porque no hace absolutamente nada y sus notas son un desastre, pero mis padres prefieren creer que la culpa, como siempre, es de otros.*

*Con lo que me daban, apenas me alcanzaba para cubrir necesidades básicas. Por lo que dudo mucho que pueda subsistir sin una alternativa a partir de ahora. Necesito un trabajo con urgencia.*

*Jenn dice que buscan una camarera de refuerzo en una cafetería cercana al campus. Nunca he trabajado en una cafetería, ni en ninguna otra parte, pero sé que soy capaz de hacer cualquier cosa que me proponga. Sobre todo, si lavarme el pelo con champú y poder comprar pasta de dientes dependen de ello.*

*Mañana, después de clase, me pasaré por allí.*

*Con un poco de suerte, el trabajo será mío.*

*Por favor, por favor, Dios, nunca te pido nada.*

*Haz que me contraten.*

**10 de septiembre**

Querido diario:

¡Lo he conseguido, tengo trabajo!

La cafetería es muy bonita y tiene un ambiente genial. Casi todos los clientes son estudiantes, profesores y trabajadores del campus. Creo que me voy a sentir muy cómoda.

Ahora debo buscar un buen modo de organizarme y encontrar tiempo para ir a clase, estudiar, trabajar y, con un poco de suerte, descansar. No sé cómo podré hacerlo, pero no me preocupa. Lo lograré.

Porque lo de menos es estudiar una carrera que no me gusta, tener que trabajar para no pasar hambre o vivir tan ajustada que dormir se convierta en un lujo. Lo importante, lo realmente valioso para mí, es que aquí puedo ser yo. En esta ciudad puedo vivir fuera del molde que mi familia creó para mí y olvidarme de todas las cosas que no me gustan.

Jenn se ha empeñado en que debemos celebrar que tengo trabajo, así que en un rato saldremos a bailar. Susan me ha prestado su vestido azul y me ha maquillado y peinado. Es la primera vez que uso maquillaje y, aunque peque de vanidosa, debo confesar que me veo guapa.

No sé qué me pasa, pero no dejo de sonreír.

# 30
# Hunter

Tardé casi una semana en recuperarme de la gripe y, durante todo ese tiempo, Willow estuvo cuidando de mí. Me había acostumbrado a tenerla siempre cerca y me encantaba mirarla cuando se quedaba dormida en el sillón que había junto a la ventana del salón, con el sol reflejándose en su cabello castaño y enredado. Me gustaba su piel pálida y el puñado de pecas que la salpicaban. Sus cejas, sus pestañas. La línea de su nariz y lo suaves que eran sus labios. Me gustaba todo de ella.

Llevaba días dándole vueltas a la cabeza. Quería darle una sorpresa, hacer algo especial por ella, como una cita original que pudiera convertirse en un recuerdo que no quisiera olvidar. Pero no se me ocurría nada que se saliera de lo habitual.

Esa mañana, había ido al estudio de grabación con Steve para acabar de grabar la última canción. Cuando terminamos, mientras recogíamos, Larry se presentó en el estudio. Necesitaba unos cables para la emisora de radio.

—¿Vendrás temprano a casa? —le preguntó Steve.

—No, esta noche llevaré a Betty al concierto de Colton Moore.

Dejé lo que estaba haciendo y miré a Larry.

—¿Colton toca esta noche?

—En Albany, hace meses que se agotaron las entradas. Lo conoces, ¿verdad?

—Un poco.

En realidad, lo conocía bastante bien. Nueve de las once canciones de su penúltimo álbum las había compuesto yo y durante varios meses habíamos trabajado juntos en la producción. Era un buen tipo y nos llevábamos bien. En los dos últimos años, su fama había subido como la espuma. Aparecía en todos los programas de televisión y su nombre estaba presente en todas las nominaciones. Además, sus conciertos en vivo eran alucinantes.

Sonreí para mí mismo. Con la seguridad de que había encontrado un modo de sorprender a Willow y que no olvidaría.

A las seis en punto, tal y como habíamos quedado, Willow me esperaba en el porche de su casa. Se había vestido con una camisa y un pantalón tejano, y un abrigo negro de estilo marino. Estaba guapísima. La miré de arriba abajo y sonreí algo abrumado.

—Dijiste que me pusiera ropa cómoda.

—Estás perfecta —le susurré mientras la abrazaba por la cintura y la besaba en la frente.

La tomé de la mano y la conduje hasta mi todoterreno. Le abrí la puerta con una exagerada reverencia que la hizo reír. Una vez dentro, tuve que aguantarme las ganas de burlarme al ver cómo se peleaba con el cinturón de seguridad. Me gustaba eso de ella, que no se contuviera y expresara cada emoción que sentía.

—¿Adónde vamos? —me preguntó.

—Ya te he dicho que es una sorpresa.

Puso los ojos en blanco y me dedicó una mueca divertida.

—De acuerdo, señor misterioso, sorpréndeme.

El trayecto en coche hasta Albany duraba unos noventa minutos, pero apenas fui consciente del tiempo. Willow y yo podíamos pasar horas hablando sobre cualquier tema, o simplemente en silencio sin sentirnos incómodos.

Al entrar en la ciudad, ella se puso un poco nerviosa. No me sorprendió; y en cierto modo lo esperaba. Era muy consciente de que Willow había vivido allí la mayor parte de su vida. Su otra familia, el «secuestraperros» y un montón de sus recuerdos que no le gustaban pertenecían a ese lugar. Alargué el brazo y agarré su mano. La sostuve muy fuerte mientras conducía, y noté cómo se iba relajando.

Circulamos por la I-787 bordeando el río Hudson. Después tomé la salida hacia Madison Avenue. Un par de giros más a la derecha y encontré el aparcamiento.

—¿Vamos?

Willow dijo que sí y bajamos del coche. La cogí de la mano y me encaminé al MVP Arena, el estadio deportivo donde estaba a punto de celebrarse el concierto. Al doblar la esquina, el edificio apareció frente a nosotros completamente iluminado. A ambos lados de la entrada había unas pantallas gigantes que anunciaban el evento, con la cara de Colton en primer plano.

Willow frenó sus pasos y me miró con la boca abierta.

—¡No! —exclamó.

—¡Sí! —me reí.

—No puedo creerlo. ¡Me has traído a ver a Colton Moore! —gritó emocionada.

—Mucho más que eso, vas a conocerlo.

Willow se encaramó sobre mí de un salto y me rodeó las caderas con sus piernas, mientras me llenaba la cara de besos. La sostuve y crucé la calle como pude sin parar de reír.

Aún había mucha gente haciendo cola para entrar.

Al llegar a la acera, dejé a Willow en el suelo.

—¿Y nuestras entradas? —me preguntó.

—No tenemos.

—¿Qué? ¿Y cómo vamos a...?

—¿Señor Scott? —Me giré al escuchar mi nombre y me topé con un tipo enorme vestido con traje y un pinganillo—. ¿Me acompaña, por favor? El señor Griffin le espera en los camerinos.

—Gracias.

Sujeté la mano de Willow con fuerza, y seguí al hombre a través de un laberinto de pasillos, escaleras y puertas.

—¿Quién es el señor Griffin? —me susurró ella.

—El representante de Colton.

—¿Sabía que veníamos?

—Le envié un mensaje esta mañana.

Me dio un tironcito de la manga. Incliné la cabeza y la miré.

—Es usted un hombre importante, señor Scott —me dijo en un tonito burlón.

Me reí con ganas y tiré de ella para abrazarla contra mi costado.

Esa noche habría dado cualquier cosa para poder congelar y preservar cada expresión de asombro y felicidad que vi en el rostro de Willow. Cuando Colton la saludó con un abrazo como si fuesen amigos de toda la vida y le regaló su último disco firmado, pensé que acabaría desmayándose. De hecho, hubo un par de momentos en los que llegué a sentirme celoso, porque solo tenía ojos para él.

—No es ninguna grupi, ¿verdad? —me preguntó Griffin mientras abría para mí un botellín de cerveza.

—¡Qué va! ¿Ves esa cara? —Él asintió sin dejar de observar a Willow—. Quiero despertarme con ella cada día, por el resto de mi vida.

—Guau, tienes que poner eso en una canción —replicó con admiración—. ¡Tienes buen aspecto, Hunter! Me alegra ver que los rumores no eran ciertos.

—¿Y cuándo lo son? Este mundo está lleno de buitres.

—Eso es verdad. ¿Y qué has hecho todo este tiempo?

—Estar con ella y componer.

Griffin se colocó frente a mí y perdí de vista a Willow.

—¿Estás diciendo que tienes nueva música? —Empezó a reír emocionado—. Tío, debemos reunirnos y hablar. Quiero escuchar todo lo nuevo que tengas. Ya sabes que siempre estoy interesado.

—Y tú sabes a qué puerta debes llamar.

—Scarlett —gruñó como si estuviera nombrando al diablo. Asentí entre risas—. Me drenará la sangre.

—En esta vida todo tiene un precio, Griffin.

—Lo sé, pero el tuyo cuenta con demasiados ceros. Aunque los mereces, eso no lo discuto.

Cuando comenzó el concierto, Griffin nos acompañó a un lateral del escenario, entre bastidores. Desde allí podíamos ver perfectamente la actuación y al público. Colton empezó interpretando sus nuevas canciones y luego siguió con sus éxitos más conocidos. Entre ellos, muchos de los que yo había compuesto. Ver a la multitud exaltada, metiéndose en las canciones, coreando las letras, era algo a lo que no me acostumbraba. Admiraba a Colton y todos los cantantes que tenían el valor de subir a un escenario frente a miles de personas. Yo lo veía como algo imposible para mí, no tenía lo que hacía falta: confianza en mí mismo para enfrentarme a las miradas del mundo. Mi mente solo pensaba en todos los defectos que descubrirían. Mis partes malas. Las que yo conocía mejor que nadie, porque me las habían señalado un día sí y otro también desde que podía recordar.

Y me odiarían.

Observé a Willow fascinado. Bailaba y cantaba completamente poseída por la fiesta a un volumen ensordecedor. Estaba disfrutando y yo me sentía el rey del mundo por haberlo hecho posible.

Cuando el concierto terminó, les di las gracias a Colton y Griffin, y un tipo de seguridad nos sacó del estadio por una pequeña puerta y nos acompañó hasta el coche. Por lo visto, alguien me había reconocido y estaban compartiendo una foto borrosa en redes sociales, con comentarios como «Hunter Scott sigue vivo», «Hunter Scott con una chica en el concierto de Colton Moore», «Hunter Scott reaparece tras meses de rumores».

De vuelta a casa, Willow no dejaba de sonreír.

—Hunter.

—¿Mmmm?

—¿Qué sientes cuando ves a miles de personas cantando tus canciones con toda esa energía?

—No actúan así por mí, sino por la persona que las interpreta. El cantante genera esa atmósfera.

—Sí, de acuerdo, pero eso no es del todo exacto. Porque yo he podido experimentarlo en primera persona esta noche. Colton tiene una voz preciosa, pero lo que a mí me ha hecho vibrar es la letra y la música. Sentirla bajo la piel y vivirla. Ver cómo se transformaba en imágenes dentro de mi cabeza, y todo eso lo logras tú. Esos cantantes son actores en un mundo que tú has creado.

Inspiré hondo. De repente me faltaba el aire. La miré sin saber qué decir, porque cada una de sus palabras se había colado a través de las grietas de mi corazón y lo estaban haciendo latir de un modo como nunca antes lo había hecho. Me insufló vida cargada de oxígeno.

—Vale —prosiguió al ver que yo no respondía—. Entonces, ¿cuéntame cómo es?

—¿Qué?

—Componer, crear esas canciones que te tocan el alma. ¿Cómo lo haces?

—No lo sé. Fluyen sin más. Simplemente, no puedo contenerlas.

—Es visceral.

—Algo así —susurré. Agarré el volante con fuerza y me mordisqueé el labio mientras intentaba encontrar la manera de explicarlo, porque ponerle palabras a las emociones y los sentimientos, a la inspiración que te recorre como una descarga eléctrica, es muy difícil—. ¿Sabes cuando tienes un sentimiento y no quieres olvidarlo, pero no sabes cómo guardarlo ni conservarlo? Yo lo vuelco en una canción. Convierto ese deseo y la necesidad en algo físico. Incluso a mí me cuesta entender cómo todas esas ideas logran ordenarse en mi cabeza y tener alguna coherencia. A veces siento demasiado. Siento tanto que creo que acabaré explotando si no me lo saco de dentro, así que lo escribo y le pongo ritmo.

Aparté la vista de la carretera al darme cuenta de que Willow estaba muy callada. Descubrí que tenía lágrimas en los ojos y me asusté.

—¿Qué te pasa?

—Nada, solo me he emocionado al escucharte. —Dejó escapar un suspiro entrecortado, que hizo temblar su cuerpo—. Hunter, deberías cantar tus temas. Te he escuchado en casa y tienes una voz preciosa. ¿Por qué les das a otros una parte tan profunda de ti, cuando nadie entiende mejor que tú lo que transmiten esas canciones?

—Porque me he acostumbrado a esconderme —respondí con sinceridad.

—¿De qué?

—De mí mismo, supongo. No lo sé.

—¿Y de ella?

—¿Quién? —inquirí sin comprender.

—De la mujer que te crio. Porque pienso que estás convencido de que la gente te ve del mismo modo que ella lo hace y por eso te escondes. Escucha, olvidas que esa mujer no es nada tuyo. Acabaste en su vida por una casualidad y te trataba mal porque proyectaba en ti todas sus miserias, no porque las merecieras. No eres esa persona que ella dibujó. Las tragedias nos construyen en lugar de hundirnos. Mira por todo lo que has pasado, y aun así has conseguido tanto. Tus canciones convierten en algo hermoso hasta el dolor más profundo. Emocionan, Hunter, y eso solo puede hacerlo alguien bueno y sensible, y tú lo eres. Además de hermoso y brillante. Olvida a esa mujer. Tu madre es Erin y ella habría presumido de ti ante el mundo entero.

Inspiré hondo. Me estaba ahogando. No entendía cómo una persona a la que le habían roto el corazón demasiadas veces, y aún seguía reuniendo sus pedazos para recomponerlo, era capaz de reconstruir el mío. De eclipsar mi oscuridad con tanta luz. Cada día tenía más claro que tenerla en mi vida era un regalo. Con su forma de ser había logrado bajar mis defensas, todos los muros que construí hace tanto tiempo como protección, pero que se habían transformado en una cárcel. Me había enseñado a confiar.

Sin pensarlo dos veces, puse el intermitente y salí de la carretera. Pisé a fondo el freno. Antes de que el coche se detuviera por completo, ya había soltado mi cinturón. Me giré hacia Willow con el corazón latiéndome en la garganta.

Tomé su rostro y la besé.

La besé con hambre y sed.

La besé para volver a respirar.

La besé porque necesitaba asegurarme de que era real.

La besé porque no sabía de qué otro modo decirle que la quería.

Aún no había escrito esa canción.

# 31
# Hunter

Pum, pum, pum...

Alguien estaba aporreando la puerta de una forma muy poco educada. Comprobé la hora en el reloj de la mesita y vi que eran las once de la mañana. Solo habían pasado cuatro horas desde que me había metido en la cama, más muerto que vivo después de haber pasado la noche bebiendo con Grant, Jamie y Cameron, celebrando el cumpleaños de este.

Me tapé la cabeza con la almohada y apreté los párpados. Tenía ganas de vomitar.

Con un poco de suerte me desmayaría y pasaría la resaca inconsciente.

Pum, pum, pum.

—Diooooosssss.

Salté de la cama hecho un basilisco. Crucé el salón dando tumbos y abrí la puerta principal de un tirón.

—¿Qué demonios...? —empecé a despotricar, solo durante el par de segundos que mi retina tardó en descifrar la imagen que tenía delante—. ¡¿Scarlett?!

La miré de arriba abajo. Vestido de tubo gris hasta la rodilla, abrigo entallado negro y boina francesa. Maletín. Tacones de aguja. Ojos fríos como el hielo y olía a Jardin d'Amalfi, cuatrocientos dólares el frasco de perfume.

Era ella.

—¿Qué estás haciendo aquí?

—¿Vas a dejarme pasar?

—Sí, perdona.

Me hice a un lado y ella entró en la casa mientras lo observaba todo con curiosidad. Dejó su maletín sobre el sofá. Sin prisa, se quitó los guantes, la boina y el abrigo. A continuación, se sentó y me estudió.

—¿Qué tal el concierto de Colton? ¿Te gustó? —preguntó como si nada.

—Estuvo bien.

—¿Has visto la foto y los comentarios?

Me encogí de hombros, quitándole importancia al asunto.

—No son malos y la gente ya no cree que estoy en una clínica con una camisa de fuerza.

—Si pensabas dejarte ver, deberías habérmelo dicho primero. Al menos, habría estado preparada.

—Fue un impulso.

—Preston Griffin dice que tu novia es adorable.

Parpadeé haciéndome el inocente. Por dentro estaba en tensión. Conocía a Scarlett y sabía que detrás de esa máscara fría e indiferente había alguien realmente cabreado. Que hubiera aparecido en Hasting tres días después del concierto, y sin avisar, era prueba suficiente.

Explotaría en cualquier momento.

—Ah, ¿sí? —dije como si nada.

Ella forzó una sonrisa amistosa.

—Ajá, también dice que estás componiendo, por lo que quiere reunirse conmigo y hablar sobre condiciones. Quiere tus temas para el nuevo álbum de Colton.

—¿Y tú qué le has dicho?

—Que miraría mi agenda y fijaría la reunión. ¡En cuanto averiguara de qué jodidos temas estaba hablando! —exclamó mientras se quitaba el zapato y me lo lanzaba.

Lo esquivé y el zapato se estrelló contra la pared. Luego me lanzó el otro y me tiré al suelo tras el sofá.

—Iba a darte una sorpresa, por eso no te lo he dicho —le aseguré, intentando no reírme.

—Mentiroso.

—De verdad —insistí—. No sé por qué se me fue la lengua con Griffin, esa noche estaba contento y hablé más de la cuenta.

—¿No estás mintiendo? ¿De verdad estás componiendo?

Aún sin fiarme, asomé la cabeza y, cuando vi que no volaba nada más, me puse en pie.

—La he encontrado, Scarlett. He recuperado mi música —le dije sonriendo como un lunático.

Cruzó la sala y cogió mi guitarra, que estaba sobre la mesa. Vino hacia mí y me la puso en las manos.

—Quiero oír lo que tienes.

Volví a dejarla donde estaba. Ella frunció el ceño y me siguió con la mirada mientras yo abría mi ordenador portátil, lo encendía y ponía en marcha la grabación que había realizado en el estudio de Steve.

—Tengo algo mucho mejor.

Me senté en el sofá y hundí la cara entre las manos. No me moví de esa posición y esperé nervioso a que Scarlett escuchara toda la maqueta. Su opinión siempre había sido la más importante para mí. Dejó su trabajo y abrió una agencia solo por su fe en mí. Jamás me había mentido.

Cuando sonaron las notas finales de la última canción, contuve el aliento. Oí a Scarlett suspirar. Pasaron los minutos y seguía sin decir nada. A punto de sufrir un ataque, levanté la cabeza y la busqué con la mirada. Estaba de pie junto a la ventana, con la vista perdida en algún punto al otro lado del cristal y los brazos cruzados a la altura del estómago. Llenó su pecho de aire y exhaló de forma entrecortada. Empecé a preguntarme por qué no decía nada.

Entonces, se dio la vuelta muy despacio y vi que tenía el rostro cubierto de lágrimas.

—¿Has compuesto y producido todo esto en dos meses? —me preguntó.

—A ratos, sí.

Se le escapó una risita de incredulidad. Vino hacia mí y me abrazó. Me estrechó muy fuerte con una mano en la espalda y la otra en la nuca.

—Es lo mejor que has compuesto en toda tu vida, Hunter. Lo que acabo de escuchar es... es arte. —Me tomó el rostro entre las manos y me miró a los ojos—. Que se jodan los Grammy, los AMA y los BMA, ¡vas a reventar la industria!

Hice una mueca.

—Eso es lo que menos importa.

—Lo sé, pero a mí me encanta coleccionar esas estatuillas. Le dan un aspecto genial a mi oficina.

Me solté de su abrazo y me senté en el sofá. Aún tenía resaca.

—¿De verdad piensas que son buenas?

—¿Te he mentido alguna vez? —Negué. Ella prosiguió—: No sé qué es lo que ha pasado aquí ni lo que has hecho, pero sea lo que sea ha funcionado. En esa maqueta siento tu alma. Puedo verla, Hunter. Más fuerte y entera que nunca. No solo has vuelto, también has crecido. Eres un animal nuevo. Así que enhorabuena.

Me recosté en el sofá y eché la cabeza hacia atrás. Masticando, tragando y digiriendo sus palabras. «Un animal nuevo.» Tenía razón, así me sentía. Había dejado de ser un gusano que se arrastra para convertirme en una mariposa que trata de desentumecer sus alas y vencer el miedo a volar.

—¿Cuánto tiempo tardarás en estar listo? —me preguntó Scarlett.

—¿Qué?

—Para volver a Nashville. Tenemos un montón de trabajo por delante, Hunter. Ahora que te has recuperado, ¿no lo echas de menos?

—Sí, claro, pero no hay prisa.

—Han pasado cinco meses desde que te marchaste. ¿Cuánto tiempo más pretendes quedarte en este lugar? Tu vida está allí. El mundo al que perteneces es aquel.

Suspiré y me masajeé la cara. Sabía que mi vida estaba en Nashville y que debía regresar, pero no podía hacerlo así como así. No podía abandonar todo lo que había encontrado. Amigos, familia, a Willow. No quería perder a nadie más. Necesitaba tiempo para ordenar las cosas y hablar con todo el mundo. En especial con Willow, y convencerla de que viniera conmigo.

Además, aún quedaban diarios. Tenía que cerrar ese capítulo de mi vida.

Tomé aire para armarme de valor.

—Scarlett, lo siento mucho, pero debo quedarme un poco más. —Alzó las cejas y sacudió la cabeza. Me acerqué a ella para que no pudiera rehuir mi mirada—. Llévate mi ordenador, empieza a trabajar con lo que hay ahí. Mientras prepararé mi vuelta. No puedo irme sin más, aquí hay gente que me importa mucho.

—¿Hablas de esa chica?

—Willow —le recordé—. Sí, hablo de ella, pero también de mi hermano y las personas que aquí me han ayudado.

—¿Qué sientes exactamente por ella?

—Estoy enamorado —confesé.

Me miró asombrada. Luego resopló sin disimular que estaba frustrada.

—Quieres llevarla contigo —aseveró. Asentí y ella añadió—: No te ofendas, pero no creo que esa sea una buena idea. No quiero volver a verte en la prensa sensacionalista porque otra mujer quiera hacerse famosa gracias a ti, Hunter. Si hablan, que lo hagan sobre tu música y tus logros.

—Willow no es esa clase de persona. Le importa una mierda Hunter Scott, supo quién era yo después de estar juntos y nada cambió. ¿No te has dado cuenta? Llevo aquí meses y no se ha filtrado una sola noticia. Para esta gente solo soy Hunter, el hijo de Erin, la profesora de piano. El hermano de Jamie, que dejó plantada a su novia por un tío. ¡Eso sí que es noticia aquí!

Scarlett se apartó el pelo de la cara y se cruzó de brazos.

—De acuerdo, ella es diferente. ¿Y si decide que no quiere ir a Nashville contigo?

—Lo hará, sé que le importo.

—¿Y si dice que no?

—Vendrá.

—¿Y si no? —insistió.

—¡No lo sé! —estallé. Entrelacé las manos sobre la cabeza y cerré los ojos—. Si dice que no, ya veré qué hago.

—Hunter, no estarás pensando...

—Voy a darme una ducha, ¿vale? —la interrumpí; necesitaba terminar la conversación.

—Hunter...

—Después iremos a comer algo y seguiremos hablando.

Dejé a Scarlett en la sala y me dirigí al baño. Una vez dentro, abrí el agua caliente y me senté en el borde de la bañera.

De repente, lo fácil se había vuelto complicado.

Las certezas se habían transformado en dudas.

Y yo no estaba seguro de nada.

# 32
# Willow

Dicen que el rumbo de nuestra vida lo marcan los encuentros. Esas casualidades que, quizá, no lo sean tanto, porque en realidad se trata del destino colocando cada cosa en su lugar. A veces, por mucho que desees algo, si no es el momento estará destinado a fracasar. Creemos que amar es sacrificarnos, pero no es cierto. Amar es saber cuándo detenerse. Cuándo dejar ir. Amar es anteponer nuestros sueños. Hasta que podamos elegir a la otra persona sin renunciar a nosotros mismos.

—¿Está ocupado? —preguntó una voz de mujer.

Sin apartar la vista del periódico, quité mi bolso del taburete contiguo y lo puse en mi regazo.

—No, puedes sentarte.

—Gracias.

—De nada.

Continué desayunando, mientras leía un artículo sobre cómo averiguar si tu perro es un genio. Según el experto que lo había escrito, Nuk era un Einstein perruno. Intenté concentrarme, pero la persona que se había sentado a mi lado no dejaba de observarme. La miré de reojo. Empezaba a incomodarme.

—¡Willow! Willow Mayfield, ¿eres tú? —exclamó de repente.

Tragué el último bocado de tortita y me giré. Me fijé en su rostro. Su pelo. Su ropa. Nada me resultaba familiar.

—Soy yo, Gracie Adams. Mis abuelos vivían junto a la sidrería. También pasaba aquí los veranos de pequeña y jugábamos juntas, ¿no te acuerdas?

—¿Gracie? —Traté de hacer memoria y retroceder en el tiempo. De pronto, apareció en mi mente la imagen de una niña pelirroja, con flequillo y el pelo recogido en una coleta—. ¡Gracie, claro que me acuerdo! Jugábamos en la casa del árbol que el señor Brownlee tenía en su huerto.

—Y su esposa siempre nos daba fresas.

—¡Y helado de pistacho! —coreamos a la vez.

Sacudí la cabeza, sin dar crédito. Habían pasado veinte años desde aquello.

—Estás genial —dije.

—Tú también, mírate.

Jamie salió de la cocina y se acercó.

—¿Te pongo algo? —le preguntó a Gracie.

—Un café, por favor, y uno de esos muffins de plátano.

—Marchando. Willow, ¿más café?

Le sonreí y asentí. Luego volví a centrarme en Gracie.

—Cuéntame, ¿qué haces aquí?

Ella se encogió de hombros e hizo un puchero. Noté que se ponía roja y durante un instante se le borró la sonrisa.

—Hace poco que me he divorciado, la empresa para la que trabajaba se ha declarado en bancarrota y no había nada más que me atara a Boston. Así que me dije: Gracie, este es el momento perfecto para cambiar de aires y empezar de cero. Y aquí estoy.

—Lamento mucho oír eso.

—Estoy bien, era lo mejor que me podía pasar —me aseguró con una sonrisa.

—¿Vivirás con tus abuelos?

—No, hace años que se mudaron a Florida. Me dejaron la casa. —Esperó a que Jamie nos sirviera el café y después me preguntó—: ¿Y qué hay de ti?

—Puede que te cueste creerlo, pero mi situación es muy parecida a la tuya.

—¿En qué sentido?

—Rompí con mi novio, dejé el trabajo y vine a refugiarme en casa de Meg.

—Lo siento, Willow —se lamentó.

—No debes, para mí también ha sido lo mejor.

Los ojos de Gracie se achinaron al reírse.

—Meg es tu abuela, ¿verdad? —Asentí—. La recuerdo conduciendo esa camioneta azul tan ruidosa.

—Aún la conserva.

Suspiramos con una sonrisa en los labios y miramos al frente mientras bebíamos un sorbo de café.

—¿Y a qué te dedicas ahora, Willow?

—Estoy buscando empleo —respondí.

Gracie se giró en el taburete hacia mí.

—¡Qué coincidencia, porque yo estoy buscando a alguien que me ayude con mi negocio!

—¿Qué clase de negocio? —me interesé.

—He abierto mi propia agencia de organización de eventos.

—Eso es genial.

Gracie asintió sin ocultar que estaba muy ilusionada.

—No imaginas lo mucho que está aumentando la demanda de este tipo de servicios, tanto a nivel privado como empresarial. En Boston trabajaba como relaciones públicas, así que poseo experiencia en ese campo. Apenas he comenzado y ya me han contratado para dos bodas y una gala benéfica. Por eso necesito con urgencia a alguien que me ayude, ¿te interesa?

Asentí con lentitud. Sin embargo, no podía dejar de pensar con cierta lógica. Por muy desesperada que pudiera estar, conocía mis limitaciones y no quería engañar a nadie.

—Gracie, soy abogada y trabajaba en un banco, no tengo ni idea de qué hace un organizador de eventos —le dije con sinceridad.

Ella negó con la cabeza.

—No importa, te formaré sobre la marcha. No te resultará difícil.

Tragué saliva. No quería ilusionarme.

—¿Me lo estás proponiendo en serio?

Gracie puso su mano sobre la mía y me dio un apretón afectuoso.

—Sí, por supuesto —me aseguró en tono vehemente—. Escucha, ¿qué te parece si te cuento más sobre el tema y mientras lo vas pensando?

Una sonrisa tomó forma en su rostro. Agarró mi mano y la sacudió. Como si fuese una niña jugando. Me reí, no pude evitarlo.

—De acuerdo, cuéntame.


Quizá fuese una locura y estuviera cometiendo un error, pero al final acepté trabajar para Gracie. Durante al menos una hora, me estuvo explicando en qué consistía el empleo y, conforme iba especificando las funciones y requisitos, más me convencía a mí misma de que podía hacerlo. Quedamos en reunirnos la semana siguiente para formalizarlo todo y empezaríamos a trabajar en el primer proyecto: una boda que se celebraría en primavera.

Tras despedirme de Gracie, regresé al lago. Aparqué junto a la camioneta de mi abuela y fui en busca de Hunter. Necesitaba contarle lo que había pasado y saber qué le parecía. No era el trabajo que había imaginado encontrar, pero tampoco perdía nada probando y necesitaba el dinero. Y, con suerte, igual descubría una nueva vocación.

Saqué del bolsillo la llave que me había dado días atrás y entré sin llamar. Me quité el abrigo y lo colgué en el perchero junto con el bolso.

—Hunter —lo llamé en voz alta.

—Está en la ducha.

Me llevé las manos al pecho y me di la vuelta. Casi me muero del susto al ver a la mujer que estaba sentada en el sofá. Se puso en pie y no pude evitar mirarla de arriba abajo. Era guapísima y su apariencia, impresionante. Vestía como una modelo de alta costura. De hecho, parecía una.

Algo ardiente y punzante se clavó en mi estómago y el corazón comenzó a latirme muy rápido. Notaba las pulsaciones en el cuello, las sienes, las muñecas. En todo el cuerpo. Y mis pulmones se negaban a cooperar.

—¿Quién eres tú? —le pregunté con más rigidez de la que pretendía. Mi imaginación se desbordaba por momentos y no en el buen sentido.

—¿Y tú?

—He preguntado primero.

Entornó los ojos y me observó. Sus labios esbozaron una sonrisita estudiada.

—Me llamo Scarlett, e imagino que tú debes de ser Willow.

«¿Scarlett?», pensé. Esa mujer era su agente. Solo era su agente. Y sabía quién era yo, por lo que Hunter le había hablado de mí. Y no sé por qué todas esas conclusiones me hicieron sentir un gran alivio. Casi me echo a llorar.

Inspiré hondo y me recompuse.

—Es un placer conocerte, Hunter me ha hablado de ti.

—Espero que bien.

Moví la cabeza y le sonreí de un modo más amigable.

—Te aprecia muchísimo y no deja de repetir lo agradecido que te está.

Scarlett apartó la mirada un segundo y sentí que mis palabras la habían tocado bajo esa expresión fría y distante que mostraba.

—Hunter también es importante para mí. De hecho, he venido porque estoy preocupada por él.

Noté un aleteo acelerado y molesto en el pecho. Arrugué la frente, intranquila.

—¿Por qué razón?

—¿Te parece bien que hablemos fuera? El barniz de la madera me marea un poco.

—Claro, tú primero.

Le cedí el paso con un gesto y la seguí hasta el porche.

El cielo estaba totalmente despejado y el sol brillaba en lo más alto. Había olvidado ponerme el abrigo y agradecí su calor. Me apoyé en la barandilla. La nieve se había derretido por completo, devolviendo al paisaje su paleta de colores. Alcé la vista al cielo y vi una bandada de gansos que volaba hacia el norte. La sensación de que el tiempo pasaba demasiado rápido y yo permanecía estática me provocaba una angustia inexplicable.

—Hunter me ha dicho que estáis juntos —señaló Scarlett.

—Sí.

—Entonces, imagino que te habrá hablado un poco de él y los motivos que le hicieron venir hasta aquí.

—Sé todo lo relacionado con su madre, yo la conocía. También que había perdido su inspiración, pero la ha recuperado y ha vuelto a componer.

Scarlett sonrió como una madre orgullosa, el primer gesto sincero y natural que percibía en ella.

—Es cierto, esas canciones son lo mejor que ha hecho nunca.

—Son preciosas.

Ella no me quitaba el ojo y sentí que me evaluaba. Cogí aire, no lograba convencer a mi corazón de que latiera más despacio.

—Hunter también me ha contado que no sabías quién era él cuando lo conociste.

Se me escapó una sonrisa al recordarlo.

—No, y me sentí un poco estúpida —respondí.

—Pero ahora sí lo sabes —apuntó ella. Asentí—. Hunter no solo es famoso, Willow, es importante. Es un genio con el que todo el mundo desea trabajar, y llegar tan alto le ha costado mucho esfuerzo y sacrificio. No te imaginas lo que ha tenido que luchar. Cuando lo conocí, no era más que un niño que no tenía nada y no hallaba su lugar. Vi su talento y potencial, y supe de inmediato que él tenía algo que muy pocos poseen y de lo que ni siquiera era consciente. Solo necesitaba la oportunidad y yo se la di. Lo aposté todo por él y no me equivoqué.

Me abracé los codos, un poco incómoda. No terminaba de entender adónde quería llegar Scarlett. Ella continuó:

—Lo he visto crecer, cometer errores y madurar. He sido testigo de cómo se iba conociendo a sí mismo y descubría qué le hace feliz. También conozco sus problemas, sus miedos y deseos. Sé mejor que nadie quién es y lo que necesita.

—¿Qué intentas decirme? —pregunté con mi corazón bombeando más fuerte.

—Hunter no puede quedarse aquí, Willow, aunque él crea que sí. Su vida y su trabajo están en Nashville. Allí es donde está la gente influyente, las discográficas, los estudios, los productores y los artistas. No ha llegado tan alto para abandonarlo o perderlo por las razones equivocadas. Y si lo hace, sé que se arrepentirá más pronto que tarde y entonces sufrirá tanto o más que todo este tiempo atrás. Y se culpará, siempre lo hace.

Asentí para mí, porque sabía que tenía razón. Scarlett prosiguió:

—Sé que eres especial para él y quiero pensar que él también lo es para ti. Si es cierto, si te importa y quieres lo mejor para él, no permitas que se quede aquí.

La miré y un temor nuevo se asentó dentro de mí.

—¿Me estás pidiendo que rompa con él?

—¡Por supuesto que no! Acompáñalo a Nashville, siempre y cuando te mantengas apartada de los focos y lo vuestro sea privado. Lo último que le conviene a Hunter ahora es volver a ser noticia por su vida amorosa, cuando los medios aún escriben sobre Lissie y él. Sus últimos meses de relación fueron un infierno. Lo primordial es su música, no con quién se acuesta.

No sabía si era su intención, pero las cosas que dijo y cómo las dijo me hicieron sentir mal. De repente noté un gran peso sobre mis hombros, como si el rumbo de la vida de Hunter dependiera solo de mí. Sin embargo, cómo podía sostener algo tan grande y significativo como su futuro cuando bajo mis pies solo sentía arenas movedizas.

—Piensa en todo lo que te he dicho, por favor —me rogó con un suspiro.

Asentí, incapaz de hablar. La visión se me emborronaba por culpa de las lágrimas y parpadeé para alejarlas. Contemplé el lago y los patos que nadaban en él. Las hojas mecidas por el viento. Los pajaritos que correteaban por el suelo buscando insectos. No lo logré y noté una gota caliente surcando mi mejilla. La limpié rápidamente y tragué saliva.

—Hunter va a llevarme a comer, y así podremos seguir hablando. ¿Por qué no vienes con nosotros? Así nos conoceremos un poco más —me sugirió.

Me costó un esfuerzo terrible mirarla a los ojos y sonreír.

—Me encantaría, pero tengo cosas que hacer.

—Es una lástima, aunque estoy segura de que habrá más ocasiones.

—Claro —convine casi sin voz—. Voy a coger mis cosas.

Entré en la casa. Descolgué del perchero mi abrigo y el bolso, pero me detuve un momento antes de salir. En el baño se oía el agua correr, Hunter aún se estaba duchando. Sentí la necesidad de ir hasta allí y verlo. Calmar así la ansiedad que se había apoderado de mí. No obstante, cuando tienes la mala costumbre de pensar siempre en los demás antes que en ti, cuando no puedes evitar sentirte egoísta por necesitar un poco más, siempre acabas dando media vuelta y alejándote de aquello que deseas. Sin meditarlo. Sin razonar. No existen los pros ni los contras, porque crees tener la respuesta correcta. Aunque desaparecer nunca lo sea.

—Ha sido un placer conocerte —le dije a Scarlett al salir.

—Para mí también. Cuídate mucho, Willow.

Y así, la idea de un nosotros juntos entre él y yo, invariables en nuestro pequeño universo, comenzó a disolverse como se derrite la nieve bajo el sol, lentamente.

# 33
# Erin

*Querido diario:*

*He conocido a un chico y creo que me gusta.*

*La semana pasada cogí el autobús para ir desde la residencia al mercado de la calle Church. Quería comprar un regalo de cumpleaños para Tim y uno de sus amigos me recomendó que fuese a Earth Prime, una tienda de cómics en esa misma galería.*

*Al salir, me topé con un chico, o quizá debería decir un hombre joven, porque he descubierto que es unos pocos años mayor que yo. Sé que puede sonar ridículo e infantil, pero como si de una película se tratara, tropecé con su pie y caí en sus brazos de una forma muy torpe, al tiempo que mi bolso salía volando hasta aterrizar en medio de la calle.*

*«Oh, lo siento mucho», se disculpó mientras se apresuraba a buscarlo.*

*Al girarse para dármelo, me encontré con un rostro atractivo y una sonrisa arrebatadora. De esas en las que te fijas, aunque no quieras. De las que se contagian y no puedes evitar devolver.*

«Ha sido culpa mía. He salido sin prestar atención», le dije.

No sé qué lo provocó, pero nos quedamos quietos, mirándonos embobados durante un largo instante.

«¿Te has hecho daño?», me preguntó.

«No. ¿Y tú?»

«Estoy bien.»

«Entonces, me iré.»

«¡Por supuesto, disculpa!», exclamó haciéndose a un lado para dejarme pasar.

Continué mi camino. Sin embargo, un impulso me hizo mirar por encima de mi hombro y descubrí que seguía allí, inmóvil, observándome.

Eso podría haber sido todo, pero el fin de semana volvimos a encontrarnos. Yo estaba rellenando el molinillo para café cuando alguien pidió un café sin azúcar. Me giré y me topé con unos ojos que ya había visto antes. Observé en ellos un brillo de reconocimiento.

«Vaya, qué casualidad», dijo.

Intenté disimular mi repentina inquietud ante su presencia, porque, por alguna razón que desconocía, había estado pensando en él y en su sonrisa, y que hubiera aparecido de la nada en mi lugar de trabajo me hacía considerar lo caprichoso que es a veces el destino.

«Sí, qué casualidad», respondí, mucho más nerviosa de lo que cabía esperar: «Puedes sentarte a una mesa. Te llevaré el café enseguida».

«Gracias.»

Preparé su bebida y coloqué la taza en una bandeja. Luego dejé que mi mirada vagara por el local hasta que lo vi sentado a una mesa, cerca de la puerta. Mientras me acercaba, sentí unos nervios desconocidos enredados en mi estómago.

«Aquí tienes.»

«Gracias», dijo con voz suave. Hice el ademán de marcharme: «Perdona, ¿te importa decirme tu nombre?».

«Erin», respondí.

«Hola, Erin. Yo soy Roby.»

Nos sonreímos. Y no dijimos nada más. Yo regresé al trabajo y, cuando volví a buscarlo, ya se había marchado.

Para mi sorpresa, también se presentó al día siguiente. Y al siguiente. Y al siguiente. Y hoy también ha vuelto. Se ha sentado en la misma mesa de siempre. Sin embargo, ha roto su rutina al quedarse hasta la hora de cierre.

«¿Puedo invitarte a cenar?», me ha preguntado muy tímido.

Mi primer impulso ha sido dudar. Apenas lo conozco y no suelo confiar en las personas de las que solo sé su nombre. Él ha debido de darse cuenta, porque enseguida me ha propuesto ir a la pizzería que hay enfrente y que siempre está llena de gente.

Al final he aceptado y no me arrepiento. Roby, además de guapo, es divertido y carismático. Tiene una voz muy suave y bonita, que despierta mariposas en mi estómago. Juro que he creído que el corazón se me saldría del pecho en cualquier instante.

No estoy segura de lo que siento, pero nunca antes he sentido nada igual.

Mañana hemos quedado en vernos otra vez, y estoy ansiosa por que llegue la hora.

## 24 de septiembre

*Querido diario:*

Sé que es irracional, pero con Roby me siento como si lo conociera desde siempre.

Esta tarde ha pasado a buscarme poco antes de que acabara mi turno. Después, aprovechando que aún no hace mucho frío, hemos ido a dar un paseo al parque Waterfront, a orillas del lago Champlain. Hemos estado hablando sin parar y me ha contado algunas cosas sobre él.

Tiene veinticinco años y es de un pueblecito de Virginia llamado Bridgeport. Aunque desde hace unos años vive en Filadelfia, donde se encuentra la sede central de la empresa que lo contrató, nada más acabar sus estudios en el Colegio de Tecnología de Pensilvania. Ahora, esa misma empresa lo ha trasladado aquí, a Burlington, para que supervise una nueva sucursal.

Le gusta el cine clásico y de ciencia ficción. Las novelas de suspense y montar maquetas de submarinos. Sueña con poder sumergirse en uno. Y prefiere los perros a los gatos. Presume de ser demócrata y su meta es trabajar muy duro para algún día poder comprar un rancho.

Luego me ha pedido que le hable sobre mí. Así que le he confesado que mi verdadera vocación es la música, pero que tendré que conformarme con ser una enfermera nefasta con fobia a las agujas. Se ha reído a carcajadas y yo me he enamorado un poco más de su sonrisa. También le he hablado de mi familia, de Tessa y de lo feliz que me siento viviendo aquí.

Cuando nos hemos dado cuenta, llevábamos horas andando y casi había anochecido. Entonces, se ha ofrecido a acompañarme hasta la residencia y no he sido capaz de negarme. No sé si son sus ojos oscuros, que parecen ver dentro de mí, o su forma *de hablarme, delicada y sosegada, pero consigue que me deje llevar sin ninguna resistencia.*

*Todo esto es nuevo y desconocido para mí. Roby ha aparecido de la nada y sin buscarlo, y lo ha revuelto todo de un modo que no consigo explicar.*

*Aun así, estoy deseando volver a verlo.*

## 2 de octubre

Querido diario:

Roby me ha besado. ¡Me ha besado!

Esta noche hemos ido al cine a ver una película. Al salir, estaba lloviendo, así que nos hemos resguardado bajo la marquesina del edificio. Estábamos hablando sobre la película cuando, de pronto, se ha quedado callado. Mirándome fijamente, poco a poco, se ha inclinado, ha acogido mi rostro entre sus manos y me ha besado.

Es la primera vez que me besan y, no sé, ha sido raro y a la vez escalofriante, en el buen sentido. Sus labios son suaves y me han acariciado con lentitud. Yo no dejaba de temblar y, cuando sus manos se han posado en mis caderas para acercarme un poco más a él, mis rodillas han estado a punto de flaquear.

Estoy tan eufórica que no creo que pueda dormir esta noche.

Lo único que deseo es recordar ese instante y guardarlo para siempre en mi corazón.

## 17 de noviembre

*Querido diario:*

*¡Estoy tan enamorada de Roby que, si esto es un sueño, no quiero despertar!*

*Hace un rato, un mensajero ha aparecido en la cafetería con un ramo inmenso de rosas rojas y una nota que decía «Te echo de menos». Roby se encuentra esta semana en Filadelfia, pero me llama a diario y este es el segundo ramo que me envía en pocos días. ¡Es tan romántico!*

*Roby es todo lo que siempre he querido en un chico. Es amable, bueno, inteligente y tiene unos valores y deseos muy parecidos a los míos. Además, es guapísimo.*

*No puedo evitar asustarme cada vez que se ausenta de la ciudad, siempre temo que no regrese. Sé que es un pensamiento exagerado y un miedo irracional, pero no puedo evitarlo. Lo quiero tanto que me moriría si lo perdiera.*

*Susan dice que me comporto de esta forma tan exagerada porque es la primera vez que salgo con un chico y me enamoro. Yo pienso que se equivoca. El amor es un sentimiento y no sabe de números ni experiencia.*

*Entre Roby y yo ha nacido algo muy especial, un hilo inquebrantable que une nuestros corazones y pronto unirá nuestros cuerpos. Aún no estoy preparada para dar el paso, pero sé que lo estaré muy pronto. Él me ama y me lo demuestra constantemente. Imagina un futuro conmigo y creo en sus promesas. Creo en la felicidad que siento cuando estamos juntos y estoy segura de que durará para siempre.*

*Roby es mi destino. El primero y también el definitivo.*

### 3 de enero

Querido diario:

Aunque hablaba con Roby todos los días, estas vacaciones de Navidad se me han hecho eternas. No veía la hora de volver, pero ya estoy aquí, y es lo único que importa.

Sin embargo, me siento un poco triste y decepcionada. Roby me ha llamado hace unos minutos para decirme que debe retrasar su vuelta un par de días. Conforme transcurre el tiempo, su trabajo lo obliga a pasar más días en Filadelfia. Sabe que sus ausencias me hacen sentir insegura, y me ha prometido que pedirá que lo trasladen definitivamente a Burlington en cuanto sea posible. Deberé ser paciente.

Cuando pienso en ello, no me parece ninguna locura que esta ciudad se convierta en nuestro hogar y futuro. Él y yo juntos, para siempre.

¿Se puede explotar de amor? Creo que sí.

## 6 de enero

Querido diario:

Roby ha regresado esta mañana, al amanecer, y como no queríamos perder ni un solo segundo de tiempo, ha venido a buscarme directamente desde el aeropuerto. Hemos desayunado en un bonito café y después lo he acompañado al pequeño apartamento que tiene alquilado.

Ya había subido otras veces, pero siempre de paso. Visitas de apenas unos minutos, para que Roby se cambiara de ropa o dejara alguna cosa. No me sentía cómoda alargándolas más, preocupada por la intimidad que proporcionaba ese espacio y para la que no me sentía preparada.

Sin embargo, hoy ha sido distinto.

Sabía que Roby esperaba ese momento y una parte de mí llevaba un tiempo fantaseando con la posibilidad. Otra se resistía, porque es imposible ignorar unas creencias que te han inculcado desde siempre. ¿Sexo fuera del matrimonio? Un billete directo al infierno y el repudio de Dios.

«No tenemos por qué hacerlo», ha dicho Roby al darse cuenta de mi estado de nervios.

Durante unos instantes, he estado a punto de echarme atrás y pedirle que me llevara de vuelta a la residencia, pero al mirarlo a los ojos, al ver el amor y el deseo que derramaban, mi impulso ha sido besarlo.

Nos hemos besado durante una eternidad, descubriéndonos con los labios y las manos. Hasta que, no sé muy bien cómo, hemos acabado en su cama. He intentado imaginar muchas veces cómo sería nuestra primera vez. Mi primera vez.

Ahora que ha pasado, me siento extraña. Ha sido bonito y tierno, y he notado una fuerte conexión con Roby. Pero no he sentido esos fuegos artificiales de los que la gente habla. Ni todas esas sensaciones que narran en las novelas y se ven en las películas. Creo que ha sido porque estaba demasiado nerviosa y no he logrado relajarme lo bastante.

No importa. Quiero a Roby con todo mi corazón y poder estar con él es suficiente para mí. Es mi alma gemela.

## 9 de febrero

Querido diario:

Llevo mucho tiempo sin escribir aquí. Entre las clases, las prácticas en el hospital, los exámenes y el trabajo en la cafetería, he estado muy ocupada.

Hay algo que me preocupa y no soy capaz de contarle a nadie. Tengo un retraso de dos semanas y estoy asustada. Sé que debería llamar a Roby y decírselo, pero ha vuelto a Filadelfia por unos días y, cuando hablamos por teléfono, las llamadas apenas duran unos segundos y siempre parece molesto. Sé que la razón es su trabajo, que lo tiene un poco agobiado. Sin embargo, no evita que me sienta mal y abandonada.

Creo que lo más responsable sería hacerme una prueba de embarazo y salir de dudas. Iré a comprarla a alguna tienda en las afueras, donde nadie me conozca. No puedo correr el riesgo de que se sepa y llegue a oídos de mis padres.

Dios mío, estoy aterrada. No puedo tener un bebé ahora. Soy muy joven, y Roby y yo ni siquiera estamos casados. Mis padres no lo entenderían jamás.

Por favor, Dios. Por favor, ayúdame. Castígame de otro modo, no me importa, pero no permitas que esté embarazada.

## 14 de febrero

*Ayer por la mañana me hice la prueba y salió positiva.*

*No quería creerlo y mucho menos asumirlo. ¿Un embarazo? No me podía estar pasando. Cuando dejé de llorar y pude calmarme un poco, llamé a Roby para decírselo. Primero me preguntó que si era suyo. Una duda que me rompió en mil pedazos. Después se disculpó rápidamente y me rogó que repitiera la prueba y de ese modo asegurarnos. Le prometí que lo haría y quedó en llamarme más tarde para saber el resultado.*

*Nada más salir del trabajo, fui directamente a la residencia y me hice otro test.*

*Las dos rayitas rosas aparecieron a los pocos segundos, tan claras y nítidas como si las hubiera marcado yo misma con un rotulador.*

*No hay duda, estoy embarazada.*

*Roby no llamó anoche, y no contesta al teléfono.*

*No puede estar pasándome esto, ¿verdad?*

*Me moriré si me abandona así.*

## 21 de febrero

*Sigo sin saber nada de él.*
*No puedo soportarlo.*
*Quiero morirme.*

# 34
# Hunter

Pasé a la página siguiente, pero no había nada más escrito en el diario.

No lo entendía, Allan me había asegurado que ese era el último. Me puse a hojearlo, cada vez más rápido. Todas estaban en blanco. Todas.

—¡Joder! —gruñí cuando noté el filo del papel en mi dedo.

Lo solté y el diario cayó al suelo. La sangre goteó de mi mano y corrí al baño. Me lavé la herida, maldiciendo para mis adentros mientras una rabia inmensa se me acumulaba en el pecho. No podía creer que eso fuese todo. Meses de infinita paciencia, que habían quedado en nada. Sí, había podido conocer a mi madre. Saber cómo era. Qué pensaba. Sin embargo, yo necesitaba las respuestas a las dos incógnitas que me habían atormentado desde que descubrí que era adoptado. ¿Qué motivó a Erin realmente a entregarme y quién era mi padre? Y no había encontrado nada.

—¡Joder, joder, mierda...! —grité mientras pateaba el cesto de la ropa sucia.

Me cubrí la cara con las manos y apreté mis párpados para no llorar. Me ahogaba en mi propia frustración. Me sentía tan decepcionado y traicionado. Regresé al salón y empecé a revolverlo todo. Necesitaba mi puñetero tabaco. Cuando di con él, me senté en el suelo y encendí un cigarrillo. El humo ascendió en pequeñas volutas, que observé como si fuesen algo fascinante.

Bajé la mirada y la clavé en el diario. No sé qué me llevó a cogerlo de nuevo. Creo que mi intención era destrozarlo. Lo abrí por la tapa posterior y entonces lo vi. Era uno de esos cuadernos que tienen una especie de bolsillo interior, y dentro había algo. Colé las puntas de los dedos y saqué un sobre, con mi nombre escrito a mano. Dentro guardaba una carta.

Se me escapó un gemido, seguido de un sollozo. Y me sentí enfadado a la par que culpable. Erin la había ocultado allí a propósito. Imagino que para asegurarse de que no la leería antes de acabar el diario. Bien, pues lo había logrado. Todo había salido como ella esperaba.

Desdoblé la carta y comencé a leer. Sin embargo, la hice a un lado inmediatamente. Estaba acojonado. Inspiré y exhalé varias veces, hasta que logré reunir el valor que necesitaba.

*Mi amado hijo:*

*Si estás leyendo esta carta, es porque has llegado al final del último diario.*

*Después de ese día, no fui capaz de volver a escribir más en él, ni en ningún otro. Me encerré tanto en mí misma que durante mucho tiempo evité mis propios pensamientos.*

*En fin, ya conoces mi historia y la persona que fui. Espero no haberte decepcionado mucho. Nunca logré ser una mujer fuerte que pudiera defenderse. Al contrario, siempre viví con miedo, silenciada y sometida. Crecí sin amor y, cuando por fin creí que lo había hallado, solo era una mentira.*

*Acababa de cumplir diecinueve años cuando me quedé em-*

barazada. *No sabía nada de la vida. Era una ilusa que se enamoró y confió en la persona equivocada. Debería haberme dado cuenta. Había indicios, que habría visto si me hubiera fijado un poco más. Sin embargo, cerré los ojos y creé una fantasía. Imaginé la vida con la que siempre había soñado y me convencí de que la había encontrado.*

*Roby desapareció durante semanas, imagino que tratando de reunir el valor para enfrentarse a mí. No debió de conseguirlo, ya que al final acabó optando por la salida fácil y se escondió tras una llamada telefónica.*

*Descubrí que Roby no era su verdadero nombre, sino un apodo que le habían puesto sus compañeros de trabajo por su parecido con un famoso actor. Tampoco tenía veinticinco años, sino veintiocho, y desde luego no vivía en Filadelfia; no quiso decirme dónde. Además, estaba casado. Cuando nos conocimos, su matrimonio atravesaba una profunda crisis y pensó que aprovecharse de mí y mis emociones, para consolarse y sentir que aún seguía siendo un hombre, era una buena idea.*

*Me dijo que lo sentía, pero que no podía hacerse cargo del bebé. Su mujer no lo soportaría e incluso temía que pudiera quitarse la vida si se enteraba. Me suplicó entre lágrimas que abortara. Lo hizo durante días. Pero, cuanto más me insistía, más me aferraba yo a ti.*

*Dejó de llamar cuando le prometí que jamás volvería a ponerme en contacto con él. Y cumplí mi promesa.*

*Tomé la firme decisión de ser tu madre y protegerte, y por esa misma razón no tuve más elección que mantener mi embarazo en secreto. Me aterraba que mis padres pudieran averiguarlo, ya no por mí sino por ti. A pesar de su fe y su religión, los creía capaces de obligarme a deshacerme de ti, si con ello mantenían a salvo su reputación. Eran así de cínicos.*

*La única persona a la que se lo conté fue a mi amiga Tessa. Empecé a comportarme como si ese hombre nunca hubiera* aparecido en mi vida y nada hubiese cambiado. Continué con las clases y el trabajo en la cafetería; y me puse a ahorrar todo el dinero que ganaba mientras trazaba un plan para nosotros.

Cuando llegaron los exámenes finales, yo estaba de casi cinco meses y ya no había modo de ocultar mi barriga. Reuní el valor para llamar a mis padres y les conté la verdad. Pensé que me repudiarían, contaba con ello. Que olvidaran que tenían una hija era lo mejor que me podía pasar.

Sin embargo, no lo hicieron.

Se presentaron en Burlington con mi hermano ese mismo día. Me metieron a la fuerza en el coche y me llevaron a casa de una hermana de mi madre. Allí me vigilaban cada minuto del día, solo me permitían salir de casa para las visitas médicas. Mientras, mis padres hicieron lo imposible para averiguar quién era el hombre que había seducido a su hija. No lo consiguieron, porque ni siquiera yo lo sabía. Se negó a decírmelo. Aunque de haberlo sabido, jamás lo habría confesado, porque eras solo mío. Tú y yo contra el mundo, así debía ser.

Pasaron los meses y me puse de parto. Tardaste mucho en nacer. Te resistías a conocer el mundo y ahora, cuando pienso en ello, creo que una parte de tu pequeño corazón intuía lo que iba a ocurrir. Ojalá yo lo hubiera visto venir, porque en aquel mismo instante habría huido contigo sin vacilar.

Al fin, tras muchas horas, pude tenerte en brazos. Eras tan hermoso y perfecto. No podía dejar de mirarte.

Entonces, comenzó la pesadilla. Una enfermera vino y, con la excusa de lavarte, te sacó de la habitación. En ese preciso momento, mis padres irrumpieron con un hombre y una mujer. Él era abogado y ella trabajaba en la Corte de Familia. A mis espaldas, el hombre que me engañó y me hizo prometerle que nunca formaríamos parte de su vida había solicitado tu custodia con la ayuda de mis padres.

No sé cómo contactaron ni cuándo. Solo sé que lo tenían

todo preparado, una adopción cerrada, y solo necesitaban que yo accediera.

Me obligaron a firmar los documentos, y cuando digo que me obligaron quiero decir que mi padre agarró mi mano y me forzó a escribir mi nombre. Así fue como te perdí. No hubo nada que pudiera hacer. Nadie quiso escucharme. Nadie me ayudó. Todo lo que sabía sobre Roby era mentira.

¿Cómo se encuentra a un fantasma cuando no dispones de ningún medio para conseguirlo y tienes la ley en tu contra? Yo te lo diré: no se puede.

Mis padres me llevaron de vuelta a Hasting y me hundí en una profunda depresión. No salía de casa, casi no comía. No tenía ganas de vivir.

El tiempo pasó y, gracias a que Tessa nunca me abandonó, empecé a recuperarme. Luego conocí a Grant y me enamoré, cuando creía que no sería posible. Recompuse mi corazón lo mejor que pude para intentar tener una vida, pero solo lo logré a medias. Me faltabas tú; y durante veintiséis años, cada 13 de octubre la herida volvía a abrirse y sangraba.

Y comenzó otra pesadilla, la de mi enfermedad. No obstante, este mal trajo algo bueno consigo. Hizo que Allan Sanders sintiera lástima por mí cuando le hablé sobre ti, y quiso ayudar a esta mujer desahuciada a cumplir su último deseo.

Gracias a él, te he podido encontrar.

Esta es mi historia, Hunter, y la tuya.

Ahora, la respuesta a la pregunta más importante. Aunque imagino que la has averiguado en este breve relato, ¿verdad?

Tu padre biológico y el hombre que te adoptó son la misma persona: Daniel Bryson Scott.

Nunca he dejado de preguntarme por qué lo hizo, qué lo llevó a quitarme a mi hijo después de todo el daño que ya me había hecho. Jane Austen decía en uno de sus libros que en todo individuo hay cierta tendencia a un determinado mal, a un defecto innato, que ni siquiera la mejor educación puede vencer. Quizá era algo inherente a él y no pudo evitarlo, o no era consciente de la gravedad de sus actos. Al fin y al cabo, hay gente que se engaña a sí misma creyendo que el bien y el mal son una cuestión de perspectiva.

Ya no importa. No quiero irme de este mundo con odio en el corazón.

Hijo, siento haber tardado tanto en encontrarte. Y siento que mi tiempo se esté acabando y no pueda demostrarte lo mucho que siempre te he querido.

Perdóname. Perdóname por todo.

Espero que Jamie y tú os podáis llevar bien. Tu hermano es un poco gruñón y obstinado, pero es un buen chico y necesita a su hermano mayor. Ahora más que nunca. Cuidaos mucho el uno al otro.

Escucha a las personas que te quieren de verdad y apóyate en ellas. Al final, son las que estarán ahí cuando las necesites.

Gracias por haber llegado hasta aquí y darme la oportunidad de explicarme.

*Tu madre que te ama,*
*Erin Lambert-Beilis*

# 35
# Hunter

No sé el tiempo que pasé acurrucado en aquel suelo. Minutos, horas, puede que días. Perdí la noción del tiempo y de mi propia consciencia. Había saltado al vacío con miedo y sin coraza y el golpe había sido demasiado grande. No sabía quién era, dónde estaba, ni siquiera lo que sentía. Me encontraba a la deriva, donde solo veía espejismos de una realidad que me costaba aceptar. Porque nada puede doler tanto y salir indemne.

Al principio solo quería saber, y ahora deseaba olvidarlo todo.

Sin embargo, hacía mucho que había dejado de soñar con imposibles. Me había acostumbrado a la cruda realidad. A soportar. Y sí, el dolor que te quita el aliento y la decepción que te ahoga y te mata por dentro te hacen más fuerte y te ayudan a comprender que la única forma de acabar con ellos es llegando hasta el final.

En mi caso, debía colocar la última pieza y completar el puzle. Iba a ser muy jodido, pero merecería la pena si con eso desaparecían los monstruos de mi armario.

Me puse en pie, cogí las llaves del coche y salí de casa.

Al cabo de un rato, mis botas se hundían sobre el césped

del cementerio mientras buscaba la tumba de Erin con la mirada. Poco después, apareció delante de mí y me detuve en seco. Sentí un nudo apretado en el estómago al ver su nombre grabado en la piedra y tuve la sensación de que mis pulmones se contraían.

Me acerqué y toqué la lápida con las puntas de los dedos. Estaba muy fría.

Me dejé caer en el césped y la miré. No hice otra cosa durante horas, mientras el corazón me dolía con un sentimiento de pérdida que no había tenido hasta ahora. Una pérdida que nada ni nadie podría consolar nunca. Cruel e injusta.

Y sentí lástima.

Por Erin.

Por mí.

Por lo que le arrebataron.

Por lo que me quitaron.

Por su dolor.

Por mi abandono.

Su culpabilidad.

Mi soledad.

—Lo siento —susurré casi sin voz. Me cubrí la cara con las manos—. Lamento que tuvieras que crecer con esa familia. Lamento que mi padre se cruzara en tu camino y todo lo que te hizo. Lo que nos hizo. Siento que enfermaras. Siento no haber venido cuando me lo pediste. Y siento que tuvieras que irte tan pronto. Lo siento mucho, mamá.

# 36
# Willow

Llevábamos horas sentados en el muelle. Habíamos hablado del tema hasta la extenuación y ya no había modo de ocultar la realidad. Estaba sucediendo. Nuestro «mientras dure» se terminaba.

—Estoy enamorado de ti —repitió, y mi corazón se resquebrajó un poco más.

—Y yo de ti. Te quiero muchísimo, Hunter. Esa es la verdad.

—Pues ven conmigo.

—Ya te lo he dicho, no puedo.

—Explícamelo otra vez.

Lo habría hecho si no fuese porque la mitad de las razones que le había dado eran excusas que no recordaba. Las cosas que me dijo Scarlett habían calado muy dentro de mí y me ayudaron a darme cuenta de que mi relación con Hunter estaba destinada a fracasar. Nos encontrábamos en extremos opuestos de un camino muy largo, que primero debíamos recorrer.

Con suerte, tropezaríamos en algún punto. Aunque una gran parte de mí lo dudaba. Hunter pertenecía a un mundo muy alejado del mío. Una vez que regresara y su vida girara de nuevo alrededor del trabajo y de la música que lo hacía feliz, de los estudios de grabación, los premios y las fiestas, de otras chicas, se olvidaría de mí.

Estaba destinado a ocurrir. Ambos ya lo sabíamos aquel día bajo la nieve, antes de besarnos por primera vez. De besarnos de verdad. A él no se le daban bien las relaciones y yo no esperaba nada. Tuvimos claro que lo peor que podría pasarnos era que nos rompiéramos el corazón y aun así decidimos seguir adelante. Mientras durara.

—Escucha, te acompañaré a ver a esa mujer, pero después...

—Eso puedo hacerlo solo —saltó molesto—. Lo que quiero es que vengas a Nashville y vivas conmigo. ¿Cuál es el problema?

—Es más fácil decirlo que hacerlo —susurré con la mirada perdida en el lago.

—Es fácil, haz la maleta y sube al coche, Willow.

Lo observé y me dieron ganas de abrazarlo al verlo tan enfadado y vulnerable, tan niño. Me estaba costando un gran esfuerzo mantener la compostura. Hunter alzó las cejas y sacudió la cabeza. Abrió la boca para replicar, pero esta vez puse mis dedos sobre sus labios y no se lo permití. Inspiré hondo y le hablé desde lo más profundo de mi corazón:

—Hunter, tengo treinta años y es ahora cuando creo que empiezo a ser yo misma. Por primera vez empiezo a disfrutar de la vida. Veo un camino que podría continuar y nadie lo ha elegido por mí, lo he hecho yo. No quiero volver a ser esa persona que sigue a los demás solo porque se lo dicen, ni siquiera por ti. Llevo toda mi vida pensando que no tenía opciones, pero las tengo, porque tengo derecho a decidir por mí misma. Y lo que decido ahora y por el momento es quedarme aquí con mi abuela y mi padre. Deseo vivir de este modo un poco más. Quiero trabajar con Gracie y, si descubro que no me gusta, lo intentaré en otra cosa. He perdido demasiado tiempo dándome a los demás, Hunter. Necesito... —en ese instante se me quebró la voz y mis lágrimas se desbordaron— necesito ser un poco más mía. Y por todas esas razones, voy a quedarme.

Él levantó la mano y me secó las lágrimas con los dedos.

—Entonces, yo también me quedo.

Aparté su mano y comencé a negar.

—Sigues sin entenderlo.

—Pues explícamelo.

—¡Tengo que hacer esta parte sola! —alcé la voz.

Los ojos de Hunter estaban fijos en los míos. Sus labios eran una fina línea apretada. Tenía miedo, podía sentirlo. Yo también lo tenía.

—No quiero romper contigo —dijo muy flojito.

Acuné su mejilla en la palma de mi mano.

—Hunter, hace meses iniciaste un viaje para averiguar quién eras y debes terminarlo.

—Ya sé quién soy.

—Sí, lo sabes, y esa es la razón por la que debes llegar al final. Vuelve a Tennessee y coloca esa última pieza de la que me has hablado. Después olvídate del pasado y vive el presente. Sueña con el futuro. Regresa a casa, crea más música, disfruta de la maravillosa vida que has logrado sin esconderte del mundo. Tú mejor que nadie sabes que es allí donde quieres estar realmente.

—Esto también me gusta —repuso.

Me hizo sonreír. Era tan obstinado.

—Pues ven de vacaciones, nadie ha dicho que no puedas volver.

Suspiró y se pasó la mano por el pelo. La expresividad de su rostro me estaba matando.

—¿Y qué pasa con nosotros? —me preguntó.

No tenía una respuesta a esa pregunta. Estaba renunciando a él, cuando dentro de mi pecho aún ardía una llama de esperanza que se negaba a desaparecer. Pero sí sabía lo que era más sensato.

—Vamos a separarnos, porque es lo mejor para ambos.

Negó repetidamente. Podía ver la lucha interna que estaba librando. Por un lado, no quería ceder y rendirse, pero por otro sabía que no podía obligarme a continuar. Ni siquiera lo intentaría, porque no era esa clase de persona.

Vi la melancolía que lo envolvía. La frustración por no poder hacer nada. El enfado que se negaba a dirigir hacia mí. La misma esperanza que yo sentía y se resistía a extinguirse.

Nos queríamos, pero no era suficiente.

Al menos, no para mí. Nunca había estado sola. Y me refiero a estar sola de verdad. Rompí con Cory, y Hunter entró en mi vida poco después. Del mismo modo que yo entré en la suya cuando hacía nada que lo había dejado con su novia. Relaciones dependientes y tóxicas, que nos habían desdibujado.

Coincidimos en un momento en el que los dos estábamos rotos y perdidos. Nos lamimos las heridas el uno al otro como dos gatos abandonados. Y nos dimos calor. Aprendimos a reír juntos y descubrimos que la nieve podía susurrar todo aquello que nosotros aún no nos atrevíamos a decir. Dejar a alguien que amas con el anhelo de volver a encontrarlo es un acto de fe que yo no tenía. No quería ilusionarme con posibilidades. Prefería la certeza de lo definitivo.

—De acuerdo; si es lo quieres, me iré. No intentaré verte. No te llamaré ni te escribiré. Pero no voy a romper contigo, Willow —dijo él con determinación.

El corazón me dio un vuelco.

—Hunter...

—No, escúchame, por favor. —Asentí y guardé silencio—. Te entiendo, necesitas estar sola y averiguar quién es la persona que vive dentro de ti. Encontrar tu camino y descubrir qué quieres hacer con tu vida. Entiendo que nunca has tenido esa posibilidad y no quiero ser alguien más que te robe esa libertad. Así que, adelante, hazlo y tarda todo el tiempo que necesites. Voy a esperarte.

—Eso no es justo para ninguno...

Me rogó silencio con un gesto y cerré la boca.

—Solo tengo una petición.

Inspiré hondo sin dejar de temblar.

—¿Cuál?

—Cuando lo consigas, cuando sepas todas esas cosas que necesitas, si ya no sientes nada por mí, contactarás conmigo y entonces romperemos. Pero si aún me quieres, prométeme que vas a buscarme.

—¿Y si eres tú el que ya no siente nada?

—Eso no pasará.

—No puedes saberlo. Nadie puede, Hunter. Los sentimientos cambian.

Acortó la distancia que nos separaba y enmarcó mi rostro con sus manos. Me besó. Un beso brusco y fugaz.

—Solo prométemelo, ¿qué te cuesta?

—Vas a olvidarte de mí —sollocé.

Me secó las lágrimas con los pulgares, y me sonrió.

—No lo haré, y vas a darte cuenta.

Inspiró hondo y me besó en la frente.

Entonces dio media vuelta y se alejó sin mirar atrás.

Hunter se marchó al día siguiente.

Y yo me quedé.

# 37
# Hunter

Lo primero que hice al llegar a Nashville fue poner mi casa a la venta y comenzar a buscar otra. Lo sentí en la piel nada más girar la llave y empujar la puerta, una ligera incomodidad provocada por los malos recuerdos y la necesidad imperiosa de empezar de cero en todos los sentidos posibles. Así que solo recogí mi colección de vinilos y mis trastos de música y dejé todo lo demás. Al día siguiente de mi llegada, le entregué la llave a un agente inmobiliario y me instalé en un hotel.

Al cabo de una semana, encontré una casa con jardín en Green Hills, una zona residencial a veinte minutos en coche del centro. Se la enseñé a Grant y Jamie a través de una videollamada. Hacíamos una cada pocos días.

—¿Y tiene piscina? —me preguntó Jamie.

—No.

—¿Y por qué no tiene piscina?

—Hay espacio para construirla.

—Genial, porque yo quiero una.

—Como si te fuese a invitar —lo piqué.

Grant apareció otra vez en la pantalla y vi a Cameron tras él. Me saludó con la mano. Los echaba mucho de menos.

—¿Cómo van las cosas? —me preguntó Grant.

—Bien, espero instalarme por completo para el fin de semana y el lunes empezarán las obras del estudio. Quiero que esté listo lo antes posible y comenzar a trabajar.

—Tómatelo con calma, ¿de acuerdo? —me pidió en tono preocupado. Asentí con una sonrisa—. Bueno, hijo, el trabajo llama. Hablamos otro día, cuídate.

—Adiós.

Colgué y me recosté en el sofá. Había logrado superar la llamada sin preguntar. Cerré los ojos y ella apareció en mi mente. Willow. Cómo la extrañaba. Sabía que iba a ser duro estar sin ella, pero no imaginaba que lo sería tanto. Aun así, no iba a deprimirme ni a rendirme. Estaba convencido de que, antes o después, nuestros caminos volverían a cruzarse y entonces sería distinto. Mejor. Mientras, iba a esforzarme por ser la clase de persona de la que se sentiría orgullosa. Haría las cosas bien.

Lo primero de la lista, poner un punto final.


Era la primera vez en toda mi vida que me encontraba frente a aquella puerta y no tenía miedo. Quizá porque ahora sabía quién era yo y me sentía seguro de mí mismo. Porque todo el daño que ella me hizo lo había sanado mi madre. La que me gestó nueve meses en su vientre y me quiso sin conocerme. La que hizo lo imposible por llevarme de vuelta a casa y darme la familia que necesitaba.

Llamé al timbre y esperé. Oí sus pasos bajando la escalera y cruzando el vestíbulo. El giro de la cerradura y el chirrido de las bisagras. No sentí nada. Ni nervios. Ni tensión. Solo resentimiento y desconfianza.

Ella abrió la puerta.

Llevaba el pelo igual que siempre y uno de sus vestidos de estar por casa.

Al verme, no pudo disimular su sorpresa. De hecho, su reacción hasta me pareció exagerada, acostumbrado a lo fría que siempre había sido.

—¡Hunter!

—Hola, Liane, ¿puedo pasar? —llamarla por su nombre me sentó bien.

Tras unos instantes de duda, se hizo a un lado. La seguí hasta la sala que solía usar para recibir a las visitas y me senté en una silla. Todo estaba igual, salvo por un detalle que no me pasó inadvertido: todas las fotos de mi padre habían desaparecido.

—¿Quieres un té o un café?

—No, gracias.

Se frotó las manos, nerviosa, como si no supiera muy bien qué hacer. Finalmente se sentó en otra silla, frente a mí. Le costó, pero acabó mirándome a los ojos.

—Tienes el pelo más largo —me dijo.

—Hace tiempo que no me lo corto.

—Te queda bien.

No había ido a verla para conversar, y mucho menos para aparentar que teníamos una relación cordial, por lo que fui directo al grano.

—Tengo un hermano —dije sin más rodeos—. Su nombre es Jamie, es menor que yo, pero nos parecemos mucho. Su padre se llama Grant y es una de las mejores personas que he conocido nunca. Mi madre se llamaba Erin y falleció en septiembre del año pasado. Era buena, amable y todos la querían. Y a pesar de lo mucho que sufrió en algunos momentos de su vida, se fue de este mundo sin albergar odio en su corazón. Ni siquiera hacia vosotros.

Los ojos de Liane se abrieron como platos y palideció. Continué:

—Sé que mi padre trabajaba en Burlington cuando conoció a mi madre y la engañó. A ella le mintió y a ti te fue infiel. La dejó embarazada y, cuando lo supo, se desentendió por completo tras pedirle que jamás volviera a aparecer en su vida. Ella aceptó ese trato, porque lo quería lejos de nosotros. Pero algo cambió que a él le hizo pensar que estaba bien separar a un hijo de su madre y quitárselo sin su consentimiento —dije secamente. Luego añadí—: Como ves, lo sé casi todo. Solo me falta un pedacito de la historia, que nadie más conoce excepto tú.

Liane parpadeó y se le empañó la vista. La vi luchar en vano contra las lágrimas.

—Nunca te he pedido nada. Así que, por favor, ayúdame a completarla. Lo único que necesito saber es por qué lo hicisteis —le rogué.

Sacó un pañuelo de su manga y se limpió las lágrimas. Respiró hondo e intentó serenarse, pero brotaban de sus ojos como si un dique en su interior se hubiera roto. En la mesa había un servilletero con servilletas de papel. Cogí una y se la ofrecí. Susurró un «gracias» inaudible.

Poco a poco se recompuso y empezó a hablar:

—No era la primera vez que tu padre me engañaba, pero sí fue la primera que tuvo serias consecuencias. No lo justifico, pero él y yo discutíamos mucho en aquella época. No lograba quedarme embarazada y mi deseo de ser madre se convirtió en una barrera entre nosotros. Recuerdo que ese verano, de un día para otro, comenzó a comportarse de un modo extraño. Demasiado susceptible. Estaba más pendiente del correo y prácticamente me prohibió coger el teléfono. Todo era tan sospechoso que no pude ignorarlo. Así que una noche lo enfrenté, discutimos y acabó confesando que había dejado embarazada a una chica. Le pedí el divorcio en ese mismo momento.

Le tendí otra servilleta. Se sorbió la nariz y se encogió de hombros como si ya nada le importara. Siguió hablando:

—Él lloró y me suplicó que lo perdonara. Lo hizo durante días. Una noche, no sé si porque estaba desesperado o porque de verdad creía que podía funcionar, me propuso adoptarte. Al principio le dije que no, pero él continuó dándole vueltas a esa idea y me acabó convenciendo de que era nuestra única oportunidad de ser padres y formar una familia. Accedí y lo hice pensando solo en mí. Creí que de verdad podría convertirme en tu madre y yo me sentiría mejor. —Sollozó con la voz ronca y tuvo un ataque de tos.

—Te traeré un vaso de agua —le dije.

Fui a la cocina, saqué una botella de agua de la nevera y llené un vaso. Ella siempre la tomaba fría.

—Aquí tienes.

—Gracias —susurró mientras lo sostenía con manos temblorosas. Tras beber unos sorbos, prosiguió—: Daniel se encargó de todo. Localizó a los padres de esa chica...

—De mi madre —la corregí.

—Sí, de tu madre, y acordaron que nos cederían tu custodia. Un abogado preparó todos los documentos y solo nos quedó esperar. Nos llamaron cuando se puso de parto, fuimos a Siracusa y te entregaron a nosotros. Una vez aquí, nada mejoró. Daniel era completamente indiferente a ti y empezó a viajar de nuevo por trabajo. También regresó a sus viejas costumbres —apuntó con una mueca de asco, y supe que se refería a sus infidelidades—. Así que me quedé sola en casa, cuidando de un bebé que no era mío y al que, cada vez que miraba, veía en él la cara de la mujer que se había acostado con mi marido.

Noté una punzada en el pecho y arrugué la frente.

—Ella no sabía que estaba casado. Y tampoco accedió a la adopción, la forzaron —repliqué.

—Eso lo averigüé mucho más tarde. Si lo hubiera sabido en ese momento, jamás me habría prestado a algo tan atroz.

—Pero una vez que lo supiste, mantuviste la mentira hasta el final.

—Hicimos creer a todo el mundo que eras hijo nuestro. Desdecirse resultó algo imposible con el paso del tiempo. —Tomó aire y sacudió la cabeza con vehemencia—. Soy muy consciente de todo lo que te hice y de la clase de persona en la que eso me convierte, pero también soy una víctima dentro de esta historia, Hunter.

Hice una mueca sarcástica.

—Una víctima no tiene opciones, tú podías elegir.

—Es tu modo de verlo.

—¿Eso es todo?

—El resto ya lo conoces.

—No solo lo conozco, lo viví —repliqué dolido.

—Todos lo hicimos —señaló. Contempló sus manos y suspiró—. Voy a vender la casa y a mudarme a una más pequeña cerca de mi hermana. ¿Qué quieres hacer con tus cosas?

—Tíralas todas —respondí mientras me ponía en pie.

No teníamos nada más que decirnos. Solo nos miramos. Los dos sabíamos que era la última vez.

Salí de esa casa dando por terminada la historia de mi pasado. Mientras me dirigía al coche, comencé a sentirme más ligero. El peso sobre mis hombros disminuía conforme avanzaba.

Por primera vez, era realmente libre.

# 38
# Willow

Trabajar como organizadora de eventos era agotador y estresante. No tardé en descubrirlo. La lista de cosas que podían salir mal y escapaban a nuestro control era inmensa. Podías pedir mesas redondas y manteles azules, y que el proveedor al final enviara mesas cuadradas y manteles amarillos. Esas cosas pasaban con más frecuencia de la que uno puede imaginar. Encargar una pérgola decorada con motivos otoñales y darte cuenta en el último momento que han montado un chiringuito inspirado en Hawái.

Entonces debías recurrir a tu ingenio y la improvisación, y hacer lo imposible para evitar que la celebración no fuese un desastre y arruinar el día más importante y feliz de dos personas que se aman. Cuidar de sus sentimientos también formaba parte del trabajo. ¡Quién dijo presión!

Aquella era nuestra sexta boda, la cuarta al aire libre, y solo habían pasado cuatro meses desde que Gracie y yo nos establecimos oficialmente como negocio. Las cosas iban realmente bien.

Tras asegurarme de que el escenario de la ceremonia estaba perfecto, crucé el jardín y me dirigí a la carpa en la que tendría lugar la cena. Repasé las mesas y advertí que en la doce faltaba un tenedor de pescado y en la de los novios habían olvidado dos servilletas. Lo fui anotando todo. Quité algunas velas flotantes: estaban demasiado cerca de unas cortinas de tul.

Me di la vuelta y vi que habían llegado los músicos. Los saludé y me apresuré a mostrarles el escenario donde tocarían esa noche.

—¿Necesitáis ayuda para el montaje? —les pregunté.

—No es necesario, nosotros nos encargamos.

—Y os llegó la lista con las canciones que han pedido los novios, ¿cierto?

—Sí, tres copias.

Me reí por la forma en la que lo dijo.

—Soy un poco maniática del control —bromeé. Oí algunas risas—. Bueno, si necesitáis alguna cosa, estaré por aquí.

—¡Willow, Willow, Willow! —Me giré y vi a Gracie corriendo hacia mí con sus zapatos en la mano—. No quiero entrar en pánico, pero el camión de las flores aún no ha llegado.

—No te preocupes, acabo de hablar con el conductor. Se ha topado con un pequeño atasco, pero estará aquí enseguida.

—Menos mal —suspiró aliviada y me dio un abrazo—. No sé qué haría sin ti.

Cinco horas más tarde, por fin pude relajarme. Me serví una copa de champán y observé a los invitados disfrutando de la fiesta y la música. Era agradable compartir la felicidad de otras personas y, en cierto modo, ser responsable de ella al darles lo que querían en un día tan especial.

Los músicos regresaron al escenario tras un breve descanso. Comenzaron a tocar una versión acústica de *Be My Summer*, una de las canciones que Hunter había compuesto para Colton Moore. Al ritmo de la música, reviví los recuerdos de aquella noche en la que fuimos juntos al concierto. Recuerdos que me encogían el estómago y me aceleraban el corazón. No dejaba de pensar en él. Lo echaba de menos con tanta intensidad que me sorprendía que se pudiera querer tanto a otra persona sin colapsar.

Sin embargo, yo era la que había decidido alejarse.

Tenía que aprender a quererme más a mí misma de lo que lo quería a él.

Y de esa forma, si finalmente llegaba el día, volver a su lado sin renunciar a ninguna parte de mí.

Caemos en el error de creer que necesitamos amar a alguien para estar completos, pero es justo al contrario: el amor dependiente destruye, pero el amor compartido, ese te hace más fuerte.

# 39
# Hunter

Llevaba días con un runrún en la cabeza. Unas palabras y una melodía que me estaban volviendo loco, porque aparecían como un destello cada vez que pensaba en Willow. Y la sentía. La sentía mucho más cerca y yo, menos solo.

Me senté al piano de mi madre. Grant me había dado una sorpresa al enviármelo a casa cuando mi estudio estuvo terminado. Levanté la tapa y moví los dedos por las teclas, haciendo sonar unas escalas. Cerré los ojos e inspiré. Estaba ahí dentro, susurrando, solo debía escuchar.

Comencé a tocar y probé distintas combinaciones. Unas notas destacaban más que otras. Probé unas más graves. Me detuve. ¡No, así no! Empecé de nuevo la letra y la melodía reapareció en mi mente. Con la mano derecha busqué notas más altas, mientras con la izquierda creaba una base. El sonido era consistente, preludio de un estribillo contundente y pegadizo.

Me levanté de golpe y agarré la guitarra con una sensación que era puro fuego.

La tenía.

¡Joder, la tenía!

Estiré los dedos y los coloqué sobre las cuerdas.

Un. Dos. Tres.

Horas más tarde, sostenía entre mis manos una melodía y una letra que hablaba de nieve y susurros. De amaneceres y miradas. Una canción, solo para ella.

**What the snow whispers when it falls**
por Hunter Scott

# 40
# Willow

Gracie y yo habíamos viajado a Boston para reunirnos con la directora de una fundación privada, que trabajaba en la concienciación del cambio climático, y quería organizar una gala benéfica.

Unos minutos antes de la hora acordada, esperábamos nerviosas en el *hall* del edificio.

Si conseguíamos el contrato, un mundo mucho más grande que el de las bodas se abriría ante nosotras. Para evitar morderme las uñas, tomé una de las revistas que había en la mesa del vestíbulo. El último número de *Vanity Fair*. Comencé a ojearla, fijándome solo en las fotos.

Por lo visto, Kanye West estaba saliendo con una modelo y un grupo surcoreano de pop muy famoso había asistido a los MTV Awards, creando un gran revuelo. Había un reportaje fotográfico de varias páginas, que mostraba a los asistentes en el *photocall* de los premios.

El vestido de Taylor Swift era precioso y no estaba muy segura de si Megan Fox iba vestida. Al pasar la página, mi corazón se detuvo. Allí estaba él, Hunter, más guapo que nunca. Los latidos tronaban dentro de mi cabeza. Con manos temblorosas, enfoqué la vista en la nota de prensa, que mencionaba la colaboración de Hunter en el tema principal del álbum debut de una nueva cantante, que había sido nominada.

Siempre que encontraba una nueva foto o artículo sobre él, mi cuerpo reaccionaba de forma exagerada. Con el miedo a leer un titular que me demostrara que él había roto su promesa y me había olvidado. Soñaba con esa posibilidad y me despertaba con los ojos llenos de lágrimas. Sin embargo, no lograba reunir el valor para ir a buscarlo y acabar con la tortura.

Con el paso de los meses, partes de mi mente se habían ido tranquilizando. Muchas de las cosas que le dije cuando nos despedimos y que me parecían inamovibles ya no lo eran tanto. Alejarme me había ayudado a descubrirme y cuidarme. A conocerme y sentirme más segura. Pero también me había hecho quererlo y desearlo mucho más.

Y, en cierto modo, me arrepentía de no haberlo intentado.

—¿Gracie Adams y Willow Mayfield? —dijo una voz.

—Nosotras.

—Síganme, por favor. La señora Watson las recibirá ahora.

Solté la revista y entré en el ascensor.

# 41
# Hunter

Hacía pocos meses que Zoe Lennox había debutado con su primer álbum y ya había puesto la industria musical patas arriba. Había firmado con uno de los sellos discográficos más importantes del país y ahora querían preparar su segundo trabajo. Un álbum de ocho temas.

Semanas atrás, su mánager y un representante de la discográfica se habían puesto en contacto con Scarlett para concertar una reunión y negociar conmigo.

Ahora estaba sentado a una mesa de reuniones, construyendo un castillo con terrones de azúcar, mientras varias personas discutían sobre cesiones, cifras y porcentajes. Frente a mí, Zoe hacía todo lo posible para no mordisquearse el esmalte negro de sus uñas. Me miró y le guiñé un ojo para tranquilizarla. Me sonrió de forma tímida.

—Las canciones que acabamos de escuchar son perfectas, por lo que no hay que revisar ni ajustar nada, y podemos saltarnos la preproducción. En cuanto a la producción, queremos que te encargues tú, Hunter —me dijo el mánager—. Por supuesto, marcarás los horarios y el ritmo de trabajo a tu conveniencia. Nosotros nos adaptaremos, ¿verdad, Zoe?

Ella asintió y tragó saliva.

—¿Qué opinas, Hunter? —me preguntó Scarlett.

—Estoy de acuerdo, si puedo elegir el estudio y los músicos. Prefiero trabajar con gente que ya conozco.

—Como tú digas, no tengo inconveniente —aprobó el representante.

—Deberíamos lanzar primero un sencillo y hemos pensado que *What the snow whispers when it falls* es perfecta —intervino el mánager—. Aunque en esta canción sí que habrá que ajustar un poco la letra para que Zoe pueda cantarla. Es muy evidente que está escrita para una chica.

Asentí con aire pensativo. Sin saber por qué, sus palabras hicieron que sintiese algo desagradable en el estómago. ¿Retocar la letra? No me gustaba la idea. Había escrito esa canción para Willow y debía sonar tal y como yo la había compuesto. Era su canción. Mi regalo. Todo lo que no había podido decirle cuando estábamos juntos, pero que guardaba para cuando nuestros caminos se volvieran a cruzar. Porque lo harían, estaba seguro.

—¿Hunter?

Parpadeé al darme cuenta de que Scarlett me estaba hablando.

—¿Mmmm?

—¿Qué opinas sobre lanzar ese sencillo?

Arrugué la frente y la miré a los ojos.

—¿Puedo hablar contigo un momento?

Salimos de la sala de reuniones y entramos en su despacho, al otro lado del pasillo.

—¿Qué ocurre? —me preguntó en cuanto se cerró la puerta.

—La canción que quieren como sencillo...

—¿Qué pasa con ella?

—No voy a cederla, ni a ellos ni a nadie.

—¿Por qué? Es la mejor de todas.

—Tengo mis razones.

—Hunter, ¡hemos llegado a un acuerdo! —exclamó alterada.

—Que nadie ha firmado aún —le recordé.

—Pero he dado mi palabra —gimoteó.

—Diles que no se preocupen. Compondré otra.

Me fulminó con la mirada y se apoyó en la mesa.

—Como se echen atrás por esto, vamos a dejar de ganar mucho dinero —me avisó, mientras me apuntaba con el dedo. Yo me limité a encogerme de hombros—. Dios, no entiendo nada.

Hice un mohín.

—Lo siento.

—¡Quédate aquí! No quiero que estropees nada más.

Salió de la oficina y regresó a la sala de reuniones.

Me senté en el sofá y cerré los párpados. Willow se coló en mi mente como hacía siempre, de forma sigilosa. Me pregunté qué estaría haciendo y tuve el deseo de romper mi promesa y buscarla. Inspiré hondo y me esforcé por ignorar su ausencia.

Sentí que la puerta se abría, pero no oí ningún otro ruido. Abrí los ojos y descubrí a Zoe inmóvil bajo el umbral.

—Me han pedido que salga —comentó.

—¿Se han cabreado mucho?

—Un poco, la canción es muy buena.

Sonreí y le indiqué con un gesto que se sentara.

Se acomodó en el otro extremo del sofá y yo la observé de soslayo. Me recordaba a Taylor Momsen en su época más punk.

—¿Por qué has cambiado de opinión respecto a esa canción?

—Si te lo cuento, ¿me guardarás el secreto? —Asintió con un gesto—. La escribí para alguien que significa mucho para mí y me he dado cuenta de que no puedo desprenderme de ella.

429

—¿Tu novia?

—Lo fue.

—¿Y qué pasó?

—Me dejó.

—¿Qué le hiciste? —me preguntó con un tonito socarrón.

Me giré y arqueé una ceja. Se llevó la mano a la boca para esconder una risita.

—Deberías cantarla tú —dijo como si nada, y me devolvió la mirada—. Grábala y envíasela. O, mejor aún, dedícasela en directo. Si eso no derrite su corazón, nada lo hará.

—Estaría haciendo trampa. Le prometí darle espacio y esperar a que ella decidiera volver.

—¿Y si no sabe cómo hacerlo?

—¿Qué quieres decir? —pregunté confundido.

—Que quizá no sepa cómo volver. —Se encogió de hombros y suspiró aburrida—. No sé, solo es algo que se me ha ocurrido. Aunque yo lo intentaría, no puedes perder lo que no tienes, pero sí recuperarlo, ¿no? Además, soy de las que piensan que los finales felices hay que buscarlos.

La observé mientras pensaba en lo que había dicho. Su razonamiento tenía lógica y los engranajes de mi mente comenzaron a moverse, girar y encajar de nuevo. Dentro de mi mente todo se recolocó.

—Los finales felices hay que buscarlos —repetí.

—Ajá.

—Y si estuvieras en mi lugar, ¿cómo lo harías?

Zoe se giró en el sofá y apoyó el codo en el respaldo. Entornó los párpados al mirarme.

—¿Te refieres a cómo recuperar a la chica?

—Sí.

Ella se echó a reír.

—Vamos, hombre, ¡eres Hunter Scott! —exclamó—. ¡Debes hacerlo a lo grande!

# 42
# Willow

—¡Sigo sin poder creer que esto me esté pasando! —exclamó Gracie.

—Yo tampoco —susurré para mí, mientras volvía a leer la invitación.

Tres días antes, un mensajero había aparecido en la puerta de mi casa para entregarme una carta en mano. Por un momento, llegué a pensar que me había metido en algún lío y se trataba de una notificación judicial. Cuando la abrí y vi lo que era, casi me desmayo. Una invitación vip para asistir al concierto que Colton Moore iba a dar en Massachusetts. El último de su gira ese año.

Adjunta, encontré una nota escrita a mano y firmada por Preston Griffin, su mánager, en la que me daba unas indicaciones para el acceso al Gillette Stadium. No tenía ningún sentido que ese hombre hubiera pensado en mí a la hora de añadirme a una lista de invitados. Debía de ser un error o... No sé, era muy raro.

Decidí que no iría, pero cometí el error de contárselo a Gracie y, tres días más tarde, allí estábamos, en el *hall* del hotel donde nos alojábamos, esperando a que un coche nos recogiera para llevarnos al estadio.

—¿Willow Mayfield? —preguntó un hombre en la puerta.

—Soy yo.

—El señor Moore me envía a buscarla.

—Gracias.

Una vez en el estadio, en lugar de dejarnos en la entrada, el conductor se dirigió a un control y accedimos al recinto, donde nos estaba aguardando un miembro del *staff*. Nos entregó unos pases con nuestros nombres y después nos acompañó hasta nuestros asientos entre el público, muy cerca del escenario.

De repente, bajaron las luces del estadio y el escenario se iluminó. La banda comenzó a tocar y Colton apareció con los brazos en alto, saludando. El público estalló, y no dejó de gritar durante las dos horas siguientes. Yo tampoco lo hice, ni de corear sus canciones.

Colton terminó de cantar *Heartbreak*, uno de sus últimos éxitos, y las luces se apagaron. Durante un largo instante, todo quedó sumido en la oscuridad. Entonces, un foco iluminó el centro del escenario, donde habían colocado dos pies de micro, uno al lado del otro. Colton apareció con otro atuendo y una guitarra distinta. Tenía una expresión feliz y no dejaba de mirar hacia el lateral, entre bastidores. Se ubicó frente al micro e hizo gestos a la multitud para que guardara silencio.

—Como todos sabéis, esta es una noche especial. Después de varios meses en la carretera, y tras visitar muchas ciudades, esta gira llega a su fin hoy, aquí, en Massachusetts. —Se oyeron gritos—. Pero lo que la hace realmente especial es que dentro de un momento vais a presenciar algo único e increíble. —Rompió a reír, como si estuviera nervioso, y añadió—: Se nota que estoy emocionado, ¿eh? Es que no es para menos. Esta noche, en este escenario y con todos vosotros... ¡Hunter Scott!

En el instante en que su nombre sonó a través de los altavoces, mi corazón se detuvo. Hunter apareció caminando con una guitarra en las manos y el público rugió. El volumen de los gritos era ensordecedor y tuve que taparme los oídos. Miré a mi alrededor y no pude evitar sonreír. Era una locura.

Con el pulso a mil, volví a mirar al escenario. Hunter se aclaró la garganta mientras ajustaba su micrófono y se quedó allí unos segundos, observando a la multitud. Colton le dio una palmada en la espalda, animándolo.

—Os preguntareis qué estoy haciendo aquí, ¿verdad? Yo también, os lo aseguro. —Un coro de risas se elevó—. Es broma. Estoy aquí porque hace poco alguien me dijo que solo los idiotas se quedan de brazos cruzados y esperan a que las cosas ocurran, y que los finales felices hay que buscarlos. También me aconsejó que, para recuperar a una chica, lo que debo hacer es cantarle una canción en directo y que, si eso no ablanda su corazón, nada lo hará —confesó y sus ojos se clavaron en mí, como si hubiera sabido todo el tiempo que yo estaba allí.

El estómago se me llenó de mariposas al darme cuenta de lo que estaba pasando. De todo lo que había orquestado. Por mí. «No lo haré, y vas a darte cuenta», había dicho aquel día en el lago, cuando le aseguré que él me olvidaría.

Se acomodó la guitarra y se puso a tocar; la banda lo siguió.

—Esta canción la compuse para la persona más importante de mi vida y a la que echo muchísimo de menos. Se titula *What the snow whispers when it falls*.

Hunter comenzó a cantar y su voz áspera y un poco rota llenó el estadio. Las palabras brotaban de su boca, abrazadas por una melodía alegre y pegadiza. Se dejó llevar, se entregó a la música y el público vibró con él. Conectaron de un modo único. Al llegar al estribillo, se fijó en mí. Su mirada se enredó con la mía y no me soltó. Miles de personas nos rodeaban, pero en ese momento éramos solo nosotros dos, perdidos en nuestro universo. Él hablaba y yo escuchaba. Él latía y yo lo sentía.

El ritmo de la canción aumentó y su voz se alzó con más fuerza, sacudiendo todas mis emociones. Hunter había nacido para estar sobre un escenario y ojalá se diera cuenta de ello algún día. Cuando los últimos acordes se detuvieron, el público explotó en aplausos. Lo único que yo podía hacer era reírme y llorar al mismo tiempo, porque estaba tan pasmada que no podía moverme.

Hunter dejó de mirarme y se abrazó con Colton, que había cantado los coros a su lado.

Lo que siguió a continuación fueron miles de personas vitoreándolo mientras abandonaba el escenario; y en tanto él se alejaba, yo me iba quedando sin aire.

Tenía que verlo.

Necesitaba hablar con él.

Me giré hacia mi amiga, que parecía tan asombrada como yo.

—Gracie...

Ella asintió con una sonrisa.

—Corre, tonta, ve. Yo estaré bien.

—¿Seguro?

—¡Sí, ve!

Y no lo pensé dos veces. Eché a correr hacia las vallas que separaban el público del escenario, mientras les gritaba a los de seguridad:

—¡Tengo un pase, tengo un pase!

# 43
# Hunter

Había aprendido mucho sobre la vida y sobre mí en los últimos meses. Gracias a que abrí los ojos al mundo que había fuera, en lugar de esconderme de él. Aprendí a ser más sociable y a apoyarme en la gente. A escuchar, y me di cuenta de que a veces solo necesitaba oír un buen consejo para desliar la madeja enredada en la que se convertía mi cerebro cuando pensaba demasiado.

También había aprendido a pedir ayuda y así fue como acabé en la casa de Colton una noche y bebí con él hasta la madrugada, mientras le hablaba de la única persona de la que me había enamorado en toda mi vida y por la que lloraba como un bebé. Cuando le conté lo que pretendía hacer para intentar recuperarla y que necesitaba hacerlo en su último concierto, ni siquiera dudó. De hecho, le fascinó la idea y se ofreció a organizarlo todo por mí.

Acabara bien o mal, estaría en deuda con él.

Abandoné el escenario flotando, mientras mi mente trataba de registrar lo que acababa de suceder. Lo que mi corazón había sentido ahí arriba, frente a miles de personas. Frente a ella.

Me dirigí a los camerinos, pero no entré. Me quedé en el

pasillo, esperando. Durante ese tiempo, mi ansiedad alcanzó un pico descomunal y comencé a sudar. Pasaron los minutos y empecé a creer que no vendría. No se había ablandado.

«Joder, debería haber ido yo hasta ella», pensé, pero Griffin me lo había desaconsejado todas las veces que yo lo mencioné. Provocaría un gran revuelo y no sería seguro para nadie.

Me apoyé en la pared de hormigón y me cubrí la cara con las manos.

Un segundo. Dos. Tres.

Entonces oí los pasos apresurados y supe que era ella.

Me enderecé con el corazón desbocado y la vi aparecer con la mano en el costado.

Se detuvo frente a mí, jadeando y con el rostro congestionado.

Abrí la boca para decir algo, pero ella me dio un manotazo en el pecho que me dejó mudo. Después otro, y la expresión de su rostro se quebró con un amago de llanto. Sacudió la cabeza y entonces lo hizo, me abrazó como si la vida le fuera en ello. La rodeé con mis brazos y respiré en su pelo.

—¿Por qué has hecho algo así? —sollozó.

—Estabas tardando mucho en volver —fue lo único que se me ocurrió decir.

—Lo siento, he sido una tonta todo este tiempo.

Me aparté un poco y enmarqué su rostro con las manos. Deslicé los pulgares por sus mejillas húmedas.

—No es verdad.

Asintió y se sorbió la nariz.

—Sí lo es, porque quería volver y buscarte, pero no sabía cómo hacerlo. El tiempo pasaba y cada vez me parecía más difícil.

—¿Por qué?

—Porque me cuesta aceptar que tú puedas quererme.

Oírle decir eso me rompió el corazón. Alcé su barbilla para mirarla a los ojos.

—¿Qué más pruebas necesitas? Dime cómo puedo convencerte, lo haré.

—Acabas de hacerlo frente a cuarenta mil personas —repuso con una risita nerviosa.

Sonreí y apreté los párpados sin soltarla.

—Aún no creo que haya tenido el valor de subir ahí.

—Ha sido precioso —dijo en voz baja. Me rodeó la cintura con sus brazos. Un pequeño gesto que me resultó inmenso—. ¿De verdad has escrito esa canción para mí?

Sonreí lentamente y me incliné hacia ella.

—Todas las que he escrito son para ti, Willow, pero esa... Esa es más tuya que ninguna.

—Quiero escucharla otra vez.

Nos sonreímos con complicidad y tiré de ella para acercarla más.

—Todas las que quieras. Todas las que quieras —repetí sobre sus labios.

Después la besé y, mientras lo hacía, reviví todos los momentos que había pasado con ella.

Bajo la nieve. Sobre ella. Entre copos que susurraban y que solo nosotros dos podíamos oír.

# Epílogo

Tras semanas de preparativos, el día de la boda ha llegado y estoy nervioso. Tengo la sensación de que el traje encoge sobre mi cuerpo y voy a quedarme sin aire. Me aflojo un poco la corbata y contemplo el jardín del hotel que Willow ha elegido para este momento.

Hay una carpa blanca decorada con guirnaldas de luces y bajo ella, decenas de mesas preparadas para la cena que tendrá lugar después de la ceremonia. Las flores lo inundan todo.

El juez que va a oficiarla ya se ha colocado bajo el arco y los invitados van ocupando las sillas. Ha empezado. Está pasando.

Me dirijo a mi lugar y saludo al juez con un gesto. Él me devuelve la sonrisa.

Mi mirada recorre la primera fila, donde están sentadas todas las personas que me importan: Meg, Martin, Grant, Tessa, Scarlett... Comienza a sonar *Making memories of us* de Keith Urban. No sé de quién ha sido la idea de elegir esta canción, pero ahora que la escucho pienso que es perfecta y que a mamá le habría gustado. Espero que esté en alguna parte, viendo todo esto. Cómo lo que tanto deseó se cumple un poco más cada día.

Willow aparece en el pasillo y me quedo atónito al verla. Está preciosa y no para de sonreír. Dejo escapar un suspiro entrecortado cuando echa a caminar y empieza a acercarse. Noto que mi corazón se expande. El vestido es perfecto, lleva el pelo recogido y tiene los ojos fijos en los míos. Me tiemblan las manos cuando se detiene a mi lado y me da un beso en la mejilla.

—Tranquilo —me susurra.

La observo y me obligo a respirar mientras se coloca al otro lado del atril.

Escucho un ligero alboroto y mi vista vuela de nuevo al pasillo.

Rompo a reír y noto un par de lágrimas que se deslizan por mi piel.

Cameron y Jamie avanzan por el pasillo y la alegría me invade.

¡Mi hermano pequeño va a casarse! Y va a hacerlo con la persona que ama.

Por fin. Para siempre. Porque si hay dos personas que merecen estar juntas, son ellos.

Arropados por todos los que los queremos, sin prejuicios ni dudas.

Abrazo a Cameron y le doy las gracias por amar a mi hermano.

Luego estudio a Jamie y arrugo la frente.

—Pareces un merengue —me burlo, pero no es cierto. Porque el tío es guapo y con ese traje está impresionante.

Se ríe.

—Mira que eres idiota.

—Dijo el rey —replico.

Parpadea, noto que se está emocionando y lo abrazo. Lo hago muy fuerte.

—Los hermanos Hell No —susurra.

—El nombre me sigue pareciendo una mierda, pero sí. Los hermanos Hell No, siempre juntos.

Delante de nuestros seres queridos, prometen cuidarse el uno al otro. En lo bueno y en lo malo. En los días oscuros y en los brillantes.

Después de la ceremonia, nos dirigimos a la carpa. Sirven la cena y pasamos una noche increíble. Los invitados bailan y ríen. Willow y Gracie han hecho un trabajo impresionante con la organización y todo es perfecto. En algún momento, alguien me pone una guitarra en las manos y me empuja al escenario, donde está tocando el grupo. Me niego e intento bajarme, pero mi hermano me empuja de nuevo y no me queda más remedio que acceder.

Me coloco frente al micro. Ya no me asusta que me miren. Ni lo que piensen. No me da miedo lo que ven. Sé quién soy y sigo necesitando la música para expresar todo aquello que aún no sé decir de otro modo. Cada uno tiene su lenguaje, y este es el mío.

Miro a Willow. Llevamos un año viviendo juntos y aún me despierto durante la noche para comprobar que sigue ahí. Imagino que ese miedo tardaré un poco más en superarlo.

—¡Vamos, Scott! —grita. Mi mejor fan.

Me río y le guiño un ojo.

Coloco una mano en el mástil y rozo los trastes.

La otra sobre las cuerdas.

Y la siento.

Mi música.

Su canción.

Un. Dos...

# Agradecimientos

Este ha sido un año muy difícil y me daba un poco de miedo que esta historia acabara convirtiéndose en un recuerdo triste. Porque es inevitable asociar ciertas cosas con determinados momentos y nunca olvidas lo que sentiste entonces.

Por suerte, ahora que todo ha pasado, al pensar en ella solo me vienen a la mente las personas maravillosas que han hecho posible que *Lo que la nieve susurra al caer* se haya convertido en la novela que tienes ahora en tus manos.

Quiero dar las gracias a Irene, mi editora, por su infinita confianza y la motivación que tanto he necesitado durante este proyecto. A Marta Bueno, por cuidar de mí a lo largo de estos años. A todo el equipo de Planeta que me arropa y logra que este trabajo se convierta en un viaje divertido: Miriam, Laura, Aurora, Andrea, Javier... No podría hacerlo sin vosotros.

Gracias a Piti, Pedro y Aureliano, por la mejor banda sonora que podría tener esta novela. *What the snow whispers when it falls* es perfecta y un regalo no solo para mí, sino para todos los lectores que se han adentrado en estas páginas. A Art Zaldivar, por darle voz y un corazón a Hunter

Scott y convertirse un poquito en él. A Ángel, ¡eres un genio y qué bien suenas! Te queremos.

A todos mis compañeros y compañeras de letras que consiguen que este oficio solitario no lo sea tanto.

A mi maravillosa y cada vez más numerosa comunidad de lectores, por leerme con tanto cariño y cuidar de mí. Soy muy afortunada y el amor es mutuo. ¡Nos vemos en las firmas!

A Inma, por ser la mejor compañera de viaje que podría desear, y mi amiga.

A Julia y Tamara, por conocerme y entenderme tan bien. Hermanas de corazón.

A mi familia, que me apoya en todo.

A mis hijas, mis copos de nieve favoritos.

Y gracias a mis alas, habéis tardado mucho en aparecer.